《타잔》 최초 원고가 실린 펄프 매거진 〈All-Story〉 표지(1912).

TARZAN

TARZAN 타잔

에드가 라이스 버로스 지음 / 안재진 옮김

초판 1쇄 인쇄 2002. 11. 5.
초판 1쇄 발행 2002. 11. 12.

발행인/고용석
발행처/다우출판사
편집/남미은, 박현혜
등록번호/제03-01192호
등록일자/1999. 7. 15.

서울시 용산구 청파2가 71-14 3층
대표전화/02-701-3443
팩스/02-701-3442
천리안/yesbook
E-mail/yesbook@korea.com/yesbook@chollian.net
ISBN 89-88964-18-7 03840

TARZAN

of the Apes

타잔

에드가 라이스 버로스 지음 | 안재진 옮김

Publishing 다우

【추천하는 글】

강한 남자, 타잔

어렸을 때 텔레비전에서 보았던 타잔, 긴 덩굴을 타고 밀림 사이를 헤집으며 거의 날아다니던 타잔! 적어도 밀림에서는 불가능한 것이 없어 보였던 그 타잔의 이미지가 얼마나 강렬했던지 불혹을 넘긴 지금에도 그 기억은 생생하다. 텔레비전뿐만 아니라 영화와 애니메이션의 주인공으로도 수없이 등장하여 세계인의 문화 코드가 되어버린 타잔. 그 타잔의 원형 소설이 국내 최초로 성인용으로 완역되어 나왔다. 대중들에게는 가장 큰 인기를 누렸으면서도 정작 미국의 문학 평단에서는 외면당한 작가, 소위 '펄프' 매거진에 연재해서 떼돈을 번 작가인 에드가 라이스 버로스(Edgar Rice Burroughs)의 작품이 바로 그것이다.

이 소설은 무엇보다 재미있다. 문학적 가치를 논하는 평론가들의 평가는 여러 가지로 엇갈리고 있지만 이 소설을 소개하는 데 있어서 그런 건 별로 의미가 없을 것 같다. 소설의 본연의 가치 중의 하나가 '읽는 재미'라고 한다면 말이다. 조지프 골드의 《삶을 위한 독서(Reading for your Life)》에서 지적한 대로 고매한 문학평론가들이 독서의 즐거움을 고역으로 바꿔버리고, 학창시절에 배운 독서법이 책에 대한 엄숙주의를 부추긴 것은 아닐는지.

영어로 소설은 'novel' 이다. 그 어원은 라틴어의 'novellus' 이고 그 뜻은 '새로운 것' 이다. 쉽게 말해서 '새로운 이야기' 가 소설이다. 한편 프랑스어에서 소설은 'roman' 이라 한다. 'roman' 의 어원을 그대로 풀이하면 '로마식으로' 라는 뜻이다. 달리 말하면 '프랑스의 풍습이나 관습과는 반대되는 식으로' 라는 뜻이다. 이때 프랑스의 풍습이나 관습은 무식하고 야만스런 프랑크인의 풍습을 뜻한다. 결국 'roman' 이란 문명화된 것이고 인간적인 것이란 뜻이다. 소설에 대한 영미식 정의와 프랑스적 정의를 결합시키면 소설은 '공상적인 새로운 이야기' 가 된다. 바로 이 책, 버로스의《타잔》에 꼭 부합하는 정의가 아닐 수 없다.

그런데 20세기 초엽에 쓰인《타잔》을 21세기에 다시 읽을 만한 가치가 있을까? 위대한 고전이라 일컬어지는 소설들도 읽혀지지 않는 마당에 펄프 픽션을 읽으면서 소중한 시간을 죽여야 할 이유가 있을까? 이런 의문에도 소설에 대한 본연의 정의가 대답해준다. 무엇보다《타잔》은 지금도 우리에게 '공상적인 새로운 이야기' 이다. 과거의 것이라고 해서 항상 낡은 것은 아니다. 새로운 것이란 별 것이 아니다. 우리가 몰랐던 것이다. 그리고 지금은 상실한 것을 과거에서 되찾는 계기가 될 수도 있다.

소설《타잔》은 영화에서는 보지 못했던 타잔의 탄생 이전부터 시작된다. 아마 버로스가 처음부터 연작을 생각하고 쓴 듯하다. 소설은 제국주의가 극에 달했던 19세기 말, 식민지를 향해 출발하던 배 안에서 선원들 간의 갈등으로부터 시작된다. 아마 허만 멜빌이었다면 그들의 심리묘사로 지루할 정도로 길게 늘어놓았겠지만 버로스는 뛰어난 스토리텔링으로 독자에게 상상의 여지를 남긴다. 한편 소설 곳곳에 나열되는 타잔의 독백을 통한 심리 묘사는 아주 탁월하다. 뛰어난 평론가라면 타잔의 독백과 행동을 인간과 동물의 차이라고 설명하면서 《타잔》을 아주 인간적인 소설이라 평가해주었을 것이다. 본능적으로 인육(人肉)을 거부하고, 짐승가죽으로 몸을 가리고, 얼굴을 덮는 털을 깎아 면도하는 장면 등은 인간과 동물을 구별시키는 인간 고유의 특징을 보여주고 있기 때문이다. 게다가 그를 키워준 암컷 원숭이의 주검을 앞에 두고 절규하는 모습에서도 동물과 다른 인간의 모습이 부각된다.

'타잔' 은 강한 남성의 원형이다. 제인이 숙적인 원숭이에게 납치당했을 때 그보다 훨씬 큰 몸집의 원숭이와의 사투를 각오하며 추적한다. 여성을 보호해야 한다는 남성의 본능이다. 그것이 남자의 의무라고 말하고 있다. 그러나 그런 깨달음은 불끈대는 근육에서 온 것이 아니라 인간이 지닌 이성에서 오는 것이라고 버로스는 소설에서 분명히 말하고 있다. 또한 타잔은 그를 대신해서 작위를 물려받은 사촌을 위해 끝까지 출생의 비밀을 지킨다. 그가 비밀을 밝히면 어엿한 영국의 귀족으로 다시 태어날 수 있었지만 사촌의 행복을 위해서 입을 다문다. 남자다운 의리이다. 끝으로 타잔은 사랑하는 제인을 따라 밀림을 떠나 미국까지 쫓아가지만 그녀의 행복을 위해 말없이 고향인 밀림으로 돌아온다. 남자다운 포기이고 용기이다. 요즘에 이런 남자를 볼 수 있을까? 나약해진 남자들에게 보내는 강렬한 메시지가 이 옛날 소설에서 읽혀진다.

한편 《타잔》은 자연과 문명의 대립이라는 측면에서도 아주 흥미롭게 해석될 수 있다. 그 주제 역시 제인이라는 여자를 중심에 두고 벌어진다. 그렇다고 천편일률적인 사랑의 삼각관계에 빗대서 이야기되는 것은 아니다. 또한 단순히 자연의 소중함을 말하거나 문명이 자연을 약탈하고 파괴했다는 사실을 경고하는 것도 아니다. 물론 이 모든 이야기를 담고 있지만, 버로스는 자연과 문명의 대립 구조를 강한 남성의 참모습을 부각시키기 위한 도구처럼 사용하고 있다. 문명을 상징하는 인물은 제인의 아버지인 포터 박사이고, 자연을 상징하는 인물은 타잔이다. 이 사이에 제인이 있다. 포터 박사는 문명 세계를 떠나 살 수 없는 사람이고, 타잔은 원시 세계인 자연을 떠나 살 수 없는 사람이다. 제인은 두 세계를 자유로이 왕래하는 유일한 존재이지만 둘 중 하나를 선택할 수밖에 없는 상황에 맞닥뜨려진다. 어쩌면 버로스는 당시 여성, 아니 지금의 여성에게 주어진 운명을 이런 식으로 묘사한 것일지 모른다. 이때 타잔은 제인에게 선택의 고민을 덜어준다. 스스로 떠남으로써!

소설은 무엇보다 재미있어야 한다. 새로운 상상이어야 한다. 모름지기 시대를 초월해서 그래야 한다. 《타잔》은 이 모든 것을 갖추고 있다. 1914년 버로스가 이 책을 단행본으로 발표한 이후 스물네 편의 타잔 시리즈가 발표되었다. 그리고 지금도 이 시리즈는 미국에서 줄기차게 읽히고 있다. 영화는 물론 만화로도 만들어져 시대와 연령을 초월해서 사랑받고 있다. 특히 1960년대 초반 냉전이 한창일 때, 전설적 영웅 타잔은 사람들의 상상 속으로 되돌아왔다. 세상이 점점 복잡해지고, 마음이 더욱 각박해질수록, 삶의 고통이 더 크게 개인을 내리누를수록, 사람들은 항상 이 오래된 형태의 오락거리로 돌아오게 마련인 걸까. 리얼리즘 문학이 득세하던 그 시절, 사람들은 다시금 이 이야기에 열광했다. 1960년대 초반에는 버로스의 책이 전체 페이퍼백 매상의 10%를 차지할 정도였고, 타잔이라는 문화 아이콘은 잡지, 신문, 책, 영화, 만화, 라디오, 그리고 마침내 TV까지 휩쓸었다. 그리하여 타잔은 20세기의 가장 성공적이고 다양한 인물로 현재까지도 계속해서 재탄생하고 있다. 금세기의 이야기꾼이라는 스티븐 킹이 "이야기에 대한 모든 것을 담아내고 있는 소설"이라 극찬하며 부러워하는 이유가 무엇이겠는가!

끝으로 사족 하나. 주인공 이름 타잔은 어디에서 왔을까? 펄프 매거진에 타잔 이야기를 연재하면서 독자들의 뜨거운 반응을 얻어냈지만, 버로스는 정글의 영웅으로 생각해낸 주인공의 이름이 영 마음에 들지 않았다. 그 당시 최초의 주인공 이름은 '잔타(Zantar)'였다. 다음 연재시에는 '투블랏-잔'이라고 썼다. 그런데 그건 더 나빴다. 버로스는 마침내 '타잔(Tarzan)'이라고 썼다. 그러자 독자들은 가장 열광적인 반응을 보였다. 일설에 의하면 버로스는 1910년부터 캘리포니아 남부에 커다란 농장을 사서 거주했다고 하는데 인근 마을의 이름이 타자나(Tarzana)였다고 한다. 여기에서 '타잔'이란 주인공이 탄생했다는 이야기가 전해진다. 하지만 타자나 시(市)의 설명은 다르다. 비록 1922년에 정식으로 세워졌지만《타잔(Tarzan of the Apes)》의 엄청난 성공을 계기로 버로스를 기억하기 위해 1927년에 타자나로 개명했다고 한다는 것이다. 어쨌든 간에, 우리로서는 부러운 일이 아닐 수 없다.

생극에서
강주헌(번역가 · 출판평론가)

contents

차례

[이 책에 나오는 인물 및 동물]

· 인간

존 클레이튼 – 그레이스톡 경. 아프리카에 밀사로 파견된 영국 귀족. 타잔의 친아버지.
앨리스 클레이튼 – 앨리스 루더포드. 존 클레이튼의 아내이자 타잔의 친어머니.
빌링스 – 푸왈다 선의 선장. 폭도들에 의해 살해당한다.
블랙 마이클 – 푸왈다 선 폭도들의 우두머리. 클레이튼 부부를 살려준다.
타잔(원숭이 언어로 '하얀 피부' 라는 뜻) – 클레이튼의 아들. 암컷 원숭이인 칼라에 의해 밀림에서 길러지고, 후에 '원숭이들의 왕' 이 된다.
음봉가 – 식인종 원주민 부족의 왕.
쿨롱가 – 음봉가의 아들.
아르키메데스 Q. 포터 – 미국 볼티모어의 대학 교수.
제인 포터 – 포터 교수의 딸. 타잔의 연인.
사무엘 T. 필랜더 – 포터 교수의 비서이자 조수.
윌리엄 세실 클레이튼 – 타잔의 사촌. 제인의 구혼자.
에스메랄다 – 제인 포터의 하녀.
스나입스 · 킹 · 타란트 – 애로우 호의 폭도들.
폴 다르노 · 샤르팡티에 · 뒤프랑 – 프랑스 순찰선에 탄 해군 장교들.
로버트 캐러 – 포터 교수의 채권자.

· 원숭이

커착 – 타잔이 어렸을 당시의 원숭이 무리의 왕.
투블랏(원숭이 언어로 '부러진 코' 라는 뜻) – 커착의 후계자. 호시탐탐 타잔을 없앨 기회를 엿본다.
칼라 – 투블랏의 가장 젊고 아름다운 아내이자, 타잔의 엄마.
터코즈 – 투블랏의 아들.
니타 – 익사한 젊은 원숭이
타카, 늙은 뭉고, 타카의 아내, 군토, 타나 – 타잔이 속해 있던 원숭이 무리의 일원들.

· 밀림의 동물들

– 작가 버로스는 밀림에서 사용하는 동물의 호칭을 창조해냈습니다. 우리가 암사자라 부르는 것을 밀림에서는 '세이버' 라 부릅니다. 이와 마찬가지로 코끼리는 '탄토르', 뱀은 '히스타' 라고 부릅니다.

세이버=암사자(타잔의 숙적), **탄토르**=코끼리(후에 타잔의 친구가 된다), **히스타**=뱀, **볼가니**=거대한 고릴라(타잔이 속한 원숭이 무리를 자주 괴롭힌다), **누마**=수사자, **쉬타**=표범, **호르타**=멧돼지, **바라**=사슴, **단고**=하이에나, **마누**=긴꼬리원숭이, **팜바**=밀림의 큰 쥐.

바다로

1

잘 숙성된 포도주의 유혹에 이끌린 탓이었을까? 이 이야기를 영원히 비밀로 간직할 것만 같던 그가 천천히 입을 떼었다. 너무도 이상한 이야기였다. 나는 그 이야기를 다 듣고 나서도 며칠 동안 의혹을 떨쳐낼 수 없었다.

그는 이야기를 거의 끝낼 무렵에서야 내 의혹의 눈빛을 눈치챘다. 하찮은 자부심 때문이었을까? 그는 포도주에 취한 탓이라고 핑계를 대면서도, 곰팡내나는 필사본과 영국 식민지 사무소에서 작성한 듯한 문서들을 내게 보여주며 그 놀라운 이야기가 사실인 것을 증명하려 애썼다.

나는 이 이야기가 사실이라 하지는 않겠다. 이 이야기 속의 사건들을 내 눈으로 직접 확인한 것은 아니기 때문이다. 그러나 경솔히 판단하고 싶지도 않았다.

이 이야기가 사실일지도 모른다는 가능성을 배제할 수 없었기 때문에 나는 이 이야기에 등장하는 인물들을 가명으로 표기하기로 했다.

오래 전에 죽은 사람이 남긴 노랗게 곰팡이 핀 일기장과 식민지 사무소의 기록은 그가 들려준 이야기의 내용과 정확히 일치했다. 나는 그 자료들을 시간별로 재배열해서 이야기를 새로 구성해보았다. 물론 이 이야기를 믿고 안 믿고는 당신의 자유이다. 하지만 당신도 이 이야기가 독특하고 이상하면서도 흥미롭다는 사실을 인정하지 않을 수 없을 것이다. 내가 그랬던 것처럼.

식민지 사무소의 기록과 죽은 사람이 남긴 일기장에 따르면, 존 클레이튼 혹은 그레이스톡 경이라 불리는 젊은 영국 귀족은 당시 영국령이던 아프리카 서부 해안의 식민지 현황을 철저히 조사하라는 명령을 받았다. 유럽의 다른 강국이 영국령의 원주민들을 용병으로 끌어들여 콩고와 아루위미 인근의 부족들에게서 상아와 고무를 강탈해 간다는 소문이 있었기 때문이다. 게다가 영국령 원주민 젊은이들이 그럴 듯한 감언이설에 속아 용병으로 나갔다가 결국 극소수만 가족의 품으로 돌아온다는 불평도 끊이지 않았다. 아프리카에 거주하고 있던 영국인들의 고발도 이어졌다. 백인 장교들이, 용병 계약이 끝난 불쌍한 원주민들을 단지 그들이 무지하다는 이유로 몇 년씩 용병으로 묶어둔 채 노예와 다름없이 다루고 있다는 것이었다.

식민지 사무소는 영국령 서아프리카에 존 클레이튼을 파견했다. 그리고 그에게는 비밀리에 다른 임무가 주어졌다. 유럽의 우방국이 영국령의 흑인들을 소문처럼 부당하게 다루고 있는지 조사하라는 것이었다. 하지만 그가 그 지역으로 파견된 이유는 이 이야기에서 전혀 중요하지 않다. 그는 부여받은 임무를 실행에 옮기지도 못했을 뿐 아니라 파견받은 지역에 도착조차 하지 못했기 때문이다.

클레이튼은 누구나 어울리고 싶어할 만한 사람이었다. 수많은 전쟁에서 역사적 승전 기록을 세운 영국인답게 강한 남성미를 풍겼고, 정신적으로나 육체적으로 건강한 사람이었다. 훤칠한 키에 회색 눈동자, 단정하면서도 강인해 보이는 얼굴, 그리고 수년간 군대에서 받은 훈련으로 다져진 완벽하고 다부진 체격의 소유자였다.

그에게는 정치적 야심도 있었다. 그래서 군을 떠나 식민지 사무소로 자리를 옮겼고, 경험이 없음에도 불구하고 그 비밀스럽고도 중요한 임무를 기꺼이 수락했다. 임무를 부여받았을 때, 사실 그는 기쁘기도 했지만 한편으로는 걱정도 없지 않았다. 하지만 힘든 만큼 충분한 보상이 있을 것이라는 확신과 함께, 이 임무가 더 높은 직책으로 승진할 수 있는 디딤돌이 되어주리라 생각했다.

그러나 결혼한 지 석 달밖에 되지 않은 어린 아내 앨리스 루더포드를 뜨거운 아프리카, 그것도 사방에 위험이 도사린 땅으로 데려가야 한다는 사실이 마음에 걸렸다. 그는 사랑하는 아내를 위해 그 직책을 거절하려 했다. 그런데 그녀는 가녀린 여인이 아니었다. 오히려 그에게 그 직책을 받아들이라고 말하며 진심으로 함께 가기를 원했다. 물론 이 문제를 두고 양쪽 집안의 어른들과 형제들과 친척들이 갖가지 조언을 해주었겠지만, 그들이 어떤 충고를 했는지에 대해서는 알려진 바가 없다.

우리가 아는 것은 1888년 청명한 5월 아침에 존 클레이튼 경과 그의 부인 앨리스가 도버에서 아프리카로 가는 배에 올랐다는 것이다. 한 달 후, 그들은 프리타운에 도착했고, 여기서 마지막 목적지까지 그들을 태우고 갈 푸왈다라는 이름의 작은 범선을 구했다. 이때부터 존 클레이튼 경과 그의 부인 앨리스는 세상 사람들의 눈에서 사라져버렸고, 결국 그렇게 잊혀지고 말았다.

그들이 프리타운 항구에서 닻을 올리고 출항한 지 두 달이 지났을 때, 여섯 척의 영국군 범선이 두 사람과 그들을 태웠던 작은 배의 흔적을 찾아 대서양 남쪽을 샅샅이 뒤지고 있었다. 얼마 후 푸왈다의 잔해가 세인트헬레나 섬 해변에서 발견되었다. 푸왈다의 승객들과 선원들이 바다에서 희생되었다는 뚜렷한 증거였다. 수색 작업은 중단되었고 그 이후로 다시 시작되지 않았다.

푸왈다는 돛이 셋 달린 100톤 가량의 범선으로 대서양 먼 남쪽 해안을 따라 항해하던 무역선이었다. 이런 범선을 타는 선원들은 대부분 사회에서 버림받은 사람들이었다. 이를테면, 사형을 면한 살인자들, 온갖 인종과 국적의 폭한(暴漢)들이었다.

푸왈다도 예외는 아니었다. 상급 선원인 항해사들도 난폭하기는 마찬가지여서 그들과 선원들 사이에는 오직 증오뿐이었다. 푸왈다의 선장은 유능한 뱃사람이었지만 선원들을 짐승처럼 다루는 야만적인 인물이었다. 쇠몽둥이와 권총만이 선원들을 다루는 최선의 무기라고 알고 있던 그는 자신이 고용한 잡다한 피부색의 인간들을, 다른 것으로는 결코 고분고분하게 만들 수 없으리라고 믿었다.

프리타운을 떠난 지 이틀째 되던 날부터 문제는 벌어졌다. 존 클레이튼과 그의 젊은 부인은 해양 소설에나 나올 법한 일들을 푸왈다 갑판에서 목격할 수 있었다. 그날 아침, 인류의 역사에서 다시는 있을 법하지 않은

한 사내, 하지만 그 당시에는 아직 태어나지도 않은 한 사내의 운명을 결정해준 사건의 첫 고리가 끼워졌다.

선원 두 명이 푸왈다 갑판을 닦고 있었고, 일등 항해사가 그들을 감시하고 있었다. 선장은 두 선원을 등진 채, 존 클레이튼 부부와 이야기를 나누고 있었다. 두 선원은 뒷걸음질치며 열심히 갑판을 닦았고, 그러느라 선장과의 거리가 점점 좁혀졌다. 마침내 한 선원이 선장 바로 뒤에까지 이르렀다. 그가 선장을 그냥 지나쳐버렸다면 이 이상한 이야기는 시작조차 되지 않았을 것이다. 그러나 그레이스톡 경 부부와 이야기를 끝내고 돌아서던 선장은 마침 뒤에 와 있던 선원에 걸려넘어져 갑판에 나동그라졌고 하필 물통 안의 오물까지 뒤집어쓰고 말았다. 선장의 몰골은 가관이었다. 그러나 누구도 감히 웃을 수 없었다. 수치심과 울화가 치밀어 얼굴이 자줏빛으로 변한 선장은 마구 욕설을 퍼부어댔고, 엉거주춤 일어서던 선원을 향해 발길질을 해댔다. 선원은 속수무책으로 선장의 발길질을 받아내는 수밖에 없었다. 선장의 몸집과 난폭성을 받아내기엔 너무도 왜소해 보이는 늙은 선원이었다.

한편 그와 함께 갑판을 청소하던 또 한 명의 선원은 전혀 다른 모습이었다. 사나워 보이는 검은 수염과 널찍한 어깨 위로 황소처럼 두툼한 목을 지닌 그 사내는 마치 거대한 곰같이 보였다. 동료가 선장의 발길질에 쓰러지자, 분노를 참을 수 없었는지 그는 성난 목소리를 내뱉으며 선장에게 달려들었다. 그의 강력한 일격에 선장은 무릎을 굽히며 털썩 주저앉았다. 자줏빛이던 선장의 얼굴이 밀랍처럼 창백하게 변했다. 이건 폭동이었다! 그러나 그는, 그간 얼마나 많은 선상 폭동을 잔혹하게 진압해왔던가!

선장은 주머니에서 총을 빼들며 힘겹게 일어섰다. 그리고 곰같이 거대한 몸집을 향해 방아쇠를 당겼다. 순식간에 벌어진 일이었지만, 그레이스톡 경의 반응도 번개 같았다. 그는 재빨리 선장에게 달려들어 선장의 팔을 내리쳤다. 덕분에 선원의 심장을 겨냥했던 탄환은 다리에 꽂혔다.

클레이튼과 선장 사이에 잠시 말다툼이 오갔다. 클레이튼은 선장에게 날카롭게 쏘아붙였다. 선원을 그처럼 동물처럼 대해서는 안 되며, 그들 부부가 승객으로 있는 한 그런 행동은 용납할 수 없다고! 선장은 분노가 머리끝까지 치밀었지만 참을 수밖에 없었다. 영국 장교를 적으로 만들 수는 없었기 때문이다. 그는 얼굴을 찌푸리며 돌아서서는 배의 뒤쪽 갑판으로 뚜벅뚜벅 걸어가버렸다.

늙은 선원이 총상 입은 동료를 부축하며 일어섰다. 동료들 사이에 블랙 마이클이라고 알려져 있던 그 곰 같은 사내는 다리를 천천히 움직여보았다. 혼자서도 걸을 수 있을 것처럼 보였다. 그는 클레이튼에게 감사의 뜻을 전했다. 퉁명스런 말투였지만 클레이튼에게 고마워하는 것만은 틀림없었다. 그는 짤막한 감사의 말조차 완전히 끝내지 않은 채 돌아서서 앞쪽 갑판을 향해 절뚝거리며 걸어갔다. 더 이상의 대화를 원치 않는 것이 분명했다.

이후 며칠 동안 클레이튼 부부는 될 수 있는 한 선장을 만나지 않았다. 선장 또한 그들에게 전할 말이 있을 때만 퉁명스런 어조로 툴툴거릴 뿐이었다. 그 불미스런 사건이 있기 전과 마찬가지로 클레이튼 부부는 이후에도 선장의 선실에서 식사를 했다. 그러나 선장은 배를 돌본다는 핑계로 식사 시간에 일부러 얼굴을 내밀지 않았다.

다른 상급 선원들도 야박하고 무식한 친구들이었지만 그 극악한 선장보다는 덜 위협적이었다. 게다가 세련된 영국 귀족 부부와 어울리기를 별로 좋아하지 않았던 까닭에 클레이튼 부부는 대부분의 시간을 아무런 간섭 없이 지낼 수 있었다. 그것은 그들이 원하던 바이기도 했다. 그러나 그 때문에 클레이튼 부부는 작은 배 안에서 고립된 존재가 되었고, 결국 피비린내나는 비극으로 치닫게 되기까지 도중에 일어났던 사소한 사건들에 대해서도 전혀 알지 못했다.

그날 이후, 배 전체에서는 비극을 예고하는 듯한 알 수 없는 기운이 흘렀다. 클레이튼 부부의 기억에 따르면, 외견상으로는 모든 것이 전과 다름없이 흘러가고 있었다. 그러나 그들은 이상한 기운, 무엇인가 강력한 힘이 배 전체를 휘감고 있는 듯한 느낌을 받았다. 하지만 그들은 그 느낌을 가슴에 묻어두었을 뿐이었다.

이틀 후 클레이튼이 갑판에 올라갔을 때, 때마침 블랙 마이클이 동료 네 명의 부축을 받은 채 절뚝거리며 지나가고 있었다. 일등 항해사가 큼직한 쇠몽둥이를 손에 쥐고 그들을 지켜보고 있었다. 클레이튼은 아무것도 묻지 않았다. 그럴 필요도 없었다.

다음 날, 멀리 수평선에서 영국 전함들이 배 가까이 다가오고 있었다. 그 순간 클레이튼은 전함으로 옮겨 타야겠다고 마음먹었다. 험악하고 음침한 푸왈다 위에서 항해를 계속하여 위험을 자초할 필요가 없겠다는 생각 때문이었다.

정오쯤 되자, 육성으로 말을 주고받을 수 있을 정도로 영국 전함이 가까이 접근해왔다. 그러나 함장에게 그 전함으로 옮겨 타겠다고 말하려는 순간, 클레이튼은 그것이 얼마나 터무니없는 짓인지 깨달았다. 다시 영국으로 돌아갈 수밖에 없는 이유를 함장에게 어떤 식으로 얼버무려야 할까? 반항하던 선원 두 명이 선장에게 심하게 당했다는 이야기를 그에게 털어놓는다면? 십중팔구 그는 속으로 클레이튼을 비웃을 것이다. 푸왈다를 떠나려는 이유는 단 하나, 그가 겁쟁이이기 때문이라고 생각할 것이 분명했다.

존 클레이튼, 그레이스톡 경은 결국 영국 전함에 옮겨 타는 것을 포기했다. 오후가 저물어갈 즈음, 전함들은 멀리 수평선 아래로 사라졌다. 사라져가는 배를 지켜보며 클레이튼은 한없는 자책감에 사로잡혔다. 앨리스를 안전한 곳으로 옮길 수 있는 기회를 영원히 날려버린 헛된 자존심을 저주했다.

클레이튼 부부는 한동안 멀리 사라져가는 전함들을 바라보고 있었다. 그때 누군가가 슬그머니 그들에게 다가왔다. 며칠 전 선장에게 심하게 구타당한 그 늙고 왜소한 선원이었다. 청동 장식물을 닦고 있던 그는 클레이튼 부부에게 다가와 나지막한 목소리로 말했다.

"응징이 있을 겁니다. 배에서 말입니다. 내 말을 새겨들으세요. 보복이 있을 거란 말입니다."

클레이튼이 물었다.

"무슨 뜻입니까, 노인장?"

"무슨 일이 벌어지는지 보지 않았습니까! 선장 무리들은 악마의 새끼들입니다. 내 친구들은 참고만 있지 않을 겁니다. 블랙 마이클이 이제 원기를 되찾았습니다. 그는 이번 수모를 절대 참고 넘어갈 사람이 아닙니다. 절대 아니지요. 어쨌든 내 말을 명심하십시오."

"이럴 수가! 아니 그러면, 선원들이 폭동을 계획한단 말이오?"

"폭동! 그렇습니다. 폭동입니다. 살인까지 있을 겁니다."

"언제입니까?"

"언제인지는 말할 수 없습니다. 하지만 조만간 있을 겁니다. 내가 너무 많은 것을 이야기해버렸군요. 당신은 좋은 사람이었습니다. 하지만 이 이상은 말해줄 수 없습니다. 꼭 비밀을 지켜주십시오. 총소리가 나더라도 선실에서 나오지 마십시오. 누구에게도 발설해서는 안 됩니다. 그러지 않으면 당신 가슴에도 총알이 박힐 겁니다. 내 말을 명심하세요."

늙은 선원은 계속 청동 장식물을 닦으며 클레이튼에게서 멀어져갔다. 클레이튼은 앨리스를 바라보며 말했다.

"정말 화가 단단히 난 모양이야, 앨리스."

앨리스가 불안에 사로잡힌 목소리로 말했다.

"존, 선장에게 미리 경고를 해줘야 하지 않을까요? 싸움을 말려야지요."

"나도 그래야 한다고 생각해. 하지만 왠지 그러고 싶지 않군. 우리의 안전을 위한 이기적인 이유도 있지만, 하여간 나는 저 노인과의 약속을 지키고 싶어. 그들이 어떤 일을 계획하든 말이야. 그리고 내가 블랙 마이클을 도와주었기 때문에 우리를 해치지는 않을 거야. 하지만 내가 그들을 배신한 걸 알게 되면 우리 또한 가만두지 않을 거라구, 앨리스."

"하지만 당신은 선장에게 알려야 할 의무를 갖고 있어요, 존. 당신의 권위를 지키기 위한 일이기도 해요. 당신이 선장에게 알려주지 않으면 결과에 상관없이 당신은 그들과 한편이 되는 거라구요. 당신이 직접 이 폭동을 계획하고 실행한 것이나 마찬가지가 돼요."

"여보, 내가 걱정하는 것은 당신이야. 당신을 지키는 것이 내게 가장 중요한 의무야. 상황을 이 지경까지 몰고 간 장본인은 바로 선장 자신이야. 그런데 왜 내가 당신을 끔찍한 공포에 몰아넣을 수도 있는 위험을 감수해야 하는 거지? 짐승 같은 선장이 저지른 어리석은 행동이 자초한 사건이라구! 이런 상황에서 그를 구하기 위해 위험을 감수할 필요가 있을까? 당신은 폭도들이 푸왈다를 지배하게 되었을 때 무슨 일이 벌어질지 상상도 못 할 거야."

"그래도 의무는 다해야 해요, 존. 어떤 궤변을 늘어놓는다 해도 마찬가지예요. 당신이 나 때문에 의무를 저버리게 되느니, 차라리 불운하더라도 명예로운 영국 귀족의 아내가 되겠어요. 그래요, 나도 위험하다는 걸 알아요. 하지만 당신과 함께라면 어떤 위험이라도 감수하겠어요."

결국 클레이튼은 웃으면서 대답했다.

"그렇다면 그렇게 하십시다, 앨리스. 위험을 자초하는 짓이겠지만 말이오. 이 배에서 일어난 일들이 별로 마음에 들진 않지만, 그렇다고 폭동까지 좌시할 수야 없지. 그래, 그 늙은 선원의 푸념은 사실이 아닐 수도 있어. 그냥 폭동이라도 일어나기를 바라고 한 말일지도 몰라. 바다 한가운데에서 폭동이 일어나다니! 100년 전에야 그게 흔한 일이었지만, 1888년인 지금처럼 좋은 시절엔 결코 일어날 수 없는 일이야. 마침 저기 선장이 선실로 가고 있군. 하지만 어쨌든 그에게 이런 위험을 경고해주는 것은 사실 비위 상하는 일이야. 그 짐승 같은 사내와는 잠시도 함께 있고 싶지 않거든."

이렇게 말하며 그는 갑판 승강구 계단 쪽으로 걸어갔다. 그리고 잠시 후 선장실 문을 두드렸다. 선장이 퉁명스런 목소리로 대답했다.

"들어와!"

클레이튼은 선장실 안으로 들어가 문을 닫았다.

"선장, 내가 오늘 들은 소문을 전해주려고 왔소. 별일 아닐 수도 있겠지만 내 느낌에는 선장이 미리 대비를 해두는 편이 좋을 것 같소. 간단히 말하면, 선원들이 폭동을 준비하고 있소."

"거짓말! 이 배에서 선원을 길들이는 방법에 대해 다시 참견하지 마시오. 당신과 관계없는 일에 또다시 간섭하면 그땐 당신에게 그 결과를 묻겠소. 당신이 영국 귀족이건 아니건 내 알 바 아니오. 나는 이 배의 선장이오. 지금부터는 내 일에 참견하는 일을 그만두시오."

흥분한 선장은 미친 듯이 화를 냈다. 얼굴은 완전히 자줏빛으로 변했고 목소리도 높아졌다. 큰 소리를 내지르며 한쪽 주먹으로는 책상을 내리치고 다른 주먹은 클레이튼의 얼굴 가까이에 들이대며 자신의 말을 무섭게 각인시켰다.

그러나 클레이튼은 꿈쩍도 하지 않았다. 그저 조용히 서서 선장을 물끄러미 쳐다볼 뿐이었다. 이윽고 그가 천천히 입을 떼었다.

"빌링스 선장, 내 솔직한 생각을 말해볼까요? 당신은 바보천치요!"

클레이튼은 냉정하게 돌아서서 선장실을 나왔다. 빌링스 같은 사람의 분노를 일으키는 데는 욕설을 퍼붓는 것보다 이렇게 빈정대는 것이 더 효과적이었다. 물론 클레이튼이 선장과 타협하려는 태도를 보였다면, 선장 또한 경솔하게 대답한 자신을 후회했을 것이다. 하지만 클레이튼은 그렇게 하고 싶지 않았다. 클레이튼이 내던진 빈정거림에 선장은 끓어오르는 분노를 주체할 수 없었다. 그렇게 그들은 같은 목적을 위해 함께 할 수 있는 마지막 기회를 물거품처럼 날려버렸다.

클레이튼이 앨리스에게 말했다.

"앨리스, 잠자코 있을 수도 있었지만, 그는 감사할 줄 모르는 사람이더군. 내게 미친개처럼 달려들더라고. 나는 아무래도 상관없지만 그와 이 희망 없는 낡은 배는 이제 끝장이야. 이 배에서 안전하게 벗어날 다른 방법을 찾아야겠어. 그때까지 나는 내 모든 힘을 우리가 편안해지는 길을 찾는 데 쏟을 거야. 우리 선실로 돌아갑시다. 차라리 내 권총을 찾아보는 게 낫겠어. 더 큰 총과 탄약을 가져왔어야 했는데, 후회가 되는군."

선실로 돌아간 그들은 깜짝 놀라지 않을 수 없었다. 선실이 난장판으로 변해 있었다. 옷상자에서 꺼내진 옷들이 작은 가방들과 함께 선실을 뒤덮고 있었다. 침대조차 갈기갈기 찢겨져 있었다.

"누군가 우리 물건에 관심이 많았던 게 확실하군. 잘 살펴보자구, 앨리스. 없어진 게 무언지 말이야."

클레이튼 부부는 선실을 정리하며 없어진 물건이 무엇인지 살펴보았다. 총 두 자루와 탄약 이외에는 없어진 것이 없었다.

"내가 가장 남겨두었으면 했던 물건들만 가져갔군. 예감이 안 좋아. 그들이 내 총들을 가져갔다는 것 자체가 불길해."

"존, 어떡하죠? 당신 말이 맞았던 것 같아요. 우리가 택할 수 있는 최선의 길은 중립을 지키는 거라는 거 말예요. 항해사들이 선원들의 폭동을 잘 막아낼 수 있다면 두려워할 필요가 없겠죠. 하지만 폭도들이 승리한다면 우리에게도 별로 희망이 없어요. 우리가 그들을 방해하거나 적대시하지 않았다는 사실만이 희망일 뿐이라고요."

"당신 말이 맞아, 앨리스. 우리는 중립을 지켜야 해."

그들은 어질러진 선실을 정리하기 시작했다. 그때 선실 문 틈에 낀 종이 한 장이 눈에 띄었다. 클레이튼이 종이를 잡으려 하자 종이가 스스로 움직였다. 누군가 바깥에서 안으로 밀어넣고 있는 것이 틀림없었다. 클레이튼은 발소리를 죽이며 재빨리 문 쪽으로 다가섰다. 손잡이를 잡고 문을 열려 할 때 앨리스가 그의 손목을 붙잡으며 작은 소리로 말했다.

"존, 잠깐요. 그들은 우리 눈에 띄고 싶지 않은 거예요. 우리도 그들을 봐서는 안 돼요. 우리가 이 사건에서 중립을 지키려 한다는 사실을 잊지 말라구요."

클레이튼은 빙긋이 웃어 보이며 손잡이에서 손을 떼었다. 그리고 그 자리에 서서 흰 종이가 선실 안으로 다 밀려들어올 때까지 지켜봤다. 이윽고 클레이튼은 허리를 굽혀 종이를 집어올렸다. 대충 접힌 하얀 종이는 약간 지저분했고, 글을 쓰는 데 익숙하지 않은 사람이 쓴 듯 투박한 글씨체였다. 클레이튼은 차분하게 글을 읽어내려갔다. 권총을 분실한 사실을 선장에게 알리지 말 것, 그리고 늙은 선원이 귀띔해준 폭동 사실을 누구에게도 발설하지 말라는 경고였다. 또한 죽음의 고통을 참으라는 경고도 잊지 않고 있었다. 클레이튼은 씁쓸한 미소를 지으며 말했다.

"우리는 괜찮을 거야. 그저 가만히 앉아서 기다리는 수밖에 없어.

밀림 속 오두막

2

오래 기다릴 필요는 없었다. 바로 다음 날, 그 일은 벌어졌다. 늘 그래 왔듯이 클레이튼은 아침식사 전 산책을 위해 갑판으로 올라가고 있었다. 그때 한 방의 총성이 울렸다. 그리고 한 방, 이어서 또 한 방.

그가 가장 염려했던 사건이 눈앞에서 벌어지고 있었다. 항해사들과 선원들이 마침내 격돌한 것이었다. 선원들의 우두머리는 블랙 마이클이었다. 항해사들의 일제 사격에 선원들은 일단 잽싸게 몸을 피했다. 돛대와 창고와 선실 뒤에 몸을 감춘 후 그들도 반격하기 시작했다. 선상 폭력을 일삼던 증오스런 다섯 사내를 향해서!

선원 중 두 명이 선장의 총탄에 쓰러졌다. 일등 항해사도 얼굴에 피를 흘리며 쓰러졌다. 곧이어 블랙 마이클의 공격 명령이 떨어졌다. 선원들은 남은 네 명을 향해 돌진했다. 선원들은 화기가 여섯 자루밖에 없었던 까닭에 대부분이 갈고리, 도끼, 쇠지레 등으로 무장하고 있었다. 총알을 이미 다 써버린 선장은 재장전을 하고 있었고, 이등 항해사의 총은 못 쓰게 된 지 오래였다. 따라서 항해사들은 두 자루의 총만으로 성난 파도처럼 돌진해오는 폭도들에 맞설 수밖에 없었다.

선장 쪽과 선원들은 서로 저주와 욕설을 퍼부어대며 싸웠다. 총성! 그리고 비명소리와 신음소리! 푸왈다의 갑판은 지옥이나 다름없었다. 항해사들이 뒤로 물러설 틈도 없이, 선원들이 밀려왔다. 마침내 거대한 몸집의 검둥이 손에 들려 있던 도끼가 선장의 이마에서 턱까지 내려찍었다. 십여 발의 총성에 의해, 그리고 무차별적인 가격에 의해 항해사들도 하나 둘씩 죽거나 상처를 입었다.

푸왈다 선의 폭도들은 간단하고 섬뜩하게 모든 일을 끝냈다. 클레이튼은 갑판으로 올라가는 계단 옆에 기댄 채, 파이프를 피워대며 이 모든 장면을 눈에 담았다. 마치 크리켓 경기(야구와 비슷한 게임으로 영국의 국기 - 역주)를 관람하는 듯 무심한 표정으로!

마지막 항해사가 쓰러지자, 클레이튼은 이제 선실로 돌아가는 편이 낫겠다는 생각이 들었다. 앨리스를 혼자 남겨둔 것이 불안했기 때문이다. 편안하고 무심한 표정인 듯했지만, 사실 클레이튼은 걱정과 불안을 떨쳐버릴 수 없었다. 앨리스의 안전을 이 무지하고 난폭한 사람들 손에 맡겨야 한다는 사실이 두려웠다. 결국 클레이튼과 앨리스의 운명은 푸왈다를 정복한 선원들의 손에 달려 있는 것이다.

그는 선실로 돌아가려고 계단을 내려갔다. 그런데 옆 계단에 앨리스가 서 있었다.

"도대체 언제부터 여기에 있었소, 앨리스?"

"처음부터 다 보았어요. 존, 너무나 끔찍한 일이에요. 무서워요! 저 사람들을 믿어도 될까요?"

그는 그녀의 두려움을 가라앉혀주기 위해 씩씩하게 웃어 보이며 대답했다.

"아침식사나 챙겨주면 좋으련만. 어쨌든 그들에게 물어나 봅시다. 자, 갑시다. 우리가 그들에게 아무것도 바라지 않는다는 것을 알려줘야지. 그들이 인간적인 대접만 해준다면 말이오."

폭동을 끝낸 선원들은 무표정한 얼굴로 항해사들의 시체를 바다로 내던지기 시작했다. 자신들과 함께 싸웠던 동료들의 시체를 바다로 던질 때조차 무표정하기는 마찬가지였다. 아직은 생명이 남아 있는, 흐릿한 신음소리를 내면서 죽어가고 있는 동료들까지 냉정하게 바다로 던져버렸다. 그들의 얼굴에서는 어떤 감정도 읽을 수 없었다.

클레이튼 부부는 그들을 향해 천천히 다가갔다. 그들을 본 한 선원이, "여기 두 놈이 더 있다"라고 소리치며 도끼를 치켜들고 뛰어왔다. 그러나 블랙 마이클의 동작은 번개처럼 빨랐다. 그 선원이 몇 발짝 떼기도 전에 총성이 울렸고, 그는 맥없이 쓰러졌다.

블랙 마이클이 우렁찬 목소리로 선원들을 불러모았다. 그리고 그레이스톡 경과 앨리스를 가리키며 말했다.

"이 두 사람은 내 친구다. 손끝 하나 건드려서는 안 된다! 알겠나? 지금부터 이 배의 선장은 나다. 내 말을 명심해라."

그러고는 클레이튼 쪽으로 돌아서서 말했다.

"선실에서 나오지 마시오. 그럼 아무도 당신들을 해치지 않을 거요."

클레이튼 부부는 블랙 마이클의 지시대로 했다. 따라서 그들은 선원들을 거의 보지 못했을 뿐 아니라 그들이 무엇을 계획하고 있는지도 전혀 알 수 없었다. 간혹 폭도들끼리 말다툼을 하거나 격렬히 싸우는 소리가 희미하게 들려오곤 했다. 그리고 잔잔한 허공을 가르는 두 번의 총성을 들었다. 그러나 블랙 마이클은 이 폭도 집단에 어울리는 지휘자였다. 그는 폭도들을 훌륭하게 다스렸다. 모두가 그의 명령에 고분고분 따랐다.

폭동이 일어난 지 닷새째 되던 날, 멀리 육지가 보였다. 섬인지 육지인지는 알 수 없었다. 블랙 마이클은 그곳을 가리키며 냉정한 목소리로 클레이튼에게 말했다.

"사람이 살 수 있는 곳이면 저기에 당신 부부를 내려놓겠소. 물론 짐도 함께 내려주겠소. 몇 달 동안은 문제없이 살 수 있을 거요. 우리가 어딘가 해변에 도착해 도망갈 길을 마련하면, 내가 영국 정부에 당신이 어디 있는지 알리겠소. 그럼 당신도 구출될 수 있을 거요. 당신들을 큰 항구에 내려주지 않는 것을 야속해하지 마시오. 우리도 우리 살 길을 마련해야 되지 않겠소."

클레이튼은 블랙 마이클의 제안을 받아들일 수 없었다. 저기가 사람이 살 수 있는 곳이라고? 하지만 그 땅이 어떤 땅인지 누가 장담한단 말인가? 맹수가 있을지도 모르고, 폭도보다 더 잔인한 인간이 사는 땅일 수도 있지 않은가! 그러나 클레이튼의 강렬한 항의에도 블랙 마이클은 아랑곳하지 않았다. 단지 짜증스런 얼굴로 쏘아보았을 뿐이다. 결국 클레이튼은 단념할 수밖에 없었다. 어떤 가혹한 상황이라도 이겨낼 수밖에 없다는 결의를 다져야 했다.

오후 세시경, 푸왈다 선은 아름다운 숲이 우거진 해안으로 뱃머리를 돌렸다. 육지로 둘러싸여 있어 마치 항구처럼 보이는 하구 부근에 배를 잠시 정박시켰다. 블랙 마이클은 푸왈다가 하구까지 안전하게 접근할 수 있는지 확인하고 오라며 선원들을 작은 보트에 태워 보냈다. 한 시간 후에 돌아온 선원들은, 해안가의 수심이 깊어 쉽게 접근할 수 있을 것 같다고 보고했다. 어둠이 내리기 전에 푸왈다는 항구처럼 보이는 곳에 접근해 유리처럼 잔잔한 수면에 조용히 닻을 내렸다.

아열대 신록으로 에워싸인 해안은 무척이나 아름다웠다. 그리고 멀리 보이는 언덕과 고원지대는 원시림으로 뒤덮여 있었다. 사람이 살고 있는 흔적은 보이지 않았다. 그러나 푸왈다 갑판에서 확인한 바에 따르면 사람이 살기에 충분한 곳이었다. 새와 작은 짐승이 자주 눈에 띄었고, 항구로 흘러드는 강에서 신선한 물을 얻을 수 있기 때문이었다.

어둠이 대지에 내려앉을 즈음, 클레이튼과 앨리스는 조용히 뱃전에 기대서서 그들이 앞으로 살아갈 땅을 물끄러미 바라보고 있었다. 거대한 숲에 드리운 어둠 속에서 야생짐승의 울음소리, 사자의 우렁찬 포효, 때로는 표범의 날카로운 울부짖음이 새어나왔다. 앨리스는 몸을 움츠리며 남편의 품에 기댔다. 그들이 앞으로 살아가야 할 황량한 야생의 땅, 저 어둠 속에서 어떤 공포가 그들을 기다리고 있는지 알 수 없었다. 앨리스는 두려움에 몸을 떨었다.

어둠은 점점 깊어갔다. 블랙 마이클은 클레이튼 부부 곁을 밤늦게까지 지켜주며, 다음 날 아침 하선에 앞서 준비할 것을 일러주었다. 클레이튼 부부는 사람들이 살고 있는 곳에, 아니 멀리 떨어진 곳이라도 안전한 해안에 그들을 내려달라고 블랙 마이클을 다시 설득해보았다. 심지어 협박까지 해보았다. 하지만 어떤 간청에도, 어떤 협박에도, 어떤 보상을 약속해도 그는 흔들리지 않았다.

"내가 그나마 당신들을 살려서 하선시켜줄 수 있는 유일한 사람이오. 우리가 안전하려면 당신들을 죽이는 것이 최선이지만, 나, 블랙 마이클은 은혜를 모르는 사람이 아니오. 당신이 내 목숨을 구해주었으니, 그 보답을 하는 것이오. 하지만 여기까지가 내가 할 수 있는 전부요. 선원들도 당신들을 살려 보내는 것을 불안해하고 있소. 당신들이 하루라도 빨리 하선하지 않으면 그들이 언제 불만을 터뜨릴지 모른단 말이오. 당신들에게 필요한 물건들을 주겠소. 요리를 위한 식기와 텐트로 쓸 수 있는 낡은 돛, 그리고 당신들이 과일과 사냥거리를 찾을 수 있을 때까지 연명할 수 있는 충분한 음식을 드리리다. 또한 당신의 총을 돌려줄 테니 호신용으로 쓰시오. 그 정도면 구출될 때까지 충분히 편하게 살 수 있을 거요. 내가 안전하게 숨을 곳을 마련하면 영국 정부에 당신이 있는 곳을 알려주겠소. 약속하리다. 내 목숨이 달린 문제라 내가 안전하게 숨을 곳이 어딘지 말해줄 수는 없지만 말이오. 사실 나조차 지금은 그곳이 어디인지 모르겠소. 어쨌든 당신들은 틀림없이 구출될 거요."

블랙 마이클이 갑판을 떠난 후, 클레이튼 부부도 조용히 선실로 내려갔다. 하지만 불길한 예감을 떨쳐낼 수 없었다. 클레이튼은 블랙 마이클의 말을 곧이곧대로 믿을 수 없었다. 만에 하나라도 그가 그들의 위치를 영국 정부에 알리지 않는다면? 게다가 다음 날 짐 싣는 보트로 그들을 해안까지 데려다줄 선원들이 나쁜 마음을 품는다면? 블랙 마이클의 시야에서 벗어났을 때 선원들이 클레이튼 부부를 죽일 수도 있었다. 설사 그런 불상사가 벌어진다 해도 블랙 마이클의 잘못은 아니었다. 적어도 블랙 마이클은 그들 부부에게 약속을 지킨 것이었다.

선원들이 그들을 순순히 보내주더라도, 더 심각한 위험이 기다리고 있을지도 몰랐다. 그랬다, 클레이튼은 몇 년이라도 살아남을 자신이 있었다. 그럴 수 있을 만큼 그는 용감하고 건강한 사람이었다. 그러나 앨리스는 달랐다. 게다가 그녀에게는 곧 태어날 어린 생명이 있었다. 그들마저 저 원시의 땅에서 가혹한 운명과 끔찍한 위험에 맞닥뜨려야 하는 것이었다. 클레이튼은 자기 앞에 놓인 암울한 상황에 대한 두려움과 무력감을 절감하지 않을 수 없었다. 그러나 어둠에 싸인 숲에서 그들을 기다리고 있는 끔찍한 앞날을 전혀 예측할 수 없었던 것이 오히려 신에게 감사할 일이었다.

다음 날 아침 일찍 클레이튼 부부를 위한 상자들이 갑판 위로 올려졌고, 그것은 다시 대기하고 있던 작은 보트로 옮겨졌다. 물건들은 양도 엄청났지만 종류도 대단히 많았다. 애초에 클레이튼 부부는 새로운 보금자리에서 5년 내지 8년을 지낼 계획이었기 때문이다. 대부분이 필수품이었지만 귀중품도 적지 않았다. 블랙 마이클은 선원들에게 클레이튼의 물건을 빠짐없이 보트에 옮겨 실으라고 명령했다. 클레이튼 부부에 대한 측은한 마음 때문이었을까, 아니면 자기들의 안전을 위한 순전한 이기심 때문이었을까? 누구도 그의 속내를 알 수 없었다. 그러나 수상한 범선에서 영국 장교의 물건이 발견된다면 그들에게도 유리할 것이 없었다. 이런 이유로 그는 선원들을 매몰차게 다그쳤다. 심지어 선원들에게 클레이튼의 권총까지 돌려주라고 명령했다.

소금에 절인 고기, 빵, 감자와 약간의 콩, 성냥, 그릇, 연장 상자, 낡은 돛 등 블랙 마이클이 그들에게 약속한 모든 것이 작은 보트에 옮겨 실렸다. 블랙 마이클은 주도면밀한 사내였다. 클레이튼이 의심했던 사건이 벌어질 수도 있다고 생각한 그는 자신이 직접 클레이튼 부부를 해안가로 데려다주었다. 마지막 순간까지 클레이튼 부부를 지켜주려 했던 것이다. 그리고 작은 보트는 신선한 물로 가득 채운 물통들을 태우고 푸왈다로 돌아갔다. 작은 보트가 잔잔한 수면 위로 조금씩 멀어져가는 것을, 클레이튼 부부는 물끄러미 지켜보았다. 그들의 가슴은 조만간 닥칠 재난에 대한 불길한 예감과 절망감으로 가득 차올랐다.

그때 그들 뒤에 펼쳐진 낮은 산등성이에서는 수많은 눈동자들이 클레이튼 부부를 지켜보고 있었다. 짙은 눈썹 아래에서 번쩍이는 사악한 눈동자들이었다.

푸왈다는 점점 더 멀어져갔다. 작은 점으로 변하더니 마침내 그들의 시야에서 사라졌다. 앨리스는 클레이튼의 품에 안겨 울음을 터뜨렸다. 그녀는 결코 약한 여자가 아니었다. 선상에서 일어난 폭동까지 꿋꿋하게 지켜보았고 그 순간에도 미래에 대한 희망을 버리지 않았던 강인한 여자다. 그러나 절대적 고독만이 함께 있다는 두려움이 엄습하자, 지칠 대로 지친 그녀는 인내심을 잃고 눈물을 터뜨리고 말았다. 클레이튼은 그녀가 마음껏 울도록 내버려두었다. 오랫동안 억눌러왔던 슬픔을 떨쳐내는 데는 차라리 그 편이 나을 수도 있었다. 이윽고 앨리스가 눈물을 훔치며 소리쳤다.

"이제 어떡하죠, 존? 너무 무서워요. 어떡하죠? 정말 어떡해요?"

그러나 클레이튼은 마치 아늑한 거실에 앉아 있는 사람처럼 차분한 목소리로 대답했다.

"한 가지 방법밖에 없어, 앨리스. 일하는 거야. 일을 하면 두려움을 이겨낼 수 있을 거야. 쓸데없는 생각을 할 여유를 가지면 안 돼. 가만있으면 미쳐버릴 테니까. 일을 하면서 기다려야 해. 누군가 꼭 우리를 구하러 올 거야. 예상보다 빨리 올지도 몰라. 푸왈다가 사라진 것을 알게 되면 영국 해군이 가만히 있지 않을 거야! 블랙 마이클이 우리에게 한 약속을 지키지 않는다 하더라도 걱정할 일은 아니야."

"하지만, 존. 당신과 나 둘뿐인데. 물론 당신과 함께 한다면 난 어떤 난관이라도 이겨낼 각오가 되어 있지만……."

앨리스는 끝내 말을 잇지 못하고 흐느꼈다.

"앨리스, 지나치게 걱정할 필요는 없어. 어떤 일이 벌어지더라도 우리 둘이 힘을 합해 맞서 싸워야 해. 어떤 상황이 닥쳐도 우리 능력을 굳게 믿고 용감하게 싸워야 한다구. 수백, 수천 년 전 아득히 먼 과거에 살았던 우리 조상들도 우리가 지금부터 이겨내야 할 문제들을 겪었을 거야. 우리가 지금 살아 있다는 게 그들이 이겨냈다는 증거라구. 그들이 했던 것을 우리라고 못 하겠어? 물론 우리는 경험도 부족하고, 과학이 창조해낸 보호 장치도 갖고 있지 않아. 하지만 그건 우리 조상들도 마찬가지였어. 아니 어쩌면 우리보다 더했을 거야. 앨리스, 그들은 겨우 돌과 뼈로 만든 연장과 무기를 사용했을 뿐이야. 그런데 우리에게는 총도 있고 더 좋은 연장도 있잖아. 우리도 분명 살아남을 수 있어."

"존. 나도 당신처럼 냉정할 수 있으면 좋겠어요. 하지만 나는 머리보다

가슴으로 생각하는 여자라고요. 내 눈에는 모든 것이 무섭고 끔찍하게만 보여요. 말로 표현조차 못하겠어요. 좋아요, 당신 말을 믿겠어요. 당신 말대로, 원시 시대 남자에게 어울리는 용감한 원시 시대 여자가 되겠어요. 나도 최선을 다하겠어요."

앨리스가 차츰 안정을 되찾아가자 클레이튼은 서둘러 움직이기 시작했다. 무엇보다 먼저 밤을 보낼 거처를 만들어야 했다. 먹잇감을 찾아 배회하는 맹수의 습격을 피하려면 사방이 막힌 집이 필요했다. 그는 총과 탄환이 들어 있는 상자를 열었다. 그들이 일하는 동안 불시의 공격을 당할 수도 있기 때문에 만반의 대비를 해야 했다.

클레이튼 부부는 그 땅에서 처음 맞이하는 밤을 안전하게 지낼 수 있는 곳을 찾아다녔다. 해변에서 100미터쯤 떨어진 곳에 나무가 거의 없는 아담하고 평평한 땅이 있었다. 그곳에 튼튼한 집을 짓기로 결정했다. 그러나 하루 만에 집을 완성하기는 어려웠다. 집을 완성할 때까지 일단은 나무 위에 작은 안식처를 만들어 맹수들의 공격으로부터 벗어나는 것이 최선이었다. 안식처를 만들어줄 만한 큰 나무들을 찾아 헤매던 클레이튼은 약 2.5평 정도의 공간을 두고 서 있는 네 그루의 나무를 발견했다. 임시 거처를 만들기에는 안성맞춤이었다. 주변의 다른 나무들에서 긴 가지들을 잘라내, 약 3미터 높이로 네 나무를 이어주는 틀로 사용했다. 그리고 블랙 마이클이 특별히 준비해준 밧줄로 가지들을 단단히 묶었다. 그렇게 만든 틀 사이로 작은 가지들을 촘촘하게 엮고, 주위에 풍성히 자라 있는, 코끼리 귀만큼이나 커다란 잎을 그 위에 차곡차곡 깔았다. 그리고 마지막으로 낡은 돛을 두툼하게 접어서 그 위에 덮었다.

클레이튼은 다시 2미터 가량 위에 비슷한 크기로 지붕을 만들고, 지붕 옆으로 남은 돛을 늘어뜨려 벽을 만들었다. 완성하고 보니 그럴 듯한 보금자리가 되었다. 그는 서둘러 침낭과 가벼운 짐들을 옮겨왔다. 벌써 해가 서쪽으로 기울고 있었다. 해가 완전히 서쪽으로 넘어가기 전에 앨리스가 편안히 새 보금자리에 올라갈 수 있도록 사다리를 만들어야 했다.

그들을 둘러싼 숲은 화려한 깃털을 자랑하는 새들과 시끄럽게 울어대며 춤을 추는 원숭이들로 가득했다. 그 동물들은 새로운 친구들이 멋진 오두막집을 완성해가는 모습을 호기심어린 눈초리로 지켜보았다.

클레이튼 부부는 집을 짓고 있는 중에도 경계를 늦추지 않았다. 하지만 클레이튼도 앨리스도 몸집이 커다란 동물들을 보지는 못했다. 다만 작은 원숭이들이 근처 산마루에서 소리치고 떠드는 것을 두세 번 보았을 뿐이었다. 그 원숭이들은 겁에 질린 듯한 눈길을 보내왔다. 마치 어딘가에 숨어 있는 난폭한 야수를 피해 달아나고 있다고 말해주는 듯…….

해가 떨어지기 직전에 클레이튼은 사다리를 완성했다. 그리고 가까운 냇물에서 물을 길어다가 커다란 물통을 가득 채웠다. 이윽고 두 사람은 공중에 떠 있는 방으로 올라갔다. 그제야 서로 얼굴을 마주보며 안도의 한숨을 내쉴 수 있었다.

사방이 막힌 탓인지 새로운 보금자리는 상당히 더웠다. 클레이튼은 벽처럼 늘어뜨린 돛을 지붕 위로 던져 올리고는 터키 사람처럼 담요 위에 앉았다. 그때 어둠에 잠긴 숲을 물끄러미 바라보고 있던 앨리스가 갑자기 클레이튼의 팔을 움켜잡으며 속삭였다.

"존, 봐요! 저게 뭐죠, 사람일까요?"

클레이튼이 그녀가 가리킨 방향으로 시선을 돌렸다. 어둠 속에서 사람의 형체와 닮은 무언가가 보였다. 상당히 큰 몸집이었다. 그것은 산등성이에 똑바로 서 있었다. 그러나 잠시 후 천천히 돌아서서 밀림 속으로 사라졌다.

"뭐죠, 존?"

"모르겠어. 너무 어두워서 잘 보이지가 않아. 어쩌면 달이 떠오르면서 생긴 그림자였을지도 몰라."

"잠깐만요, 존. 사람이 아니라면 뭐였을까요? 하여간 사람처럼 생긴 거였어요. 무서워요."

클레이튼은 아내를 품에 꼭 껴안은 채 사랑과 용기의 말을 속삭여주었다. 그리고 지붕에 올려놓았던 커튼 벽을 내려 나무에 단단히 묶어두었다.

그들은 다시 밀폐된 공간 속에 갇혔다. 벽에 뚫어놓은 작은 구멍을 통해 해변이 어렴풋이 보일 뿐이었다. 나무 위 작은 둥지는 칠흑 같은 어둠에 잠겼다. 클레이튼 부부는 담요를 펴고 누웠다. 모든 것을 잊고 잠들고 싶었다. 그러면 두려움까지 잊지 않겠는가! 클레이튼은 손이 닿는 곳에 권총과 라이플을 갖다 두고 누웠다.

밀림에서는 날카로운 표범의 울음소리가 들려왔다. 이 낯선 땅에서 첫 밤을 맞는 클레이튼과 앨리스는 겁에 질려 눈을 감을 수가 없었다. 표범은 점점 가까이 다가오는 듯했다. 마침내 잔인한 맹수가 바로 발밑에서 어슬렁대는 것이 느껴졌다. 한 시간 가량, 표범은 킁킁거리며 그들의 보금자리가 세워진 나무를 할퀴어댔다. 그러더니 결국 지쳤는지 해변을 가로질러 천천히 멀어져갔다. 밝은 달빛을 받으며 멀어져가는 표범을, 클레이튼은 똑똑히 볼 수 있었다. 멋진 몸매를 지닌 야수였다! 그리고 그가 지금껏 본 동물 중에서 가장 큰 동물이었다.

도저히 깊은 잠을 잘 수가 없었다. 밤은 지루하도록 길었다. 각양각색의 동물들로 가득한 미지의 밀림은 밤새도록 울음소리가 끊이지 않았다. 클레이튼 부부는 잠시도 긴장을 늦출 수 없었다. 날카로운 울음소리가 들릴 때마다, 무엇인가 나무 옆을 스치는 소리가 들릴 때마다, 그들은 깜짝깜짝 놀라며 잠을 깼다.

삶과 죽음

3

아침이 밝았다. 클레이튼 부부는 안도의 한숨을 내쉬며 새 아침을 맞았다. 소금에 절인 돼지고기와 빵으로 간단히 아침식사를 끝내고, 클레이튼은 집을 더 튼튼히 하기 위한 작업을 시작했다. 사방 벽을 더욱 단단히 막아서 밀림의 생명체들을 효과적으로 차단하지 못하면 밤을 안전하고 편안하게 보낼 수 없다는 것을 깨달았기 때문이다.

방 한 칸 만드는 것뿐인데도 작업은 생각보다 힘들었다. 족히 한 달은 걸렸다. 클레이튼은 직경 15센티미터 정도 되는 작은 나무토막을 쌓아 벽을 세웠고, 지하 1미터쯤 되는 곳에서 퍼온 진흙으로 그 틈새를 메웠다. 벽 한쪽에는 해변에서 가져온 작은 돌로 벽난로도 만들었다. 오두막을 완성한 다음에도, 벽 전체에 10센티미터 정도의 두께로 진흙을 한번 더 발랐다.

창문도 만들었다. 거기에다 직경 2센티미터 정도 굵기의 잔가지로 창살을 만들었다. 웬만한 동물의 완력은 충분히 견딜 수 있을 것 같았다. 이제 그들은 그 창문을 통해 안전하게 맑은 공기를 들이마실 수 있었고, 방을 환기시킬 수 있게 되었다.

지붕은 작은 가지들을 엮어서 A자 형으로 만들었다. 밀림에서 뜯어온 풀과 손바닥 모양의 큼직한 잎을 지붕 위에 깔고 진흙으로 덮어서 마무리했다. 짐상자들을 분해해서 생긴 나무판을 이용해 출입문까지 만들었다. 나무판들을 서로 엇갈리게 포개놓고 못을 박았다. 그러자 두께만으로도 8센티미터는 족히 되는 단단하고 튼튼한 문이 탄생했다. 하지만 그렇게 만든 문을 오두막에 고정시키는 것이 문제였다. 이틀간 끙끙거리며 땀을 흘린 덕분에 클레이튼은 단단한 목재로 두 개의 커다란 경첩을 만들어낼 수 있었다. 경첩으로 육중한 나무문을 오두막에 달아놓자 그다지 힘들이지 않고도 쉽게 문을 여닫을 수 있게 되었다.

지붕을 완성한 후, 짐들을 오두막으로 옮겼다. 그 후에도 벽토를 발라 치장하는 등 다른 마무리 작업이 계속되었다. 밤에는 문 앞에 상자들을 쌓아두어 만약의 경우를 대비했다. 그리하여 마침내 그들은 비교적 안전하고 편안한 은신처를 갖게 되었다.

침대, 의자, 탁자, 선반 등을 만드는 것은 상대적으로 쉬웠다. 거의 두 달이 지났을 무렵, 그들은 어느 정도 안정을 찾을 수 있었다. 그러나 야수들이 언제 공격해올지 모른다는 불안감과 점점 커져가는 외로움이 그들의 행복을 앗아가곤 했다.

밤마다 맹수들이 그들의 보금자리 주위에서 으르렁거렸다. 그러나 반복되는 그 소리에도 점점 익숙해져서 나중엔 별로 개의치 않고 편안히 잠자리에 들 수 있었다. 첫날밤에 보았던 것과 비슷한 형체가 빠르게 움직이는 것이 그 동안 세 번 정도 발견되었다. 그러나 그 희미한 형체가 사람인지 아니면 짐승인지 구별할 수 있을 정도로 가까이 다가온 적은 한번도 없었다.

화려한 깃털의 새들과 작은 원숭이들도 새로운 이웃인 그들에게 점차 익숙해져갔다. 그때까지 사람을 한번도 본 적이 없었던 게 분명했다. 사람에 대한 두려움이 가시자, 그들은 조금씩 클레이튼 부부에게 가까이 접근해왔다. 한 달이 채 지나지 않아 새들은 클레이튼이 손으로 조심스레 건네주는 먹이를 조금씩 받아먹을 정도가 되었다.

어느 날 오후, 클레이튼은 오두막 외에 방을 몇 개 더 만들 생각으로 작업중이었다. 갑자기 작은 원숭이들이 산등성이에서 부리나케 달려와 나무들 사이로 몸을 감추며 날카로운 소리를 질러댔다. 그들은 어딘가 몸을 숨길 곳을 찾고 있었는데, 그 눈빛에는 짙은 두려움이 어려 있었다. 클레이튼에게 다가와서 흥분한 듯 울어대는 것이 마치 다가오는 위험을 경고해주는 듯했다.

마침내 그는 작은 원숭이들이 그토록 두려워하는 것이 무엇인지 볼 수 있었다. 클레이튼이 어둠 속에서 몇 번인가 보았던 그 형체였다. 그것은 엉거주춤한 자세로 밀림을 뚫고 다가오고 있었다. 때때로 움켜쥔 손등이 땅 위에 닿기도 했다. 거대한 몸집의 원숭이였다. 가까이 다가오고 있는 그 원숭이는 쉰 듯한 음색으로 커다란 소리를 내질렀고 때로는 낮은 기침 소리를 내기도 했다.

그때 클레이튼은 오두막에서 멀리 떨어져 있었다. 집을 짓는 데 쓸 만한 나무들을 찾으러 밀림까지 들어와 있었던 것이다. 지난 몇 달 동안, 낮에는 위험한 동물을 만나지 않았던 까닭에 경계심을 늦춘 것이 화근이었다. 권총과 라이플마저 오두막에 두고 나왔는데, 지금 거대한 원숭이가 그를 향해 덤불을 헤치며 달려오고 있는 것이었다. 달아날 길은 하나뿐, 오두막을 향해 죽도록 뛰어야 했다. 밀림 속으로 더 깊숙이 들어갈 수는 없는 노릇이었다. 순간 클레이튼은 척추를 타고 내려오는 짜릿한 전율을 느꼈다.

그가 가진 것은 도끼 한 자루가 전부였다. 저 잔인한 괴물과 싸워 살아남을 가능성은 희박했다. 그리고, 앨리스! 오 하나님, 앨리스는 어떡하지? 그 절박한 순간에도 그는 앨리스를 걱정하지 않을 수 없었다. 그래도 실낱같은 희망은 있었다. 그는 돌아서서 오두막을 향해 뛰었다. 그리고 앨리스에게 집으로 뛰어들어가 문을 닫으라고 외쳤다.

그레이스톡 부인은 오두막으로 연결된 작은 길가에 앉아 있었다. 클레이튼의 숨가쁜 목소리에 앨리스는 고개를 들었다. 거대한 몸집을 한 이상한 동물이 엄청난 속도로 클레이튼을 뒤쫓아오고 있었다. 그녀는 오두막 안으로 뛰어올라갔다. 그리고는 두려움에 휩싸인 눈으로 밖을 내다보았다. 야수가 남편을 가로막고 서 있었고, 클레이튼은 두 손으로 도끼를 움켜쥔 채 그 거대한 원숭이와 대치하고 있었다. 야수의 어떤 공격이라도 막아내겠다는 비장한 결의가 엿보였다. 야수에게서 눈을 떼지 않으면서 클레이튼이 소리쳤다.

"문을 잠궈, 앨리스. 이 자식을 내 도끼로 끝내버리겠어!"

그러나 그는 자신 앞에 끔찍한 죽음이 엄습해오고 있음을 느꼈다. 앨리스도 그런 불안감을 떨쳐버릴 수 없었다. 그 원숭이는 수컷이었다. 100킬로그램은 족히 넘을 것 같았다. 불쾌할 정도로 가깝게 붙어 있는 두 눈동자는 덥수룩한 눈썹 아래에서 증오로 빛났다. 섬뜩한 울음소리를 낼 때마다 커다란 송곳니가 번쩍였다.

그 야수의 어깨 너머로 클레이튼은 자신의 오두막집 문을 볼 수 있었다. 채 스무 걸음도 되지 않는 가까운 거리였다. 앨리스가 라이플을 들고 오두막에서 내려오고 있었다. 앨리스는 총을 두려워했다. 만지려고 하지도 않았다. 그러나 지금 그녀는 새끼를 보호하려는 암사자처럼 대담하게 그 원숭이를 향해 다가오고 있었다.

"돌아가, 앨리스! 제발, 돌아가!"

그러나 그녀는 멈추지 않았다. 클레이튼의 절규를 잘못 이해한 탓일까? 원숭이가 곧바로 클레이튼을 공격하기 시작했다. 클레이튼도 원숭이의 공격에 맞서 있는 힘을 다해 도끼를 휘둘렀다. 그러나 그 큼직한 손으로 도끼를 붙잡은 야수는 이내 클레이튼의 손에서 그것을 빼앗아 멀리 던져버렸다.

커다란 송곳니를 번뜩이며 그 거대한 원숭이는 클레이튼의 어깨를 움켜잡았다. 클레이튼은 두 눈을 감고 죽음의 순간을 기다릴 수밖에 없었다. 그러나 야수의 송곳니가 그토록 갈망하던 클레이튼의 목에 닿기 전, 날카로운 총성과 함께 총알이 원숭이의 등에 박혔다.

원숭이는 클레이튼을 내동댕이치고 새로운 적을 향해 돌아섰다. 앨리스는 겁에 질린 표정으로 원숭이를 향해 다시 총을 쏘려 했지만 소용이 없었다. 그녀는 총을 어떻게 사용하는지 잘 몰랐다. 원숭이가 그녀를 덮치는 순간, 그녀는 몸을 웅크렸다. 거의 동시에 가까스로 일어선 클레이튼이, 앨리스를 덮친 원숭이를 끌어내기 위해 온힘을 다해 달려갔다. 원숭이를 밀어내자, 그 커다란 몸집이 힘없이 옆으로 쓰러졌다. 원숭이는 이미 죽어 있었다. 총알이 제 역할을 해낸 것이다.

클레이튼은 급히 아내를 살폈다. 다행히 아무런 상처도 입지 않았다. 그는 여전히 의식불명인 부인을 부드럽게 들어올렸다. 그리고 오두막으로 올라갔다. 거의 두 시간이 지난 후에야 그녀는 희미한 신음소리와 함께 의식을 되찾았다. 의식을 되찾은 후에도 한참 동안 가만히 오두막을 둘러보았다. 그리고는 안도의 한숨을 내쉬며 옅은 미소를 띠고 말했다.

"다행이에요, 존. 정말이지, 집에 돌아와서 얼마나 다행인지 몰라요. 너무나 끔찍한 꿈을 꿨어요. 우리가 런던에 있지 않고, 끔찍한 동물이 우리를 공격하는 곳에 있는 줄 알았어요."

클레이튼은 앨리스의 이마를 가볍게 두드리며 말했다

"괜찮아. 괜찮아, 앨리스. 다시 자도록 해요. 악몽일랑 잊어버리고."

그날 밤, 원시림 옆 조그마한 오두막에서 어린아이가 태어났다. 오두막 앞에서는 표범이 울부짖었고 산등성이 너머에서는 사자가 낮은 소리로 포효했다. 그레이스톡 부인은 아직 원숭이의 공격으로 받은 충격에서 완전히 깨어나지 못했다.

그녀는 아이가 태어난 후 거의 일 년 동안 오두막 바깥으로 나가지 않았다. 자신이 머물고 있는 이곳이 영국이 아니라는 사실조차 깨닫지 못했다. 때때로 그녀는 클레이튼에게 밤에 들리는 이상한 소리에 대해 물어보곤 했다. 하인과 친구가 보이지 않는다며 투덜거리기도 했고, 방안 가구들이 낯설고 조잡한 것에 대해 묻기도 했다. 클레이튼은 모든 것을 솔직하게 말해주었지만 그녀는 그 뜻을 이해하지 못했다.

그러나 그녀는 아기에게는 무척이나 이성적인 어머니였다. 작은 아들을 안고 기뻐하며 행복해했다. 남편의 지극한 보살핌으로 그녀는 매우 행복한 한 해를 보낼 수 있었다. 그리고 그 일 년은 어린 생명에게도 가장 행복한 시간이었다.

차라리 그녀가 정상적이지 않은 게 나았다. 자신이 어디에서 살고 있는지 모른다는 사실이 오히려 다행한 일이었다. 만약 그녀가 정신적으로 정상이었다면 항상 걱정과 불안감에 싸여 살았을 것이다. 그런 그녀를 보는 것이야말로 클레이튼에게는 끔찍한 고통이다.

클레이튼은 누군가 자신들을 구해줄 거라는 희망을 버린 지 오래였다. 우연이라면 모를까. 구조를 기다린다는 것은 어리석은 짓이라고 생각했다. 대신에 그는 끝없는 열정으로 오두막 내부를 꾸미기 시작했다. 사자와 표범의 가죽을 바닥에 깔았고, 벽은 선반과 책꽂이로 장식했다. 그가 진흙으로 직접 만든 이상한 모양의 꽃병에는 아름다운 열대 꽃들이 꽂혔다. 풀과 대나무로 만든 커튼은 창문을 가려주었다. 무엇보다 힘들었던 일은 빈약한 연장으로 벽과 천장을 틈새 하나 없이 연결시키고 오두막 바닥을 평평하게 다듬는 것이었다.

그는 인간의 놀라운 적응력을 보여주었다. 전혀 익숙하지 않은 일들이었지만 결국 해냈다. 그러나 이 모든 일을 그는 즐거운 마음으로 해나갔다. 사랑하는 아내 앨리스를 위하여, 그리고 그들을 기쁘게 해주려고 막 태어난 조그만 생명을 위하여. 그 작은 생명이 그에게 수많은 책임을 지우고 상황을 더 힘들게 만들기도 했지만 말이다.

그 다음 해에도 클레이튼은 끔찍한 원숭이들의 공격을 여러 번 받았다. 오두막 주변으로 계속해서 원숭이들이 몰려들었다. 권총과 라이플을 갖고 있었기에 그 거대한 야수들이 특별히 두려운 존재는 아니었다. 그래도 그는 오두막의 방어벽을 더 단단히 했고, 오두막 문에 독특한 나무 잠금장치도 달았다. 이렇게 해서 어떤 동물도 오두막을 침범하지 못할 것이란 확신이 들었을 때 클레이튼은 사냥감과 과일을 찾아 오두막 밖으로 나설 수 있었다. 처음에는 오두막 안에서 창문을 통해 총을 쏴서 사냥을 했다. 그러나 차츰 동물들도 권총의 우레와 같은 소리를 두려워하기 시작했고, 오두막 가까이로 접근하는 것을 꺼렸다. 먹고 살기 위해서는 어쩔 수 없이 바깥으로 나가야 했다.

쉬는 시간이 생기면 클레이튼은 책을 읽곤 했다. 종종 앨리스에게 큰 소리로 읽어주기도 했다. 새로 부임할 예정지였던 영국령 서아프리카로 가져가기 위해 챙겨왔던 것들이다. 그 중에는 어린아이를 위한 책도 많았다. 그림책과 학습용 입문서들과 각종 독본들! 그들이 새로운 부임지에서 임무를 다 마치고 영국으로 귀향할 때쯤이면 아기가 많이 자라 있을 것이라 생각하고 챙긴 것들이었다.

때때로 클레이튼은 일기를 썼다. 밀림에서 겪은 이상한 삶에 대한 이야기를 프랑스어로 썼다. 그리고 그 일기장을 작은 금속상자에 넣어 보관했다.

아들이 태어난 지 꼭 일 년이 되던 날 밤, 앨리스는 조용히 숨을 거뒀다. 너무도 평화로운 죽음이었다. 클레이튼조차도 몇 시간 후 잠에서 깨어나서야 그녀가 죽은 것을 깨달았을 정도였다.

아무도 없는 세계에 그와 어린 아들만이 남겨졌다. 아내를 잃은 슬픔이 얼마나 큰 것인지 그가 제대로 인식이나 했을까? 아니 그 어린 생명체, 아직 보살핌이 필요한 아기를 홀로 돌봐야 한다는 책임감이나마 정확히 인식했을까?

그가 일기장에 남긴 마지막 기록은 그녀가 죽은 다음 날 아침에 쓴 것이었다. 그는 아내를 잃은 슬픔을 사실 그대로 기록했다. 그 때문에 일기는 읽는 사람에게 슬픔을 더해주었다. 긴 슬픔과 절망에 허덕이다 지친 무감각마저 묻어나는 일기였다. 너무도 잔인한 충격을 받은 탓인지, 앞으로 자신에게 닥칠 고통에 대해서는 전혀 깨닫지 못하고 있는 듯했다.

> "내 어린 아들이 젖을 달라고 울고 있어. 어떻게 해야 하지, 앨리스? 앨리스! 어떻게 해야 하냐고?"

존 클레이튼이 일기에 남긴 마지막 구절이었다. 그리고 그는 책상 위에 팔을 길게 뻗고 얼굴을 힘없이 떨구었다. 이 책상은 옆 침대에 차갑게 누워 있는 여인을 위해 만든 것이었다. 그 후 오랫동안 밀림에는 죽음 같은 정적이 흘렀다. 작은 생명체의 가여운 울음소리만이 밀림을 정적에서 구해낼 뿐이었다.

원숭이들

4

바다에서 2킬로미터 정도 떨어진 고원지대, 울창한 숲에서 늙은 원숭이 커착은 무리들에게 분노를 쏟아내고 있었다. 어린 원숭이들은 그의 노여움에서 벗어나려고 높은 나무 꼭대기 위로 쏜살같이 도망쳤다. 주체할 수 없는 분노로 휘두르는 그의 주먹에 희생되느니 차라리 그들의 몸무게를 간신히 지탱해주는 나뭇가지에 생명을 맡기는 편이 낫다고 생각했기 때문이다. 덩치 큰 수컷들도 사방으로 흩어졌다.

그때 분노를 주체하지 못하고 날뛰던 커착 옆으로 무엇인가 툭 하고 떨어지는 소리가 들렸다. 힘겹게 나뭇가지를 붙들고 있던 어린 암컷 원숭이가 그만 팔에 힘이 빠져 땅에 떨어졌는데, 하필 그게 커착 주변이었던 것이다. 커착은 그 어린것에게 달려들어 옆구리를 사정없이 찢어발겼다. 어린 원숭이의 머리와 어깨를 커다란 나뭇가지로 무섭게 내리쳤다. 어린 원숭이의 머리가 순식간에 으스러지며 형체도 없이 사라져버렸다.

바로 그 순간, 칼라가 새끼에게 줄 음식을 구해 숲으로 돌아왔다. 커착은 매서운 눈초리로 칼라를 노려보았다. 칼라는 커착이 화가 나 있다는 것을 전혀 모르고 있었다. 누군가 날카로운 소리로 칼라에게 경고음을 보냈다. 칼라는 순간적으로 움찔했지만 곧 안전한 곳을 찾아 미친 듯이 달아났다. 커착이 칼라를 뒤쫓았고, 칼라의 발목을 잡을 수 있을 정도까지 근접해왔다. 이젠 공중으로 뛰어올라 나무들 사이로 도망치는 길밖에 없었다. 공중으로 바로 뛰어오르는 것은 실패할 가능성이 높은 위험천만한 시도였다. 하지만 커착의 야만스런 횡포를 벗어나자면 달리 방법이 없었다.

칼라는 풀쩍 뛰어올라 나뭇가지를 잡는 데 성공했다. 하지만 칼라의 목에 매달려 있던 새끼는 갑작스런 충격에 놀랐는지 두 손을 놓고 말았다. 어린것이 공중에 내던져져 9미터 아래 땅으로 떨어지고 있었다. 어린 새끼를 살려야 했다. 칼라는 나지막한 신음 소리를 내며 곧장 새끼에게로 달려갔다. 커착에 대한 두려움은 생각할 겨를이 없었다. 그러나 칼라가 그 어린것을 품에 안았을 때, 새끼는 이미 생명을 잃은 후였다. 칼라는 죽은 새끼를 품에 안고 눈물을 글썽거렸다. 칼라의 흐느낌에 커착마저도 숙연한 표정으로 변했다. 칼라의 새끼가 땅에 떨어져 죽는 순간, 커착의 광기와 분노마저도 순식간에 사라져버렸다.

원숭이 왕 커착은 150킬로그램은 족히 나갈 것 같은 거대한 몸집의 소유자였다. 이마는 무척 좁은데다 움푹 들어가 있었다. 핏발이 선 작은 눈은 납작한 코에 거의 붙어 있는 듯 보였다. 귀는 큼직한 편이었지만 무리들의 귀에 비해서는 작은 편이었다. 커착은 잔인한 성격과 막강한 완력으로 작은 무리에서 왕처럼 군림했다. 태어난 지 스무 해가 된 탓에 한창 힘을 쓸 때였다. 그가 휘젓고 다니는 넓은 숲에서 감히 그에게 대항하려는 원숭이는 없었다. 몸집이 더 큰 다른 동물들도 그를 괴롭히려 들지 않았다.

그러나 코끼리, 탄토르만은 예외였다. 탄토르가 두려워하는 동물은 어디에도 없었다. 커착도 탄토르만 보면 조심스레 피했다. 탄토르가 날카로운 괴성을 질러대면, 커착도 무리들과 함께 높은 나무를 찾아 허둥대며 도망치기 바빴다.

커착은 무쇠 같은 손과 쇠창살 같은 송곳니로 원숭이 가족을 다스리고 있었다. 여섯 가족, 혹은 여덟 가족이 커착의 수하에 있었다. 원숭이 한 가족은 어른 수컷 한 마리와 암컷 여러 마리 그리고 새끼들로 이루어져 있다. 따라서 무리 전체는 대략 예순 마리에서 일흔 마리 정도로 채워져 있다.

칼라는 투블랏이라 불리는 수컷 원숭이의 가장 어린 짝이었다. 투블랏은 '부러진 코' 라는 뜻이었다. 칼라는 이제 겨우 아홉 살이었다. 어린 새끼를 잃은 것도 이때가 처음이었다. 칼라는 어리지만 몸집이 크고 강했다. 균형 잡힌 다리와 둥글고 높은 이마는 칼라가 무리 중에서 가장 지능이 높다는 것을 의미했다. 또한 그것은 어머니답게 사랑과 슬픔을 느낄 수 있다는 뜻이기도 했다.

그러나 칼라도 거칠고 잔인한 야수의 한 마리일 뿐이었다. 고릴라와 동족이긴 하지만 칼라의 무리가 더 똑똑한 편이었다. 높은 지능과 고릴라처럼 강한 힘 덕분에 그들 무리는 인간의 조상인 원숭이 중에 가장 무서운 원숭이로 군림할 수 있었다.

커착의 분노가 사그라들자 원숭이 무리는 나무에서 조용히 내려와 평상시 모습으로 돌아갔다. 어린것들은 나무와 덤불들 사이를 뛰어다니며 놀았다. 어른 원숭이들은 땅에서 썩어가는 풀을 깔고 엎드리거나 누워 있었다. 나뭇조각을 뒤지고 흙을 파헤치며 작은 벌레와 파충류들을 잡아먹는 원숭이들도 있었다. 또한 나무들 사이를 돌아다니며 열매를 따고 작은 새의 알을 찾아다니는 원숭이들도 있었다. 그렇게 한 시간쯤 흘렀을까? 커착이 갑자기 무리를 불러모으고는, 자신을 따라오라고 짤막하게 명령한 후 바다로 향했다.

원숭이 무리는 그 지역 부근을 이동하며 살았다. 코끼리들이 오가면서 만들어놓은 길이 밀림의 유일한 통로였는데, 관목, 덤불, 나무들로 뒤엉켜 마치 미궁처럼 보이는 길이었다. 원숭이들은 뒤뚱거리며 걸었다. 걷는 것이 어색해 보였다. 게다가 그들 무리는 몸을 앞으로 흔들어대며 손등을 땅바닥에 대고 걸었다. 그러나 관목림 사이로 난 길을 지나갈 때는 상당히 민첩하게 움직였다. 그들보다 훨씬 몸집이 작은, 그들의 사촌뻘 되는 긴꼬리원숭이들이 나뭇가지 사이를 민첩하게 오가며 그네 타는 모습과 비슷해 보였다. 바다로 가는 내내 칼라는 죽은 아기를 가슴에 꼭 안고 있었다. 해가 중천에서 서쪽으로 움직이기 시작할 때쯤 그들은 멀리 해변이 보이는 산등성이에 도착했다. 바로 그 아래에 커착의 목표물인 작은 오두막이 있었다.

커착은 그 오두막에 하얀 원숭이가 살고 있다는 사실을 알고 있었다. 그 하얀 원숭이의 손에 들린 작고 검은 막대기에서 나는 큰 소리에 무리들이 죽어가는 것도 많이 보았다. 그래서 커착은 무리들에게 죽음을 안겨준 마법의 물건을 빼앗아야겠다고 굳게 결심했던 것이다. 그에게 증오와 공포를 심어준 그 이상한 동물의 목에 날카로운 이빨을 꽂고 싶었다. 그렇게 하기 위해 그는 자주 무리들과 함께 산등성이까지 달려와서는, 하얀 원숭이가 경계를 푸는 때를 기다리곤 했다. 하지만 커착은 그 하얀 원숭이 앞에 감히 모습을 드러내지 못했다. 그때마다 작은 막대기에서 알 수 없는 굉음이 터지면서 함께 간 원숭이 무리들이 죽음을 맞았기 때문이다.

그날은 하얀 원숭이를 볼 수 없었다. 오두막 주변에서는 물론, 어디에서도 그의 흔적을 찾을 수 없었다. 다만 오두막 문이 열려 있는 것을 확인할 수 있었다. 그들은 천천히, 주의 깊게 그리고 소리 없이 나무잎을 헤치며 작은 오두막으로 기어올랐다. 으르렁대는 소리도, 분노를 터뜨리는 날카로운 외침도 없었다. 그들은 작고 검은 막대기를 깨우지 않도록 조용히 가야 한다는 것을 알고 있었다.

커착이 살금살금 문 앞까지 다가가 오두막 안을 살폈다. 수컷 두 마리와 새끼의 시체를 가슴에 안은 칼라가 그 뒤를 바싹 따랐다. 하얀 원숭이는 책상을 반쯤 가로지르며 엎어져 있었다. 침대에는 돛으로 덮인 어떤 형체가 누워 있었고, 원목으로 만들어진 작은 요람에서는 젖먹이의 구슬픈 울음소리가 새어나오고 있었다.

커착은 발소리를 죽이고 허리를 구부린 자세로 오두막 안으로 들어갔다. 그 순간 클레이튼이 갑자기 몸을 일으켰다. 클레이튼은 눈앞에 펼쳐진 장면을 믿을 수 없었다. 온몸에 소름이 돋았다. 오두막 입구에 커다란 수컷 원숭이 세 마리가 서 있었고, 그 뒤로도 엄청나게 많은 원숭이들이 몰려와 있었다. 그는 무방비 상태였다. 권총은 벽에 걸려 있었다. 그가 벽으로 몸을 피할 틈도 없이 커착이 공격해왔다.

원숭이 왕은 곧바로 축 늘어진 몸뚱이를 바닥으로 떨어뜨렸다. 그 몸뚱이는 존 클레이튼, 그레이스톡 경이였다. 이제 커착은 작은 요람으로 눈길을 돌렸다. 그러나 그곳에는 이미 칼라가 와 있었다. 커착이 아기를 움켜잡으려는 순간 그녀가 먼저 낚아챘다. 그리고 커착이 막아서기 전에 재빨리 문을 빠져나가 높은 나무로 피했다. 앨리스 클레이튼의 아기 대신, 요람에는 칼라의 죽은 새끼가 놓였다. 살아 있는 아기의 울음소리가 야수의 가슴 안에도 존재하는 모성애를 불러일으킨 것이다. 죽은 생명체에서는 느낄 수 없는 애틋한 감정이 칼라를 뒤흔들었다.

커다란 나무의 굵은 가지들을 헤치고 높이 올라간 칼라는 마냥 울어대는 젖먹이를 더 깊이 끌어안았다. 이 아기를 낳은 자애롭고 아름다웠던 어머니에게 있었던 본능이 이 거친 암컷에게도 존재하고 있었던 것이다. 모성애의 본능이었다. 이 아기도 어머니의 따뜻한 가슴을 그 야수에게서 느꼈던 것일까? 아기는 곧 울음을 그치며 조용해졌다.

굶주림은 그들을 더욱 가깝게 만들었다. 영국 귀족의 아들은 거대한 원숭이 칼라의 가슴에서 젖을 빨았다. 그 동안 원숭이 무리는 조심스레 오두막을 살폈다. 클레이튼이 죽은 것을 확인한 커착은 돛으로 덮인 채 침대에 놓여 있는 것에 주의를 돌렸다. 신중하게 돛의 한쪽 구석을 들어올렸다. 여자의 몸이 살짝 드러나자 커착은 돛을 거칠게 찢어버리고, 털이 덥수룩한 커다란 손으로 움직이지 않는 하얀 목을 움켜쥐었다. 그러나 날카로운 손톱을 차갑게 굳어버린 살 속에 밀어넣는 순간 커착은 그녀가 이미 죽었다는 것을 깨달았다. 그는 화가 난 듯이 뒤돌아섰다. 그리고 다시 방안을 살피기 시작했다. 앨리스와 존 클레이튼에게는 눈길조차 주지 않았다.

마침내 벽에 걸려 있던 라이플이 눈에 띄었다. 그가 지난 몇 달간 손에 넣고 싶어했던 그것이다. 천둥 같은 소리와 함께 죽음을 부르는 막대기였다. 그러나 막상 그것이 눈에 띄자 성급하게 달려들 수가 없었다. 커착은 조심스레 벽으로 다가갔고, 끝까지 경계심을 늦추지 않았다. 그 막대기가 묵직한 소리를 낸다면 곧바로 달아나야만 한다는 것을 알고 있기 때문이었다. 그랬다, 그 막대기를 갖고 있던 하얀 원숭이를 무모하게 공격하던 무리들도 그 소리와 함께 죽어가지 않았던가!

커착은 영리했다. 그 천둥 막대기가 벽에 걸려 있을 때는 위험하지 않다는 것을 깨달았다. 하지만 그래도 선불리 다가서지 못했다. 그 천둥 막대기 앞을 서성대며 간혹 눈길을 던져 새삼 위치를 확인할 뿐이었다. 커착은 오두막을 가로지르며 죽어 있는 클레이튼이 걸리적거렸는지 그 긴 팔로 시체를 구석으로 밀어내며 날카로운 괴성을 질렀다. 이전에는 들어보지 못한 섬뜩한 소리였다.

마침내 커착은 라이플 앞에 멈춰 섰다. 커다란 손을 천천히 들어올려 그 빛나는 물체를 쥐려 했다. 그러나 여전히 두려웠던 것일까? 그는 재빨리 뒤로 물러섰다. 그리고 다시 오두막 안을 서성댔다. 거친 숨소리를 내며 무리들에게 자신이 대담무쌍한 왕이란 것을 보여주기 위해 어떻게든 용기를 끌어내려는 것 같았다. 저 천둥 막대기를 반드시 손에 넣어야만 해!

커착은 다시 라이플 앞에 섰다. 이번에는 손가락이 차가운 쇳덩이에 닿는 듯했다. 이제 낚아채기만 하면 되었다. 하지만 이번에도 커착은 마지막 순간에 물러서고 말았다. 그리고 다시 거친 숨을 몰아쉬며 서성거렸다. 이 이상한 의식은 여러 번 반복되었다. 이런 행동을 반복하면서 커착은 조금씩 자신감을 갖게 된 것일까? 마침내 라이플은 벽에서 떨어져나와 거대한 야수의 손 안에 놓이게 되었다.

라이플이 위험하지 않다는 것을 알게 된 커착은 그것을 만지작거리기 시작했다. 총구 속을 뚫어져라 들여다보기도 했고, 개머리판과 조준기에 손가락을 대보기도 했다. 그리고 마지막으로 방아쇠를 만졌다. 그 사이 오두막 안에 있던 다른 원숭이들은 출입문 근처에 모여 앉아 커착을 지켜보고 있었다. 오두막 밖에 있던 원숭이들도 고개를 치켜들고 오두막 안에서 무슨 일이 벌어지는지 긴장한 얼굴로 지켜보았다.

커착의 손가락이 방아쇠를 당겼다. 그 순간 귀가 멍멍해질 정도로 큰 소리가 작은 방을 뒤흔들었다. 원숭이들은 깜짝 놀라 달아나기 시작했다. 서로 몸이 뒤엉키며 쓰러졌지만 쓰러진 동료의 몸을 짓밟으며 정신없이 달아났다. 커착도 겁에 질린 표정이었다. 그 굉음을 낸 라이플을 내던지지도 못한 채 손에 쥐고 문을 향해 달렸다. 그때 라이플의 총구가 문 끝을 건드렸고, 그 힘으로 문이 저절로 닫혔다.

커착은 오두막을 한참 벗어난 뒤에야 멈춰 섰다. 그제야 자신이 아직도 총을 쥐고 있다는 것을 깨닫고는 빨갛게 달아오른 그 쇳덩어리를 멀리 던져버렸다. 그리고 다시는 라이플에 눈길조차 주지 않았다. 그 소리는 원숭이들에게 곧 죽음을 의미했기 때문이다. 하지만 그 무서운 막대기도 건드리지 않으면 안전하다는 것만은 알고 있었다.

원숭이들은 한 시간 정도가 지난 뒤에야 다시 오두막으로 접근하기 시작했다. 궁금증을 이길 수 없었던 것일까? 오두막을 더 살펴보고 싶었다. 그러나 오두막 문이 굳게 닫혀 있자 원숭이들은 분노의 괴성을 터뜨렸다. 커착이 빠져나갈 때 라이플의 총구가 문을 건드리면서, 클레이튼이 만들어놓은 잠금장치를 채워져버린 것이다. 창문마저도 굳게 막혀 있어, 원숭이들은 이제 그 안으로 들어갈 수 없었다.

오두막 근처에서 서성대던 그들은 결국 발걸음을 돌리기 시작했다. 그 때까지도 칼라는 새로 얻은 젖먹이를 끌어안고 높은 나무 위에 앉아 있었다. 커착이 집으로 돌아가자며 칼라를 불렀다. 화난 목소리는 아니었다. 안심한 칼라는 나뭇가지들을 가볍게 타고 내려와 무리들과 섞였다. 칼라의 품에 안긴 이상한 아기를 보려고 원숭이들이 다가왔지만, 칼라가 긴 송곳니를 드러내며 으르렁대는 바람에 모두가 움찔 뒤로 물러섰다. 아기를 해칠 의도가 없다는 것을 확인한 뒤에만 칼라는 그들의 접근을 허용했다. 하지만 결코 누구도 아기를 만지지 못하게 했다. 칼라는 아기가 약한 존재라는 것을 잘 알고 있는 듯했다. 그래서 무리들이 거친 손으로 아기를 해치지나 않을까 염려했다.

어린것을 품에 안고 걷는 것은 칼라에게도 힘든 일이었다. 하지만 한번 어린 자식을 잃어본 경험 때문이었을까? 칼라는 자신의 고통까지도 감수하며, 새로 얻은 아기를 필사적으로 품에 안고 다녔다. 다른 새끼들은 엄마의 등에 올라타 두 팔로 목을 꽉 쥐었고, 두 다리로는 엄마의 겨드랑이를 죄었다. 하지만 칼라의 품에 안긴 아기는 그 가냘픈 손으로 칼라의 몸을 뒤덮은 길고 검은 털을 꼭 붙잡았다. 칼라는 등에 업은 아기가 떨어져 죽는 것을 보았기 때문에 어린 그레이스톡 경을 품에 안고 걸었다. 똑같은 비극을 두 번 다시 겪고 싶지 않았던 것이다.

하얀 원숭이

5

칼라는 새롭게 얻은 아기를 정성껏 돌보았다. 다른 엄마들에게 붙어 있는 작은 원숭이들처럼 힘차게 움직이지 못하는 아기가 걱정스러웠다. 그 아기는 거의 일 년이 지나서야 겨우 혼자 걸을 수 있게 되었다. 그러나 나무를 기어오르지는 못했다. 다른 새끼 원숭이들에 비해 모든 것이 늦었다. 하지만 그 아기는 칼라의 희망이었다. 실제로 칼라는 때때로 나이 많은 암컷들에게 그 아기가 그녀의 희망이라고 숨김없이 털어놓았다. 하지만 누구도 그 아기의 성장 속도가 왜 그렇게 느린지 이해할 수 없었다. 태어난 지 일 년이 지났건만 제 몸조차 가누지 못하고 있었기 때문이다. 게다가 그 어린것은 스스로 먹을 것을 구하지도 못했다.

만약 그들이 그 아기를 처음 발견했을 때 이미 태어난 지 열세 달이 된 것을 알았더라면 어땠을까? 십중팔구 그 아기에게 아무런 희망도 품지 않았을 것이다. 그 하얀 아기는 25개월이 지나서야, 원숭이들이 태어난 지 두세 달 만에 해낼 수 있는 것을 겨우 흉내라도 낼 수 있게 되었다. 칼라의 남편인 투블랏은 그 어린것이 거추장스러울 뿐이었다. 칼라가 주의 깊게 살피지 않았더라면 그 아기를 감쪽같이 해치웠을 것이다.

"저 녀석은 용감한 원숭이가 될 수 없을 거야! 항상 당신이 데리고 다니면서 지켜줘야 할 거라고. 우리 무리에게 무슨 도움이 되겠어? 아무런 도움도 못 되는 거추장스런 짐일 뿐이야. 저 녀석을 그만 포기하도록 해. 늙기 전에 우리를 지켜줄 건강한 원숭이를 낳아야 되지 않겠냐고!"

투블랏이 투덜댈 때마다 칼라는 퉁명스럽게 대답했다.

"절대 이 아기를 버리지 않을 거야, 부러진 코! 영원히 데리고 다녀야 한다면 그렇게라도 할 거라고."

투블랏은 커착을 통해 칼라에게 압력을 가했다. 그들의 장래를 위해서라도 칼라에게 타잔을 포기하라고 명령해줄 것을 재촉했다. '타잔' 이라는 이름은 어린 그레이스톡 경에게 '하얀 피부' 라는 뜻으로 붙여진 것이었다.

커착은 투블랏의 청대로 칼라에게 타잔을 버리라고 명령했다. 하지만 칼라는 그들이 타잔을 건드리면 그들 무리를 영원히 떠날 것이고, 죽어서까지 보복하겠다고 위협했다. 실제로 동물의 세계에서는 무리들과 틈이 갈라질 때 언제라도 무리를 떠날 수 있는 권리가 있었다. 칼라는 암컷들 중에서 가장 아름다웠기 때문에, 그들은 칼라를 잃고 싶지 않았고, 따라서 더 이상 간섭하지 않았다.

타잔은 하루가 다르게 성장해갔다. 걸음걸이도 빨라졌다. 열 살쯤 되었을 때는 원숭이들 못지않게 나무에 기어올랐으며, 땅에서도 원숭이 형제들이 꿈도 꾸지 못할 일들을 척척 해냈다. 많은 점에서 타잔은 그들과 달랐다. 나날이 변해가는 타잔의 모습에 모두들 놀라지 않을 수 없었다. 하지만 몸집이나 힘에 있어서는 타잔이 형제들보다 부족했다. 커다란 원숭이들은 열 살쯤이면 완전히 성장해서 키가 거의 2미터에 이르는 것들도 있었지만 타잔은 여전히 어린아이에 불과했다. 하지만 타잔은 남다른 소년이었다.

아주 어릴 때부터 타잔은 엄마를 흉내내며 두 손으로 나뭇가지에 매달려 나무 타는 방법을 배웠다. 점차 성장해가면서는 원숭이 형제들과 어울려 거의 언제나 나무에서 살다시피 했다. 타잔은 아찔할 정도로 높은 나무 꼭대기에서 6미터 정도 떨어진 다른 나무 꼭대기로 건너 뛸 수도 있게 되었다. 바람에 나뭇가지들이 심하게 흔들릴 때도 타잔은 한 치의 어긋남도 없이 나뭇가지들을 움켜쥘 수 있었다. 타잔은 다람쥐처럼 날랬다. 까마득히 높은 나무에서 순식간에 내려와 어느새 나무 꼭대기까지 올라가 있을 정도였다.

열 살배기 어린아이였지만 서른 살의 장년만큼이나 힘도 세졌다. 날이 갈수록 힘은 더 강해졌다. 또한 뛰어난 운동선수보다 민첩했다. 그는 거친 원숭이들과 어울려 행복하게 살았다. 그에게는 갓난 시절의 기억이 남아 있지 않았다. 또한 밀림과, 그에게 익숙해진 야생동물들 이외에는 이 세상에 어떤 것도 존재하지 않는다고 생각했다.

그러나 열 살 무렵을 지나면서, 그는 자신이 친구들과 무척이나 다르다는 사실을 조금씩 깨닫기 시작했다. 태양에 검게 그을린 작은 몸뚱이가 갑자기 부끄럽게 느껴졌다. 하찮은 뱀이나 파충류처럼 자신의 몸에 털이 하나도 없다는 것을 인식했기 때문이다. 타잔은 머리부터 발끝까지 진흙을 발라서 이런 부끄러움을 감추려 했다. 하지만 진흙은 곧 말라 떨어졌다. 게다가 너무나 불편했기 때문에 타잔은 불편함보다는 부끄러움을 택하는 편이 낫겠다고 생각을 바꿨다.

타잔이 속한 무리가 자주 찾아가는 고지대에는 작은 호수가 있었다. 투명하고 잔잔한 그 호수에서 타잔은 자신의 얼굴을 처음 보게 되었다. 건기로 무더운 날이었다. 물을 마시기 위해 그는 한 원숭이 형제와 그 호수로 달려갔다. 그들이 몸을 기울이자 작은 두 얼굴이 잔잔한 물에 반사되었다. 원숭이의 사납고 흉측한 얼굴 옆에 영국 귀족 아들의 얼굴이 있었다. 타잔은 섬뜩했다. 털이 없다는 것만으로도 가슴 아픈 일이었는데 형제 원숭이와 얼굴 생김새까지 딴판이 아닌가! 저 친구는 내 얼굴이 자신들과 다르다는 것을 알고 있을까? 작은 입과 앙증맞게 작고 하얀 이빨들! 그러나 내 형제들은 굳센 입술과 날카로운 송곳니를 갖고 있지 않은가! 게다가 그들의 넓적한 코에 비해서 자신의 코는 무엇인가에 뜯겨나간 것처럼 작았다. 그는 친구들의 넓적한 콧구멍이 한없이 부럽게 느껴졌다. 그의 작은 코에 비해 너무도 아름답게 보였다. 얼마나 멋진 코인가! 그런데 내 얼굴에는 왜 이처럼 작은 코가 붙어 있는 것일까? 타잔은 그들의 큼직한 코가 너무나 부러웠다. 이번엔 다시 자신의 눈을 보았다. 충격이었다. 뒤통수를 쇠망치로 얻어맞은 기분이었다. 다갈색 점, 회색 원, 그리고 완전한 백색! 온몸에 소름이 돋았다. 무서웠다! 뱀조차도 그런 눈을 갖고 있진 않았다.

타잔은 한참 동안 자신의 모습에 몰두해 있었다. 그때 커다란 몸집의 동물이 조용히 숲을 헤치며 다가오고 있었다. 하지만 타잔은 그 소리를 들을 수 없었다. 그의 원숭이 형제도 듣지 못한 듯했다. 목을 축이며 만족스럽게 콜록대는 소리에 침입자의 은밀한 움직임이 묻혀버렸던 것이다. 그들 뒤로 서른 발자국도 안 되는 지점에서 그것은 몸을 웅크렸다. 거대한 암사자, 세이버였다. 세이버는 조심스레 크고 두툼한 발을 앞으로 움직였다. 소리 없이 한 발씩 내밀며 그들에게 다가갔다. 배가 거의 땅바닥에 닿아 있었다. 커다란 암사자는 금세라도 사냥감을 향해 달려들 태세였다.

겨우 3미터나 떨어졌을까? 암사자는 무방비 상태인 두 어린 녀석들을 노려보고 있었다. 잘 발달한 근육을 웅크리며 조심스레 몸 아래로 뒷발을 끌어모았다. 등을 바싹 낮춘 채 몸을 잔뜩 웅크리고 있었다. 전력을 다해 뛰어오르기 위한 준비 동작이었다. 꼬리도 움직이지 않았다. 조금 전까지 치켜올려져 있던 꼬리를 몸통과 거의 일직선으로 땅바닥에 내려놓고 있었다. 얼핏 보면 돌조각상처럼 느껴질 정도였다. 순간 암사자가 커다랗게 포효하며 공중으로 뛰어올랐다. 암사자 세이버는 영리한 사냥꾼이었다. 공중으로 뛰어오르며 크게 소리를 내지른 것이 어리석은 짓처럼 생각될 수도 있다. 밀림에 사는 동물들에 대해 잘 모르는 사람들은 세이버가 소리 없이 그들을 덮쳤다면 확실히 사냥감을 잡을 수 있었을 거라 생각할 것이다. 하지만 세이버는 밀림의 동물들에 대해 잘 알고 있었다. 그들이 얼마나 민첩한지, 또한 그들이 믿어지지 않을 정도로 뛰어난 청력을 갖고 있다는 것도 알고 있었다. 밀림의 동물들에게는 풀잎 스치는 소리나 암사자의 커다란 울음소리나 똑같은 경고음이었다. 어차피 세이버가 그들을 덮치기로 작정한 이상, 풀잎 스치는 소리조차 내지 않고 강행할 수는 없는 것이다.

게다가 암사자의 포효는 단순한 위협이 아니었다. 불쌍한 사냥감에게 엄청난 공포감을 불어넣어 아주 잠깐 동안이라도 얼어붙게 만들려는 것이었다. 아주 짧은 시간이면 충분했다. 그 시간이면 세이버가 강한 발로 사냥감의 부드러운 몸을 눌러 도망갈 희망을 빼앗기에 충분했다. 적어도 원숭이에 관한 한 세이버의 생각은 옳았다. 그 작은 원숭이는 예상대로 순간적으로 온몸이 얼어붙은 듯 꼼짝하지 못했다. 그 짧은 순간이 그에게는 죽음을 안겨주기에 충분한 시간이었다.

그러나 인간의 아들인 타잔은 달랐다. 위험으로 가득한 밀림에서 위기를 헤쳐나가는 방법을 그는 본능적으로 터득하고 있었다. 원숭이의 능력을 훨씬 뛰어넘는 높은 지능을 가진 타잔은 순간적인 판단력을 갖고 있었다. 암사자 세이버가 내지른 포효에 어린 타잔의 머리와 근육은 재빨리 위험에서 벗어날 방법을 찾았다. 타잔 뒤에는 작은 호수가 있었고, 앞에는 확실한 죽음이 있었다. 그것은 억센 발과 날카로운 송곳니에 온몸이 찢겨나가야 하는 잔혹한 죽음이었다. 타잔은 목을 축일 때가 아니면 거의 물을 찾는 일이 없었다. 물은 그에게 호우(豪雨)와 같은 것이었다. 호우는 그에게 추위와 불편함을 안겨주는 거추장스런 것이었다. 호우에 뒤따라오는 바람과 천둥과 번개도 무서웠다. 게다가 그의 원숭이 엄마가 호수의 깊은 물을 피하라고 몇 번이고 경고하지 않았던가! 더구나 니타가 그 조용한 수면 아래로 사라진 후 무리에게 돌아오지 않은 것이 불과 몇 주 전의 일이었다.

진퇴양난이었다. 하지만 둘 중 하나를 선택해야 했다. 실낱 같은 가능성이라도 찾아야 했다. 타잔은 확실한 죽음보다는 불확실한 죽음을 택하기로 했다. 세이버의 포효가 밀림의 적막을 깨뜨리기 직전, 정확히 말해서 그 거대한 야수가 공중에 반쯤 뛰어올랐을 때 타잔은 차가운 호수로 몸을 던졌다. 그는 수영을 하지 못했다. 수심은 깊었다. 하지만 타잔은 위대한 인간의 후손이었다. 살아야겠다는 의지를 잃지 않았다. 타잔은 손과 발을 필사적으로 움직였다. 본능적인 움직임이었다. 개가 물살을 가르는 모습과 다름없었다.

마침내 타잔은 얼굴을 수면 위로 내밀고 손발을 계속 움직이면 물에 떠 있을 수 있다는 사실을 깨달았다. 또한 물을 헤치며 앞으로 나아갈 수도 있다는 사실을 깨달았다. 타잔 자신도 놀라지 않을 수 없었다. 엉겁결에 배우게 된 새로운 기술이 놀랍기만 했다. 하지만 타잔은 수영법에 대해 오랫동안 생각하고 있을 겨를이 없었다. 타잔은 호수 반대편으로 헤엄쳐 나갔다. 뭍에서는 암사자가 형제 원숭이의 몸을 깔고 앉은 채 타잔을 노려보고 있었다. 타잔이 호숫가로 돌아오기를 기다리는 것이 분명했다. 하지만 타잔은 암사자의 뜻을 꿰뚫었다.

타잔은 커다란 소리로 무리들에게 구원을 청했다. 그리고 앞장서 달려오는 친구들에게 암사자를 조심하라는 경고음까지 덧붙였다. 곧바로 응답이 있었다. 40~50마리의 커다란 원숭이들이 밀림을 헤치며 비극의 현장으로 달려오는 소리가 들렸다. 그 선두에는 칼라가 있었다. 사랑하는 아들이 외친 구원의 목소리를 알아들은 것이다. 칼라의 곁에는 이미 세이버에게 죽음을 당한 작은 원숭이의 엄마도 달려오고 있었다. 세이버는 원숭이보다 훨씬 힘이 세고 난폭한 맹수였지만, 아기를 위해 물불을 가리지 않는 원숭이들과는 대적이 되지 않았다. 분노에 찬 소리로 으르렁거리며 세이버는 뒤로 물러서서 숲으로 몸을 감추었다. 그제야 타잔은 물 위를 헤엄쳐 뭍으로 기어올라왔다. 차가운 물에 몸을 담근 느낌은 나무에서 뛰놀던 때의 느낌과 확연히 달랐다. 온몸이 시원해지고 상쾌해지는 기분이었다. 그 후로 타잔은 틈만 나면 호수와 강, 바다에서 물살을 가르며 지냈다. 칼라는 그런 타잔을 이상하게 여겼다. 칼라도 수영을 못 하진 않았지만, 그들 원숭이 무리는 원래 물에 들어가는 것을 싫어해서, 절박한 경우가 아니면 물 속에 뛰어들지 않았기 때문이다.

암사자와의 사건은 타잔의 삶에서 커다란 전환점이 되었다. 단조롭기만 하던 삶에 변화를 가져다준 사건이었던 것이다. 그 사건이 없었더라면 먹을 것을 구하고, 먹고, 잠자는 삶이 지루하게 반복되었을 것이다.

타잔의 무리들은 해변을 따라 40킬로미터, 내륙으로는 60킬로미터 정도 되는 지역을 돌아다니며 살았다. 때로는 한곳에 몇 달간 머물기도 했지만, 대개는 쉴새없이 이동하며 살았다. 먹을 것의 확보, 기후 조건 그리고 맹수의 존재 여부에 따라서 한곳에 머무는 시간이 달라졌지만, 커착은 한곳에 오래 머무는 것을 본능적으로 싫어했다.

어둠이 짙게 깔리는 밤이면 그들은 어디에서든 잠을 잤다. 코끼리 귀 모양의 커다란 잎으로 얼굴을 덮거나, 때로는 몸을 덮었다. 추운 밤에는 둘이나 셋이 껴안고 자면서 추위를 이겨냈다. 타잔은 거의 언제나 칼라의 품에서 잤다.

칼라는 타잔을 지극히 사랑했다. 타잔 역시 칼라에게 모든 사랑을 쏟았다. 그를 낳아준 어머니가 살아 있었더라면 그 어머니에게 주었을 사랑을 아낌없이 칼라에게 주었다. 타잔이 말썽을 부리면 칼라는 인간의 어머니처럼 손바닥으로 타잔을 때렸다. 그러나 그것은 사랑의 매였다. 실제로는 타잔을 나무라며 호통치기보다 사랑의 손으로 쓰다듬어주는 때가 더 많았다. 하지만 칼라의 남편, 투블랏은 타잔을 미워했다. 그 때문에 타잔은 몇 번이나 죽을 고비를 넘겨야 했다.

타잔도 투블랏의 증오심에 마냥 당하고 있지만은 않았다. 길러준 아버지였지만 자신을 못마땅하게 생각하는 투블랏에게 복수할 기회를 호시탐탐 노렸다. 칼라의 품에 있을 때, 높은 나무 위에 올라가 투블랏의 공격 범위를 벗어났다고 생각될 때마다 투블랏에게 욕설을 퍼부으며 놀려댔다. 인간의 뛰어난 지능과 재치로 짜낸 온갖 속임수로 투블랏을 곤경에 빠뜨리기도 했다. 타잔은 일찍부터 긴 풀을 꼬아 밧줄을 만드는 방법을 알고 있었다. 그렇게 만든 밧줄로 타잔은 투블랏을 넘어뜨리거나 목을 매달려는 시도도 서슴지 않았다.

타잔은 밧줄로 매듭을 지어 당기면 저절로 조여지는 올가미까지 만들 수 있게 되었다. 그렇게 만든 올가미로 타잔은 어린 원숭이들과 흥겹게 놀았다. 원숭이들도 타잔처럼 밧줄로 올가미를 만들어보려 했지만 그들에겐 쉬운 일이 아니었다. 타잔만이 능숙하게 해낼 수 있었다.

어느 날 타잔은 자신이 만든 올가미의 한쪽 끝을 잡은 채 달려가는 친구를 향해 던져보았다. 올가미에 목이 걸린 친구는 깜짝 놀라 더 빨리 도망쳤지만 그럴수록 올가미가 더 조여와 꽥꽥거리며 비명을 내질렀다. 이렇듯 타잔은 아주 우연히 새롭고 재미있는 놀이를 찾아내곤 했다. 그날부터 타잔은 올가미를 목표물에 정확히 던지는 연습에 몰두했다. 거듭된 연습 끝에 올가미를 목표물에 정확히 던져 넣을 수 있게 되었다. 이제 타잔은 투블랏을 공격 목표로 삼았다. 투블랏은 생명의 위협을 느끼지 않을 수 없었다. 잠잘 때나 걸을 때나 잠시도 방심할 수 없었다. 언제 타잔의 올가미가 자신의 목으로 미끄러져 들어올지 몰랐기 때문이었다.

칼라는 투블랏을 괴롭히는 타잔을 나무랐고, 투블랏은 복수를 맹세했다. 심지어 사태의 심각성을 깨달은 커착마저 나서서 타잔에게 경고와 위협을 가했지만 아무런 소용이 없었다. 투블랏이 방심할 때마다 타잔의 올가미는 여지없이 그의 목을 조였고, 질식하기 직전에야 풀어주곤 했기 때문이다. 그러나 누구도 타잔을 심하게 나무라지는 않았다. 투블랏의 고통을 사실은 모두가 즐기는 듯했다. 그 동안 투블랏의 심술을 누구도 좋아하지 않았기 때문이다.

타잔의 실험은 투블랏에서 끝나지 않았다. 인간의 아들답게 올가미를 다른 용도로 사용할 방법을 모색했다. 그랬다! 풀을 꼬아 만든 긴 밧줄로 올가미를 만들어 투블랏을 잡을 수 있다면, 암사자 세이버도 그런 식으로 잡을 수 있지 않을까? 이 생각은 타잔의 의식과 무의식 사이에서 떠나지 않았다. 그리고 마침내 원숭이 세계에서는 꿈도 꿀 수 없었던 엄청난 일을 해냈다. 그러나 그것은 몇 년 후의 일이었다.

밀림의 전쟁

6

밀림의 이곳 저곳을 이동하며 사는 원숭이 무리는 때때로 해안가에 있는 오두막 부근까지 오기도 했다. 오두막은 문이 굳게 닫힌 채 적막감에 싸여 있었다. 타잔에게 이 오두막은 풀리지 않는 수수께끼와도 같았지만 때로는 새로운 즐거움을 안겨주는 곳이었다.

그는 커튼으로 가려진 창문 안을 들여다보기도 하고, 지붕 위로 올라가 어둠에 싸인 굴뚝 안을 들여다보기도 했다. 하지만 그런 식으로는 두꺼운 벽 안에 감춰진 오두막의 비밀을 알아낼 수 없었다. 타잔은 어린아이다운 상상력으로 오두막 안의 신비로움을 머릿속에 그려보기도 했다. 그럴수록 오두막에 들어가고 싶은 욕망은 점점 커져만 갔다. 타잔은 지붕이나 창문을 통해 들어가보려고 시도했지만 그때마다 실패했다. 출입문은 벽만큼이나 단단해 보였기 때문에 애초부터 관심을 두지 않았다.

암사자 세이버와의 사건 이후 두 번째 방문했을 때였다. 타잔은 천천히 오두막에 다가섰다. 멀찌감치에서 보니 출입문과 나무벽 사이에 약간의 틈이 있는 것 같았다. 그 순간 타잔은 어쩌면 저 출입문을 통해 오두막 안으로 들어갈 수 있을지도 모르겠다는 생각이 불현듯 떠올랐다. 그가 오랫동안 고민해왔던 문제가 해결되는 순간이었다. 타잔은 혼자였다. 그는 혼자서 자주 오두막을 찾았다. 원숭이들은 오두막을 별로 좋아하지 않았다. 천둥소리를 내는 막대기에 대한 이야기가 지난 십 년 동안 원숭이들의 세계에서 꾸준히 전해져왔기 때문에, 원숭이들은 하얀 원숭이가 남긴 집을 두려워하며 접근하려 들지 않았다.

타잔은 자신이 그 오두막과 어떤 관계가 있는지에 대해서는 들은 것이 없었다. 원숭이들의 언어는 단어가 몇 개 되지 않아, 오두막에서 본 것이나 오두막에서 일어난 일을 정확히 전달하지 못했기 때문이다. 더구나 타잔이 원숭이들의 언어를 이해할 무렵이 되었을 때에는 원숭이들의 기억에 천둥 막대기에 대한 이야기만 남아 있을 뿐, 당시에 있었던 사건 자체는 잊혀져버린 상태였다. 가끔 칼라가 분명하지 않은 언어로 타잔에게 그의 아버지가 그들과 다른 흰색 원숭이였다고 말해주곤 했지만, 타잔의 생모가 누구인지에 대해서는 아무 말도 하지 않았다. 그래서 타잔은 칼라를 그의 생모로 생각하고 있었다.

저 문이 오두막 안으로 들어가는 유일한 입구라는 것은 알았지만 그것을 쉽게 열 수 있을 것 같지는 않았다. 타잔은 손잡이를 돌려보고 경첩을 두드려보며 몇 시간을 보냈다. 그리고 마침내 문을 여는 방법을 찾아냈다.

오랫동안 닫혀 있던 문이 음산한 소리를 내며 열렸다. 타잔은 흠칫 놀라며 뒤로 물러섰다. 잠시 동안 타잔은 안으로 들어갈 엄두를 내지 못한 채 서 있었다. 그러나 오두막 안의 희미한 빛에 익숙해지자 조심스레 한 발짝씩 안으로 밀어넣었다.

바닥에 해골이 있었다. 살이 붙어 있던 흔적은 찾아볼 수 없었고, 입고 있던 옷은 썩고 곰팡이가 피어 있었다. 침대 위에도 해골이 누워 있었다. 바닥의 해골보다는 약간 작아 보였다. 침대 옆의 작은 요람에도 어린아이의 것으로 짐작되는 해골이 있었다.

이미 오래 전 잊혀진 날에 있었던 비극의 흔적들을 타잔은 무심한 눈길로 훑어보았다. 거친 밀림에서 살아오면서 타잔은 죽어가는 동물들을 보는 데 익숙해져 있었다. 아마 타잔은 그 해골들이 자신의 아버지와 어머니 것임을 알았더라도 그다지 슬퍼하지 않았을 것이다.

타잔은 오두막 안의 가구들과 물건들에서 눈을 떼지 못했다. 이상하게 생긴 연장들과 무기들, 책과 종이, 옷을 하나씩 살펴보았다. 하지만 해변의 습기 찬 날씨 탓인지 물건들은 심하게 손상되어 있었다.

타잔은 나무상자와 책장을 열어보았다. 생전 처음 보는 것이었지만 어렵지 않게 열 수 있었다. 상자와 책장 안의 물건들은 비교적 보존 상태가 괜찮았다. 날카로운 사냥칼도 눈에 띄었다. 칼날이 예리했다. 타잔은 엉겁결에 손가락을 베고 말았다. 그러나 타잔은 겁내지 않았다. 예리한 칼로 이것저것 잘라보기까지 했다. 그리고 이 새로운 장난감으로 나무를 베어낼 수 있다는 사실도 알아냈다.

타잔은 오랫동안 칼을 가지고 놀았다. 마침내 싫증을 느낀 타잔은 오두막을 계속 뒤졌다. 책으로 가득 찬 책장에서 형형색색의 그림이 그려진 책 한 권을 발견했다. 그 책은 아동용으로 출판된 알파벳 학습용 그림책이었다.

A는 Archer(궁수)의 A.

궁수는 활로 화살을 쏘는 사람.

B는 Boy(소년)의 B.

이 소년의 이름은 조.

타잔은 책 속의 그림들에 빠져들었다. 자신과 비슷한 얼굴을 한 원숭이들이 많이 그려져 있었다. 뿐만 아니라 매일 원시림의 나무 사이를 뛰어다니는 긴꼬리원숭이들도 볼 수 있었다. 그러나 자신의 원숭이 무리와 비슷하게 생긴 그림은 어디에서도 찾아볼 수 없었다. 모든 책을 다 열어보았지만, 그의 무리와 닮은 그림은 보이지 않았다. 책에 나타난 그 누구도 커착이나 투블랏, 칼라와는 다른 모습이었다.

처음에 그는 책에 그려진 작은 동물들을 떼어내려 애썼다. 그러나 곧 그들이 살아 있지 않다는 사실을 깨달았다. 타잔은 그 작은 동물들이 무엇인지, 그 동물들을 어떻게 묘사해야 할지 알지 못했다.

보트, 기차, 암소, 말도 타잔에게는 신기했지만, 여러 가지 색깔의 그림들 사이에 그려진 이상하고 작은 형상들만큼 경이롭지는 않았다. 타잔은 그것들이 처음 보는 종류의 벌레일지도 모른다고 생각했다. 물론 타잔은 지금까지 눈이나 입을 가진 벌레를 본 적이 없었다. 이때가 타잔이 처음 알파벳을 접하게 된 때였다. 이미 열 살이 넘은 나이였지만!

물론 지금껏 타잔은 한번도 인쇄물이란 걸 본 적이 없었다. 또한 문자가 존재한다는 사실을 막연하게나마 알고 있는 동물과 이야기해본 적도 없었고, 누군가가 글을 읽는 모습도 보지 못했다. 당연히 어린 타잔 스스로 그 이상한 형상들의 의미를 추측한다는 것은 매우 어렵고 벅찬 일이었을 것이다.

책의 중간쯤에서 타잔은 그의 오랜 적, 암사자 세이버를 찾아냈다. 책장을 더 넘기자 또아리를 틀고 있는 뱀 히스타가 있었다.

"이야, 정말 재밌는데!"

타잔은 책에서 눈을 떼지 못했다. 지난 10년간 이렇게 즐거워본 적은 없었다. 타잔은 책에 온 정신이 팔려 어둠이 깔리는 것도 알지 못했다. 날이 어두워져 책의 그림들이 흐릿해진 뒤에야 타잔은 어둠이 온 것을 알았다.

다른 동물들이 그의 보물창고를 망가뜨리게 놓아둘 수는 없었다. 타잔은 책을 다시 책장에 넣어두고 문을 닫았다. 오두막 밖은 이미 어둠이 짙게 깔려 있었다. 오두막을 나서려는 순간 바닥에 던져놓았던 사냥칼이 눈에 띄었다. 타잔은 그 칼을 친구들에게 보여주고 싶었다. 칼을 집어들고 밖으로 나왔다. 그리고 오두막의 커다란 문을 닫고 자물쇠까지 전과 같이 걸어두었다.

밀림을 향해 열 발자국이나 갔을까? 어둠에 잠긴 낮은 수풀에서 커다란 몸뚱이가 타잔을 향해 갑자기 솟아올랐다. 타잔은 처음에 그의 무리 중 하나일 것이라 생각했다. 그러나 아니었다. 그것은 거대한 고릴라, 볼가니였다. 바로 코앞에 있어서 도망갈 틈도 없었다. 타잔은 목숨을 걸고 맞서 싸울 수밖에 없다고 생각했다. 이 거대한 괴물은 그의 무리를 괴롭히는 숙적이었지만, 지금까지 누구도 그와 맞붙어 목숨을 부지하지 못했다.

타잔의 무리 중 성숙한 수컷 원숭이라면 이 고릴라와 그런대로 싸워볼 수 있었을 것이다. 하지만 타잔에겐 아직 무리였다. 아무리 나이에 비해 힘이 세다고 해도 어린 소년에 불과한 타잔이 그 잔인한 상대를 이길 가망은 거의 없었다. 그렇지만 타잔의 혈관에는 세상에서 최강의 전사로 알려진 종족의 피가 흐르고 있었고, 비록 10년이란 짧은 삶이었지만 밀림의 사나운 짐승들과 부대끼며 쌓아온 강인함이 있었다.

타잔은 두려움을 몰랐다. 그의 작은 가슴은 세차게 두근거렸지만, 그것은 고릴라를 앞에 두고 있다는 흥분 때문이었다. 물론 도망갈 기회가 있었다면 그렇게 했겠지만, 그랬더라도 그것은 순전히 자신이 이 거대한 동물의 상대가 되지 못한다는 냉철한 판단 때문이지 두려움 때문은 아니었다. 하지만 지금은 도망칠 수조차 없는 상황이었다. 용감하게 고릴라와 정면으로 맞설 수밖에 없었다.

타잔은 공격해오는 고릴라를 주먹으로 내리쳤다. 마치 파리가 코끼리를 공격한 것처럼 고릴라는 꿈쩍도 하지 않았다. 그러나 타잔의 한 손에는 아버지의 오두막에서 찾아낸 칼이 들려 있었다. 고릴라가 다시 거칠게 숨을 내쉬며 공격해왔다. 타잔은 고개를 숙이며 털투성이인 고릴라의 가슴을 향해 칼을 밀어넣었다. 칼끝이 몸 깊숙이 파고들자, 고릴라는 고통과 분노로 비명을 질렀다. 그 순간 타잔은 그 날카롭고 빛나는 장난감의 두 번째 용도를 알게 됐다. 고릴라는 사납게 날뛰며 타잔을 바닥에 내던지려 했다. 그 틈을 이용해 타잔은 고릴라의 가슴에 다시 한 번 칼날을 찔러 넣었다. 고릴라는 자기 종족 특유의 싸움 방식대로 손바닥으로 타잔을 때리면서 거대한 이빨로 타잔의 목과 가슴을 물어뜯으려 했다. 그들은 땅바닥을 뒹굴며 격렬하게 싸웠다. 타잔의 팔이 찢겨 피가 흘렀다. 그러나 타잔은 계속해서 길고 날카로운 칼로 고릴라의 급소를 내리꽂았다. 타잔의 내리치는 팔에 점점 힘이 빠졌다. 마침내 타잔은 작은 몸에 경련을 일으키며 정신을 잃었다. 이렇게 타잔, 아니 어린 그레이스톡 경은 밀림을 뒤덮고 있는 마른 풀 위에 의식을 잃은 채 쓰러지고 말았다.

타잔의 무리는 그곳에서 불과 몇 킬로미터 떨어진 숲에 모여 있었다. 어느 순간, 고릴라의 사나운 울음소리가 들려왔다. 커착은 위험이 다가왔을 때 언제나 그랬듯이 무리를 불러모았다. 한편으로는 무리의 모든 구성원들이 무사한지 알아보고 다른 한편으로는 공동의 적으로부터 무리 전체를 보호하기 위한 조치였다. 이번에는 고릴라가 한 마리인 것이 틀림없지만, 간혹 떼로 공격해오기도 하기 때문이다.

곧 타잔이 없어졌다는 사실이 밝혀졌다. 투블랏은 타잔을 돕기 위해 무리를 보내는 것에 강력히 반대하고 나섰다. 커착 역시 그 작고 낯선 부랑아를 별로 좋아하지 않았기 때문에 투블랏의 말을 따랐다. 그래서 커착은 어깨를 으쓱해 보인 후 잠자리로 돌아가려 했다. 그러나 칼라는 그대로 있을 수 없었다. 타잔이 없어졌다는 사실을 알게 되자마자 칼라는 고릴라의 울음소리가 희미하게 들려오는 곳을 향해 무성한 가지들을 헤치며 달려갔다.

이미 밀림에는 어둠이 가득 내려앉아 있었다. 초저녁의 희뿌연 달빛이 빽빽한 숲 사이로 괴기스런 그림자를 비추고 있었다. 간혹 달빛이 환히 비치는 곳이 있기는 했지만, 그로 인해 밀림의 어둠이 두드러질 뿐이었다. 커다란 유령처럼, 칼라는 나무와 나무 사이를 소리 없이 날아다녔다. 이어진 나뭇가지를 따라 재빨리 뛰는가 하면, 가지 끝에서 훌쩍 몸을 날려 멀리 떨어진 나무로 건너가기도 했다. 칼라는 비극의 현장을 향해 쉬지 않고 달렸다. 밀림에서의 오랜 경험을 통해 칼라는 멀지 않은 곳에서 뭔가 큰일이 벌어졌음을 직감했다.

울음소리로 판단하건대 고릴라가 생사를 걸고 싸우고 있는 것이 틀림없었다. 그런데 갑자기 울음소리가 중단되고 죽음 같은 적막감이 밀림을 짓눌렀다. 볼가니의 목소리에서 고통과 죽음의 절박감을 감지할 수 있었지만, 그것으로 그의 적이 누구였는지까지 가늠할 수는 없었다. 칼라는 이해할 수 없었다. 어린 타잔이 거대한 수컷 고릴라를 죽인다는 것은 불가능하다고만 생각했다. 칼라는 조심스레 소리가 들려온 지점으로 접근해갔다. 온몸의 신경을 곤두세우고 칼라는 달빛으로 얼룩진 어둠을 뚫어지게 응시했다. 고릴라와 싸운 동물의 흔적을 찾아보려고! 아무런 움직임이 없었다. 잠시 후 칼라는 좀더 가까이 다가갔다. 그들은 밝은 달빛 아래 작은 빈터에 죽은 듯이 누워 있었다. 타잔의 찢기고 피로 얼룩진 몸 옆에 거대한 수컷 고릴라가 완전히 죽어 있었다. 나직한 비명을 지르며, 칼라는 타잔 곁으로 달려갔다. 피로 뒤덮인 타잔의 작은 몸을 가슴에 끌어안으며, 칼라는 아직 생명의 기운이 남아 있는지 확인하기 위해 타잔의 가슴에 귀를 대보았다. 희미하게나마 작은 심장의 고동소리가 들렸다.

칼라는 타잔을 조심스레 껴안고 어둠에 잠긴 밀림을 지나 무리가 살고 있는 곳으로 돌아왔다. 그리고 수없이 많은 날을 밤낮으로 그의 곁을 지켰다. 먹을 것과 물을 갖다주었고, 심한 상처에 꼬이는 파리와 곤충들을 쫓아냈다. 그 불쌍한 짐승은 약이나 외과적 처치법에 대해 알지 못했다. 칼라는 단지 상처를 핥아서 깨끗이 해줄 뿐이었다. 그렇게 함으로써 자연적인 치유력이 더 빨리 발휘되도록 했다.

처음에 타잔은 아무것도 먹으려 하지 않았다. 심한 고열로 인한 정신착란 상태에서 몸을 이리저리 뒤척일 뿐이었다. 타잔이 원하는 것은 오직 물이었다. 칼라는 자신의 입에 물을 담아 타잔의 입술을 적셔주었다. 그것이 칼라가 물을 나를 수 있는 유일한 방법이었다. 운명이 그녀에게 보내준 어린 고아에 대한 사랑! 이 불쌍한 야생동물이 타잔에게 보여준 사랑은 어떤 인간의 어머니보다 더 헌신적이었고 희생적이었다.

마침내 열이 가라앉았고 타잔은 회복되기 시작했다. 상처로 인한 고통은 견디기 힘들었지만 타잔의 굳게 닫힌 입술은 아무런 불평도 내뱉지 않았다. 가슴 한 귀퉁이에서는 갈비뼈가 드러나고, 갈비뼈 세 대는 고릴라의 힘센 주먹에 부러졌다. 한쪽 팔은 고릴라의 날카로운 이빨에 거의 절단되다시피 했고, 목도 상당 부분이 찢겨나가 경정맥을 드러내고 있었다. 그 무자비한 이빨이 경정맥을 끊어놓지 않은 것만 해도 기적이었다.

타잔은 자신을 길러준 짐승들에게 배운 극기 정신으로 고통을 조용히 견디어냈다. 무리들에게 고통을 견디고 있는 자신의 애처로운 모습을 보이지 않으려고 그들을 피해 키 큰 풀이 자라 있는 나무숲에서 웅크린 채 누워 지냈다. 그러나 칼라만은 피하지 않았다. 타잔이 회복되는 조짐을 보이자 칼라는 먹을 것을 찾아 나섰다. 이 헌신적인 동물은 타잔과 아픔을 같이하며 거의 식음을 전폐한 탓에, 예전 모습의 그림자에 불과할 정도로 쇠약해졌다.

지식의 빛

7

영원처럼 길게 느껴지던 시간이 지나고, 타잔은 다시 걸을 수 있게 되었다. 그때부터 타잔은 하루가 다르게 예전의 기운을 되찾았다. 그리고 한 달 후에는 그 어느 때보다 강하고 활기찬 모습이었다.

죽음의 고비를 넘기고 몸을 회복하는 동안 타잔은 고릴라와의 전투를 몇 번이고 다시 머릿속에 되살려보았다. 첫번째 떠오른 생각은 그 작고 놀라운 무기를 되찾아야겠다는 것이었다. 그것은 그를 밀림에서 가장 강력한 공포의 대상으로 바꾸어줄 수 있는 무기였다. 또한 오두막으로 되돌아가 그 안에 있는 불가사의한 물건들에 대한 조사를 계속하고 싶었다.

어느 날 이른 아침, 그는 혼자 탐색의 길을 떠났다. 고릴라와 싸웠던 현장을 잠시 살펴보았다. 고릴라는 거의 뼈만 남아 있었다. 그리고 그 근처에서 나뭇잎에 반쯤 묻힌 칼을 찾아냈다. 땅의 습기와 고릴라의 마른 피로 벌겋게 녹슬어 있었다.

타잔은 밝게 빛나던 칼의 표면이 녹슨 것에 마음이 상했다. 그러나 그것은 여전히 위험한 무기였다. 그는 기회가 올 때마다 칼을 이용하기로 마음먹었다. 더 이상 늙은 투블랏의 이유 없는 공격을 두려워할 필요가 없었다. 투블랏이 공격해와도 절대 도망치지 않겠다고 타잔은 다짐했다.

그는 오두막으로 향했다. 지난번처럼 빗장을 벗겨내고 안으로 들어갔다. 무엇보다 자물쇠의 원리를 알고 싶었다. 어떻게 자물쇠가 문을 지탱할 수 있는지, 손을 대면 어떻게 열리게 되는지를 정확히 알기 위해 문을 열어두고 자물쇠를 세심하게 관찰했다. 마침내 그는 안에서도 문을 잠글 수 있다는 것을 알아냈다. 오두막을 살펴보는 동안 다른 것에 방해받지 않으려고 문을 안에서 잠갔다.

타잔은 오두막을 체계적으로 탐색하기 시작했다. 곧 그의 관심은 책들에 집중되었다. 이상하게도 타잔은 책에 온 마음을 빼앗기고 있었다. 책에 감춰진 놀라운 수수께끼의 유혹에 이끌려 다른 어떤 것에도 주의를 기울일 수 없었다. 초보용 학습서, 아동용 책, 그림책, 그리고 커다란 사전이 있었다. 타잔은 그 책 속의 그림들에 가장 마음이 끌렸다. 물론 책장들을 온통 뒤덮고 있는 작고 이상한 벌레들도 타잔에게는 놀라웠고, 그것이 그의 생각을 자극했기는 했지만 그림만큼 그의 마음을 사로잡지는 못했다.

타잔은 그의 아버지가 지은 오두막의 책상 위에 웅크리고 앉았다. 그는 검게 그을린 작은 몸을 가느다랗지만 강인한 손에 들려진 책 위로 숙였다. 검고 긴 머리카락이 잘생긴 얼굴과 초롱초롱 빛나는 두 눈 주위로 흘러내렸다. 작은 원시인 타잔은 예술적 감성을 지닌 유망한 청년의 모습 그대로였다. 그는 무지의 어둔 밤을 지나 처음으로 지식의 빛을 향해 더듬더듬 나아가고 있었다.

타잔의 작은 얼굴은 진지한 표정으로 새로운 것을 하나씩 배워나갔다. 막연하게나마 사고(思考)의 기본 원리를 조금씩 이해해나갈 수 있었다. 그 원리는 이상하게 생긴 작은 벌레의 수수께끼를 푸는 열쇠이자 해법이었다.

타잔은 자신과 비슷하게 생긴 작은 원숭이 그림이 그려진 책을 펼쳤다. 그런데 그 원숭이는 이상했다. 손과 얼굴을 제외한 몸의 나머지 부분이 형형색색의 이상한 털로 덮여 있었다. 그는 그것들이 외투와 바지일 것이라고 생각했다. 그림 아래에는 세 개의 작은 벌레들이 있었다.

BOY

타잔은 이 세 개의 벌레가 책 속에서 같은 순서로 여러 번 반복되고 있다는 것을 알아냈다. 그리고 새로운 사실도 알아냈다. 똑같이 생긴 벌레의 수는 비교적 적지만, 이 벌레들은 계속해서 되풀이되고 있었다. 때로는 혼자서도 나타났지만, 다른 것들과 함께 나타나는 경우가 더 많았다.

타잔은 B-O-Y의 결합이 반복되는 것을 찾아내려고 그림과 벌레들을 꼼꼼히 살펴보며 느릿느릿 책장을 넘겼다. 잠시 후 그는 작은 원숭이가 재칼과 닮은 이상한 동물과 함께 있는 그림을 찾아냈다. 그 그림 아래의 벌레들은 다음과 같이 나타나 있었다.

A BOY AND A DOG

BOY. 이 세 마리 벌레들은 항상 작은 원숭이를 따라 다녔다. 이런 식으로 아주 천천히 타잔은 글을 깨우쳐나갔다. 타잔이 자신도 모르게 스스로에게 부과한 어렵고 힘든 과제였다. 글자나 문자에 대한 지식이 전혀 없이, 아니 그러한 것이 존재한다는 사실조차 모른 채 읽기를 배운다는 것은 당신이나 나에게는 전혀 불가능한 과제일지도 모른다.

그가 하루나 일주일, 한 달, 일 년 만에 이 과제를 완수한 것은 아니었다. 그러나 이 작은 벌레들에 숨어 있는 가능성을 이해한 후, 그는 천천히, 아주 천천히 배워나갔다. 그렇게 열다섯 살이 될 때까지 여러 가지 그림책에 나온 그림들과 그 형상을 상징하는 다양한 문자의 결합 원리를 깨치게 되었다. 그러나 관사와 접속사, 동사와 부사, 그리고 대명사의 의미와 활용에 대해서는 어렴풋이 짐작만 할 뿐이었다.

열두 살이 되던 해의 어느 날, 타잔은 책상서랍에서 연필들을 찾아냈다. 타잔은 연필로 탁자 위를 긁어보았다. 놀랍게도 검은 선이 남았다! 타잔은 새로운 장난감을 찾아낸 것에 몹시 기뻐했다. 그때부터 타잔은 이 새로운 장난감을 손에서 떼지 않았다. 책상 위에는 아무렇게나 그려진 동그라미와 불규칙한 선들로 가득 찼고, 연필심은 나무 끝까지 닳아버렸다. 타잔은 다른 연필을 집어들었다. 이번에는 무엇을 그릴지 분명한 계획이 있었다. 책에서 본 작은 벌레들 중 몇 마리를 그려볼 생각이었다. 생각만큼 쉽지는 않았다. 당연했다. 연필 쥐는 법조차 몰랐기 때문이다. 마치 칼자루를 쥐듯 연필을 잡았기 때문에 쓰는 것이 쉽지 않았고 써놓은 글자를 읽어내기도 힘들었다.

그러나 타잔은 오두막을 찾을 때마다 끈기 있게 글씨를 써보았다. 그렇게 몇 달이 지나자 타잔은 가장 쉽게 연필을 쥐고 쓸 수 있는 자세를 터득해냈다. 그때부터 그는 작은 벌레들을 조금은 비슷하게 그릴 수 있게 되었다. 이렇게 타잔은 글쓰기를 시작했다. 벌레들을 베껴 쓰는 것은 그에게 숫자의 개념까지 덩달아 가르쳐주었다. 그는 우리와는 다른 방식으로 계산했지만 나름대로 양의 개념을 갖고 있었다. 말하자면 한 손에 달린 손가락의 숫자가 계산의 기초였다.

많은 책들을 살펴본 결과, 그는 자주 반복되어 나타나는 벌레들의 조합을 모두 발견했다고 확신했다. 그리고 알파벳 학습용 그림책을 여러 번 읽은 덕분에, 타잔 스스로 벌레들을 적절한 순서로 배열할 수도 있게 되었다. 타잔은 나날이 발전했다. 무엇보다 삽화가 그려진 큰 사전이 가장 큰 도움을 주었다. 벌레들의 의미를 그런대로 이해한 후에도, 타잔은 글보다 그림을 통해 더 많은 것을 배웠기 때문이다. 타잔은 큰 사전에서 그에게 익숙한 글자의 배열을 찾는 것을 즐겼다. 그리고 그 뒤에 나오는 단어들, 즉 그 단어가 무슨 뜻인지 알려주는 부분은 그의 지식을 한층 더 풍부하게 해주었다.

열일곱 살이 되었을 때 타잔은 간단한 아동용 책을 읽을 수 있게 되었고, 그 작은 벌레들이 무엇을 뜻하는지 완벽하게 이해할 수 있게 되었다. 타잔은 털 없는 몸이나 인간만이 갖는 특징을 더 이상 부끄럽게 여기지 않았다. 책을 통한 깨달음으로, 그가 털로 뒤덮인 야만스런 무리들과는 다른 종족이라는 사실을 깨달았기 때문이었다. 타잔은 '인간' 이었고, 그들은 '원숭이' 였다. 그리고 나무 꼭대기를 휘젓고 다니는 원숭이들의 명칭은 '긴꼬리원숭이' 였다. 또한 늙은 세이버는 '암사자' 이고 히스타는

'뱀'이며, 탄토르는 '코끼리'라는 것을 알았다. 그렇게 그는 읽는 법을 배웠다. 이때부터 그의 학습 속도는 놀라울 정도로 빨라졌다. 유전적으로 물려받은 평균 이상의 추리력에서 비롯된 이해력과 사전의 도움으로 그는 구체적으로 이해할 수 없는 많은 것들까지 예리하게 추측해냈고, 그의 추측은 대개 들어맞았다.

그러나 타잔의 학습은 그가 속한 무리의 방랑벽 때문에 중단되기 일쑤였다. 때문에 책을 볼 수 없는 동안에도 타잔은 영민한 두뇌를 이용해서 그 흥미로운 수수께끼를 계속 풀어나갔다. 나무껍질이나 나뭇잎, 심지어 맨땅 위에 사냥칼로 글자를 쓰면서 오두막에서 배운 것을 복습한 것이다.

이처럼 책과 글자의 수수께끼를 풀어나가는 데 마음이 쏠려 있었지만 타잔은 밀림에서의 삶을 살아가는 데 꼭 필요한 기술들을 다듬는 일도 게을리 하지 않았다. 올가미를 목표물에 정확히 던지는 기술을 끊임없이 연습했고, 날카로운 칼을 갖고 놀기도 했다. 그는 평평한 돌에 날을 갈아서 칼을 더 날카롭게 만드는 법도 터득했다.

타잔이 온 후부터 무리의 규모는 계속해서 확장되었다. 커착의 지휘하에 모여 살면서 밀림의 다른 무리들에게 위협적인 존재로 군림했다. 그들에게는 먹을 것이 충분했고, 이웃의 약탈과 침략으로 인한 피해도 거의 입지 않았다.

따라서 젊은 수컷들은 성장해서도 무리 내에서 짝짓기 하는 것을 더 편하게 여겼다. 때로 그들이 다른 무리의 암컷을 생포하더라도 무리를 떠나지 않았다. 다시 말해 스스로 새로운 조직을 세우거나, 무서운 커착과 주도권을 놓고 싸우기보다는 커착과 친선관계를 유지하며 살고자 한 것이다.

때때로 용감한 원숭이가 커착과의 주도권 싸움을 시도하곤 했지만, 아직까지 이 잔인하고 사나운 원숭이에게 승리를 얻어낸 도전자는 없었다.

타잔은 부족 내에서 독특한 위치를 차지하고 있었다. 그들은 타잔을 무리의 일원으로 여겼으나, 어떤 면에서는 다르게 취급했다. 늙은 수컷들은 타잔을 완전히 무시하거나 아니면 독한 앙심을 품고 증오했다. 만약 타잔에게 놀랄 만한 민첩함이나 신속성이 없었다면, 그리고 칼라의 지극한 보호가 없었다면, 타잔은 어린 나이에 이미 죽고 없었을 것이다.

투블랏이 타잔의 가장 끈질긴 적이었다. 그러나 투블랏 덕분에 타잔은 열세 살 무렵, 적들의 박해에서 완전히 해방될 수 있었다. 때때로 한 원숭이가 미친 듯이 광분하고 발작을 일으키면서 아무나 닥치는 대로 공격하곤 했지만, 결국 그 원숭이는 살아남지 못했다.

타잔이 한 원숭이를 죽여 정적들의 박해에서 해방되고 모두에게 경외심을 심어주었던 날, 그의 무리들은 자연적으로 형성된 작은 원형극장에 모였다. 이곳은 낮은 언덕들 사이에 생긴 골짜기로 밀림과 달리 뒤엉킨 덩굴이나 줄기들이 없었다. 이 빈터는 원형(圓形)에 가까웠다. 사방에 거대한 식물들이 제멋대로 솟아 있었고, 무성한 덤불이 거대한 나무줄기 사이로 겹겹이 층을 이루고 있었다. 이 작고 평평한 장소로 올 수 있는 유일한 길은 나뭇가지를 타고 오는 것뿐이었다.

방해받을 염려가 없었기 때문에, 원숭이 무리들은 종종 이곳에 모였다. 원형극장의 한가운데에는 원숭이들이 그들만의 독특한 의식을 행하기 위해 흙으로 빚어놓은 이상한 북 하나가 놓여 있었다. 많은 여행자들이 커다란 원숭이들이 만들어놓은 북을 본 적이 있기는 하다. 그리고 그들 중 몇몇은 북소리와 함께 밀림의 원숭이 대장들이 홍얼대는 거칠고 괴기스런 소리를 들어보았을지도 모른다. 그러나 아무도 그 의식이 구체적으로 무엇인지는 알지 못한다. 그레이스톡 경, 타잔만이 이 격렬하고 광적인 잔치인 덤-덤(Dum-Dum)에 참가한 유일한 인간이었다.

이 원시적인 행사에서 근대 교회와 국가의 모든 의식이 비롯된 것이 분명하다. 인류가 출현한 이후 무수한 시간에 걸쳐 우리의 사나운 털북숭이 조상들은 밀림 깊은 곳에서 흙으로 만든 북소리에 맞춰 열대의 달빛 아래에서 춤을 추며 덤-덤의 의식을 행했다. 오늘날에도 밀림은 오래 전에 잊혀진 최초의 털북숭이 조상들이 흔들리는 나뭇가지를 타고 최초의 회합 장소에 가볍게 내려왔을 그날 밤의 모습을 그대로 간직하고 있다. 지금은 상상조차 할 수 없는 까마득하고 희미한 과거의 모습 그대로인 것이다.

타잔이 열세 살 되던 해, 지난 12년간 무자비하게 자신을 따라다니던 박해에서 해방되던 그날, 거의 백 마리에 가깝던 그의 무리들은 밀림을 조용히 지나 원형극장에 도착했다. 덤-덤 의식은 무리의 삶에 있어서 싸움의 승리, 포로 생포, 크고 사나운 맹수의 죽음, 왕의 죽음 및 계승 같은 중요한 사건을 기념하기 위한 것이었고 정해진 형식에 따라 진행되었다.

그날은 다른 무리에서 도전해온 원숭이의 죽음을 기념하기 위해 모였다. 커착의 무리들이 그곳에 들어서자, 커다란 몸집의 수컷 원숭이 두 마리가 패자의 시체를 끌고 들어왔다. 그들은 흙으로 만든 북 앞에 시체를 내려놓고 그것을 호위하듯 옆에 앉았다. 다른 원숭이들은 달이 떠올라 야만적인 잔치가 시작되기 전까지 풀숲 구석에 웅크린 채 잠을 청했다.

몇 시간 동안 이 작은 빈터에는 절대적인 고요가 흘렀다. 이따금 화려한 깃털의 앵무새가 지껄이는 소리, 숲 속의 이끼 낀 나뭇가지에 핀 알록달록한 꽃들 사이를 날아다니는 새들의 끊임없는 지저귐만이 들려올 뿐이었다.

마침내 밀림에 어둠이 내리자, 원숭이들이 움직이기 시작했다. 그들은 곧 흙으로 만든 북을 중심으로 커다란 원을 그리며 앉았다. 암컷들과 어린 원숭이들은 원의 바깥쪽에 줄을 맞춰 웅크려 앉았고, 그들 바로 앞에는 성숙한 수컷들이 한 줄로 늘어서 있었다. 북 앞에는 40센티미터 길이의 나무 막대기를 든 세 마리의 늙은 암컷이 앉아 있었다. 원형극장 주변의 나무 꼭대기가 희미한 은색 달빛에 젖어들자, 늙은 암컷들이 천천히 그리고 살며시 북을 두드리기 시작했다. 원형극장을 비춘 달빛이 환해질수록 암컷들은 더 자주, 더 세게 북을 두드렸다. 마침내 리듬감 있는 거친 북소리가 거대한 밀림을 뒤흔들었다. 사납고 커다란 맹수들도 사냥을 멈춘 채 고개를 들고 귀를 세워 덤-덤을 알리는 원숭이들의 북소리를 들었다. 간혹 누군가가 원숭이들의 야만적인 소리에 도전이라도 하듯 날카로운 소리나 우레 같은 고함을 내지르곤 했다. 그러나 누구도 원숭이들의 덤-덤을 살펴보거나 원숭이들을 공격하기 위해 가까이 다가오지는 않았다. 거대한 원숭이들이 모두 모여 진지한 자세로 밀림의 한복판을 차지하고 있었기 때문이다.

귀청이 터질 정도로 북소리가 높아지자, 커착이 웅크리고 앉은 수컷들과 북을 두드리는 원숭이들 사이의 빈 공간으로 나왔다. 커착은 똑바로 서서 고개를 뒤로 젖혔다. 멀리 떠오르는 달을 똑바로 보면서, 커다란 털북숭이 손으로 가슴을 치며, 무시무시한 소리를 내질렀다.

한 번, 두 번, 세 번. 커착의 무시무시한 고함은 침묵에 잠긴 세상의 고독을 가로지르며 울려퍼졌다. 마침내 커착은 허리를 구부린 채 원 주위를 소리 없이 조심조심 걸어다녔다. 그는 북 앞에 누워 있는 시체로부터 조금씩 멀어져갔지만, 그의 음침하고 붉은 눈동자는 줄곧 시체를 떠나지 않았다.

그때 다른 수컷이 원 안으로 뛰어들어 커착처럼 무시무시한 고함을 내지르고는 조용히 그의 뒤를 따랐다. 그러자 다른 수컷이 원 안으로 들어와 똑같이 고함을 내지르고 커착의 뒤를 따랐다. 이런 의식이 반복되면서 밀림에는 피에 굶주린 원숭이들의 고함소리가 끊임없이 울려퍼졌다.

그것은 도전이자 사냥이었다.

모든 수컷들이 차례로 그 의식을 마치고 나면 마침내 공격이 시작된다. 커착은 쌓아두었던 장작더미에서 커다란 막대기를 하나 집어들고 죽은 원숭이를 향해 맹렬히 달려들었다. 시체를 세차게 내리치는 동시에 전투를 알리는 함성을 내뱉었다. 시체를 내리치는 횟수가 거듭될수록 북소리는 고조되었고, 전사들은 저마다 막대기를 집어들고 죽은 시체를 향해 달려가며 열광적인 죽음을 알리는 춤의 소용돌이에 합류했다.

타잔도 그들 중 하나였다. 땀으로 얼룩진 근육질 육체가 달빛 아래에서 반짝였다. 건강하게 그을린 그의 몸은 투박하고 못생긴 털북숭이 짐승들 사이에서 유연하고 품위 있게 빛났다. 사냥을 흉내낼 때는 누구보다도 살금살금 다가갔고, 사나운 공격에 있어서는 누구보다 맹렬했으며, 죽음의 춤을 출 때는 가장 높이 공중으로 뛰어올랐다. 북소리가 점점 더 빨라지고 커지면서, 춤추는 대열 또한 거센 리듬과 사나운 고함소리에 도취된 듯했다. 그들은 거침없이 공중으로 뛰어올랐고, 드러난 송곳니에서는 침이 뚝뚝 떨어졌으며, 입술과 가슴은 땀으로 얼룩졌다.

커착의 신호로 북소리가 멈출 때까지 이 이상한 춤은 약 30분 가량 지속되었다. 커착의 신호와 동시에, 북을 치던 암컷들은 서둘러 춤추는 대열을 지나 바깥쪽 가장자리에 웅크리고 앉아 있는 구경꾼들 쪽으로 달려갔다. 그러자 수컷들은 일제히 털로 덮인 살덩이에 불과한 시체를 향해 쏜살같이 달려들었다.

그들은 배부르게 살코기를 먹을 기회가 거의 없었다. 따라서 그들이 벌이는 잔치의 마지막으로 방금 죽은 고기를 맛보는 것은 당연한 절차였다. 이제 그들의 관심은 죽은 적의 시체를 먹어치우는 것이었다.

커다란 송곳니들이 시체에 박히며 살점을 뜯어냈다. 가장 힘센 원숭이가 가장 좋은 살덩어리를 차지했고, 약한 원숭이들은 으르렁거리며 싸우는 강자들의 주변에서, 떨어진 고기 조각을 줍거나 남은 뼈를 훔칠 기회를 기다릴 뿐이었다.

타잔 역시 원숭이들 못지않게 고기를 원했고 필요로 했다. 육식동물의 자손으로 태어났지만, 평생 한번도 원하는 만큼 살코기를 먹어본 적이 없었다. 그의 힘으로는 결코 고기를 얻을 수 없다는 것을 알면서도 타잔은 민첩하게 움직이며, 고깃덩어리를 차지하기 위해 사투를 벌이고 있는 무리들 틈으로 기어들어갔다. 그의 옆구리에는 아버지의 사냥칼이 매달려 있었다. 칼은 그가 오두막의 그림책에서 보고 만든 칼집 안에 들어 있었다.

마침내 타잔은 고깃덩이를 눈앞에 두게 되었다. 고깃덩이는 일분 일초가 다르게 사라져가고 있었다. 타잔은 날카로운 칼로 털이 수북한 팔뚝을 베어냈다. 원했던 것보다 더 많은 양이었다. 칼에 잘려나간 팔뚝은 커착의 발 아래로 떨어졌다. 그러나 커착도 먹는 것에 정신이 팔려 이런 '불경스러운 행위' 를 알아차리지 못했다. 타잔은 이 흉측한 포상을 가슴 깊이 감싸안고 무리에서 빠져나왔다. 고깃덩이를 두고 다투는 원숭이들 틈에서 늙은 투블랏이 얼핏 보였다. 투블랏은 잔치가 시작되자 곧바로 시체에 달려들어 큼직한 고깃덩이를 떼어내 멀찌감치 떨어져서 혼자 배를 채웠다. 그러고 나서도 더 많은 고기를 먹고 싶은 욕심에 다시 무리들을 밀쳐내며 끼여들고 있던 참이었다. 투블랏의 충혈된 작은 눈은 타잔을 놓치지 않았다. 큼직한 고깃덩이를 가슴에 꼭 끌어안고 무리들 사이를 빠져나가는 타잔을 본 것이다. 투블랏의 사악한 눈이 번뜩였다. 타잔을 향한 증오심보다는 그의 품에 안긴 고깃덩이를 향한 탐욕의 눈빛이었다.

타잔도 투블랏의 낌새를 알아차렸다. 앙숙인 커다란 원숭이의 속내를 꿰뚫어본 타잔은 암컷들과 어린 원숭이들이 있는 곳으로 달려가 몸을 숨기려 했다. 하지만 투블랏이 그럴 틈을 주지 않았다. 타잔은 더 이상 몸을 감출 만한 곳을 찾을 수 없었다. 투블랏에게 금세라도 잡힐 것만 같았다. 타잔은 방향을 돌려 나무로 향했다. 나무 위로 민첩하게 뛰어올라가 한 손으로 낮은 가지를 잡았다. 그리고 고깃덩이를 입에 물고 재빨리 위로 기어올랐다. 투블랏이 바짝 뒤를 쫓아오고 있었다. 위로, 위로, 더 위로! 타잔은 무거운 추적자가 감히 따라오지 못하도록 큰 떡갈나무 꼭대기로 올라갔다. 무거운 투블랏은 추적을 포기할 수밖에 없었다. 타잔은 나무 꼭대기에 앉아, 십여 미터 아래에서 분노하고 있는 투블랏을 비웃으며 놀렸다. 투블랏은 울분을 참지 못해 미친 듯이 고함을 질렀다. 투블랏은 무시무시한 소리를 내며 땅으로 뛰어내려가 손에 잡히는 대로 어린 원숭이의 가는 목을 커다란 송곳니로 물어뜯고, 암컷들의 등과 가슴에서 살점을 도려냈다.

밝은 달빛을 받으며 타잔은 이 광란의 사육제를 처음부터 끝까지 지켜보았다. 어린 원숭이들과 암컷들이 투블랏을 피해 나무로 도망쳤다. 그러자 투블랏은 가운데에 모여 있는 덩치 큰 수컷들을 향해 커다란 송곳니를 들이댔다. 그들도 투블랏의 분노에 겁을 집어먹고 숲 속의 검은 그림자 속으로 사라졌다.

원형극장 안에는 두 마리 원숭이만 남았다. 타잔이 앉아 있는 나무를 향해 달려오고 있는 암컷과, 괴성을 질러대며 그 뒤를 쫓아오는 투블랏이었다. 암컷은 칼라였다. 칼라의 목숨이 위태로웠다. 타잔은 번개처럼 나무 꼭대기에서 뛰어내리며 그를 길러준 어머니에게로 향했다. 다행히 칼라는 투블랏보다 먼저 타잔이 앉아 있던 나무에 도착했다. 그 순간 타잔도 거의 나무 아래까지 내려와 있었다. 투블랏이 가까이 다가오자 칼라는 공중으로 뛰어오르며 나뭇가지를 잡았다. 마침내 투블랏의 분노에서 벗어나는 순간이었다. 그러나 "툭" 하는 소리와 함께 나뭇가지가 부러지며 칼라는 투블랏의 머리 위로 떨어지고 말았다. 둘은 동시에 땅바닥에 나뒹굴었다. 그리고 둘 다 재빨리 일어섰다. 그러나 타잔이 그들보다 더 빨랐다. 어느새 땅에 내려온 타잔은 칼라 앞을 가로막으며 분노한 수컷을 노려보았다. 투블랏은 만족한 듯이 잔인한 미소를 흘렸다. 그는 고함을 지르며 타잔을 향해 뛰어올랐다. 그러나 그의 송곳니는 타잔의 털끝조차 건드리지 못했다. 오히려 타잔의 강인한 손이 투블랏의 털로 덮인 목을 움켜쥐었다. 그리고 타잔의 다른 손은 날카로운 사냥칼을 꺼내 투블랏의 가슴을 찔러댔다. 번개 같은 손놀림이었다. 투블랏의 사지가 아래로 축 늘어질 때까지 칼질은 멈추지 않았다.

투블랏의 몸뚱이가 바닥에 힘없이 떨어졌다. 타잔은 평생의 적이던 투블랏의 목을 한 발로 누르고는 보름달을 향해 젊고 사나운 머리를 뒤로 젖혔다. 그리고 그들 무리 특유의 사납고 무시무시한 소리를 길게 내질렀다. 나무 위로 피했던 무리들이 하나 둘씩 나무에서 내려와 타잔을 둘러쌌다. 타잔은 그들을 향해 돌아서며 외쳤다.

"나는 타잔이다. 나는 위대한 살인자다. 너희 모두는 타잔과 그의 어머니, 칼라를 존경해야 할 것이다. 타잔보다 강한 자는 너희 중에 없다. 타잔의 적들은 조심하라!"

타잔은 커착의 붉은 눈동자를 똑바로 응시하며 투블랏의 시체를 다시 한 번 강하게 내리쳤다. 그리고 한 번 더 날카로운 고함을 내질렀다. 커착에 대한 도전을 알리는 외침이었다.

나무 꼭대기의 사냥꾼

8

둠-둠 의식이 있고 난 다음 날 아침, 타잔 부족은 숲을 지나 천천히 해안으로 출발했다. 투블랏의 시체는 쓰러진 자리에 그대로 놓여 있었다. 커착의 무리들은 아무리 배가 고파도 동료의 시체까지 먹지는 않기 때문이다.

먹을 것을 찾기 위한 느긋한 행진이었다. 그들은 야생 파인애플과 캐비지야자, 잿빛 자두, 바나나와 심황 식물들을 찾았으며, 때로는 작은 포유동물과 새, 알, 파충류와 곤충 들을 발견하기도 했다. 그들은 강인한 턱으로 나무열매를 깨먹었으며, 턱으로 깰 수 없을 정도로 단단한 열매는 돌 사이에 놓고 부수기도 했다.

한번은 세이버가 그들의 길을 가로질러가는 바람에 허둥지둥 안전한 나무 위로 대피하기도 했다. 세이버가 원숭이들의 세력과 그들이 가진 날카로운 송곳니를 존중해준만큼, 그들 쪽에서도 세이버의 잔인하고 사나운 흉악성에 도전하려 하지 않았다.

타잔이 앉아 있는, 낮게 드리워진 가지 바로 아래로 세이버가 장엄하고 유연한 몸을 자랑하며 천천히 밀림 속으로 들어가고 있었다. 타잔은 그들의 오랜 적을 향해 파인애플을 세게 던졌다. 세이버는 그 자리에 멈춰 서서 나무 위에서 자신을 모욕하고 있는 동물을 쳐다보았다. 화가 난 암사자는 꼬리를 한번 휘두르고는 누런 송곳니를 드러냈다. 커다란 입술을 비틀며 무섭게 으르렁거렸다. 성난 주둥이엔 주름이 잡혔고, 사악한 두 눈은 분노와 증오로 옆으로 길게 찢어졌다. 귀까지 뒤로 젖힌 세이버는 타잔의 두 눈을 똑바로 쳐다보았다. 그리고 사납고 날카로운 소리를 냈다. 그러나 타잔은 겁먹지 않았다. 안전한 곳에 있었던만큼 그들 부족 특유의 무시무시한 고함소리로 세이버에게 응수했다. 세이버와 타잔은 잠시 눈싸움을 벌였다. 그러나 세이버는 이내 눈길을 거두고 밀림을 향했다. 바다에 던져진 자갈이 사라지듯 그렇게 세이버는 밀림 속으로 모습을 감췄다.

그때 타잔의 마음 속에 멋진 계획이 떠올랐다. 그는 사나운 투블랏을 죽인 용사였다. 그렇다면 그는 힘센 전사가 아닌가? 교활한 세이버의 뒤를 쫓아가 죽인 다음, 이 밀림에서 최고의 사냥꾼이 되고 싶었다.

게다가 얼마 전부터 이 작은 영국인의 가슴 밑바닥에서는 벌거벗은 알몸을 가리고 싶은 욕망이 다시 또 일렁였다. 타잔은 그림책에서 모든 '인간' 은 '옷' 이란 것으로 몸을 가린다는 사실을 배웠다. 반면 그의 무리나 밀림의 다른 동물들은 모두 벌거벗은 채 돌아다녔다. '옷' 은 분명 위대함의 상징인 듯 보였다. 인간이 다른 모든 동물들보다 뛰어나다는 것을 나타내는 증거인 것이다. 그렇지 않다면, 그 흉측한 것을 입고 다닐 이유가 없었다.

오두막에서 그림책을 보기 전에는 털 없는 몸을 가리고 싶은 마음에 암사자 세이버나 수사자 누마, 표범 쉬타의 가죽이 필요했다. 그때는 털 없는 몸이 부끄러웠던 것이다. 가죽이라도 두르면 흉측한 뱀 히스타처럼 보이지는 않을 것이라 생각했기 때문이다. 그러나 이제 타잔은 위대한 종족의 자손임을 증명해주는 매끄러운 피부가 오히려 자랑스러웠다. 타잔의 마음 속에서는 지금 두 가지 욕망이 상충되고 있었다. 자랑스런 인류의 후손임을 드러내기 위해 그냥 벌거벗은 몸으로 다니고 싶은 욕망과 인간이란 종족의 관습에 따라 흉측하고 불편한 옷을 입고 싶은 욕망. 그 두 개의 욕망 사이에서 타잔은 적잖은 갈등을 겪어야 했다.

세이버가 지나간 후, 원숭이 무리들은 숲을 지나 원래의 계획대로 다시 해안으로 향했다. 그러나 타잔의 머릿속에서는 저 세이버를 살해하기 위한 계획들이 맴돌았다. 그 후 며칠 동안 타잔은 그 생각에만 몰두했다.

하지만 그날, 더 흥미로운 사건이 일어났다. 갑자기 사방이 한밤중처럼 조용해졌다. 새소리마저 그쳤고, 나무들도 곧 닥쳐올 어떤 거대한 재앙을 예고하듯 마비된 것처럼 움직임을 멈췄다. 모든 자연은 뭔가를 기다리고 있었다. 그 기다림은 그리 길지 않았다. 멀리서 슬픈 신음소리가 희미하게 들려왔다. 그 소리는 가까이 다가올수록 점점 더 커졌다. 어떤 거대한 손이 나무들을 짓누르는 것처럼 커다란 나무들이 일제히 구부러졌다. 나무는 그 꼭대기가 땅에라도 닿을 듯이 점점 굽어갔지만 깊고 장엄한 바람소리에 이 모든 소리가 묻혀버렸다.

그러자 갑자기 밀림의 큰 나무들이 분노하며 큰 소리로 항의하듯, 땅을 박차고 일어서기 시작했다. 그리고 밝고 눈부신 빛이 하늘에서 소용돌이 치는 짙은 먹구름 사이로 번쩍거렸다. 폭풍과 같은 천둥의 낮은 포성이 무시무시한 도전의 음성을 내뱉었다. 대홍수였다. 지옥이 밀림 위로 떨어지는 듯했다.

차가운 비를 맞으며 떨고 있던 원숭이 무리들은 커다란 나무 아래로 몸을 피했다. 번개는 검은 하늘을 쪼개놓을 듯 날카로운 빛을 던지며 휘엉청 흔들리는 나뭇가지들과 세차게 흐르는 물줄기, 그리고 꺾인 나무들을 비추었다. 이따금씩 오래된 큰 나무들이 벼락을 맞아 수천 개의 조각으로 산산조각나곤 했다. 쓰러지는 나무들이 주변의 어린 나무들과 관목들을 다시 덮치면서 열대 밀림은 큰 혼란 속에 뒤엉켜 아수라장으로 변했다.

크고 작은 나뭇가지들은 거센 폭풍에 꺾여 세차게 흔들리는 나뭇잎 사이로 내던져졌고, 이 때문에 밀림 아래에 밀집해 살고 있던 불쌍한 동물들도 수없이 죽거나 다쳤다. 격렬한 폭풍우는 몇 시간이나 그치지 않고 계속되었다. 원숭이 무리들은 공포에 떨며 떼지어 몰려 있었다. 비바람을 맞은 나무의 줄기와 가지는 끊임없이 쓰러졌다. 번쩍이는 번개와 천둥소리에 얼어붙은 원숭이 무리는 폭풍이 지나가기만을 기다리며 숨죽인 채 웅크려 있었다.

폭풍우는 그 시작만큼이나 갑작스럽게 끝이 났다. 바람은 멈추었고, 태양이 온 세계를 환히 비추었다. 자연은 다시금 웃음지었다. 빗물에 흠뻑 젖은 나뭇잎과 나뭇가지들, 촉촉이 젖은 화려한 꽃잎들은 돌아온 태양 아래 반짝거렸다. 그리고 그렇게 자연이 조금 전의 공포를 잊었듯이 자연의 자손인 동물들도 그것을 잊었다. 그들은 어둠과 공포가 몰려오기 전으로 돌아갔다. 그러나 타잔에게는 밝아오는 빛이 '옷'의 수수께끼를 풀어주었다. 세이버의 두터운 털 안에 있었더라면 얼마나 아늑했을까! 타잔이 모험에 도전해야 하는 또 하나의 이유가 더해졌다.

원숭이 무리들은 몇 달간 타잔의 오두막이 있는 해변 근처에서 머물렀다. 덕분에 타잔은 더 많은 시간을 공부하면서 보낼 수 있었다. 한편 숲속을 다닐 때는 항상 올가미를 준비했다. 재빠르게 올가미를 던지면, 작은 동물들이 많이 걸려들었다.

한번은 올가미가 멧돼지 호르타의 짧은 목을 겨냥한 적이 있었다. 올가미가 목에 걸리자 호르타는 온몸을 비틀며 용틀임을 했다. 그 바람에 나뭇가지에 걸터앉아 올가미 한쪽을 붙잡고 있던 타잔이 바닥으로 떨어지고 말았다. 타잔이 떨어지는 소리에 호르타가 돌아섰다. 손쉬운 먹잇감에 불과한 어린 원숭이를 본 호르타는 머리를 낮추고 맹렬히 달려들었다. 타잔은 충격을 완화하기 위해 고양이처럼 사지를 벌리면서 떨어졌기 때문에 다행히 상처를 입지 않았다. 멧돼지 호르타가 머리를 낮추고 돌진해오자, 타잔도 곧바로 일어서서 원숭이처럼 민첩하게 나뭇가지로 펄쩍 뛰어올라갔다.

이런 경험을 통해 타잔은 이상한 무기, 즉 올가미의 가능성과 한계를 동시에 알게 되었다. 호르타와 실랑이를 벌일 때 타잔은 그만 긴 올가미 줄을 놓치고 만 것이다. 만약 그때 상대가 호르타가 아닌 세이버였다면 결과는 완전히 달랐을 것이라고 타잔은 생각했다. 필경 그는 생명을 잃었을 것이었다. 그것도 아주 손쉽게.

타잔이 새로운 올가미줄을 꼬는 데는 제법 여러 날이 걸렸다. 올가미줄이 완성되자 타잔은 이 새 올가미의 성능을 실험하기 위해 사냥을 나섰다. 해변으로 향한 길목에 있는 큰 나무에 올라 무성한 나뭇잎 사이에 몸을 숨기고 기다렸다. 작은 동물들 몇 마리가 나무 아래를 지나갔다. 하지만 타잔은 그렇게 시시한 사냥감을 원하는 것이 아니었다. 그가 세운 새로운 계획의 효력을 검증하려면 힘센 동물이 필요했다. 마침내 타잔이 기다리던 동물이 다가왔다. 윤기가 흐르는 털을 자랑하는 암사자, 세이버였다. 세이버는 좁은 길 위를 부드럽게 소리 없이 내딛으며 지나가고 있었다. 주위를 경계하느라 머리는 높이 들려 있었고, 긴 꼬리는 물결 모양으로 우아하게 굽이치며 조금씩 움직이고 있었다. 세이버가 가까이 다가올수록, 나무 위에 몸을 숨기고 있던 타잔의 손엔 더욱 힘이 갔다. 그는 긴 올가미의 고리를 손에 감아쥐고 만반의 태세를 갖추었다.

타잔은 청동으로 만든 동상처럼 쥐죽은 듯 가만히 앉아 있었다. 세이버가 막 아래를 지나가려 하고 있었다. 한 발, 두 발, 세 발. 세이버가 지나갈 때, 올가미의 고리가 조용히 그녀 위로 던져졌다. 펼쳐진 올가미는 세이버의 머리를 향했다. 공중으로 던져진 올가미의 희미한 소리에 세이버가 위를 쳐다보았다. 그러나 바로 그 순간 올가미가 세이버의 목을 둘러싸며 정확히 머리로 떨어졌다. 타잔은 빠르게 올가미줄을 잡아당겨 세이버의 목에 걸린 올가미를 단단히 조였다. 그리고 두 손으로 올가미줄을 꽉 쥐고는 나무 아래로 뛰어내렸다. 타잔은 밧줄을 잡은 채 거의 나무에 매달린 모습이었다.

세이버는 덫에 걸렸다. 깜짝 놀란 세이버는 공중으로 한번 튀어올랐다가 밀림으로 몸을 돌렸다. 그러나 타잔은 지난번처럼 올가미줄을 놓치는 실수를 범하지 않았다. 타잔은 실패를 통해 배웠다. 세이버는 다시 도약해보려 했지만 올가미가 목둘레를 더욱 강하게 조이는 것을 느끼지 않을 수 없었다. 세이버의 몸은 공중에서 완전히 뒤집혔다가 땅에 떨어졌다. 타잔은 올가미줄의 끝을 나무줄기에 안전하게 묶었다.

그때까지는 모든 것이 계획대로 완벽하게 진행되었다. 그러나 양 갈래로 갈라진 커다란 나뭇가지에 몸을 지탱하며 겨우 올가미줄을 잡았을 때, 타잔은 화가 나서 소리치며 발버둥치는 세이버를 나무 위로 끌어올려 매단다는 것이 계획처럼 그렇게 쉬운 일이 아님을 깨달았다. 세이버의 무게는 엄청났다. 세이버는 커다란 앞발을 땅에 붙인 채 버티었다. 그러다 보니 코끼리 탄토르 정도는 되어야 세이버를 나무 위로 끌어올릴 수 있을 것 같았다. 그 순간 세이버가 뒤를 돌아다보았다. 밀림의 여왕인 이 암사자에게 이처럼 무례한 짓을 한 자가 누군지 똑똑히 볼 수 있었다. 세이버는 분노의 포효를 내지르며 공중으로 뛰어올라 타잔에게 달려들었다. 그 거대한 몸집은 타잔이 앉아 있던 나뭇가지를 덮쳤지만, 타잔은 더 이상 그곳에 있지 않았다. 어느새 그보다 약 6미터 위에 있는 나뭇가지로 가볍게 뛰어올라가 있었다. 세이버는 굵은 나뭇가지에 몸을 절반쯤 걸친 모습이었다. 타잔은 그런 세이버를 비웃듯 나뭇가지를 꺾어 무방비 상태인 세이버의 얼굴에 던졌다.

세이버가 다시 땅으로 내려가자 타잔도 올가미줄을 놓치지 않으려 재빨리 내려갔다. 그러나 올가미줄이 가느다란 끈에 불과하다는 것을 깨달은 세이버는 커다란 이빨로 올가미줄을 끊어버렸다. 타잔이 그 올가미를 다시 조이기도 전에!

타잔에게는 큰 충격이었다. 완벽한 계획이라 생각한 것이 수포로 돌아간 것이다. 타잔은 나뭇가지에 걸터앉아 아래에서 으르렁거리는 세이버에게 얼굴을 찡그려 보이며 소리를 질러댔다. 세이버는 분노를 참지 못한 듯 몇 시간을 나무 아래에서 어슬렁거렸다. 그러다가 네 번 정도 몸을 움츠렸다가 나무 위로 솟구치기를 반복하며, 자신을 놀려대는 타잔을 잡으려 했다. 하지만 세이버의 그런 몸짓은 나무 꼭대기에서 살랑거리는 바람을 잡으려는 것과 마찬가지로 어리석은 짓이었다.

마침내 타잔은 세이버를 약올리는 일에 싫증이 났다. 으르렁거리는 적의 머리에 잘 익은 열매를 조준해 던졌다. 열매는 세이버의 얼굴에 적중했고, 동시에 끈적이는 즙이 흘러내렸다. 타잔은 큰 고함소리를 내지른 다음, 수십 미터는 떨어져 있음직한 나무들을 널뛰듯 건너뛰며 순식간에 그의 무리가 있는 곳으로 돌아갔다.

타잔은 동족 무리의 원숭이들에게 세이버와 실랑이를 벌인 이야기를 자세히 들려주었다. 과장과 허풍이 더해진 탓이었을까? 타잔을 미워하던 적들에게도 그 이야기는 깊은 인상을 심어주었고, 칼라는 자랑스런 아들의 무용담에 즐거워하며 멋들어진 춤을 추었다.

인간과 인간

9

타잔은 몇 년간 별다른 변화 없이 거친 밀림생활을 계속했다. 그러나 더욱 강해지고 현명해졌으며, 오두막의 책들을 통해 그가 사는 원시림 바깥 어딘가에 존재하는 이상한 세계에 대해서도 더 많은 것을 알게 되었다. 그에게 삶은 결코 단조롭거나 지루하지 않았다. 많은 시내와 작은 호수에서는 언제나 피샤라 불리는 물고기를 잡을 수 있었고, 세이버가 그녀의 사나운 사촌들과 함께 타잔을 항상 긴장시켜준 덕분에 뭍에서 지내는 시간도 흥미진진함을 더했다. 세이버는 종종 사촌들과 합세해서 타잔을 공격하려 했지만, 그보다 타잔이 그들을 괴롭히는 경우가 더 많았다. 그들의 잔인하고 예리한 발톱은 타잔의 살갗조차 건드리지 못했지만 간혹 아슬아슬한 경우가 전혀 없지는 않았다.

암사자 세이버는 재빨랐다. 누마와 쉬타도 민첩했다. 그러나 타잔은 번개처럼 빨랐고, 코끼리 탄토르마저 타잔의 친구가 되어주었다. 그 둘이 어떻게 친구가 되었는지는 알 수 없다. 어쨌든 밀림에 사는 짐승들은 달빛이 비치는 밤에 원숭이 타잔과 코끼리 탄토르가 함께 걷는 모습을 자주 볼 수 있었다. 게다가 한산한 길에서는 타잔이 탄토르의 거대한 등 위에 올라타고 있기도 했다.

그렇게 시간을 보내는 몇 년 동안 타잔은 아버지의 오두막에서도 많은 날을 보냈다. 오두막에는 타잔 부모의 유골과, 칼라가 두고 간 아기 원숭이의 해골이 그대로 남아 있었다. 열여덟 살이 되었을 때 타잔은 거침없이 글을 읽을 수 있었고, 책장에 꽂힌 다양한 종류의 책들을 거의 이해할 수 있게 되었다. 또한, 적어도 인쇄체 글씨는 또렷하게 쓸 수 있었다. 그러나 필기체에는 미숙했다. 오두막에 손으로 쓰인 책이 거의 없었기 때문이다. 물론 필기체 글씨도 노력하면 충분히 읽을 수 있었지만 이 새로운 형태의 글씨를 쓰는 방법까지 배우려고 고생할 이유는 없다고 생각했다. 그가 열여덟 살이던 해, 사람들이 타잔을 처음 발견한 그때, 이 영국 귀족의 자손은 모국어인 영어를 말하지는 못했으나 읽고 쓸 수는 있었다.

이제까지 타잔은 사람을 본 적이 없었다. 그의 원숭이 무리들이 돌아다니는 좁은 지역에는 큰 강이 없었으므로 내륙에 살고 있는 미개한 원주민들이 강을 통해 접근하는 것은 거의 불가능했다. 그들 무리가 영토로 삼은 곳은 높은 언덕이 삼면을 가로막고, 나머지 한 면에만 바다가 있었다. 밀림에는 사자와 표범, 독사 들이 우글거렸다. 따라서 사람의 손이 닿지 않은, 우거진 밀림의 미로를 헤치고 들어온 대담한 개척자는 그때까지 한 명도 없었다.

그러던 어느 날, 타잔이 아버지의 오두막에 앉아 새로운 책의 신비에 푹 빠져 있을 때, 먼 옛날부터 지켜온 밀림의 안전을 영원히 깨뜨리는 사건이 벌어졌다. 아득히 먼 동쪽 끝에서, 정확히 말하면 낮은 산 언저리에서 이상한 행렬이 한 줄로 전진해오고 있었다. 행렬의 맨 앞에는 약한 불에 끝을 단단하게 벼린 가느다란 나무창과 긴 활, 독화살로 무장한 쉰 명의 흑인 전사들이 있었다. 그들의 등에는 타원형의 방패가 매달려 있었고, 코에서는 커다란 고리가 흔들거리고 있었다. 곱슬진 머리카락에는 화려한 깃털장식이 꽂혀 있었다. 이마에는 세 가지 색의 평행선이 문신처럼 새겨져 있고, 가슴에도 세 개의 동심원이 그려져 있었다. 송곳처럼 날카롭게 다듬어진 누런 이빨들, 그리고 툭 튀어나온 커다란 입술 때문에 그들은 더욱 비열하고 흉폭한 야만인처럼 보였다. 그 뒤를 수백 명의 아이와 여자들이 따르고 있었다. 여자들은 머리 위에 냄비와 살림살이, 상아 등의 커다란 짐을 이고 있었다. 맨 뒤에는 앞장선 전사들과 비슷한 모습의 검은 전사들이 앞의 행렬을 호위하듯 뒤따르고 있었다. 이런 형태의 대열은 흔히, 그들이 앞에서 적과 부딪치는 것보다 뒤에서 습격받는 것을 더 두려워한다는 것을 의미한다.

사실 그들은 백인 군대에 쫓겨 도망치는 중이었다. 고무와 상아를 탐낸 백인 군대의 학대와 착취에 견디다 못한 그들은 결국 저항하지 않을 수 없었다. 정복자인 백인의 군대를 공격해서 백인 지휘관과 그 수하의 흑인 병사들을 무참하게 살해했다. 덕분에 그들은 며칠 동안 고기를 포식할 수 있었다. 인간의 살코기를! 그러나 백인의 주력 부대가 동료들의 죽음에 보복하기 위해, 밤을 틈타 그들의 마을을 습격했다. 그날 밤 백인이 보낸 흑인 병사들이 고기를 포식하며 경계를 늦춘 틈을 이용해, 살아남은 생존자들은 자유와 미지의 세계를 향해 어두운 밀림으로 몰래 도망쳐왔다. 그러나 자유와 행복을 찾아 탈출한 이 미개한 흑인들에게는 이곳 밀림이 새로운 보금자리가 되었겠지만, 밀림에 살던 많은 야생동물들에게 이 사건은 놀람과 죽음을 의미했다.

그 행렬은 사흘째 인적 없는 미지의 숲을 가로질러 천천히 이어지고 있었다. 나흘째 되던 날 아침, 그들은 마침내 작은 강 기슭의 조그마한 공터에 도착했다. 그곳은 그들이 그때까지 지나왔던 곳에 비해 풀이 적은 편이었다. 그들은 그곳에 새로운 마을을 짓기 시작했다. 한 달 후, 커다란 개척지가 만들어졌고 오두막과 울타리들이 세워졌다. 그들은 바나나와 참마, 옥수수 등을 심었으며, 새로운 터전에서 예전의 생활을 이어갔다. 그곳에는 백인도, 흑인 병사들도 없었다. 따라서 감사할 줄 모르는 무자비한 주인을 위해 고무나 상아를 채취할 필요도 없어졌다.

몇 달이 지나자 그들은 마을을 둘러싼 지역부터 거기서 멀리 떨어진 곳까지 탐사를 시작했다. 그러다가 늙은 세이버의 먹이로 희생되는 사람들도 있었다. 밀림은 사납고 피에 굶주린 고양이과 동물들, 즉 사자와 표범으로 우글거렸기 때문에 검은 전사들은 울타리 안의 안전지대에서 멀리 벗어나지 않으려 했다.

어느 날, 이 원시인 부족의 늙은 왕 음봉가의 아들 쿨롱가가 서쪽 숲 속을 돌아다니고 있었다. 거의 길이 나 있지 않아 그는 조심스레 발을 내디뎠다. 언제라도 날카로운 창을 던질 자세를 갖추고, 왼손에 든 긴 타원형 방패에 윤기나는 검은 몸을 숨겼다. 등에는 활이 걸려 있었고, 방패 위 화살통에는 가느다란 화살들이 들어 있었다. 이 화살에는 상대에게 치명상을 안겨주는 걸쭉하고 진한 타르가 칠해져 있었다.

밤이 깊어갔다. 그러나 쿨롱가는 아버지의 마을 울타리에서 멀리 벗어나 여전히 서쪽을 향하는 중이었다. 그는 큰 나무 위에 대강 잠자리를 마련하고는 몸을 웅크렸다. 그 무렵, 거기서 서쪽으로 4킬로미터 떨어진 지점에선 커착의 무리들이 잠들어 있었다.

다음 날 아침 일찍, 원숭이들은 음식을 찾아 떠들썩하게 밀림을 돌아다녔다. 타잔은 여느 때와 다름없이 오두막에 이르는 길을 따라 음식을 찾아 나섰다. 해변까지 쉬엄쉬엄 가면서 간혹 간단한 사냥을 해서 배를 채웠다. 원숭이들은 사방으로 삼삼오오 흩어졌으나, 비상 신호가 들리지 않는 곳까지 벗어나지는 않았다.

칼라는 코끼리의 흔적을 따라 동쪽으로 천천히 이동하며, 신선한 벌레나 버섯 등을 찾아 썩은 나뭇가지나 통나무를 뒤졌다. 그때 희미하게 어떤 소리가 들렸다. 칼라는 흠칫 놀라 주위를 살폈다. 약 50미터 가량 떨어진 지점까지 좁은 길이 일직선으로 뻗어 있었다. 나뭇잎이 하늘을 뒤덮어 터널처럼 보이는 그 길 저편에서 무시무시하게 생긴 낯선 동물이 살금살금 다가오고 있었다. 쿨롱가였다.

칼라는 곧바로 돌아섰다. 그렇다고 뛰지는 않았다. 그들 무리는 상대에게 공격을 받기 전까지는 무작정 도망가기보다 피하는 편을 택하는 습성이 있었다. 칼라의 뒤를 쿨롱가가 바싹 뒤쫓았다. 쿨롱가의 눈에 칼라는 그저 고깃덩이로만 보였다. 잡을 수만 있다면 오늘은 배불리 먹을 수 있을 터였다. 발걸음을 빨리하며 그는 칼라에게 창을 던질 자세를 취했다.

모퉁이를 돌아서자 곧게 뻗은 길 위에 선 칼라가 다시 쿨롱가의 시야에 들어왔다. 그는 창을 잡은 손을 뒤로 젖혔다. 그의 매끄러운 살가죽 아래에서 근육이 빠르게 움직였다. 어깨를 힘차게 앞으로 뻗자, 창은 칼라를 향해 날아갔다. 서툰 솜씨였지만, 창은 칼라의 옆구리를 스쳤다.

고통과 분노에 찬 비명을 지르며, 칼라는 쿨롱가를 노려보았다. 그 순간 칼라의 비명을 들은 원숭이들이 나뭇가지들 사이를 헤치면서 서둘러 달려오고 있었다. 칼라가 공격해올 듯싶자, 쿨롱가는 그야말로 전광석화처럼 활을 꺼내 화살을 메겼다. 그리고 활시위를 당겨, 독 바른 화살을 곧바로 거대한 유인원의 가슴에 날렸다. 통절한 비명소리와 함께 칼라는 앞으로 고꾸라졌다. 이미 원숭이 무리들이 칼라를 돕기 위해 하나 둘씩 나타나고 있을 때였다. 칼라가 쓰러지는 것을 본 원숭이들은 포효하듯 으르렁거리며 쿨롱가를 향해 돌진했다. 그러나 이 영리한 야만인은 놀란 사슴처럼 재빠르게 숲길을 따라 도망갔다. 그는 털로 덮인 야생 원숭이들의 사나움에 대해 알고 있었기 때문에 죽을힘을 다해 도망쳤다. 원숭이들도 나무를 타며 그를 추적했다. 상당한 거리를 추적했지만 거리를 좁히지 못하자, 원숭이들도 그만 추적을 포기하고 비극의 현장으로 되돌아갔다.

그들은 이제까지 타잔 이외의 사람을 본 적이 없었다. 그래서 이 동물이 이상한 방법으로 밀림을 침범한 것에 대해 의아하게 생각했다. 하지만 그뿐이었다. 그즈음 타잔도 멀리 해변가 오두막 근처에서 이 처참한 현장에서 들려오는 희미한 싸움소리를 들었다. 그는 무리들 내에 심각한 일이 벌어진 것을 직감하고 소리가 나는 방향으로 서둘러 달려갔다. 타잔이 현장에 도착했을 때 원숭이 무리 전체가 모여 칼라의 시체를 놓고 중얼거리고 있었다.

타잔의 슬픔과 분노는 끝이 없었다. 그는 무시무시한 고함을 내지르며,

불끈 쥔 주먹으로 넓은 가슴을 쳤다. 그러고는 어머니 칼라의 시체를 감싸안은 채 가슴에서 흘러나오는 비참한 슬픔에 흐느꼈다. 그는 이제 혼자였다! 지금껏 유일하게 그에게 사랑과 애정을 보여준 존재를 잃은 것이다. 견디기 힘든 슬픔이었다. 그가 지금껏 겪은 가장 큰 비극이었다.

칼라는 사납고 무서운 원숭이다. 그게 어떻단 말인가! 타잔에게 그녀는 친절했고 아름다운 원숭이였다. 영국 소년이 그의 어머니에게 주었을 모든 존경과 경의와 사랑을 타잔은 칼라에게 주었다. 그는 다른 어머니를 상상조차 할 수 없었기에, 만약 아름답고 상냥한 앨리스가 살아 있었다면 그 어머니에게 바쳤을 모든 것을 말없이 칼라에게 쏟아부었다.

슬픔에 흐느끼던 타잔은 눈물을 거두고 이성을 되찾았다. 칼라의 죽음을 목격한 원숭이들에게 사건의 정황을 물었다. 원숭이들은 짧은 언어로 타잔에게 모든 것을 말해주었다. 그들은 타잔에게 머리에 깃털을 꽂았고, 검은 피부를 가졌으며, 털이 없는 이상한 원숭이에 대해 이야기해주었다. 그는 가느다란 나뭇가지로 칼라를 죽음에 이르게 했으며 그 후 사슴 바라처럼 빠르게 태양이 떠오르는 쪽을 향해 달려갔다고 말해주었다. 타잔에게는 그것으로 충분했다.

타잔은 곧바로 추적에 나섰다. 나뭇가지 위로 뛰어올라, 숲을 가로질러 달려갔다. 그는 칼라를 죽인 자가 도망쳐 갔다는 저 코끼리 길에 대해 잘 알고 있었다. 무척이나 꼬불꼬불한 길이었다. 타잔은 흑인 전사를 따라잡기 위해 밀림을 똑바로 질러갔다. 살인자는 꾸불대는 숲길을 따라 도망치고 있을 것이 틀림없었다.

타잔의 옆구리에는 얼굴조차 알지 못하는 아버지의 사냥칼이 있었고,

어깨에는 직접 만든 긴 올가미줄이 걸쳐져 있었다. 한 시간쯤 밀림을 가로질러 달리던 타잔은 다시 숲길로 돌아가 땅을 세심하게 관찰했다. 작은 개울둑을 덮은 부드러운 흙에서 타잔은 지금까지 밀림 전체에서 자신만이 만들어낼 수 있던 발자국을 발견했다. 그러나 그 발자국은 타잔의 것보다 훨씬 컸다. 가슴이 두근거렸다. 그럼 '인간' 을 뒤쫓고 있단 말인가? 바로 자신의 종족인?

거기에는 서로 다른 방향을 가리키는 두 쌍의 발자국이 있었다. 그의 사냥감이 이미 그 길을 지나갔음을 알 수 있었다. 그런데 두 쌍의 발자국은 약간 차이가 있었다. 그 중 하나의 발자국에선 작은 흙부스러기가 가장자리로부터 얕게 패인 바닥 쪽으로 미세하게 흘러내리고 있었다. 그래, 이 발자국은 방금 생긴 것이야! 그의 사냥감이 지나간 지 얼마 되지 않은 것이 분명했다.

타잔은 다시 한 번 나무로 뛰어올라 소리 없이 그리고 신속하게 추적을 계속했다. 2킬로미터쯤 달렸을까? 타잔은 작은 공터에 서 있는 흑인 전사를 발견했다. 그의 손에는 가느다란 활이 들려 있었고, 그 활에는 죽음을 가져오는 화살이 하나 메겨져 있었다.

흑인 전사의 맞은편에는 멧돼지 호르타가 서 있었다. 호르타는 머리를 낮추고 입에 거품을 물며 공격 태세를 갖추고 있었다. 타잔은 그 검은 전사의 모습에 놀라지 않을 수 없었다. 전체적인 형체는 너무나 그와 비슷했지만, 얼굴 생김새와 피부 색깔은 전혀 달랐다. 그림책에서도 '흑인' 을 본 적이 있었지만, 생명이 없는 그 흐릿한 그림은 생명이 넘치는 이 윤기 나는 검은 물체와 전혀 달랐다. 팽팽하게 당겨진 활시위를 들고 서 있는 그의 모습을 보자, 타잔은 그가 '흑인' 보다는 그림책에서 본 '궁수' 에 더 가깝다는 것을 알아차렸다.

Archer(궁수)의 A!

이 얼마나 놀라운가! 타잔은 흥분하지 않을 수 없었다. 자신도 모르는 사이에 그만 모습을 드러낼 뻔했다. 그러나 타잔이 몸을 감추고 있는 나무 아래에서는 이미 사건이 시작되고 있었다. 건장한 검은 팔뚝이 활시위를 뒤로 깊이 당겼다. 멧돼지 호르타가 돌진해 들어오는 순간, 흑인은 독이 묻은 작은 화살을 쏘았다. 화살은 생각의 속도만큼이나 빠르게 날아가 성난 멧돼지의 목에 꽂혔다. 활시위를 놓는 것과 거의 동시에 쿨룽가는 화살 하나를 더 메겼다. 그러나 멧돼지 호르타가 너무나 빨리 일어서는 바람에 미처 화살을 쏠 겨를이 없었다. 흑인은 달려오는 멧돼지를 훌쩍 뛰어넘었다. 그리고 번개처럼 돌아서서 호르타의 등에 두 번째 화살을 박았다.

쿨룽가는 근처의 나무 위로 기어올라 몸을 피했다. 호르타는 다시 적을 공격하려고 몸을 돌렸다. 열 발짝이나 갔을까? 갑자기 호르타가 비틀거리다가 옆으로 쓰러졌다. 잠시 동안 호르타의 근육은 발작적으로 경직과 이완을 반복했지만, 곧 잠잠해졌다.

쿨룽가는 천천히 나무에서 내려왔다. 옆구리에 차고 있던 칼로 멧돼지의 몸에서 커다란 고깃덩이를 베어냈다. 그리고 길 한가운데 불을 피우고는 멧돼지를 구워 먹었다. 남은 고기는 손도 대지 않고 그대로 남겨두었다.

타잔은 흥미롭게 이 모든 장면을 지켜보았다. 그를 당장이라도 죽이고 싶었지만 타잔은 그의 일거수 일투족을 지켜보며 인간의 행동을 배웠다. 이 흑인을 계속 추적한다면 그가 어디에서 왔는지 알아낼 수 있을 것 같았다. 게다가 나중에라도, 그가 활과 독화살을 내려놓고 틈을 보이면 언제든 죽일 수 있을 것이었다.

쿨롱가가 식사를 마치고 모퉁이를 돌아 사라진 후에야, 타잔은 조용히 땅으로 내려왔다. 칼을 꺼내 호르타의 시체에서 고깃덩어리를 베어냈다. 하지만 쿨롱가처럼 불에 굽지는 않았다. 타잔이 불을 처음 본 것은 아니었다. 하지만 번개 아라가 만들어낸 불은 숲의 커다란 나무들을 파괴할 뿐이었다. 밀림의 동물이, 나무를 집어삼켜 먼지만을 남기는 붉고 노란 어금니들, 즉 불을 만들어낼 수 있다는 사실이 타잔은 놀랍기만 했다. 그리고 왜 검은 전사가 식물을 말려 죽이는 불에 고깃덩이를 던져서 맛있는 고기를 망치는지 더더욱 이해할 수 없었다. 아라가 궁수와 음식을 나눠 먹는 친구라도 되는가?

아무리 그렇다 해도, 타잔은 맛있는 고기를 바보처럼 망치지는 않을 것 같았다. 어쨌든 타잔은 날고기를 게걸스럽게 먹어치우고, 돌아오는 길에 찾을 수 있도록 남은 멧돼지 고기를 길섶에 묻어두었다. 타잔은 기름진 손가락을 벌거벗은 허벅지에 문지르고 다시 음봉가왕의 아들, 쿨롱가의 자취를 좇기 시작했다.

이즈음, 멀리 런던에서는 또 한 명의 그레이스톡 경, 즉 그레이스톡 경의 삼촌이 고기가 덜 익었다는 이유로 고기 접시를 주방장에게 되돌려보내고 있었다. 그는 식사를 다 끝낸 듯 향기로운 물이 담긴 은사발에 손끝을 담갔다가 눈처럼 흰 다마스크 천으로 닦았다.

타잔은 하루 종일 악령처럼 쿨롱가의 주변을 배회하며 틈을 노렸다. 타잔은 그가 죽음의 화살을 쏘는 것을 두 번이나 더 목격했다. 한번은 하이에나 단고에게, 나머지 한 번은 긴꼬리원숭이 마누를 향해서였다. 쿨롱가의 독이 워낙 치명적이었던 탓일까? 단고와 마누는 화살에 맞는 즉시 숨이 끊겼다.

쿨롱가와 충분한 거리를 유지하며 따라가던 타잔은 이 놀라운 살해 방법에 대해 한참을 생각했다. 작은 화살촉만으로 밀림의 난폭한 동물들을 그렇게 빨리 죽일 순 없었다. 동물들은 밀림의 이웃들과 싸우면서 종종 심하게 찢기거나 긁히거나 찔리기도 했지만 거의 언제나 원기를 회복했다. 뭔가 신비한 것이 가느다란 나뭇조각과 결합되어 단순히 긁히기만 해도 죽음을 불러오는 것이 분명했다. 타잔은 그것이 무엇인지 알아내고 싶었다.

그날 밤, 쿨롱가는 커다란 나무아귀에서 잠을 잤다. 타잔은 그보다 훨씬 높은 곳에 몸을 감추고 있었다.

쿨롱가가 잠에서 깨었을 때, 그의 활과 화살은 이미 어딘가로 사라진 후였다. 검은 전사는 분노에 앞서 두려움에 온몸을 떨었다. 땅에 떨어진 것일까? 나무 아래의 땅을 샅샅이 살펴보았지만 어디에도 없었다. 그럼 나뭇가지에 걸린 것일까? 그것도 아니었다. 그러나 활과 화살은 자취도 없이 사라졌고, 이상하게도 약탈당한 흔적조차 없었다.

쿨롱가는 당황했다. 창은 칼라에게 던진 후 되찾지 못했다. 활과 화살마저 사라진 지금, 그에게는 단검 하나뿐이었다. 거의 무방비 상태나 다름없었다. 희망은 하나, 아버지 음봉가의 마을로 단숨에 달려가는 것뿐이었다.

마을이 그다지 멀리 떨어져 있는 것은 아니었다. 쿨롱가는 잰 걸음으로 숲길을 걷기 시작했다. 그때 타잔 역시 무성한 나뭇잎 사이를 조용히 날고 있었다. 흑인에게서 겨우 몇 미터나 떨어졌을까? 쿨롱가의 활과 화살은 커다란 나무 꼭대기에 안전하게 묶여 있었다. 그 나무의 껍질 일부가 날카로운 칼에 의해 위부터 아랫부분까지 벗겨져 있었고, 약 15미터 높이에 있는 나뭇가지는 반쯤 잘려 있었다. 타잔은 그렇게 활과 화살을 감춘 나무에 표식을 남겨두고 계속 쿨롱가를 추적했다.

쿨롱가는 여전히 잰 걸음으로 길을 재촉하고 있었다. 타잔은 그의 머리 위를 맴돌았다. 오른손에는 올가미줄이 감겨 있었다. 쿨롱가를 죽일 준비가 끝난 것이었다. 하지만 타잔은 이 검은 전사의 목적지를 알고 싶었기 때문에 죽음의 순간을 조금 뒤로 미루었다. 마침내 타잔의 기다림은 보상을 받았다. 널따란 개척지가 갑자기 모습을 드러낸 것이다. 개척지의 한쪽 끝에 적지 않은 집들이 모여 있었다.

쿨롱가가 마을 입구에 도착했을 때, 타잔은 쿨롱가의 머리 바로 위에 있었다. 갑자기 밀림이 끝났다. 마을과 밀림 사이에는 약 200미터 가량 되는 경작지가 펼쳐져 있었다. 타잔은 마음이 급해졌다. 신속하게 행동하지 않으면 그의 사냥감이 곧 사라질 터였다. 그러나 밀림에서 터득한 생존 법칙은 화급한 순간이 닥쳤을 때 결정과 행동이 거의 동시에 일어나도록 타잔을 훈련시켰다. 그 짧은 순간에는 생각의 그림자조차 끼여들 여지가 없었다.

쿨롱가가 밀림을 벗어나 음봉가 마을의 밭으로 들어서기 직전, 커다란 나무에서 올가미줄이 슬그머니 내려왔다. 그리고 왕의 아들이 경작지로 대여섯 발짝도 채 떼기 전에 올가미가 재빨리 그의 목을 조였다.

타잔의 행동은 신속했다. 순간적으로 올가미줄을 잡아당겼기 때문에 쿨롱가는 비명을 지를 새도 없었다. 타잔은 두 손을 번개처럼 놀리며 올가미줄을 잡아당겼다. 검은 전사는 발버둥치며 저항했지만 이미 그의 몸은 공중으로 떠오르기 시작했다. 타잔은 더 높은 가지 위로 올라가 여전히 버둥대는 사냥감을, 밖에선 보이지 않는 빽빽한 나뭇잎 속으로 끌어올렸다. 그제야 타잔은 튼튼한 가지에 줄을 매달고, 펄쩍 뛰어내려와 사냥칼을 쿨롱가의 가슴에 찔러 넣었다. 칼라의 원수를 갚은 것이다.

타잔은 자기 이외의 인간을 처음 보았다. 호기심이 생긴 그는 흑인을 자세히 살펴보았다. 칼집에 든 칼과 허리띠가 눈에 띄었다. 괜찮아 보였다. 구리로 만든 발목 장식도 마음에 들었다. 타잔은 그것을 풀어 자신의 발목에 옮겨 찼다. 흑인의 이마와 가슴에 새겨진 문신도 멋져 보였다. 날카롭게 다듬어진 이빨도 놀라웠고, 깃털이 달린 머리 장식 역시 상당히 감탄스러웠다. 하지만 이젠 배를 채울 차례였다. 타잔은 배가 고팠고, 지금 바로 코앞에 고기가 있었다. 자신이 죽인 고기를 먹는 것이 밀림의 법칙이었다. 우리가 어떻게, 무슨 기준으로 그를 비난할 수 있겠는가! 비록 영국 신사의 몸과 가슴과 머리를 지녔지만 야생동물처럼 길들여진 타잔이 아닌가! 그는 철천지원수였던 투블랏을 정정당당하게 죽였지만, 투블랏의 고기를 먹겠다는 생각은 결코 해본 적이 없었다. 그런 생각은 우리가 식인종에 대해 느끼는 것만큼이나 타잔을 불쾌하게 만든다. 그러나 도대체 쿨롱가는 그에게 아무런 의미도 없었다. 멧돼지 호르타나 사슴 바라와 다를 바가 없는 생명체였다. 게다가 그때까지 타잔은 배고픔을 채우기 위해 서로를 잡아먹는 밀림의 수많은 야생동물들 중 하나가 아니었던가.

그러나 갑자기 이상한 의혹이 타잔의 손을 멈추게 했다. 그의 책들은 타잔이 인간이라고 가르쳐주지 않았던가? 그리고 이 궁수 또한 인간이 아닌가? 인간이 인간을 먹는가? 아아, 그는 그런 것에 대해서는 알지 못했다. 그런데 왜 주저하는가? 그는 다시 한 번 고기를 먹으려고 입으로 가져갔으나, 혐오감으로 인해 메스꺼움이 밀려왔다. 이해할 수 없는 일이었다.

타잔은 이 흑인의 살을 먹을 수 없었다. 이렇듯 오랫동안 전해 내려온 유전적 본능이 교육받지 못한 그의 지성을 대신해서 보편적 원리를 범하지 못하도록 만들었다. 타잔은 재빨리 올가미를 풀어 쿨롱가의 시체를 땅에 내려놓고 다시 나무 위로 올라갔다.

공포의 유령

10

우뚝 솟은 나무 꼭대기에서 타잔은 경작지 너머에 있는 마을을 바라보았다. 풀로 지붕을 엮은 오두막들이 들어차 있는 그 마을의 한 지점이 숲과 맞닿아 있었다. 타잔은 자신과 같은 종족을 보고 싶은 호기심이 생겼다. 또한 그들의 생활방식과, 그들이 사는 이상한 집에 대해서도 좀더 자세히 살펴보고 싶었다. 타잔은 마을과 숲이 맞닿아 있는 그곳으로 향했다.

밀림의 사나운 짐승들 사이에서 거칠게 살아온 그는 인간에 대해서도 경계를 늦추지 않았다. 자신과 같은 종족을 처음 보았지만, 그들 역시 단지 겉모습이 비슷하다는 이유로 자신을 무조건 환영해줄 것이란 생각은 애초부터 없었다. 타잔은 감상적이지 못했다. 그는 인류의 형제애라는 것을 알지 못했다. 코끼리 탄토르처럼 예외도 있었지만, 자신이 속한 원숭이 무리 외에는 모두가 위험한 적이었다.

그렇지만 타잔에게 증오나 악의는 없었다. 이 밀림에서 그는, 죽이는 것이 자연 세계의 법칙이라는 걸 배웠을 뿐이다. 그는 인간의 본능적인 쾌락에 대해 알지 못했다. 그에게 가장 큰 즐거움은 사냥하고 죽이는 것이었다. 마찬가지로 그 자신도 사냥감이 될 수 있었다. 모든 동물에게 그런 욕망을 가질 권리가 허용된 곳이 밀림이었다.

물론 타잔은 잔혹하거나 피에 굶주린 사람이 아니었다. 죽이는 것을 즐기고, 멋진 입술에 유쾌한 웃음을 띠며 다른 동물들을 죽였지만, 그렇다고 해서 그것이 타잔의 타고난 잔혹성을 말해주는 증거는 아니다. 대부분의 경우 그는 먹기 위해 죽였다. 하지만, 때로는 인간의 본능적 즐거움을 충족시키기 위해 죽이기도 했다. 다른 동물들은 결코 즐거움을 얻기 위해 죽이지 않는다. 동물들 중에서 다른 생명체에게 고통과 죽음을 가하는 즐거움 때문에 무분별하게 살상을 하는 동물은 인간뿐이다. 무리의 복수를 위해, 때로는 살아남기 위해 죽일 때도, 타잔은 흥분하지 않았다. 밀림에선 경솔함이 허용되지 않는다. 그리고 상대를 죽이는 것 역시 극도로 사무적인 절차에 지나지 않았다.

조심스레 음봉가의 마을에 접근할 때도 타잔은 발각되면, 죽이거나 혹은 죽을 각오가 되어 있었다. 타잔은 들키지 않도록 은밀하게 한 걸음씩 나아갔다. 특히 쿨룽가가 다른 동물들을 죽일 때 사용했던, 한순간에 죽음을 안겨주는 작고 날카로운 나뭇조각을 주의해야 했다.

마침내 타잔은 무성한 나뭇잎과 굵은 덩굴식물로 뒤덮인 커다란 나무에 몸을 감췄다. 몸을 거의 완벽하게 가려주는 그 나무에 앉아 타잔은 마을에서 펼쳐지는 광경을 지켜보았다. 모든 것이 새롭고 신기했다.

마을에서는 벌거벗은 아이들이 길거리를 뛰어다니며 놀고 있었다. 여자들은 말린 바나나를 천연 돌절구에 갈거나 곱게 빻은 밀가루로 케이크를 만들고 있었다. 들판에서 잡초를 뽑거나 괭이질을 하는 여자들도 있었다. 모두가 말린 풀로 만든 이상한 허리띠를 엉덩이에 걸치고 있었다. 놋쇠와 구리로 된 발목 장식, 팔찌와 팔목 장식 등을 차고 있는 사람들도 많았다. 또한 거무스름한 목둘레에는 신기한 모양의 철사끈이 감겨 있었고, 커다란 코걸이까지 한 사람도 적지 않았다. 이 이상한 동물들은 보면 볼수록 흥미로웠다.

서너 명의 남자가 그늘에서 졸고 있었다. 한편 경작지의 바깥에서는 적들로부터 마을을 보호하기 위함인 듯 전사들이 왔다갔다하는 모습이 흐릿하게 보였다. 여자들만 일을 하고 있었다. 어디에도 남자들이 밭을 갈거나 집안일을 하고 있는 흔적은 없었다.

끝으로 타잔의 눈길은 그가 있는 나무 바로 아래의 한 여자에게로 향했다. 그녀는 작은 솥단지가 낮게 걸린 불 앞에서 무언가를 하고 있었다. 솥 안에서는 걸쭉하고 붉은 타르 덩어리가 부글부글 끓고 있었다. 그녀의 한쪽 편으로 많은 나무 화살들이 쌓여 있었고, 여자는 그 화살 끝을 펄펄 끓는 솥 안에 담갔다가 반대편에 세워둔 좁다란 나무걸이에 걸쳐놓고 있었다.

타잔은 분명히 깨달을 수 있었다. 궁수가 쏜 작은 화살에 감춰진 무시무시한 파괴력의 비밀은 바로 여기에 있었던 것이다. 여자는 솥 안에 있는 물질에 손이 닿지 않도록 극도로 조심하고 있었다. 한번은 손가락에 그것이 약간 튀자, 재빨리 물그릇 속에 손가락을 담그고는 나뭇잎으로 손에 튄 얼룩을 문질러 지웠다. 타잔은 독에 대해 전혀 알지 못했지만, 그의 본능적인 추리력은 예리했다. 동물을 죽일 수 있는 것은 작은 화살이 아니라 바로 이 치명적인 물질이라는 사실을 직관적으로 깨달은 것이다. 결국 화살은 그 독을 희생자의 몸으로 전달하는 도구에 불과했다.

타잔은 죽음을 나르는 이 작은 나뭇조각들을 갖고 싶었다. 아, 저 여자가 자리를 뜨기만 한다면… 저 여자가 숨을 세 번 내쉬기도 전에 순식간에 달려가 화살을 한 움큼 집어 올 수 있을 텐데!

그녀의 주의를 다른 곳으로 돌리기 위해 타잔은 머릿속으로 계획을 짜기 시작했다. 그때 경작지 건너편에서 비명소리가 들려왔다. 타잔이 칼라의 살인자를 죽인 후 시체를 걸어놓은 그 나무 아래에서 한 사람의 검은 전사가 고함을 질러대고 있었다. 그는 창을 머리 위로 찔러대며, 때때로 앞쪽 땅에 있는 무언가를 가리키기도 했다.

마을은 곧 떠들썩해졌다. 무장한 남자들이 오두막 안에서 달려나와 소리를 질러대는 사내를 향해 미친 듯이 벌판을 가로질러갔다. 노인과 여자, 아이들도 줄줄이 그 뒤를 따랐다. 마을은 금세 텅 비었다. 타잔은 마을 사람들이 자신이 죽인 희생자의 시체를 발견했다는 사실을 알고 있었다. 하지만 지금 타잔의 관심은 온통 눈앞의 화살에만 쏠려 있었다.

이때가 기회다. 지금 이 마을에는 아무도 없다. 타잔은 재빨리 그러나 소리나지 않게 독이 든 솥 옆으로 내려왔다. 잠시 동안 그는 움직이지 않고 서서 눈빛을 번뜩이며 울타리 안을 둘러보았다. 아무도 보이지 않았다. 그의 두 눈이 가까운 오두막집의 열려 있는 출입구에서 멈추었다. 저 안에는 뭐가 있을까? 타잔은 풀로 엮은 나지막한 오두막으로 조심스레 다가갔다. 그러고는 잠시 바깥에 서서 귀를 기울였다. 아무런 소리도 들리지 않았다. 그는 어두컴컴한 오두막 안으로 미끄러지듯 들어갔다.

벽에는 무기들이 걸려 있었다. 기다란 창, 이상하게 생긴 칼들, 두세 개의 길쭉한 방패! 오두막 가운데에는 솥이 걸려 있었고, 구석에는 말린 풀더미가 손으로 짠 거적때기에 덮여 있었다. 침대와 침구로 쓰이는 것이 분명했다. 그리고 인간의 해골들이 바닥에 널려 있었다. 타잔은 그 물건들을 하나하나 만져보았다. 창을 들어보기도 하고 냄새도 맡아보았다. 사실 타잔은 잘 발달된 예민한 콧구멍을 통해 사물을 보았다. 타잔은 이 길고 날카로운 나무를 갖고 싶었다. 하지만 오늘은 화살을 가져가야 했으므로 창까지 챙기긴 어려웠다.

타잔은 벽에서 걷어낸 물건들을 방 한가운데에 모두 쌓은 후 그 위에다 냄비를 뒤집어 올려놓았다. 그리고 그 위에 웃고 있는 해골 하나를 올려놓고는 죽은 쿨롱가의 머리 장식을 꽂았다. 타잔은 뒤로 물러서서 자신의 작품을 지켜보며 싱긋 웃었다. 타잔은 이렇게 장난을 좋아했다.

이때 바깥에서 요란한 소리가 들려왔다. 웅성대는 목소리와 슬픔으로 길게 울부짖는 소리, 그리고 큰 통곡소리가 이어졌다. 타잔은 깜짝 놀랐다. 내가 너무 오래 머무른 것일까? 타잔은 재빨리 출입문으로 다가가 마을 입구 쪽으로 난 길을 살펴보았다. 주민들의 모습은 아직 보이지 않았지만 그들이 경작지를 가로질러 마을로 들어서고 있다는 걸 느낄 수 있었다. 그들은 매우 가까이 있음에 틀림없었다. 타잔은 신속하게 움직였다. 눈 깜짝할 사이에 화살더미에서 화살을 한 아름 집어든 후, 끓고 있는 솥을 발로 차서 엎어버렸다.

선두에 선 주민들이 마을 입구로 들어섰을 때, 타잔은 이미 나무 꼭대기로 뛰어오른 뒤였다. 무성한 나뭇잎 속에 몸을 감춘 타잔은 마을에서 벌어지는 일을 계속 지켜보았다. 그것은 마치 위험을 감지한 순간 곧바로 날아오른 야생의 새와도 같은 모습이었다.

주민들은 줄지어 마을로 들어왔다. 네 사람의 남자가 쿨롱가의 시체를 들고 있었다. 한숨을 내쉬며 울먹이는 여자들이 뒤따르고 있었다. 마침내 그들이 쿨롱가의 오두막 입구에 도착했다. 타잔이 화살을 약탈한 바로 그 집이었다. 대여섯 사람이 집안으로 들어갔지만, 이내 무엇인가에 놀란 듯 소리치며 뛰쳐나왔다. 사람들이 그들 앞으로 모여들었다. 그들은 흥분한 목소리로 손짓과 몸짓을 섞어가며 뭔가를 이야기했다. 곧 무장한 검은 전사들이 오두막에 다가가 안을 들여다보았다.

그 다음엔, 팔과 다리에 많은 금속 장신구를 달고, 인간의 손가락뼈로 만든 목걸이를 가슴까지 늘어뜨린 노인이 오두막 안으로 들어갔다. 그는 이 부족의 왕이자, 쿨롱가의 아버지인 음봉가였다. 모두가 조용했다. 사방이 적막감에 사로잡혔다. 곧 음봉가가 오두막에서 나왔다. 분노와 두려움이 교차하는 표정이었다. 한마디로 표현할 수 없는 소름끼치는 얼굴이었다. 그가 전사들에게 무엇인가를 말하자, 전사들은 즉시 울타리 안의 오두막과 구석진 곳을 샅샅이 뒤지기 시작했다.

솥이 뒤집혔고 독화살을 도둑맞았다는 사실이 곧 발견되었다. 그러나 그 외에는 아무것도 발견되지 않았다. 잠시 후 미개인들은 겁에 질린 얼굴로 왕 주위에 몰려들었다. 음봉가는 연이어 일어난 이상한 사건들이 도무지 이해되지 않았다. 마을 언저리에서 발견된 쿨롱가의 시체에는 아직 온기가 남아 있었다. 비명소리도 들릴 정도로 가까운 거리에서 아들이 칼에 찔려 죽은 것도 불가사의했지만, 마을 안, 더구나 쿨롱가의 집에서 발견된 이상한 장식은 그들의 가슴을 두려움으로 채우기에 충분했다. 그들의 어리석은 머리로는 마법의 힘이 개입한 것이라 생각할 수밖에 없는 사건들이었다.

그들은 삼삼오오 모여 서서 낮은 목소리로 소곤거렸고, 커다란 눈동자를 굴리며 두려움에 젖은 눈길로 뒤를 돌아다보곤 했다. 타잔은 커다란 나무 위에 몸을 감추고는 조심스레 그들을 지켜보았다. 그들의 행동에는 이해할 수 없는 것이 많았다. 타잔은 미신에 대해서도 전혀 알지 못했고, 두려움이라는 감정에 대해서도 그저 막연하게만 알고 있었다.

어느새 태양은 하늘 높이 걸려 있었다. 타잔은 배가 고팠다. 맛 좋은 멧돼지 호르타가 묻혀 있는 곳까지 가자면 서둘러야 했다. 타잔은 음봉가의 마을을 뒤로하고 밀림 속으로 들어갔다.

원숭이들의 왕

11

타잔은 전날 숨겨둔 멧돼지 고기를 먹어치우고, 나무에 묶어두었던 쿨롱가의 활과 화살을 되찾았다. 그리고 그의 무리가 있는 곳으로 돌아갔다. 타잔은 무리들에게 해줄 이야깃거리가 많았다. 타잔은 가슴을 쭉 편 채 자랑스런 전리품들을 보여주며 이야기를 전해주었다. 커착은 궁시렁대며 타잔의 전리품에 눈길조차 주지 않으려 했다. 커착은 자신들과 다르게 생긴 타잔을 미워하고 시기했다. 그래서 사악한 머릿속으로 늘 타잔을 괴롭힐 구실만을 찾으려 했다.

다음 날 타잔은 동이 트자마자 활과 화살을 갖고 연습을 시작했다. 처음에 쏜 화살들은 방향을 잃고 날아가 전혀 목표물을 맞추지 못했지만, 타잔은 포기하지 않고 끈질기게 연습했다. 그리고 한 달 가량이 지났을 때, 타잔은 그냥 평범한 사수(射手)가 아니었다. 그러나 그 동안 활솜씨를 갈고 닦느라 화살이 거의 바닥나고 말았다.

타잔의 무리들은 계속 오두막이 있는 해변 근처에 머물며 먹잇감을 구했다. 그래서 타잔은 활솜씨를 연마하는 틈틈이 아버지가 남긴 것들을 살펴볼 수 있었다. 그러던 어느 날, 타잔은 오두막 벽장 뒤에서 자그마한 금속상자를 찾아냈다. 열쇠가 자물쇠에 꽂혀 있었다. 타잔은 열쇠와 자물쇠의 원리를 몰랐지만, 이리저리 살펴보고 만져본 끝에 그 상자를 열 수 있었다.

상자 안에는 수염 없는 남자의 빛바랜 사진과 다이아몬드 로켓(사진을 넣을 수 있도록 만든 틀 - 역주)이 달린 금목걸이, 그리고 몇 통의 편지와 작은 책이 있었다. 타잔은 이 모든 것들을 조심스레 다루었다. 무엇보다 사진이 가장 마음에 들었다. 사진 속의 눈은 웃고 있었고, 얼굴은 정직하고 관대해 보였다. 아버지의 사진이었다.

금목걸이도 마음에 들었다. 타잔은 장신구를 걸치고 있던 흑인들을 흉내내어 금목걸이를 목에 걸어보았다. 다이아몬드가 그의 검게 그을린 피부와 절묘한 조화를 이루며 기이한 빛을 뿜어냈다. 필기체를 배우지 못했기 때문에 타잔은 편지를 읽을 수 없었다. 그래서 편지를 사진과 함께 다시 상자에 담아두고 책으로 눈길을 돌렸다. 책 또한 거의 전체가 멋진 손글씨체로 쓰여 있었다. 이미 타잔에게 낯익은 벌레들이었지만, 결합되고 배열된 방식이 전혀 달라서 타잔은 그 글들을 이해할 수 없었다. 사전을 이용하는 방법도 오래 전에 익혔지만, 당혹스럽게도 이 상황에서는 전혀 쓸모가 없었다. 타잔은 책에 쓰인 글자 중 단 한 단어도 사전에서 찾아낼 수 없었다. 그는 책을 다시 상자 안에 집어넣었다. 하지만 언젠가는 그 책의 비밀을 밝혀내겠다고 다짐했다.

그 책이 그가 이곳까지 오게 된 경위를 밝히는 열쇠라는 것을 당시의 타잔은 알지 못했다. 사실 그 책은 타잔의 이상한 삶에 대한 수수께끼를 풀어줄 열쇠였다. 그것은 프랑스어로 쓰인 그레이스톡 경, 즉 존 클레이튼의 일기였다. 프랑스어로 일기를 쓰는 것은 그레이스톡 경의 오랜 습관이었다.

타잔은 상자를 책장에 되돌려놓았다. 그리고 이때부터 타잔은 아버지의 웃음 짓는 강인한 얼굴을 항상 가슴에 걸고 다녔으며, 작고 검은 책에 쓰인 이상한 글자의 비밀을 풀겠다는 확고한 결심을 잠시도 잊지 않았다.

하지만 당장에 더 중요한 할 일이 있었다. 화살이 바닥났기 때문에 흑인들의 마을에 가서 화살을 다시 훔쳐와야 했다. 타잔은 다음 날 아침 일찍 출발했다. 발걸음을 빨리 한 덕분에 타잔은 한낮이 되기 전 흑인들의 마을 입구에 도착할 수 있었다. 다시 타잔은 큰 나무에 몸을 감춘 채, 예전에 그랬던 것처럼 들판과 길가에 있는 여자들과 나무 아래에서 독을 끓이고 있는 솥을 지켜보았다.

그는 몰래 내려가 화살을 주워올 기회를 끈질기게 기다렸다. 하지만 마을 사람들을 집에서 끌어낼 사건은 좀처럼 벌어지지 않았다. 날이 점점 저물어가고 있었다. 타잔은 여전히 웅크린 자세로 나무에 몸을 숨기고 있었고, 여자는 타잔의 존재를 전혀 눈치채지 못한 채 솥을 지키고 있었다.

이윽고 들판에서 일하던 여자들이 마을로 돌아오기 시작했다. 사냥을 나갔던 전사들도 돌아왔다. 모두가 마을 울타리 안으로 들어오자 문을 닫고 빗장을 질렀다. 많은 냄비들이 마을 곳곳에서 눈에 띄었다. 오두막 앞마다 스튜를 끓이는 여자들이 있었고, 그녀들의 손에는 작은 바나나 케이크와 카사바 푸딩이 들려 있었다.

갑자기 경작지의 끝에서 큰 소리가 들려왔다. 타잔은 그 쪽을 바라보았다. 북쪽에서 뒤늦게 돌아온 사냥꾼들이었다. 그들은 발버둥치는 동물을 거의 끌다시피 하며 마을 입구로 다가오고 있었다. 그들이 마을 입구에 다다르자, 모든 문이 다시금 활짝 열리며 그들을 맞이했다. 사냥해온 동물을 보는 순간, 야만적인 함성이 하늘을 찔렀다. 그들이 사냥해온 동물은 바로 인간이었다. 사냥의 희생자가 발버둥치며 마을 길로 끌려오자, 여자와 아이들은 막대기로 그를 때리고 돌을 집어던졌다. 밀림의 젊고 비정한 야수, 타잔마저도 자신의 종족이 가진 무자비함과 잔인함에 놀라지 않을 수 없었다. 밀림의 동물 중 표범 쉬타만이 먹이를 괴롭혔다. 다른 동물들은 사냥감을 가능한 한 빨리, 자비롭게 죽이는 것을 원칙으로 삼았다.

타잔은 오직 아버지의 책을 통해서 인간이 사는 방식을 단편적으로 배웠을 뿐이다. 지난번 밀림에서부터 쿨룽가를 뒤쫓을 때, 타잔은 바퀴가 달린 이상한 집들로 가득 찬 도시를 예상했었다. 검은 연기를 내뿜는 큰 나무굴뚝이 박힌 지붕이 있는 집, 그리고 배, 보트, 기선, 선박 … 이런 이름으로 불리는 것들과 커다란 건축물들이 떠 있는 바다를 볼 수 있으리라 기대했었다. 밀림 속에 감춰진 흑인들의 작고 빈약한 마을을 보았을 때 타잔은 실망하지 않을 수 없었다. 멀리 해변에 있는 자신의 오두막집보다도 작은 집들뿐이었기 때문이다.

타잔은 이 흑인들이 원숭이 무리들보다도 사악하고, 세이버보다도 사납고 잔인하다는 것을 알게 되었다. 타잔은 '인간' 이라 불리는, 자신의 종족을 낮게 평가하기 시작했다.

그들은 불쌍한 희생자를 마을 한가운데, 음봉가의 오두막 바로 앞에 있는 커다란 기둥에 묶었다. 그리고 번뜩이는 칼과 창을 위협적으로 치켜들고는, 그를 둥그렇게 에워싼 채 괴성을 지르며 춤을 추기 시작했다. 여자들은 그 원 밖에 둘러앉아 소리치며 북을 두드렸다. 이 모습은 타잔에게 덤-덤을 연상시켰다. 타잔은 곧 어떤 일이 일어날지 알 수 있었다. 하지만 그들이 설마 살아 있는 고기에게 달려들까? 원숭이들도 그렇게 잔인하지는 않았다.

전사들은 맹렬한 북소리에 맞춰 미친 듯이 야만적인 춤을 추며, 온몸을 웅크린 채 겁에 질려 떨고 있는 그들의 먹이에게로 조금씩 다가갔다. 이윽고 창 하나가 뻗어나와 희생자를 찔렀다. 이것이 신호였다. 이어서 50여 개의 창이 일제히 달려들었다. 눈과 귀, 팔다리가 창에 찔렸다. 성기를 훤히 드러내고 몸부림치는 가엾은 몸은 구석구석까지, 무자비한 창병들의 표적이 되었다. 여자와 아이들이 환호성을 질렀다. 전사들은 곧 있게 될 만찬에 대한 기대감으로 흉측한 입술을 핥으며 의식을 잃어가는 포로를 계속해서 학대했다. 마치 누가 더 무자비하고 야만스럽게 포로를 학대하는지 경쟁이라도 벌이는 듯했다.

그러나 타잔에게는 이때가 바로 기회였다. 모두의 눈이 기둥에서 벌어지는 짜릿한 광경에 쏠려 있지 않은가. 낮의 태양은 달도 없는 밤의 어둠에 자리를 내주었고, 떠들썩한 잔치 마당 가까이에 피워놓은 불만이 유일하게 그 들뜬 광경을 비춰주며 끊임없이 타오르고 있었다. 타잔은 나무에서 표범처럼 유연하게, 소리 없이 땅으로 내려왔다. 재빨리 화살을 그러모았다. 이번에는 화살 전부를 가져갈 생각으로 그것들을 묶을 수 있는 긴 풀뿌리까지 준비했다. 타잔은 잠시도 지체하지 않았다. 그런데, 화살들을 안전하게 묶고 돌아서려는 순간, 변덕이라는 악마가 그를 충동질했다. 이 이상하고 괴기스러운 동물들에게 그가 다시 돌아왔음을 알려줄 겸, 엉뚱한 장난으로 그들을 놀려주고 싶어진 것이다.

나무 밑둥에 화살 꾸러미를 잠시 내려놓고 타잔은 어둠을 빌어서, 처음 이곳에 왔을 때 들어갔던 오두막으로 갔다. 안은 깊은 어둠에 잠겨 있었다. 타잔은 더듬대면서 구하려던 물건을 곧 손에 넣을 수 있었다. 목적을 달성한 후 지체 없이 문을 향해 돌아서려는 순간, 그의 예리한 귀는 바깥에서 다가오는 발소리를 들었다. 여자의 형체가 오두막 입구에 어른거렸다. 타잔은 조용히 벽으로 물러나며, 길고 날카로운 아버지의 사냥칼을 손에 움켜쥐었다. 여자는 서슴없이 오두막으로 들어왔다. 그녀는 손을 더듬거리며 무엇인가를 찾았지만, 그것이 늘 있던 자리에 있지 않은 것이 분명했다. 여자는 그것을 찾아 점점 더 타잔이 기대 서 있는 벽 쪽으로 다가왔다.

타잔이 그녀의 발가벗은 몸에서 흘러나오는 온기를 느낄 수 있을 정도로, 그녀는 가까이 다가왔다. 타잔은 사냥칼을 쥔 손을 슬그머니 올려들었다. 순간, 그녀가 돌아서며 "아!" 하고 짧게 탄성을 터뜨렸다. 마침내 찾고 있던 것을 발견한 것이다. 그녀는 즉시 돌아서서 오두막을 떠났다. 그녀가 문을 나설 때, 타잔은 달빛을 빌어 그녀가 손에 쥔 것이 무엇인지 보았다. 냄비였다.

타잔은 그녀의 뒤를 바싹 따랐다. 그리고 오두막 입구의 어둠 속에 몸을 감춘 채 밖을 내다보았다. 모든 여자들이 냄비와 주전자를 든 채 오두막을 들락대고 있었다. 그녀들은 냄비와 주전자에 물을 채워서, 희생자가 묶인 기둥 근처에 피운 수많은 불 위에 올려놓았다. 고통으로 죽어가는 희생자는 핏덩어리가 되어 축 늘어져 있었다.

이제 타잔 주변에는 아무도 없었다. 타잔은 마을 끝에 있는 커다란 나무 아래 화살뭉치가 있는 곳으로 서둘러 되돌아갔다. 지난번처럼 솥을 뒤집어엎은 후, 그는 나무의 낮은 가지 위로 고양이처럼 유연하게 뛰어올랐다. 그리고 무성한 나뭇잎을 헤치며 마을에서 벌어지는 광경을 훤히 볼 수 있는 곳까지 기어올라갔다.

남자들이 광란의 몸짓으로 피로해진 몸을 쉬고 있는 동안, 여자들은 포로를 요리할 준비를 하고 있었다. 마을은 그렇게 평온을 되찾아갔다. 타잔은 오두막에서 훔쳐온 물건을 높이 쳐들었다. 그리고 오랫동안 과일과 코코넛을 던지며 쌓은 실력으로, 야만인들이 모인 곳을 향해 그 물건을 던졌다. 그것은 전사들 중 한 명의 머리를 정확히 맞추었다. 그는 맥없이 옆으로 쓰러졌다. 그것은 여자들 사이를 굴러서 반쯤 도살된 희생자 앞에 멈추었다. 모두가 넋을 잃은 표정으로 한동안 그것을 지켜보았다. 그리고 약속이라도 한 듯이 일제히 자리에서 튀어 일어나 각자의 집을 향해 뛰었다. 땅에서 그들을 올려다보고 있던 것은 웃고 있는 인간의 해골이었다. 갑자기 하늘에서 해골이 떨어진 격이었다. 그들에게 미신적인 두려움을 안겨주기에 충분한 기적이었다. 마을 근처의 숲에서 보이지 않는 초자연적인 힘을 지닌 존재로서 그들에게 두려움을 안겨준 후, 타잔은 유유히 그곳을 떠났다.

나중에 다시 한 번 뒤집힌 솥과 화살을 도둑맞은 것을 발견했을 때, 그들은 밀림 안에 마을을 세워 위대한 신을 노하게 한 것이라 결론지었다.

그날부터 그들은 위대한 신을 달래기 위해 화살이 사라지는 지점 부근의 큰 나무 아래에다 매일같이 먹을 것을 바치기 시작했다. 그러나 그들의 두려움은 생각보다 깊었다. 만약 타잔이 그 사실을 알았더라면, 그 자신과 원숭이 무리들을 위해서라도 그들을 계속 괴롭히며 깊은 고통을 안겨주었을 것이다.

그날 밤, 타잔은 마을에서 멀지 않은 숲에서 잠을 잤다. 다음 날 아침 일찍 일어난 그는 쉬엄쉬엄 사냥이나 하며 원숭이 무리에게로 돌아가려 했다. 하지만 사냥은 쉽지 않았다. 고작 산딸기 몇 알과 땅벌레 몇 마리로 배를 채울 수 있을 뿐이었다. 배가 고파 미칠 지경이었다. 마침내 쓰러진 나무 밑까지 뒤졌다. 그때 암사자 세이버가 스무 발짝도 떨어지지 않은 곳에 있는 것이 아닌가! 세이버는 배를 땅에 대고 몸을 바싹 낮춘 채, 살금살금 다가오고 있었다. 커다랗고 노란 두 눈은 악의로 가득 차서 타잔을 노려보고 있었고, 벌건 혀는 애타게 고기를 원하는 듯 날름거리고 있었다.

타잔은 도망치려 하지 않았다. 오히려 세이버를 없앨 기회가 왔다고 생각했다. 실제로 지금까지 이런 기회만을 기다려오지 않았던가! 게다가 타잔은 풀로 만든 올가미줄이 아닌 아주 새로운 무기로 무장하고 있었다. 그는 재빨리 활을 풀어서 타르가 칠해진 화살을 메겼다. 세이버가 튀어올랐다. 활시위에서 튕겨져나간 화살이 세이버를 공중에서 맞혔다. 그와 동시에 타잔은 옆으로 몸을 홀쩍 날렸다. 커다란 고양이가 타잔을 넘어 땅에 내려앉는 순간, 죽음을 덧씌운 또 하나의 화살이 세이버의 허리에 깊이 박혔다.

세이버는 큰 소리로 으르렁거리며 돌아서서 재공격을 시도하려 했다. 그 순간 세 번째 화살이 날아가 그녀의 한쪽 눈에 박혔다. 그러나 이번에는 세이버가 너무 가까이 있었기 때문에 타잔 또한 달려드는 이 암사자를 피할 수 없었다. 그 거대한 몸집 아래 깔려서도 타잔은 번뜩이는 칼을 꺼내 세이버의 옆구리에 깊이 찔러 넣었다. 한동안 둘은 꼼짝도 하지 않았다. 타잔은 분명히 알 수 있었다. 세이버가 죽은 것이다. 다시는 일어나 인간이나 원숭이를 해칠 수 없게 된 것이다. 타잔은 힘겹게 그 거대한 몸뚱이를 밀쳐낸 다음 허리를 펴고 일어섰다. 그리고 그가 연습한 기술의 전리품을 내려다보았다. 타잔은 짜릿한 전율을 느꼈다. 환희로 가득 찬 전율감! 가슴 벅찬 승리였다. 타잔은 적의 시체 위에 한 발을 얹고 뒷목을 젖히며 포효했다. 그것은 승리에 도취된 인간이 밀림 전체를 향해 내민 도전장이었다.

의기양양한 승리의 찬가는 숲 전체로 메아리쳐나갔다. 새들은 나뭇가지 위에 납작 엎드렸고 큰 짐승들도 살금살금 기어갔다. 밀림에서 이 위대한 유인원에게 도전할 동물은 없었다.

그때 런던의 상원의회에서는 또 한 명의 그레이스톡 경이 동료들에게 연설을 하고 있었지만, 그 부드러운 목소리에 두려움을 느낀 사람은 아무도 없었다.

세이버의 살코기는 그 맛이 정말 형편없었지만, 시장이 곧 반찬이었기에 타잔은 질긴 살과 고약한 맛도 참아낼 수 있었다. 배가 부르자 졸음이 밀려왔다. 그러나 먼저 세이버의 가죽부터 벗겨내야 했다. 바로 이것을 위해 세이버를 죽이려 했던 것이 아닌가! 작은 동물들의 가죽을 벗겨본 경험이 있는 타잔은 곧 익숙한 솜씨로 세이버의 가죽을 벗겨냈다. 가죽을 완전히 벗긴 후, 타잔은 그 전리품을 큰 나무 꼭대기에 걸쳐놓고는 잠에 빠져들었다.

잠이 부족했던데다 힘든 전투에 지치고 배까지 부른 까닭이었을까? 타잔은 하루를 꼬박 자고, 그 다음 날 점심때가 가까워서야 잠에서 깼다. 그는 곧바로 세이버의 시체가 있는 곳으로 가보았으나 고기는 이미 밀림의 다른 배고픈 동물들이 깨끗이 발라먹고 난 뒤였다. 뼈만 남아 있는 것을 본 타잔은 화가 났다.

얼마간 숲 속을 느긋하게 걷던 타잔의 눈에 어린 사슴이 들어왔다. 이 작은 짐승이 타잔의 존재를 눈치채기도 전에 작은 화살이 그 목에 꽂혔다. 화살에 묻은 독이 얼마나 강렬했던지 사슴은 열 발자국도 채 뛰지 못하고 덤불 속으로 곤두박질쳤다. 타잔은 다시 포식을 할 수 있었지만 이번에는 잠을 자지 않았다. 대신 서둘러 무리에게로 달려갔다.

무리를 만나자마자 타잔은 암사자 세이버의 가죽을 자랑스럽게 내보이며 소리쳤다.

"이것을 봐라, 커착의 무리여. 용맹한 전사인 타잔이 무엇을 했나 보란 말이다. 너희 가운데 누가 누마의 종족을 죽여본 일이 있는가? 타잔은 너희 중에 가장 위대하다. 너희처럼 원숭이가 아니기 때문이다. 타잔은……."

그는 말을 중단할 수밖에 없었다. 원숭이의 언어에는 인간을 가리키는 단어가 없었기 때문이다. 게다가 타잔은 그에 해당하는 영어를 적을 줄만 알았지 어떻게 발음하는지를 몰랐다. 타잔의 용맹성을 증명해주는 세이버의 가죽을 보고 원숭이들은 타잔의 주위로 몰려들었다. 커착 혼자만 뒤에 남아 증오와 분노를 삭이고 있었다. 그때, 불현듯 어떤 생각이 커착의 사악한 머리를 스치고 지나갔다. 이 사나운 맹수는 벌떡 일어서서 포효하며, 가여운 원숭이들을 물어뜯고, 큰 손으로 내려치기 시작했다. 순식간에 열다섯 마리의 원숭이들이 죽거나 다쳤다. 무리들은 서둘러 나무 위로 몸을 피했다. 분노와 광기에 사로잡힌 커착은 입에 거품을 물고 소리를 질러대며 주위를 둘러보았다. 그가 증오하는 상대도 나뭇가지 위로 피신한 상태였다. 커착은 타잔을 노려보며 소리쳤다.

"내려와보시지, 대단한 타잔. 내려와서 나보다 강한지 증명해보란 말이다. 내 강한 이빨을 이겨낼 수 있겠느냐? 용맹하다는 자가 위험이 닥치니까 나무 위로 도망부터 간단 말이냐?"

그리고는 특유의 몸짓으로 가슴을 두드렸고 고함을 질렀다. 타잔은 조용히 땅으로 내려섰다. 곧바로 커착이 포효하며 타잔을 향해 돌진했다. 원숭이 무리들은 높은 가지 위에서 숨죽인 채 둘의 싸움을 지켜보았다. 타잔이 모든 면에서 열세로 보였다. 타잔의 다리는 짧았지만 커착은 거의 2미터에 달하는 거구였다. 딱 벌어진 어깨 근육은 잘 발달되어 있었고, 짧은 뒷목은 무쇳덩어리처럼 불룩 솟아 있어 그 위에 얹혀진 머리는 마치 거대한 산 위에 솟은 작은 공처럼 보였다. 젖혀진 입술 사이로는 날카로운 송곳니가 드러났고, 작고 사악한 두 눈은 벌겋게 충혈되어 광기로 번쩍였다. 커착에 맞선 타잔도 나름대로 불끈대는 근육을 자랑했지만, 커착보다 20여 센티미터나 못 미치는 키와 근육은 그에게 다가올 시련에 맞서기에는 역부족으로 보였다. 활과 화살은 원숭이들에게 세이버의 가죽을 보여줄 때 내려놓았기 때문에 그에게서 약간 떨어진 곳에 있었다. 따라서 커착의 맹렬한 공격을 사냥칼과 뛰어난 지능에 의존하는 수밖에 달리 도리가 없었다.

커착이 소리를 지르며 다가오자 그레이스톡 경은 사냥칼을 칼집에서 꺼내들었다. 그리고 커착만큼이나 무시무시하고 용맹스럽게 상대에게 돌진했다. 타잔은 믿기지 않을 정도로 민첩했다. 커착은 털북숭이 긴 팔을 뻗어 타잔을 잡으려 했지만 수포로 돌아가고 말았다. 둘의 몸이 서로 비껴나가기 직전, 타잔은 커착의 손목을 잽싸게 낚아채 가볍게 뛰어오르며 칼을 그의 몸 속 깊숙이에 찔러 넣었다. 심장 바로 아래였다. 타잔이 칼을 미처 빼내기도 전에 커착이 두 팔을 흉폭하게 휘둘러대며 타잔을 공격했다. 타잔은 칼을 쥐었던 손을 놓았다. 그 순간 커착의 커다란 손이 타잔의 얼굴을 향해 덮쳐왔다. 제대로 맞으면 타잔의 두개골이 박살나고도 남을 만큼 무시무시한 위력이었다. 그러나 타잔은 재빨리 몸을 숙이면서 커착의 명치를 향해 주먹을 날렸다. 커착이 비틀거렸다. 가슴에 입은 치명적인 상처로 인해 쓰러지기 일보 직전이었지만 마지막 생명의 불꽃을 되살리려는 듯, 타잔의 손에 붙들려 있던 팔목을 빼내면서 타잔을 힘껏 끌어안았다. 그리고 송곳니를 번뜩이며 타잔의 목을 겨냥했다.

그러나 그 잔혹한 송곳니가 타잔의 구릿빛 피부에 닿기 전, 타잔의 강인한 두 손이 먼저 커착의 목을 졸랐다. 커착은 무시무시한 이빨로 타잔의 목줄을 끊으려 하고, 타잔은 커착의 으르렁대는 입을 피해가며 그의 숨통을 끊어놓으려 하면서, 둘은 한동안 힘을 겨루었다. 역시 커착의 힘이 강했던 것일까? 타잔의 몸을 죄어가던 커착의 이빨이 타잔의 목으로 조금씩 접근해갔다. 그 날카로운 송곳니가 타잔의 목에 닿으려는 순간, 그 거대한 몸이 갑작스레 경련을 일으키며 옆으로 쓰러졌다.

마침내 커착이 죽은 것이다. 타잔은 천천히 일어서며 커착의 가슴에 박혔던 칼을 빼냈다. 그보다 훨씬 강한 짐승들에게서 몇 번이나 자신을 구해준 칼이었다. 그는 쓰러진 적의 몸에 한 발을 얹고 다시 한 번 숲 전체가 떠나가도록 정복자의 포효를 외쳤다.

이렇게 해서 젊은 그레이스톡 경은 원숭이 무리의 왕이 되었다.

인간의 이성

12

타잔이 커착을 죽이고 원숭이 무리의 왕이 되었지만, 타잔의 권위를 인정하지 않는 원숭이가 한 마리 있었다. 바로 투블랏의 아들 터코즈였다. 물론 타잔의 칼과 화살을 두려워했기 때문에 직접적으로 반감을 드러내지는 못했지만 사소한 명령을 어기거나 타잔의 신경을 거스르는 태도로 불만을 드러내곤 했다. 그러나 타잔은 그가 왕위를 빼앗으려고 반란을 일으킬 기회를 호시탐탐 엿보고 있다는 사실을 알고 있었기 때문에 잠시도 긴장을 풀지 않았다.

타잔이 새로운 우두머리로 등극했지만 그들의 삶은 예전과 거의 달라지지 않았다. 예전과 다른 점이 있다면, 타잔의 높은 지능과 사냥꾼으로서의 뛰어난 능력 덕분에 먹을 것이 어느 때보다도 풍부해졌다는 점이다. 따라서 대부분의 원숭이들은 왕이 바뀐 것에 매우 만족해하며 지냈다.

타잔은 밤이면 무리들을 이끌고 검은 인간들의 경작지로 가서 맘껏 배를 채웠지만 먹을 만큼만 먹을 뿐, 긴꼬리원숭이 마누를 비롯한 대부분의 원숭이들처럼 밭 전체를 쑥대밭으로 만들거나 하지는 않았다. 따라서 검은 인간들은 밭이 계속 도둑질 당한다는 것에 분개하면서도 경작을 포기할 정도로 낙담하지는 않았다. 만약 타잔이 이런 지혜를 발휘하지 않고 원숭이들이 경작지를 마음대로 어지럽히도록 놔두었더라면 완전히 다른 결과가 나타났을 것이다.

그 동안에도 타잔은 종종 밤을 틈타 흑인 마을에 들어가서 화살을 훔쳐오곤 했다. 그런데 언제인가부터는, 타잔이 울타리를 넘을 때 발판처럼 이용하던 나무 밑에 항상 음식이 놓여 있었다. 처음에는 경계했지만 마을을 찾을 때마다 음식이 준비된 것을 보고 타잔은 검은 인간들이 갖다놓는 그 음식을 먹기 시작했다.

밤새 음식이 사라진 것을 볼 때마다 검은 인간들은 깜짝 놀라며 두려움에 몸을 떨었다. 여태껏 신에게 음식을 바치기는 했어도 그 영혼이 실제로 마을까지 찾아와 음식을 먹고 간 적은 없었기 때문이다. 게다가 그런 이야기를 들어본 적조차 없어 그들의 마음은 불안하지 않을 수 없었다. 그것만이 아니었다. 화살들이 주기적으로 사라지기도 했고 보이지 않는 손이 나타나 이상한 장난을 해대는 경우도 종종 있었기 때문에, 그들에게 새로운 보금자리에서의 삶은 괴로움 자체가 되어버렸다. 이윽고 음봉가와 마을의 원로들은 이 마을을 떠나 밀림 더 깊숙이에 새로운 보금자리를 마련하는 문제를 논의하기 시작했다.

그리하여 검은 전사들은 사냥에 나설 때마다 새로운 마을을 세울 만한 곳을 물색하고 다니느라 남쪽으로 향했고, 어느덧 밀림 한가운데 있던 타잔의 보금자리까지 접근해왔다. 그렇게 되자 타잔의 원숭이 무리들이 검은 전사들에게 당하는 사건이 자주 일어났다. 마침내 원시림의 지독한 적막이 새롭고 기묘한 목소리에 깨지는 순간이었다. 새들에게나 육상동물에게나 밀림은 더 이상 안전한 곳이 아니었다. 인간들이 다가오고 있었기 때문이다. 물론 이전에도 사나운 맹수들이 밤낮으로 밀림 속을 헤집고 다니긴 했다. 하지만 단지 그때만 잠시 몸을 피하면 되었다. 맹수가 지나간 다음엔 연약한 동물들도 마음껏 뛰놀 수 있는 곳이 밀림이었다. 하지만 인간이 다가오자 모든 것이 달라졌다. 인간이 나타나면 몸집 큰 동물들은 대부분 본능적으로 그 지역을 완전히 떠나버렸고 다시 돌아오는 일은 거의 없었다. 인간들이 전염병을 피하듯 동물들은 인간을 본능적으로 피했던 것이다.

타잔의 무리는 얼마간 해변 가까이 머물렀다. 그들의 우두머리인 타잔이 오두막의 소중한 물건들에서 멀어지는 것을 원치 않았기 때문이다. 그러던 어느 날 한 원숭이가 수세대에 걸쳐 물을 마셔온 냇가에서 많은 숫자의 검은 인간들을 보게 되었다. 그리고 밀림 안에 공터가 만들어지고 집이 지어지기 시작했다. 원숭이들이 불안해하며 멀리 떠나고 싶어하자, 결국 타잔은 그들을 이끌고 아직 인간의 발에 더렵혀지지 않은 내륙으로 이주할 수밖에 없었다.

그러나 타잔은 달이 찰 때마다 한 번씩 해변의 오두막을 찾았다. 늘어진 나뭇가지를 그네처럼 타고, 마치 나는 새처럼 달려가 오두막에서 책을 읽으며 하루를 보냈다. 물론 화살을 보충하는 일도 게을리 하지 않았다. 그러나 화살을 모으는 일은 갈수록 힘들어졌다. 검은 인간들이 밤이면 그것들을 곡식창고나 잠자리에 숨겨두었기 때문이다. 그래서 타잔은 낮에도 그들의 마을에 숨어들어 화살을 어디에 숨기는지 지켜봐야 했다. 타잔은 두 번이나 밤을 틈타 오두막까지 숨어들어 가서는 주인이 자는 동안 바로 옆에 놓인 화살을 훔쳐 나왔다. 그러나 이 방법은 너무 위험천만했다. 방법을 바꿔야 했다. 그래서 혼자 돌아다니는 사냥꾼을 목표로 삼기로 했다. 사냥꾼을 올가미로 낚아채서 무기와 장신구를 빼앗았다. 그리고 정적이 깃든 한밤중에 마을로 들어가 높은 나무 꼭대기에서 그 시체를 길에 떨어뜨려놓았다.

이런 사건이 일어나자, 검은 인간들은 다시 한 번 겁에 질렸지만, 그런 일이 한 달에 한 번 꼴로 일어났기 때문에 아주 절망적인 상황은 아니라고 생각했다. 언제나 그때가 마지막일 것이란 희망의 불길이 되살아났던 것이다. 그런 희망마저 없었더라면, 그들은 새로 일군 마을마저 버리고 또 다른 안식처를 찾아 떠나야 했을 것이다.

검은 인간들의 발길은 아직 타잔의 오두막까지는 미치지 못했다. 꽤 멀리 떨어진 곳이긴 했지만, 그래도 타잔은 염려하지 않을 수 없었다. 그가 무리들과 함께 지내는 동안 그들이 오두막을 찾아내 그의 보물을 약탈해 갈지도 모른다는 생각을 떨칠 수 없었다. 때문에 타잔이 아버지의 오두막 주변에서 보내는 시간이 갈수록 길어졌고, 무리들과 지내는 시간은 상대적으로 줄어들었다. 게다가 왕만이 해결해줄 수 있는 논쟁이나 다툼이 시시때때로 일어났기 때문에 원숭이 무리들은 왕의 부재에 불만을 터뜨렸다. 마침내 늙은 원숭이들이 나섰다. 그들은 이 문제를 타잔에게 심각하게 알렸고 타잔은 그 이후 거의 한 달 동안 무리들을 떠날 수 없었다.

원숭이 사회에서 왕이 할 일은 사실 많지 않았고 그다지 힘든 것도 아니었다. 예를 들면 이런 것이다. 오후에 타카가 왕을 찾아와 늙은 뭉고가 그의 새 아내를 훔쳐갔다고 하소연한다. 그럼 타잔은 무리를 모아놓고 일종의 재판을 벌인다. 가령 타카의 아내가 뭉고를 더 좋아하는 것으로 결론이 날 경우, 타잔은 타카에게 포기하라고 명령하거나 뭉고에게 위로금으로 타카에게 딸 하나를 주라고 판결하면 그만이다. 어떤 경우에도 원숭이들은 타잔의 결정을 최종 판결로 받아들여 만족스런 미소를 지으며 뿔뿔이 흩어진다. 이번에는 타나가 비명을 지르며 피가 흘러내리는 옆구리를 부여잡고 찾아온다. 남편 군토가 그녀를 물었다는 것이다. 타잔은 원숭이들을 보내 군토를 데려온다. 군토는 타나가 게을러서 과일이나 벌레를 갖다주지 않을 뿐 아니라 등을 긁어주지도 않는다고 불평한다. 그럼 타잔은 둘 모두를 꾸짖는다. 군토에게는 다시 타나에게 폭력을 휘두르는 날에는 갈기갈기 찢어 죽일 것이라고 엄포를 놓고, 타나에게는 아내로서의 의무를 제대로 행할 것을 다짐받는다.

이처럼 대부분의 일들이 사소한 집안 문제들이었지만, 해결하지 않고 내버려두면 파벌 다툼으로 확대되어 결국에는 무리의 파멸까지 불러올 수 있었다. 타잔은 이런 일들이 지겨워지기 시작했다. 왕이 된다는 것은 곧 자유가 줄어든다는 것을 의미했다. 작은 오두막과 햇볕이 내리쬐는 바다, 바람이 솔솔 들어오는 시원한 오두막, 그리고 여러 가지 책 속에 들어있는 끝없는 경이로움의 세계… 이런 것들이 그리웠다.

타잔은 점점 외로움을 느꼈다. 원숭이 무리들과는 생김새도 달랐을 뿐 아니라 관심사도 너무나 달랐기 때문이다. 그들은 타잔에 보조를 맞추지 못했고, 인간인 왕의 활발한 두뇌 속을 스쳐가는, 이상하고도 놀라운 꿈에 대해 아무것도 이해할 수 없었다. 게다가 그들의 어휘는 너무나 한정되어 있었다. 그 때문에 타잔은 독서로 익힌 수많은 새로운 사실들이나 위대한 사유의 세계에 대해 그들에게 이야기할 수 없었고, 그의 영혼을 사로잡은 야망을 알릴 수도 없었다. 타잔에게는 더 이상 친구가 없었다. 그렇다! 어린아이는 이상하고 단순한 동물들과도 쉽게 동화되고 어울릴 수 있지만, 어른이 된 후에는 비슷한 수준의 지성을 지닌 사람들과 어울리고 싶은 법이다.

칼라가 살아 있었더라면 타잔은 그녀 곁에 머무르기 위해서라도 모든 것을 포기할 수 있었을 테지만, 칼라는 이미 죽고 없었다. 게다가 어린 시절의 유쾌한 친구들은 무뚝뚝하고 사나운 맹수들로 변해 있었다. 타잔은 야수들의 무리 속에서 왕 노릇을 하며 지루한 의무를 수행하기보다 오두막으로 돌아가 평화롭고 유유자적한 시간을 보내고 싶은 마음이 점점 더 커져갔다. 그러나 투블랏의 아들 터코즈의 증오와 시기 때문에라도 타잔은 쉽게 왕위를 포기하고 싶지 않았다. 완고한 영국인의 피를 물려받은 타잔이었기에, 악의에 찬 적을 두고 순순히 물러날 수는 없었다. 그가 물러날 경우 터코즈가 왕이 되리라는 것은 뻔한 일이었다. 이 사나운 야수가 신체적 우월성을 과시하며, 자신에게 조금이라도 반항하는 수놈들에게 잔혹하게 앙갚음하는 일은 지금도 종종 벌어지고 있었다.

타잔은 칼이나 화살에 의지하지 않고 이 못된 야수의 콧대를 꺾어놓고 싶었다. 완전히 성인이 되면서 체력과 민첩함이 크게 향상되었기 때문에 타잔은 그 커다란 송곳니만 아니라면 가공할 힘을 가진 터코즈와 맨손으로 겨뤄도 이길 수 있다고 자신하고 있었다. 하지만 터코즈의 송곳니는 타잔의 사냥칼만큼이나 무서운 무기였다.

그러던 어느 날 아주 우연한 상황에 의해 타잔이 고민하던 문제가 해결되었다. 그의 명예에 눈곱만큼의 오점도 남기지 않고 타잔이 무리를 떠날 수 있는 사건이 벌어진 것이었다. 그 사건의 전말은 다음과 같다.

그날 무리들은 뿔뿔이 흩어져 조용히 배를 채우고 있었다. 타잔은 물고기를 잡으려고 냇가에 엎드려 있었는데 갑자기 좀 떨어진 곳에서 비명소리가 들렸다. 무리들이 비명소리가 난 곳으로 순식간에 모여들었다. 터코즈가 늙은 암컷의 머리를 움켜잡고 그 큰 손바닥으로 마구 때리고 있었다. 타잔이 쏜살같이 달려가 터코즈를 저지하려 했다. 그 암컷이 터코즈의 암컷이 아니라, 늙어서 더 이상 가족을 보호할 수 없는 한 늙은 원숭이의 아내였기 때문이다. 터코즈는 다른 원숭이의 아내를 때리는 것이 무리의 법을 어기는 행동이라는 사실을 잘 알고 있었다. 하지만 그 암컷의 남편이 약하다는 것을 빌미로 무리의 법까지 무시하며, 그녀가 힘겹게 잡은, 살코기가 부드러운 새끼 쥐를 그에게 순순히 건네주지 않았다는 이유로 무섭게 주먹질을 하고 있었던 것이다.

그때 타잔에게는 화살이 없었다. 터코즈는 그것을 눈치채고 평소에 증오하던 두목과 한판 겨뤄볼 속셈으로 불쌍한 암컷을 계속 때렸다. 타잔도 가만히 보고 있지만은 않았다. 곧바로 터코즈에게 달려들었다. 오래 전 고릴라 볼가니와 싸운 이후로 오랜만에 치러본 치열한 싸움이었다. 그때는 새로 얻은 칼로 엉겁결에 볼가니의 심장을 찔러 이길 수 있었지만, 칼만으로 터코즈의 번뜩이는 송곳니를 막아내는 것은 아무래도 역부족이었다. 타잔은 민첩하게 움직이며 열세를 모면하려 했지만, 전체적으로는 터코즈가 조금 우세한 싸움이었다. 타잔이 또 다른 장점을 갖고 있지 않았더라면 타잔, 곧 젊은 그레이스톡 경은 그 동안 살아왔듯이, 즉 아프리카 적도의 이름 없는 야수로서 생을 마감할 수밖에 없었을 것이다.

그러나 그에게는 밀림의 동물들이 갖지 못한 것이 있었다. 바로 이성의 힘이었다. 인간과 동물을 구분짓는 작은 불꽃, 이성이야말로 터코즈의 강철 같은 근육과 사나운 송곳니에서 그를 구해낼 진정한 무기였다. 맞붙은 지 10초나 되었을까? 그들은 땅을 뒹굴면서 서로 치고 물어뜯고 비틀어가며 죽도록 싸웠다. 터코즈는 머리와 가슴에 열댓 개의 칼자국이 생겼고 타잔도 여기저기 찢겨 피를 흘리고 있었다. 게다가 머릿가죽의 일부가 찢겨져 너덜거리며 한쪽 눈을 가렸다. 그러나 타잔은 목의 급소를 노리는 사나운 송곳니의 공격을 용케도 피해가고 있었다. 둘 모두 잠시 숨을 돌리기 위해 싸움을 멈춘 사이, 멋진 꾀가 타잔의 머리를 스쳤다. 터코즈의 이빨과 손톱이 닿지 않는 등 뒤에 매달려 칼로 터코즈의 가슴을 뚫어놓겠다는 작전이었다.

이 작전은 생각했던 것보다 훨씬 쉽게 실행되었다. 이 어리석은 야수는 타잔이 어떤 계획을 갖고 있는지 알 길이 없었던 까닭에, 타잔의 날렵한 움직임에도 별로 신경 쓰지 않았다. 하지만 타잔이 그의 송곳니와 주먹이 닿지 않는 등에 들러붙어 있자, 터코즈는 일부러 나동그라지며 몸을 비틀어댔다. 타잔은 온몸에 충격을 느꼈지만 떨어지지 않으려고 온힘을 다했다. 그러나 미처 터코즈의 가슴에 칼을 찔러 넣기 전에 타잔은 결국 엄청난 충격을 견디지 못하고 칼을 손에서 떨어뜨리고 말았다.

터코즈가 뒹굴고 몸부림치는 바람에 타잔은 몇 번이고 떨어져나갈 뻔

했지만, 사태가 변화무쌍하게 전개되면서 우연히 오른손을 터코즈의 팔 밑으로 끼워넣을 수 있었다. 난공불락의 완벽한 위치였다. 한쪽 팔을 상대의 팔 밑에 집어넣고 팔뚝과 손으로 목을 감는 자세, 현대 레슬링 경기에서 하프-넬슨(레슬링 경기상의 용어. 목누르기 - 역주)이라 부르는 자세였다. 아주 우연하게 취해진 자세였지만, 타잔만이 지닌 이성의 힘은 그 자세의 의미를 분명히 알 수 있었다. 그야말로 타잔에게는 생과 사를 구분짓는 순간이었다. 타잔은 왼손까지 터코즈의 팔 밑으로 집어넣으려 애썼다. 그리고 마침내 성공해서 풀-넬슨(레슬링 경기상의 용어. 두 손으로 상대편의 목을 누르는 수법 - 역주)의 자세로 터코즈의 목을 완벽하게 꺾어놓을 수 있었다.

마침내 터코즈의 몸부림이 멈췄다. 한동안 둘은 꼼짝도 않고 그대로 누워 있었다. 터코즈의 머리가 가슴 쪽으로 천천히 떨궈졌다. 타잔은 이렇게 되리란 걸 예상하고 있었다. 조금만 더 힘을 주면 터코즈의 목을 부러뜨릴 수 있었다. 그러나 이 절체절명의 순간에 타잔을 살렸던 그 이성이 터코즈에게도 구명의 불빛이 되어주었다.

'이놈을 죽이는 게… 내게 무슨 이득이 있지? 오히려 훌륭한 전사 하나를 잃는 셈이 아닌가! 게다가 터코즈가 죽고 나면 내가 최고라는 것을 무슨 수로 증명하겠어. 하지만 이놈을 살려두면 다른 원숭들에게도 본보기가 될 수 있을 거야.'

타잔은 이렇게 생각하며 터코즈에게 물었다.

"카-고다?"

이 말은 원숭이들의 언어로, 굳이 번역을 하자면 "항복할 테냐?"라는 의미였다.

아무런 대답이 없었다. 타잔이 터코즈의 목을 움켜쥔 팔에 힘을 가하자 고통에 찬 비명이 터져나왔다. 타잔이 다시 물었다.

"카-고다?"

터코즈가 고통을 이겨내며 소리쳤다.

"카-고다!"

그제야 타잔은 손의 힘을 약간 빼면서 말했다.

"잘 들어라. 나는 원숭이의 왕이며 강한 사냥꾼이자 전사인 타잔이다. 이 밀림에서 나보다 위대한 자는 없다. 너는 내게 '카-고다'라고 말했다. 우리 모두가 그것을 들었다. 앞으로 네 왕인 내 뜻을 거스르는 일이 없도록 해라. 다음 번에는 살려두지 않을 테니까. 알아들었나?"

"알았소."

"이제 만족하나?"

"그렇소."

타잔은 터코즈를 완전히 풀어주었다. 잠시 후 아무 일도 없었다는 듯이 모든 것이 일상으로 돌아갔다. 원시림 속의 보금자리는 다시 예전의 평온함을 되찾았다. 그러나 원숭이들의 마음 속에는 타잔이 강한 전사이자 특별한 존재라는 인식이 확고하게 심어졌다. 충분히 터코즈를 죽일 수 있었는데도 아무런 해도 입히지 않고 살려주었기 때문에 더 특별한 존재로 여겨졌던 것이다.

그들의 관습대로 해가 떨어지기 전에 모두가 한자리에 모였다. 타잔은 상처를 물로 깨끗이 씻어낸 모습으로 그들 앞에 나타나 원로들을 가까이 불렀다.

“오늘, 다시 한 번 타잔이야말로 당신들 중에서 가장 힘센 자라는 것을 알게 되었을 것이다.”

한 원로가 모두를 대신해서 대답했다.

“그렇소, 타잔은 정말 위대하오.”

타잔이 말을 이었다.

“타잔은 너희와 같은 원숭이가 아니다. 타잔은 너희와 다르다. 타잔은 너희와 다른 식으로 살아가야 하므로 커다란 호숫가에 있는 오두막으로 간다. 타잔은 돌아오지 않을 것이다. 이제 다른 왕을 뽑아야 한다.”

이리하여 젊은 그레이스톡 경은 목표를 향해 그 첫걸음을 내딛을 수 있었다. 그 목표는 바로 그와 같은 하얀 인간들을 찾아내는 것이었다.

만남

13

다음 날 아침, 타잔은 절뚝거리며 서쪽 해변으로 향했다. 터코즈와의 싸움에서 얻은 상처로 여기저기가 쑤셨기 때문에 천천히 걸을 수밖에 없었다. 하룻밤을 밀림에서 지내고, 다음 날 아침 늦게야 오두막에 도착할 수 있었다.

며칠 동안 그는 배를 채우기 위해 과일과 견과류를 따러 다닐 때 외에는 몸을 거의 움직이지 않았다. 열흘 정도가 지나자 다시 원기를 회복할 수 있었지만, 왼쪽 눈에서 이마를 지나 오른쪽 귀 위까지 찢어진 상처는 흉한 흔적을 남겼다. 터코즈가 머릿가죽을 찢었을 때 생긴 상처였다.

기운을 회복하는 동안 타잔은 오두막 바닥에 깔아두었던 세이버의 가죽으로 겉옷을 만들어보려고 했다. 그러나 가죽은 나무판자처럼 딱딱하게 굳어 있었다. 타잔은 무두질하는 법을 알지 못했으므로 그가 소중히 품어왔던 계획을 포기할 수밖에 없었다. 대신 음봉가 마을의 검은 인간들에게서 옷을 훔쳐 오기로 결심했다. 타잔은 모든 가능한 방법을 동원해서라도 자신을 하등동물들과 구분짓고 싶었고, 옷과 장신구만큼 인간의 특징을 나타내주는 상징물은 없다고 생각했다.

타잔은 신속하고도 조용하게, 올가미로 검은 전사들의 장신구들을 빼앗았다. 그리고는 그 동안 보아온 모양새대로 그것들을 자신의 몸 여기저기에 걸쳤다. 목에는 어머니 앨리스의 유품인, 다이아몬드 로켓이 달린 금목걸이를 걸었다. 등에는 흑인 전사에게 빼앗은 가죽 어깨끈이 달린 화살통을 메고, 허리에는 생가죽 조각을 이어 만든 벨트를 찼는데 거기에는 아버지의 사냥용 칼을 넣기 위한 칼집이 달려 있었다. 쿨롱가의 것이었던 긴 활은 왼쪽 어깨에 걸었다.

젊은 그레이스톡 경은 실로 기묘한 전사의 모습이었다. 검고 숱 많은 머리카락은 어깨 밑까지 흘러내렸으며 앞머리는 눈을 가리지 않도록 칼로 잘려져 있었다. 로마제국의 검투사를 연상시키는 근육, 흡사 그리스의 신과 같이 부드럽고 유연한 풍채는 한눈에 보기에도 막강한 힘과 유연함, 민첩함의 놀라운 조화를 보여주고 있었다. 그는 태고의 야성을 그대로 간직한 사냥꾼이자 전사였던 것이다. 넓은 어깨 위 잘생긴 얼굴에는 귀족적인 자태가 흘렀고, 맑은 두 눈이 내뿜는 생명력과 지성의 불꽃은 숲을 배경으로 살던 야성적인 고대 영웅을 연상시켰다.

그러나 타잔 자신은 겉모습에 전혀 신경 쓰지 않았다. 다만 밀림의 모든 동물들에게 그가 원숭이가 아니라 인간이라는 사실을 알려줄 옷이 없다는 것이 불만이었다. 행여 자신이 다시 원숭이로 변하지 않을까 하는 걱정이 그의 마음을 무겁게 짓눌렀다. 실제로 그의 얼굴에서 털이 나기 시작하지 않았던가. 원숭이들은 모두 얼굴에 털이 나 있었지만 검은 인간들은 한두 명을 제외하고는 얼굴에 털이라곤 전혀 없었다. 물론 그가 갖고 있던 책에서 입 주변과 뺨과 턱이 온통 털로 뒤덮인 인간의 모습을 보긴 했지만 그래도 걱정을 완전히 떨쳐낼 수는 없었다. 타잔은 원숭이와 닮아가는 것이 불만이었다. 그래서 날을 세운 칼로 밤사이 턱을 뒤덮은 털을 매일 아침마다 깎았다. 거칠고 아픈 방법이었지만, 이렇게나마 제법 면도라는 걸 할 수 있게 되었다.

터코즈와의 처절한 싸움으로 잃었던 원기를 완전히 회복하자, 타잔은 아침 일찍 음봉가의 마을로 향했다. 그날따라 나무를 타지 않고 별 생각 없이 굽은 밀림 길을 걸어가고 있었는데, 갑자기 검은 전사 한 명과 맞닥뜨렸다. 타잔이 미처 활을 뽑아 들기도 전에, 그 검은 인간은 깜짝 놀란 표정으로 뒤에 좇아오는 동료들을 향해 소리지르며 냅다 도망쳤다. 타잔은 원숭이처럼 나무를 타며 그를 뒤좇았다. 금세 그를 따라잡을 수 있었다. 그 검은 전사를 포함해서 모두 세 명이 덤불 사이를 미친 듯 헤치며 도망치고 있었다. 타잔은 쉽게 그들을 앞질러갔다. 하지만 그들은 자신들의 머리 위로 타잔이 움직이는 것을 전혀 눈치채지 못했다. 또한 타잔이 무성한 나뭇잎에 몸을 감춘 채 그들을 기다리고 있는 것도 알아채지 못했다. 타잔은 앞의 두 사람이 지나가도록 놔둔 다음 세 번째 사람이 지나가는 순간 올가미를 내려뜨려 그의 목을 옭아매고는 재빨리 줄을 당겼다.

희생자의 고통스러운 비명에 뒤를 돌아본 동료들은 친구의 몸이 마치 요술처럼 무성한 나뭇잎 사이로 천천히 떠오르는 것을 볼 수 있었다. 그들은 공포에 찬 비명을 지르며 다시 방향을 선회하여 필사적으로 도망쳤다. 타잔은 빠르고 조용하게 포로를 처치하고는 무기와 장신구, 그리고 사슴가죽으로 된 기저귀 모양의 짧은 바지를 빼앗았다. 그것이야말로 타잔이 가장 원하던 것이었다. 그는 바지를 입어보았다. 드디어 그는 인간으로서 갖추어야 할 행색을 갖출 수 있게 된 것이다. 이제 그의 출신에 대해 의심하는 자는 없을 터였다. 다시 원숭이들에게 돌아가 이 멋진 옷을 뽐낼 수 있다면! 그래, 모두가 부러운 눈으로 쳐다보겠지…….

타잔은 시체를 어깨에 멘 채 나무를 타고 음봉가의 마을을 향해 천천히 다가갔다. 화살이 더 필요했기 때문이다. 마을 가까이에서 타잔은 그 도망자들이 한 무리의 사람들에게 둘러싸여 있는 것을 볼 수 있었다. 겁에 질려 죽을힘을 다해 뛰어온 그들은 숨만 헐떡거릴 뿐, 자신들이 겪은 무시무시한 일에 대해 차근차근 설명할 수 없었다. 하여간 그들의 말을 정리해보면 대강 다음과 같다.

그들보다 조금 앞서가고 있던 미란도가 갑자기 소리를 지르며 그들을 향해 뛰어와서는 하얀 피부에 벌거숭이인 무시무시한 전사가 뒤쫓아오고 있다고 말했다. 셋은 걸음아 날 살려라 하며 마을을 향해 도망쳤다. 그런데 다시 미란도의 끔찍한 비명소리가 들려 뒤를 돌아봤더니 소름끼치는 광경이 벌어지고 있었다. 미란도가 팔다리를 공중에서 휘저으며 나무 위로 들려 올라가고 있었고, 그의 벌어진 입에선 혓바닥이 쑥 튀어나와 있었다. 하지만 주변에서는 아무런 소리도 들리지 않았고, 무서운 동물도 보이지 않았다.

마을 사람들은 공포를 넘어 공황상태에 빠졌다. 그러나 현명한 노인 음봉가는 그들의 이야기를 곧이곧대로 믿지 않았다. 그들이 겁쟁이라고 놀림을 받을까 봐 거짓말로 둘러대거나 이야기를 부풀린 것이라 생각했다.

"너희들 얘기를 그대로 믿으란 말이냐? 거짓말 말아라! 사잣밥이 된 미란도를 내팽개치고 도망친 것을 숨기고 싶겠지, 이 겁쟁이들아."

그러나 음봉가가 말을 끝내기도 전에 그들의 머리 위에서 나뭇가지들이 부딪치는 요란한 소리가 들려왔다. 검은 인간들은 또다시 두려움에 젖은 얼굴로 위를 쳐다보았다. 그때 냉정한 음봉가마저 전율하지 않을 수 없는 광경이 펼쳐졌다. 미란도의 시체가 공중에서 빙글빙글 돌며 내려오고 있었던 것이다. 시체는 땅바닥에 떨어지면서 약간 튀어올랐다. 검은 인간들은 일제히 줄행랑치기 시작했고, 뒤도 돌아보지 않고 밀림의 깊은 어둠 속으로 사라져버렸다.

타잔은 느긋하게 마을로 내려가 화살을 챙기고, 검은 인간들이 그의 노여움을 달래기 위해 바친 음식을 먹었다. 그리고 마을을 떠나기 전에 미란도의 시체를 마을 입구 울타리에 기대어놓았다. 죽은 자의 얼굴은 마치 밀림으로 향하는 길을 응시하고 있는 것처럼 보였다. 타잔은 사냥을 하며 천천히 해변가의 오두막으로 돌아왔다.

검은 인간들은 너무나 겁에 질려 쉽게 마을로 돌아가지 못했다. 게다가 이젠 죽은 친구의 소름끼치는 얼굴을 지나치지 않고는 마을로 돌아갈 수도 없었다. 그렇다고 마을로 돌아가지 않을 수도 없었다. 겨우 마을로 돌아온 그들은 나무 밑에 차려둔 음식과 화살이 없어진 것을 알았다. 그들이 두려워하던 일이 또 벌어진 것이었다. 결론은 하나뿐이었다. 미란도는 밀림의 악령을 보았던 것이다. 그런 결론을 내릴 수밖에 없었다. 무서운 밀림의 신을 본 자는 어김없이 죽는다! 살아남은 자들 중에는 아무도 그를 본 자가 없지 않은가. 따라서 신의 얼굴을 본 자는 그 대가로 목숨을 잃는 것이다. 그들이 음식과 화살을 바치고 신의 얼굴을 보지 않는 한 신도 그들을 해치지 않을 것이란 결론이었다. 그래서 음봉가는 밀림의 신, 무낭고-키와티에게 음식을 공양할 때 화살 한 다발도 같이 바칠 것을 지시했고, 그 관습은 그 이후로 계속되었다. 아프리카 내륙지방을 여행할 때면 요즘도 풀과 짚으로 지붕을 이은 작은 오두막 앞에 쇠냄비가 놓여 있는 광경을 볼 수 있다. 냄비 안에는 음식이 들어 있고 그 옆에는 채색된 화살과 화살통이 놓여 있다.

오두막이 있는 해변이 보이기 시작했을 때, 기묘하고 낯선 풍경이 타잔의 눈에 들어왔다. 뭍으로 둘러싸인 만(灣)의 평온한 바다 위에 커다란 배가 떠 있었던 것이다. 해변에는 작은 보트가 끌어올려져 있었다. 그러나 무엇보다도 마음에 든 것은 타잔처럼 하얀 피부를 가진 인간들이 해변과 그의 오두막 사이를 돌아다니고 있다는 사실이었다. 그들은 여러 면에서 그림책 속에서 본 인간들과 비슷했다. 타잔은 몸을 숨긴 채 나무를 타고 그들에게로 가까이 다가갔다.

모두 열 명이었다. 모두가 검게 탄 피부에 험악한 얼굴을 하고 있었다. 그들은 보트 주위에 모여 화가 난 듯 큰 목소리로 주먹을 휘두르며 이야기를 나누고 있었다. 잠시 후 작은 체구에 검은 턱수염을 가진 사람이 나섰다. 밀림의 큰 쥐 팜바를 연상시키는 비열한 인상이었다. 그는 옆에 서 있던 몸집 큰 사람의 어깨에 손을 얹었다. 모두를 상대로 입씨름을 벌이던 한 사내였다. 작은 체구의 사내가 손으로 내륙 쪽을 가리키자 거구의 사내도 그쪽으로 얼굴을 돌렸다. 그 순간 작은 사내는 허리춤에서 권총을 꺼내 그의 등을 쐈다. 거구의 사내는 손을 휘젓고 무릎을 꺾으며 털썩 주저앉았다.

그리고 아무 소리도 내지 못하고 앞으로 고꾸라졌다. 타잔은 처음 보는 그 무기의 위력에 놀라기는 했지만, 생전 처음 들은 총소리조차도 타잔의 건강한 신경을 건드리지는 못했다. 타잔은 두려움을 모르는 사내였다.

오히려 타잔은 하얀 인간들의 행동에 더 당황했다. 그는 미간을 찌푸리며 생각에 잠겼다. 하얀 인간들을 처음 봤을 때 충동적으로 달려가 그들을 형제로 반기지 않은 것이 현명한 선택인 듯싶었다. 그들도 검은 인간들과 다를 바 없었다. 원숭이들보다 나을 것이 없었고, 세이버에 버금갈 만큼 잔인해 보였다.

다른 사람들은 비열한 사내의 얼굴과, 땅에 쓰러진 거인을 번갈아 살피며 말없이 서 있을 뿐이었다. 이윽고 한 사내가 웃으면서 작은 사내의 등을 두드렸다. 그들은 다시 손짓을 섞어가며 이야기를 나누었다. 말다툼을 하는 것 같지는 않았다. 잠시 후 그들은 보트를 물 위에 띄웠고, 큰 배가 있는 쪽으로 노를 저어갔다. 타잔은 큰 배의 갑판 위에 있는 다른 인간들의 움직임도 볼 수 있었다. 그들이 큰 배 위로 올라가자, 타잔은 땅에 바싹 엎드려 오두막으로 다가갔다. 그들에게 들키지 않도록 오두막을 방패삼아 조심스레 움직였다.

타잔은 오두막 안으로 미끄러지듯 들어갔다. 오두막 안은 엉망으로 어지럽혀져 있었다. 책과 연필 들이 바닥을 뒹굴었고, 무기와 방패 그리고 그 밖의 작은 보물들도 온통 흐트러져 있었다. 타잔은 분노가 솟구쳐올랐다. 이마의 상처가 갑자기 선홍색으로 변하며 그의 황갈색 피부와 뚜렷이 대비되었다. 타잔은 서둘러 책장으로 다가가 책장 뒤쪽으로 손을 찔러 넣었다. 그리고는 안도의 한숨을 내쉬었다. 작은 금속상자는 그대로 있었다. 상자를 열어보았다. 그가 가장 아끼는 보물은 그 안에 그대로 있었다. 강인해 보이는 젊은 남자의 웃는 얼굴이 담긴 사진과 조그만 검은 책은 안전했다.

"뭐지?"

그때 타잔의 예민한 귀에 희미하지만 낯선 소리가 들렸다. 창가로 뛰어갔다. 큰 배에서 보트를 내리고 있었다. 게다가 물 위에는 이미 다른 보트가 한 척 내려져 있었다. 곧이어 사람들 여러 명이 큰 배에서 보트로 옮겨 탔다. 큰 배에 있던 사람 모두가 뭍으로 넘어오는 듯했다. 그들이 상자와 짐꾸러미들을 보트에 옮겨 싣는 동안 타잔은 조금 더 그들을 지켜보았다. 그리고 그들이 배를 저어오기 시작하자 종이 한 장을 집어들고 연필로 무엇인가를 찬찬히 쓰기 시작했다. 잠시 후 큼직하고 힘찬 글씨로 쓴 몇 줄의 글이 종이를 가득 채웠다. 타잔은 이 종이를 나뭇조각으로 문에 고정시켰다. 그리고 소중한 금속상자와 화살을 품에 안고 활과 창을 챙긴 다음 오두막을 빠져나와 밀림 속으로 사라졌다.

두 척의 보트가 은빛 모래사장에 다다르자, 서로 어울리지 않는 인간들이 해변에 내렸다. 모두 스무 명쯤 되어 보였다. 열다섯 명은 거칠고 험악해 보이는 뱃사람들이었고 나머지는 전혀 다른 종류의 사람들이었다. 가장 먼저 배에서 내린 사람은 흰머리의 나이 든 남자로 테가 달린 큰 안경을 쓰고 있었다. 그의 약간 구부정한 어깨에는 조금 큰 듯하지만 세련된 프록코트(무릎까지 오는, 몸에 딱 맞는 남성용 코트 - 역주)가 걸쳐져 있었다. 옷차림도 그랬지만, 특히 머리에 쓴 실크햇은 아프리카의 밀림과 전혀 어울리지 않는 것이었다. 두 번째로는 하얀 즈크바지(선원용의 질긴 의복감으로 만든 바지 - 역주)를 입은 키 큰 청년이 내렸다. 그의 뒤를 이어

나이 든 남자가 내렸다. 약간 이마가 벗겨진 그는 무척이나 흥분한 듯한 모습이었다. 그 다음엔 커다란 몸집의 흑인 여자가 내렸다. 그녀는 겁먹은 큰 눈으로 밀림을 바라보았지만, 곧이어 욕지거리를 해가며 짐꾸러미와 상자들을 내리고 있는 선원들을 지켜보았다.

마지막으로 내린 사람은 열아홉 살 정도 되어 보이는 소녀였다. 앞서 내린 청년이 뱃머리에 서서 그녀를 들어 뭍에 내려주었다. 그녀는 감사의 뜻으로 예쁜 미소를 지어 보였지만 그들 사이에 말이 오가지는 않았다. 그들은 아무 말 없이 오두막으로 향했다. 그들의 목적이 무엇인지 분명하진 않았지만, 배에서 내리기 전에 모든 것을 결정한 것만은 분명해 보였다. 상자와 짐꾸러미들을 짊어진 선원들이 앞장섰다. 그들과 전혀 다른 모습의 다섯 사람은 천천히 그들 뒤를 따랐다. 짐을 내려놓던 선원들 중 하나가 뭐라고 소리쳤다. 타잔이 붙여놓은 종이를 발견한 것이었다.

"어이, 이봐들! 이게 뭐지? 한 시간 전엔 없었는데. 정말이야! 정말 없었다구!"

다른 선원들도 오두막 문 앞으로 모여들었지만 아무도 글을 읽을 줄 몰랐다. 결국 한 선원이 실크햇을 쓰고 프록코트를 입은 노신사에게 도움을 요청했다.

"이보슈, 교수님. 이쪽으로 와서 이 대단한 것 좀 읽어보구랴."

교수라고 불린 노신사는 선원들이 있는 곳으로 천천히 다가갔다. 그의 일행도 뒤를 따랐다. 노신사는 안경을 고쳐 쓴 뒤 잠시 게시물을 읽어보고는 뒤돌아서 걸어가며 중얼거렸다.

"정말 놀라운 일이군, 놀라운 일이야."

노신사에게 도움을 청했던 선원이 소리쳤다.

"이 늙은이야! 누가 혼자 읽어보라고 부른 줄 아슈? 다시 와서 큰 소리로 읽으란 말이야, 이 안경잡이야."

노신사는 그제야 걸음을 멈추고 돌아서며 말했다.

"아, 그렇지, 그래. 정말 미안하오. 내가 너무 생각이 없었군. 그래, 정말 생각이 없었어. 정말 놀라운 일이라오, 놀라운 일이야."

노신사는 다시 오두막 문 앞으로 다가갔다. 그러나 이번에도 노신사는 혼자 뭔가 중얼대고는 굳은 표정으로 뒤돌아섰다. 옆에 서 있던 선원이 그의 옷깃을 붙잡으며 다그쳤다.

"소리를 내 읽으란 말이야, 이 얼간이 영감탱이야!"

"아, 그렇지, 그래."

노신사는 부드러운 목소리로 대답하고는 안경을 고쳐 쓰며 마침내 소리내어 읽기 시작했다.

여기는 야수와 검은 인간의 사냥꾼 타잔의 집이다.

타잔의 것을 건드리지 마라.

타잔은 지켜보고 있다.

- 원숭이들의 왕 타잔.

한 선원이 소리쳤다.

"빌어먹을 놈의 타잔이 누구야?"

말쑥한 차림의 청년이 말했다.

"어쨌든 영어를 할 줄 아는 사람이군."

소녀가 물었다.

"하지만 '원숭이들의 왕' 이란 게 무슨 뜻일까요?"

청년이 대답했다.

"나도 모르겠군요, 포터 양. 런던 동물원에서 도망쳐나온 원숭이가 유럽에서 뭔가를 배워서 고향인 밀림으로 돌아오기라도 한 것이 아니라면 말입니다. 교수님은 어떻게 생각하십니까?"

그는 노신사를 향해 돌아서며 말했다. 아르키메데스 포터 교수는 다시 안경을 고쳐 쓰며 대답했다.

"아, 그렇지, 그래. 정말 놀라운 일이야, 놀라운 일이구 말구. 내가 이미 말한 것 이외에 별달리 아는 것이 있겠나."

이렇게 말하며 그는 밀림을 물끄러미 바라보았다. 소녀가 고개를 갸우뚱하며 물었다.

"하지만 아버지는 아직 아무 말씀도 안 하셨잖아요?"

포터 교수는 너그러운 목소리로 대답했다.

"쯧쯧, 얘야. 네 예쁜 머리를 그렇게 무겁고 난해한 문제로 고생시키지 말려무나."

그러고 나서 포터 교수는 눈을 밑으로 내리깔고 두 손을 코트 뒷자락 안으로 넣어 뒷짐을 진 채 반대 방향으로 어슬렁거리며 걸어갔다.

생쥐 얼굴을 한 선원이 투덜거렸다.

"내 생각엔 저 버릇없는 미친 영감탱이도 우리보다 아는 게 없는 것 같군 그래."

그 선원의 무례한 말투에 청년이 얼굴을 찡그리며 소리쳤다.

"말조심하지 못하겠소? 당신들은 우리 승무원들을 죽이고 우리가 가진 것 모두를 강탈해갔소. 우리가 전적으로 당신들 손아귀에 있다고는 해도 포터 교수님과 포터 양을 제대로 대접하지 않는다면 당신의 목을 내 손으로 부러뜨리고 말겠소."

청년이 생쥐처럼 생긴 선원의 얼굴에 자신의 얼굴을 바싹 들이대며 소리치자, 선원은 권총 두 자루와 칼을 차고 있으면서도 당황한 표정으로 슬금슬금 물러섰다.

"겁쟁이 같으니라구. 당신은 상대가 등을 돌리기 전까지는 총도 쏘지 못하는군. 아마 내가 등을 돌려도 쏘지 못할걸."

이렇게 외친 청년은 일부러 선원에게 등을 보였다. 그리고 그의 담력을 시험하기라도 하려는 듯 아랑곳하지 않고 걸어갔다. 선원은 음흉한 미소를 지으며 권총 손잡이로 손을 뻗었고, 복수심에 불타는 사악한 눈길로 점점 멀어져가는 영국인 청년을 노려보았다. 동료들이 그를 쳐다보고 있었지만 그는 머뭇거렸다. 윌리엄 세실 클레이튼이 생각했던 것보다 그는 훨씬 소심한 겁쟁이였던 것이다.

그때 근처의 나무에서 그들의 움직임을 하나도 놓치지 않고 날카로운 눈으로 지켜보고 있는 자가 있었다. 바로 타잔이었다. 그는 자기가 붙여 놓은 글에 사람들이 놀라는 모습을 볼 수 있었다. 그들의 이상한 말을 알아들을 수는 없었지만 몸짓과 표정으로 미루어보아 대화 내용을 충분히 짐작할 수 있었다. 타잔은 영어를 읽고 쓸 줄만 알았지 말로 들어보는 것은 처음이었다. 타잔은 생쥐처럼 생긴 선원이 동료를 죽이는 것을 보았을 때부터 그가 마음에 들지 않았다. 게다가 반듯하게 생긴 청년과도 다투는 것을 보자 그에 대한 혐오감이 더욱 커졌다. 타잔은 책에서 약간 배운 것을 빼고는 총기류의 위력에 대해 알지 못했다. 그러나 생쥐 얼굴을 한 남자가 총을 만지작거리는 것을 보는 순간, 조금 전 해변에서 목격했던 장면이 떠올랐다. 그리고 거구의 사내가 살해당한 것처럼 청년도 곧 죽게 될 것이라 생각했다. 타잔은 청년을 돕고 싶었다. 그래서 독이 묻은 화살을 활에 메기고 생쥐 얼굴의 사내를 향해 겨누었다. 그러나 우거진 나뭇잎과 가지들 때문에 화살이 빗나갈 것 같았다. 타잔은 화살이 아닌 무거운 창을 던지기로 했다.

클레이튼이 열 걸음쯤 걸었을까? 생쥐 얼굴을 한 선원은 권총의 방아쇠를 반쯤 당기고 있었고 다른 선원들은 꼼짝 않고 서서 그 광경을 지켜보고 있었다. 포터 교수는 이미 밀림 속으로 사라지고 없었다. 그의 비서이자 조수인 사무엘 필랜더는 교수의 까탈스런 성미에도 불구하고 무작정 그의 뒤를 따라갔다. 흑인 여자 에스메랄다는 오두막 옆에 쌓인 상자와 짐꾸러미들 틈에서 여주인의 가방을 골라내고 있었다. 포터 양은 클레이튼을 따라가다가 무슨 이유에선지 갑자기 선원 쪽을 돌아다보았다.

바로 그때, 세 가지 일이 거의 동시에 벌어졌다. 선원은 클레이튼의 등을 향해 총부리를 겨누고 있었고, 포터 양은 조심하라고 소리를 질렀으며, 그와 동시에 기다란 창이 번개처럼 날아와 생쥐 얼굴을 한 사내의 오른쪽 어깨를 관통했다. 총알은 아무에게도 해를 입히지 못하고 허공으로 날아갔고 선원은 고통에 찬 비명을 지르며 쓰러졌다.

클레이튼은 돌아서면서 이 광경을 보았다. 겁에 질린 선원들은 한데 모여 권총을 꺼내들고 밀림 속을 살폈다. 생쥐 얼굴의 사내는 바닥에 쓰러진 채 고통으로 몸부림치고 있었다. 클레이튼은 아무도 눈치채지 못하게 바닥에 떨어진 권총을 주워 셔츠 속으로 밀어넣었다. 그리고 선원들과 함께 밀림 속을 살폈다. 그 역시 얼떨떨한 기분이었다.

"도대체 누굴까요?"

제인 포터가 속삭이자 청년도 뒤돌아보았다. 제인은 무척이나 놀란 표정이었다. 클레이튼은 미심쩍어하는 목소리로 대답했다.

"내 생각에는 원숭이들의 왕 타잔이 우리를 지켜보고 있었던 것 같군요. 문제는 그 창이 누굴 겨냥한 것이었나 하는 겁니다. 스나입스를 겨냥한 것이었다면 그 원숭이 왕은 우리의 친구인 셈입니다."

클레이튼은 그때에서야 포터 교수가 없어진 것을 알아차렸다.

"이런! 당신 아버님과 필랜더 씨는 어디 가셨죠? 지금 밀림 속엔 사람인지 동물인지 모를 누군가가 무기를 갖고 있단 말입니다. 교수님! 필랜더 씨!"

클레이튼이 소리쳐 불러보았으나 응답이 없었다.

"어떻게 해야 하죠, 포터 양?"

그의 찌푸린 얼굴엔 걱정과 불안이 역력했다.

"당신을 저 살인자들에게 두고 갈 수는 없어요. 그렇다고 당신이 나와 함께 밀림을 헤매고 다닐 수도 없고……. 하지만 누군가는 아버님을 찾아 나서야 합니다. 그분은 분명 아무 생각 없이 밀림 속을 돌아다니고 계실 거예요. 위험하다는 생각도 못 하고, 게다가 방향감각도 없으실 겁니다. 필랜더 씨는 아버님만큼이나 주변머리가 없는 분이니 마찬가지고요. 이렇게 무례하게 말씀드려서 죄송합니다만, 우리의 목숨이 걸린 문제니까요. 그렇게 부주의하신 탓에 본인뿐 아니라 당신까지도 위험에 빠지게 된다는 걸, 돌아오시면 단단히 주지시켜드려야겠어요."

"나도 같은 생각이에요. 기분이 상하진 않았어요. 아버진 저를 위해서라면 주저 없이 목숨까지 내놓을 분이지만……. 그래요, 아버지를 안전하게 지켜드릴 수 있는 방법은 단 한 가지뿐이에요. 나무에 묶어두는 방법밖에는 없을 거예요. 너무도 현실감각이 없으신 분이죠."

갑자기 클레이튼이 소리쳤다.

"그렇지! 제인, 권총 사용할 줄 알지요?"

"예, 알아요. 왜요?"

"나한테 권총이 있어요. 이걸 갖고 계세요. 내가 아버님과 필랜더 씨를 찾으러 다녀오는 동안에 당신과 에스메랄다는 이 오두막 안에 비교적 안전하게 머무를 수 있을 겁니다. 자, 에스메랄다를 오라고 하세요. 난 서둘러 가보겠습니다. 그리 멀리 가시진 못했을 거예요."

제인은 그의 지시에 따랐다. 클레이튼은 그녀가 오두막 문을 닫고 들어가는 것을 확인한 후 밀림으로 향했다. 오두막 밖에서는 선원들이 동료의 어깨에 박힌 창을 빼내고 있었다. 클레이튼은 그들에게 다가가 밀림으로 교수를 찾으러 갈 수 있도록 권총을 한 자루 빌려달라고 말했다. 생쥐 얼굴의 사내는 죽지 않은 것을 다행이라 생각했는지 곧 평정을 되찾았고, 그와 동시에 클레이튼에게 욕설을 퍼부어댔다. 그는 동료들에게 절대 총을 빌려주지 말라고 소리쳤다.

생쥐 얼굴의 사내, 스나입스는 선상 반란을 일으켜 선장을 죽인 후 대장

노릇을 해오고 있었는데 동료들은 아직까지 경황이 없었던지 아무도 그의 권한에 이의를 제기하지 않았다. 결국 클레이튼은 어깨를 으쓱해 보이며 스나입스를 찔렀던 창을 주워들었다. 그렇게 원시적으로나마 무장을 한 후 울창한 밀림 속으로 들어갔다. 그는 큰 소리로 포터 교수와 필랜더를 부르며 걸었다. 오두막에 남겨진 두 여자에게 그 목소리는 점점 작아지더니 나중에는 원시림의 무수한 잡음들에 묻혀 더 이상 들리지 않게 되었다.

아르키메데스 포터 교수는 필랜더의 종용으로 마침내 발길을 돌렸지만, 이미 울창한 밀림의 얽히고설킨 미로 속에서 완전히 길을 잃었다. 그러나 그들은 자신들이 헤매고 있다는 사실조차 모르고 있었다. 그들이 검은 대륙의 맞은편에 있는 잔지바르 섬(아프리카 동해안의 섬 - 역주)이 아닌 서쪽 해안을 향하게 된 것은 순전히 행운이었다. 덕분에 그들은 곧 해변에 도착할 수 있었다. 하지만 오두막은 보이지 않았다. 필랜더는 그들이 약간 북쪽에 있는 것이라 생각했지만, 실제로 그곳은 그들의 목적지에서 남쪽으로 200미터 가량 떨어진 곳이었다. 현실감각이라곤 전혀 없는 두 이론가는 큰 소리로 동료들을 불러봐야겠다는 생각은 꿈에도 하지 않았다. 대신 잘못된 전제에서 출발한 연역적 추론에 이끌려 사무엘 필랜더는 다소 이의를 제기하는 아르키메데스 포터 교수의 팔을 잡아끌고 남쪽으로 걸었다. 하긴 약 2천 킬로미터 떨어진 남쪽에 케이프타운이 있기는 했다.

한편 제인과 함께 오두막에 남아 있던 에스메랄다는 문이 밖에서 열리지 않도록 바리케이드를 쳐야겠다는 생각으로 문을 막을 만한 것을 찾기 위해 방안을 둘러보았다. 곧 그녀의 입에서 비명이 터져나왔다. 커다란 몸집의 여자가 마치 어린아이처럼 여주인의 품에 달려들며 얼굴을 묻었다. 제인은 에스메랄다를 놀라게 만든 것을 찾아 그곳으로 시선을 돌렸다. 하얗게 탈색된 인간의 해골이 있었다. 그 옆의 침대에도 또 하나의 해골이 놓여 있었다.

"도대체 여긴 어떤 곳이지?"

제인은 다소 떨리는 목소리로 중얼거렸지만, 결코 두려움에 질려 당황한 표정은 아니었다. 그녀는 여전히 비명을 질러대는 에스메랄다를 겨우 달래 떼어놓고는, 맞은편에 있는 요람을 살펴보러 갔다. 그녀의 짐작대로 그 안에도 조그마한 해골이 있었다. 너무도 애처로운 모습이었다.

이 말없는 해골들은 무서운 비극을 예고해주는 것이었다! 제인은 그녀와 동료들에게 닥칠지 모르는 사태를 예감하며 몸을 떨었다. 만약 이곳이 어떤 불가사의한 존재의 소굴이라면, 그리고 그가 우리에게 악의라도 품게 된다면…….

아니야! 그렇지 않을 거야! 그녀는 재빨리 마음을 고쳐먹고 조그만 발을 동동 구르며 음산한 생각을 떨쳐내려 애썼다. 에스메랄다에게도 울음을 그치라고 소리쳤다.

"에스메랄다, 뚝 그치지 못해? 괜히 불길한 생각이 들잖아!"

하지만 제인의 목소리는 아직도 가늘게 떨리고 있었다. 그녀를 보호해 줘야 할 세 남자가 무서운 밀림 속을 헤매고 있다는 데 생각이 미치자 갑자기 두려움이 몰려왔던 것이다. 그녀는 오두막의 문 안쪽에 무거운 나무 빗장이 달려 있는 것을 발견했다. 두 여인이 힘을 합쳐 애쓴 끝에 빗장을 걸어 잠글 수 있었다. 그 빗장은 20년 만에 처음 사용되었다. 그리고 두 여인은 긴 의자에 앉아 서로를 부둥켜안은 채 남자들이 돌아오기만을 기다렸다.

밀림의 이방인들

14

클레이튼이 밀림으로 들어간 뒤 선원들—애로우 호(號)의 반란자들—은 앞으로 해야 할 일을 의논하기 시작했다. 그들은 적어도 한 가지에 대해서는 의견의 일치를 보았다. 한시라도 빨리 애로우 호로 돌아가는 것이었다. 바다에 떠 있는 배라면, 보이지 않는 적의 공격으로부터 안전할 것이라 생각한 것이다. 그리하여 제인 포터와 에스메랄다가 오두막 안에 무거운 빗장을 거느라 씨름하는 동안, 이 비겁한 살인자들은 두 척의 보트에 나눠 타고 모선(母船)인 애로우 호를 향해 서둘러 돌아가고 있었다.

타잔은 너무나 많은 걸 지켜보느라 머리가 다 어지러울 지경이었다. 놀랍기도 했다. 그러나 가장 놀라웠던 것은 하얀 피부를 가진 아름다운 소녀의 얼굴이었다. 마침내 이곳에 그와 같은 종족의 인간이 적어도 한 명은 나타났다는 생각이 들었다. 그 생각은 거의 확신에 가까웠다. 게다가 청년과 두 노인도 타잔이 그 동안 자신의 종족에 대해 마음에 그려온 모습과 비슷했다. 하지만 그들도 다른 인간들과 마찬가지로 사납고 잔인할 것이란 생각을 떨칠 수 없었다. 단지 무기를 갖고 있지 않아 아무도 죽이지 않은 것일 뿐, 만약 무기를 갖고 있었더라면 전혀 다른 태도를 보였을 것이라 생각했다.

청년이 상처를 입고 쓰러진 스나입스의 권총을 주워 가슴 속에 숨기는 것을 타잔은 분명히 보았다. 또한 소녀가 오두막 안으로 들어가자 그녀에게 그것을 조심스럽게 건네주는 것도 보았다. 타잔은 이런 인간의 행동에 깔린 동기를 전혀 이해할 수 없었다. 그러나 어쩐지 본능적으로 청년과 두 노인에게 친근감이 들었고, 소녀에 대해서는 왠지 이해할 수 없는 그리움 같은 것이 밀려드는 것을 느꼈다. 검은 여자도 어떤 식으로든 소녀와 연관이 있는 것이 분명했으므로 호감이 갔다.

그러나 선원들, 특히 스나입스에 대한 증오심은 더욱 커졌다. 타잔은 그들의 난폭한 몸짓과 사악한 얼굴에 나타난 표정에서 소녀 일행과 적대적인 관계라는 걸 짐작했다. 그래서 그들을 좀더 주의 깊게 살펴보기로 했다.

타잔은 남자들이 밀림으로 들어간 이유를 알 수 없었다. 그들이 밀림의 미로에서 길을 잃을 것이란 생각은 꿈에도 하지 못했다. 물론 밀림의 길이 복잡하기는 했지만 타잔에게는 동네의 큰길만큼이나 단순한 것이었기 때문이다. 보트에 탄 선원들이 큰 배를 향해 노를 저어가는 것을 보고 소녀와 그녀의 친구가 당분간 안전할 것이라고 확신한 타잔은 청년을 찾아 밀림으로 뛰어들었다. 그들이 밀림으로 들어간 이유를 알고 싶었던 것이다. 나무줄기를 그네처럼 타고 날며 타잔은 클레이튼의 자취를 찾아 나섰다. 곧 타잔은 동료들을 부르는 영국인 청년의 목소리를 희미하게나마 들을 수 있었다. 마침내 타잔은 그 청년을 찾아냈다. 그는 피로한 듯 나무에 기대앉아 이마의 땀을 닦고 있었다. 타잔은 풀숲에 몸을 가린 채 이 새로운 동족을 관찰했다.

클레이튼은 가끔씩 누군가의 이름을 소리쳐 불렀다. 타잔은 그가 노인을 찾고 있다는 것을 짐작할 수 있었다. 타잔도 노인을 찾아 나서려 했다. 그때 노란 섬광이 흘러나오는 매끄러운 가죽을 가진 무언가가 클레이튼을 향해 조심스레 움직여오는 것이 아닌가! 표범 쉬타였다. 타잔의 귀에는 풀이 조심스럽게 눕혀지는 소리가 분명히 들렸지만, 청년은 전혀 경계하는 몸짓이 아니었다. 저렇게 큰 소리를 듣지 못한단 말인가? 타잔은 이제껏 쉬타가 그토록 서툴게 행동하는 것을 보지 못했다.

역시 하얀 인간은 그 소리를 못 들은 것이 틀림없었다. 쉬타가 몸을 웅크리며 뛰어오를 자세를 취했다. 그 순간 밀림의 정적을 가르는 타잔의 매서운 고함소리가 터져나왔다. 뒤를 돌아본 쉬타는 그대로 덤불 속으로 곤두박질쳤다.

깜짝 놀란 클레이튼이 벌떡 일어섰다. 피가 얼어붙는 느낌이었다. 평생 그렇게 무시무시한 소리를 들은 건 처음이었다. 그는 결코 겁쟁이가 아니었다. 하지만 공포의 여신이 그 얼음장 같은 손가락으로 심장을 어루만진 듯한 느낌을 경험해본 사람이라면, 이날 그레이스톡 경의 장남 윌리엄 세실 클레이튼이 아프리카의 밀림 요새 속에서 경험한 두려움을 충분히 이해할 수 있을 것이다. 커다란 몸뚱이가 바로 옆 덤불 속에서 나뒹구는 소리는 등골을 오싹하게 하는 고함소리와 함께 클레이튼의 용기를 시험하고 있었다. 그러나 그는 그 고함소리가 자신의 목숨을 살려주었고, 그 목소리의 주인공이 바로 자신의 사촌, 진짜 그레이스톡 경이라는 사실에 대해서는 전혀 알지 못했다.

해가 저물어가고 있었다. 어둠이 다가오자 클레이튼은 당황해서 어찌해야 좋을지 몰랐다. 죽음을 각오하고 어둠이 가득 찬 밀림에서 계속 포터 교수를 찾아 헤매야 할지, 아니면 오두막으로 돌아가 제인이라도 보호하는 것이 좋을지 결정할 수 없었다. 물론 그녀의 아버지를 찾지 못한 채 돌아가고 싶지는 않았다. 그러나 그녀를 애로우 호의 반란자들과 밀림의 온갖 위험 속에 내버려두고 온 것을 생각하면 몸서리가 쳐졌다.

어쩌면 지금쯤 포터 교수와 필랜더 씨도 오두막으로 돌아가 있을지 몰랐다. 그래, 아마 그럴지도 몰라! 아무런 성과 없이 이렇게 밀림을 헤매고 다니는 것보다는 돌아가서 어떻게 되었는지 알아보는 편이 나을 듯했다. 그는 우거진 수풀을 헤치며 오두막 쪽이라 생각되는 방향으로 되돌아가기 시작했다.

그러나 그가 택한 방향은 오두막이 아닌, 음봉가의 마을로 이어지는 길이었다. 타잔은 영리한 원숭이 인간이었다. 그가 방향을 잃어버린 것을 알아챘다. 이런 유추는 너무나 당연한 것이었다. 겨우 창 하나를 든 채로, 그것도 한번도 사용해본 적 없는 것처럼 어정쩡한 자세로 들고서는, 저 무자비한 검은 전사들의 마을로 들어가는 모험을 감행할 인간은 없을 것 같았기 때문이다. 더구나 그는 노인들이 지나간 길을 좇아가는 것도 아니었다. 타잔의 눈에는 그 길이 선명하게 보였지만 백인 청년에게는 그 길이 보이지 않는 듯했다.

타잔은 당황하지 않을 수 없었다. 특별한 방어수단도 없는 저 이방인을 당장 해변으로 인도하지 않는다면, 순식간에 밀림의 먹잇감이 되고 말 것이란 걱정을 떨칠 수 없었다. 그랬다! 하얀 인간의 오른쪽, 열 발자국쯤 떨어진 곳에서 수사자 누마가 조용히 그를 추적하고 있었다. 클레이튼이 커다란 몸집을 한 무언가가 자신과 나란히 움직이고 있다는 것을 느꼈을 때, 야수의 우렁찬 포효소리가 저녁 공기를 가르며 울려퍼졌다. 클레이튼은 그 자리에 멈춰 서서 창을 높이 치켜들었다. 그 소름끼치는 소리가 들려온 덤불 쪽을 노려봤다. 그림자가 짙어지고 어둠이 밀려들고 있었다.

맙소사! 여기서 이렇게 맹수의 이빨에 갈기갈기 찢겨 죽게 되다니! 잔인한 맹수의 뜨거운 입김이 얼굴에 느껴지는 듯했다. 순간적으로 사방이 쥐죽은 듯 조용해졌다. 클레이튼은 긴장하며 창을 움켜쥐었다. 뒤쪽 덤불에서 바스락대는 소리가 들렸다. 그놈이 살금살금 다가오고 있는 것이 틀림없었다. 마침내 그놈이 몸을 드러냈다. 클레이튼에게서 10미터 정도 떨어진 곳이었다. 거대한 몸집에 검은 갈기를 휘날리는 황갈색 사자였다.

맹수는 몸을 바닥에 거의 밀착시킨 채 천천히 앞으로 다가오고 있었다. 클레이튼과 눈싸움을 벌이던 사자는 조심스레 뒷다리를 모았다. 클레이튼은 온몸이 얼어붙는 듯했지만, 가만히 지켜볼 수밖에 없었다. 창을 던져야 한다는 생각은 물론이고 도망쳐야 한다는 생각조차 떠오르지 않았다. 공포에 질릴 뿐이었다.

바로 그때, 그의 머리 위에서 어떤 소리가 들렸다. 다른 위험이 닥치고 있다고 생각되었지만 감히 눈앞의 황갈색 눈동자로부터 시선을 뗄 수가 없었다. 순간 현을 퉁기는 소리가 나는 듯싶더니, 웅크리고 있던 사자의 황갈색 옆구리에 화살이 날아가 박혔다. 사자는 고통과 분노에 찬 신음소리를 내며 펄쩍 뛰었다. 클레이튼도 순간적으로 몸의 균형을 잃고 비틀거렸지만, 곧 균형을 되찾고 성난 야수와 맞설 자세를 취했다. 그러나 눈앞에서는 놀라운 장면이 펼쳐지고 있었다. 사자가 공격을 위해 몸을 곧추세우자, 그와 동시에 반라의 거인이 나무에서 사자의 등으로 뛰어내렸던 것이다. 그가 강철 같은 팔로 순식간에 사자의 커다란 목을 감아 조이자 이 거대한 짐승은 몸을 세우고 앞발을 휘저으며 으르렁댔다.

아프리카 밀림의 저녁노을 속에서 목격한 이 장면은 클레이튼의 뇌리에 영원히 각인되었다. 그의 앞에 서 있는 남자는 완벽한 육체를 가진 거대한 힘의 화신이었다. 그러나 맹수와의 싸움에서 그가 힘에만 의존한 것은 아니었다. 물론 그도 막강한 근육을 갖고 있었지만 사자의 힘에 비하면 아무것도 아니었기에, 그는 민첩함과 두뇌, 그리고 길고 예리한 칼로 승리를 이끌었다. 그는 오른팔로 사자의 목을 감은 채 왼손에 쥔 칼로 사자의 왼쪽 등을 찔러댔다. 앞발을 들고 일어선 성난 짐승의 저항은 무기력할 뿐이었다.

만약 그 싸움이 조금만 더 계속되었더라면 결과가 달라졌을 수도 있었겠지만 모든 것은 한순간에 끝났다. 사자는 정신을 차릴 새도 없이 땅바닥에 쓰러져 죽고 말았다. 사자를 정복한 기묘한 인간은 시체를 밟고 올라서서 야성미 넘치는 잘생긴 얼굴을 뒤로 젖히고, 조금 전에 클레이튼을 놀라게 만들었던 그 무시무시한 고함소리를 내질렀다.

젊은 청년이었다. 허리에 두른 천, 팔다리에 걸친 장신구, 그리고 매끄러운 갈색 피부 위에서 빛나는 다이아몬드 목걸이를 제외하고는 성기만 겨우 가린, 완전히 벌거벗은 차림이었다. 칼은 이미 칼집에 들어가 있었다. 그는 사자에게 달려들 때 옆으로 밀쳐두었던 활과 화살통을 다시 주워들고 있었다. 클레이튼은 이 낯선 청년에게 영어로 말을 걸었다. 그를 구해준 것에 감사하고 그가 보여준 놀라운 힘과 민첩함에 찬사를 보냈다. 그러나 상대는 그를 잠시 쳐다보더니 그 커다란 어깨를 조금 움츠려 보일 뿐이었다. 그의 도움이 별것 아니라는 뜻이거나 아니면 클레이튼의 말을 알아듣지 못한 것이다.

활과 화살통을 다시 어깨에 둘러멘 야성의 사내는 칼을 꺼내들고 능숙한 솜씨로 사자의 시체에서 고깃덩어리들을 잘라냈다. 그리고 바닥에 주저앉아 클레이튼에게 함께 먹자는 시늉을 해보이고는 사자고기를 날것으로 먹기 시작했다. 그는 단단하고 하얀 이빨로 피가 뚝뚝 떨어지는 날고기를 뜯으며 식사를 즐기는 듯 보였으나, 클레이튼은 이 낯선 인간의 초대에 응할 수 없었다. 맞아! 오늘 아침 오두막 문에 글을 써 붙인 타잔, 바로 이 사람이 틀림없을 거야! 그렇다면 영어를 할 줄 알 텐데…….

이런 생각을 하며 클레이튼은 다시 이 원숭이 인간에게 말을 걸어보았다. 그러나 그는 이상한 말로 대답할 뿐이었다. 원숭이가 꺅꺅거리는 소리와 야수의 으르렁거림이 결합된 듯한 소리였다. 영어를 못 하잖아, 그럼 이 친구는 타잔이 아니란 말인가?

식사를 끝낸 원숭이 인간은 클레이튼에게 이제까지 걸어온 방향의 반대쪽을 손끝으로 가리켰고 자신이 먼저 그곳을 향해 밀림 속을 걷기 시작했다. 클레이튼은 선뜻 그를 따를 수 없었다. 클레이튼이 생각하기에 그 방향은 미로 같은 밀림 속으로 더 깊이 들어가는 것처럼 보였기 때문이다. 클레이튼이 따라올 기색을 보이지 않자 원숭이 인간은 그의 코트 자락을 쥐고 잡아끌기 시작했다. 클레이튼이 고개를 끄덕이며 순순히 따라오기 시작한 뒤에야 원숭이 인간은 코트 자락을 놓아주었다.

클레이튼은 달리 선택할 길이 없었다. 그의 포로가 된 것이라 생각하며 따라갈 수밖에 없었다. 그들은 칠흑같이 어두운 숲 속을 천천히 걸었다. 발자국 소리를 죽여가며 걷는 발걸음에 나뭇가지 부러지는 소리, 당장이라도 가까이 다가올 듯한 야생동물들의 울음소리가 뒤섞이며 밀림은 그야말로 을씨년스런 분위기였다.

그때 갑자기 클레이튼의 귀에 희미한 총소리가 들렸다. 단 한 방의 총성이었다. 그리고 깊은 침묵이 이어졌다.

해변의 오두막에서는 두 여자가 겁에 질린 표정으로, 어둠 속에서 서로 부둥켜안고 있었다. 검둥이 여자는 고향인 메릴랜드를 떠나온 것을 저주하고 한탄하며 미친 듯이 흐느꼈다. 백인 여자 역시 겉으로는 평온해 보였으나, 파도처럼 밀려오는 두려움을 간신히 참아내고 있었다. 공포와 불길한 예감으로 심장이 갈기갈기 찢겨나가는 기분이었다. 그녀는 밀림의 심연 속에서 헤매고 있을 세 남자가 더 걱정스러웠다. 게다가 밀림에서는 먹이를 찾아 나선 무시무시한 야생동물들의 괴성과 포효, 울음소리와 으르렁거리는 소리가 끊임없이 들려오고 있었다.

그때 커다란 몸뚱이가 오두막 옆을 스치듯 부딪치며 지나가는 소리가 들렸다. 그녀는 오두막 바깥에서 어슬렁대는 거대한 짐승의 발소리를 분명히 들을 수 있었다. 곧 온 세상이 침묵에 빠진 듯 사방이 조용해졌다. 숲 속의 소란스러움마저 희미한 속삭임으로 잦아들었다. 오두막 문에 코를 대고 킁킁거리는 짐승의 소리가 똑똑히 들렸다. 그녀가 앉아 있는 곳에서

1미터도 채 되지 않는 곳이었다. 소녀는 자신도 모르게 몸서리를 치며, 흑인 여자에게 더 가까이 다가가 몸을 움츠렸다.

"쉿! 조용히 해. 에스메랄다."

그녀는 속삭이듯 말했다. 흑인 여자의 흐느낌과 신음소리가, 얇은 벽 너머에서 어슬렁거리고 있는 동물을 더 끌어들이고 있는 듯했기 때문이었다. 문을 긁는 소리가 들렸다. 그 짐승이 문을 떼밀어 열려는 것이 분명했다. 하지만 그 소리는 곧 멈추었다. 다시 오두막 주위를 어슬렁대는 커다란 짐승의 발소리가 들려왔다. 이번에는 창문 아래에서 발자국 소리가 멈췄다. 소녀는 공포에 질린 두 눈으로 창문을 뚫어지게 바라보았다.

'맙소사!'

달빛에 비친 그림자로 그 동물의 정체를 알 수 있었다. 사자였다! 사자는 눈동자에 불을 켜고 그녀를 쏘아보고 있었다. 소녀는 겁에 질려 에스메랄다에게 작은 목소리로 말했다.

"저것 봐, 에스메랄다! 세상에, 이제 어쩐다지? 저기 창문 쪽을 봐!"

에스메랄다는 여주인의 가슴으로 파고들며, 달빛에 비친 작은 창을 놀란 눈으로 바라보았다. 암사자가 낮은 소리로 으르렁거렸다. 에스메랄다는 사자의 얼굴을 보는 순간 더 이상 견디지 못해 정신을 잃고 쓰러졌다. 이미 예민해질 대로 예민해진 그녀의 신경이 지탱하기에 지금 이 현실은 너무나 벅찬 것이었다.

제인에게도 이 순간은 너무나 길고 고통스럽게 느껴졌다. 암사자 세이버는 앞발을 창턱에 얹고 오두막 안을 쏘아보았다. 그리고는 격자창을 두 발로 밀어대기 시작했다. 제인은 거의 숨도 쉴 수 없었다. 다행히 격자창은 세이버의 힘을 견뎌냈다. 암사자의 얼굴이 창에서 사라지고 발소리가 창에서 멀어지는 소리가 들렸다. 하지만 잠시 후 세이버는 또다시 다가와 문을 긁어대기 시작했다. 아무런 방어수단도 없는 두 여인을 꼭 잡아야겠다고 결심이라도 한 것인지 그 커다란 짐승은 육중한 나무문을 점점 세게 밀어붙였다. 실제로 조각조각 이어붙여 만든 그 문이 얼마나 강한지 알았더라면, 제인은 암사자의 공격을 그렇게 무서워하지 않았을 것이다.

존 클레이튼은 조잡하지만 튼튼한 문을 만들어놓았다. 그렇지만 이 문이 20년 후 어느 날, 그 당시에는 태어나지도 않은 아름다운 미국 소녀를 식인짐승의 이빨과 발톱에서 지켜줄 것이라고는 상상조차 못했을 것이다.

거의 20분 동안 암사자는 문에 코를 대고 킁킁거리며 문을 밀어붙였다. 자기 뜻대로 되지 않자 분노하며 커다란 포효를 내지르기도 했다. 마침내 세이버는 문을 부수고 들어가려는 시도를 포기하는 듯했다. 하지만 세이버는 다시 창문 쪽으로 다가왔다. 암사자는 창문 아래에 멈춰 섰다. 그리고 낡은 격자창을 향해 육중한 몸을 날렸다. 나무로 된 격자창은 엄청난 충격을 이기지 못하고 삐걱거렸다. 하지만 창틀이 떨어져나가지는 않았다. 암사자는 몇 번이고 창틀에 온몸을 부딪쳐왔다. 마침내 격자창의 일부가 떨어져나갔다. 제인은 온몸이 얼어붙어 꼼짝달싹도 할 수 없었다. 결국 세이버는 커다란 앞발과 머리를 오두막 안으로 밀어넣었다. 암사자의 강인한 목과 어깨에 창살이 부서져나갔다. 그리고 그 거대한 몸이 꿈틀대며 조금씩 오두막 안으로 들어섰다.

제인은 거의 무의식 상태에서 가슴에 손을 얹고는 몸을 일으켰다. 커다란 두 눈은 공포에 질린 채 몇 미터 떨어지지 않은 곳에서 으르렁대고 있는 짐승을 바라보았다. 그녀의 발치에는 흑인 여자가 쓰러진 채 엎드려 있었다. 그녀를 깨울 수만 있다면, 둘이 힘을 합친다면, 피에 굶주린 저 사나운 침입자를 물리칠 수 있을까? 제인은 지푸라기라도 잡고 싶은 심정이었다. 흑인 여자의 어깨를 세차게 잡아 흔들며 소리쳤다.

"에스메랄다! 에스메랄다! 날 좀 도와줘. 잘못하면 우린 둘 다 죽어."

에스메랄다가 눈을 떴다. 안타깝게도, 그녀가 눈을 떠 맨 처음으로 본 것은 침이 뚝뚝 떨어지는 굶주린 암사자의 송곳니였다. 소름끼치게 놀란 에스메랄다는, 손과 무릎을 바닥에 대고 오두막을 정신없이 기어다니며 목이 터져라 비명을 질렀다.

"오 맙소사! 오 하나님!"

에스메랄다는 100킬로그램이 넘는 거구였다. 이런 그녀가 네 발로 기어다니자 놀라운 결과가 벌어졌다. 암사자가 창틀에 몸을 기댄 채 에스메랄다를 뚫어지게 바라보는 것이었다. 에스메랄다는 책장을 목표로 삼은 듯했다. 뚱뚱한 몸을 책장 안으로 밀어넣으려 했다. 하지만 선반들의 틈새가 20~30센티미터에 지나지 않아 얼굴만 집어넣을 수 있을 뿐이었다. 그녀는 밀림의 모든 소음이 묻혀버릴 정도로 큰 소리를 지르며 다시 기절해버렸다.

에스메랄다가 잠잠해지자 암사자는 다시 창으로 몸을 밀어넣기 시작했다. 창틀이 삐걱대는 소리가 유난히 크게 들렸다. 제인은 공포심으로 얼굴이 창백해졌다. 어딘가 숨을 곳을 찾아야 했다. 그 순간, 가슴에 얹고 있던 손에 딱딱한 물체가 느껴졌다. 클레이튼이 그녀에게 몰래 건네주었던 권총이었다. 제인은 재빨리 권총을 꺼내들었다. 암사자의 얼굴을 정면으로 겨누고 방아쇠를 당겼다. 불꽃이 튀면서 총알이 발사되는 소리가 들렸다. 그리고 이에 응답이라도 하듯 고통과 분노에 찬 세이버의 비명이 터져나왔다.

제인 포터는 거대한 몸뚱이가 창에서 물러나는 것을 보았다. 그리고 권총을 떨어뜨리며 기절하고 말았다. 하지만 그 암사자는 살아 있었다. 총알은 세이버의 한쪽 어깨에 작은 상처를 남겼을 뿐이었다. 암사자가 서둘러 창에서 물러난 것은 눈부신 불빛과 귀청이 터질 듯한 총성에 놀란 때문이었다. 암사자는 이내 창문으로 되돌아왔다. 복수심에 불타 창틀에 거대한 두 팔을 올렸다. 하지만 상처 입은 어깨에 힘을 줄 수가 없어, 창틀을 넘기가 쉽지 않았다.

바닥에는 두 여인이 꼼짝 않고 쓰러져 있었다. 그들은 더 이상 저항할 기색을 보이지 않았다. 고깃덩이가 눈앞에 있었다. 창틀을 넘어 그 고깃덩이를 가져가면 그만이었다. 암사자는 그 커다란 몸뚱이를 천천히 창문 안으로 밀어넣었다. 마침내 머리가 들어갔고, 커다란 한쪽 팔과 어깨가 들어갔다. 다친 어깨를 조심스레 들어올려 창틀 너머로 밀어넣었다. 잠시 후 양어깨와 길고 유연한 몸, 그리고 날렵하게 생긴 엉덩이가 오두막 안으로 미끄러져 들어갔다.

그때, 다시 정신을 차린 제인 포터가 천천히 눈을 뜨고 있었다.

숲의 신

15

총소리가 들리자 클레이튼은 두렵고 불안해서 견딜 수가 없었다. 선원들 중 하나가 총을 쏜 것일지도 모르지만, 신경이 잔뜩 곤두선 클레이튼은 자신이 제인에게 권총을 건네주었다는 사실 때문에 불안하지 않을 수 없었다. 제인이 위험에 처한 것이란 생각을 떨칠 수가 없었던 것이다. 어쩌면 이 순간에도 제인은 어떤 포악한 인간이나 야수에게서 자신을 지켜내려고 애쓰는 중인지도 몰랐다.

'대체 이 친구는 날 생포한 것일까, 아니면 길을 안내해주려는 것일까?'

클레이튼은 원숭이 인간의 생각을 짐작해보려 했지만 쉬운 일이 아니었다. 하지만 그가 발걸음을 재촉하는 것으로 보아 그도 총소리에 신경 쓰고 있는 것이 분명했다. 클레이튼은 그와 보조를 맞추려 애썼다. 몇 번이고 넘어졌지만 아픔을 느낄 새도 없이 다시 일어났다. 하지만 앞서가는 그의 흔적조차 찾을 수 없을 만큼 뒤처지고 말았다. 다시 길을 잃을지도 모른다는 생각에 겁이 났다. 클레이튼은 그 야성의 사내를 소리쳐 불러보았다. 잠시 후 그가 머리 위의 나뭇가지에서 사뿐히 뛰어내렸다. 그제야 클레이튼은 안도의 한숨을 내쉴 수 있었다. 타잔은 생각에 잠긴 듯한 표정으로 클레이튼을 물끄러미 바라보았다. 잠시 후 타잔은 상체를 구부리며 그의 목을 잡으라는 시늉을 했다. 타잔은 하얀 인간을 등에 업고 나무 위로 올라갔다.

그 다음 순간에 벌어진 일은 이 젊은 영국인에게 결코 잊지 못할 놀라운 경험이었다. 타잔은 믿을 수 없을 정도로 민첩하게 늘어진 가지를 타고 나무들 사이를 날아다녔다. 클레이튼에게는 신나는 경험이었을 테지만, 타잔은 등에 업은 사람 때문에 생각만큼 빨리 움직일 수 없어 짜증스러웠다.

타잔은 클레이튼을 등에 업은 채 그네처럼 늘어진 나무줄기에 매달려 날 듯이 나무들 사이를 헤치고 나아갔다. 그리고 줄타기 선수처럼 절묘하게 균형을 잡아가며 얽히고설킨 나뭇가지들을 밟으면서 100여 미터를 곡예하듯 걸었다. 클레이튼은 처음에 등골이 오싹한 느낌이었지만, 타잔의 듬직한 어깨와 자신감에 넘친 발걸음에 안심할 수 있었다. 클레이튼이 대낮에 런던 거리를 활보하듯 타잔은 칠흙 같은 어둠 속을 거침없이 달려가고 있었다. 숲의 왕에게 신이 부여한 본능이었을까, 아니면 그가 숲을 그만큼 잘 알고 있다는 증거일까?

때때로 나뭇잎이 덜 무성한 곳을 지날 때면, 새들어오는 달빛 덕분에 그들이 달려가고 있는 길이 어렴풋이 보였다. 까마득히 높은 곳이었다. 아니, 어둠에 잠긴 깊은 심연과도 같았다. 클레이튼은 숨을 죽이지 않을 수 없었다. 지상에서 30미터 가량 되는 높은 곳이었건만, 타잔에게는 가장 쉬운 길이었다. 클레이튼은 거의 날아가는 기분이었겠지만, 두 사람의 몸무게를 지탱해줄 만한 나뭇가지만을 찾아 날아야 했던 타잔에게는 엉금엉금 기어가는 기분이었을 것이다.

마침내 그들은 해변의 공터에 다다랐다. 타잔의 예민한 귀에 암사자가 창틀을 부수고 들어가려 애쓰는 소리가 포착되었다. 타잔은 민첩하게 나무를 타고 내려갔다. 순식간에 일어난 일이어서 클레이튼은 단번에 30미터 아래로 뛰어내린 것처럼 느껴졌다. 하지만 약간의 충격조차 느껴지지 않았다. 클레이튼을 등에서 내려놓기 무섭게 타잔은 오두막으로 쏜살같이 달려갔다. 영국인 청년도 재빨리 그의 뒤를 좇았다. 그가 오두막에 도착했을 때, 커다란 동물의 뒷다리가 창문 안으로 사라져가고 있었다.

제인은 다시 눈을 떴다. 그러나 사자의 몸뚱이가 거의 오두막으로 들어온 것을 보았을 때 그녀는 최후의 희망마저 포기하지 않을 수 없었다. 그때 기적이 일어났다. 놀랍게도 그 커다란 동물이 창문 밖으로 다시 질질 끌려나가는 것이 아닌가! 그리고 그 뒤로 달빛에 비친 두 남자의 얼굴과 어깨가 보였다.

클레이튼이 오두막 모퉁이를 돌았을 때, 커다란 동물의 뒷다리가 막 창문 안으로 사라지고 있는 중이었다. 그때 번개처럼 달려간 원숭이 인간이 그 동물의 긴 꼬리를 움켜쥐고 잡아당기기 시작했다. 그는 두 발바닥을 오두막 벽에 딱 붙인 채 그 야수를 끌어내려고 안간힘을 쓰고 있었다. 클레이튼도 서둘러 달려가 힘을 보탰다. 그러자 원숭이 인간이 뭐라고 소리쳤다. 그 뜻을 알 수는 없었지만 그에게 무엇인가를 지시하고 있는 것이 틀림없었다. 둘이 힘을 합치자 그 거대한 몸뚱이가 조금씩 창 밖으로 끌려나오기 시작했다. 그제야 클레이튼은 여유를 되찾고 옆 친구의 행동이 얼마나 대담한 것이었는지 깨달을 수 있었다. 일면식도 없는 백인 소녀를 구하기 위해서, 포효하며 발버둥치는 식인동물의 꼬리를 잡고 창 밖으로 끌어내려는 행동은 대담함 그 자체였다.

물론 클레이튼에게는 완전히 다른 문제였다. 그 소녀는 자신의 동족이었을 뿐만 아니라 그가 세상에서 가장 사랑하는 단 한 명의 여성이었기 때문이다. 그는 암사자가 그들을 쉽게 해칠 수 있다는 것을 알고 있었지만 제인 포터를 지켜야 한다는 의지로 두려움을 이겨냈다. 게다가 옆에 버티고 있는 원숭이 인간이 자신을 구하기 위해 수사자와 싸워 이긴 것을 기억하자 두려움을 완전히 씻어낼 수 있었다.

타잔은 여전히 클레이튼에게 무엇이라 지시하고 있었다. 하지만 클레이튼은 무슨 말을 하는 것인지 알 수 없었다. 타잔은 독 묻은 활을 암사자의 등과 옆구리에 꽂고 허리에 찬 사냥칼을 꺼내 야수의 심장을 찌르라고 소리치고 있었지만 이 바보 같은 백인은 도무지 알아듣지를 못했던 것이다. 그렇다고 직접 그 일을 해내겠다고 맹수에게서 손을 놓을 수도 없는 일이었다. 이 가냘픈 백인 남자에게 사자를 맡기는 것은 죽음을 재촉하는 짓이나 마찬가지였기 때문이다.

암사자는 서서히 창 밖으로 그 모습을 드러냈다. 마침내 양어깨가 창틀을 다 빠져나왔다. 그때 클레이튼으로서는 상상도 못 할 장면이 펼쳐졌다. 타잔은 이 성난 야수를 혼자서 감당할 수밖에 없다고 궁리하던 중에 터코즈와의 싸움을 순간적으로 떠올렸다. 세이버의 양어깨가 창 밖으로 나오면서 앞발이 창틀에 매달린 형상이 되자, 타잔은 두 손을 놓고 방울뱀처럼 민첩하게 사자의 등에 달라붙었다. 그리고 강인한 두 팔로 풀-넬슨 자세를 취하며 야수를 끌어안았다. 터코즈와의 피 튀기는 싸움에서 승리를 거둘 때 사용했던 방법이었다.

암사자는 소리를 지르며 뒤로 드러누웠다. 타잔은 세이버의 거대한 몸뚱이 아래 깔렸지만 두 팔에 더욱 힘을 주었다. 암사자는 이 괴상한 상대를 떨쳐내려고 사방으로 구르면서 네 발을 휘저었지만 그것은 허공을 가르는 헛발질에 불과할 뿐이었다. 암사자의 목을 쥔 무쇠 같은 굴레가 점점 조여지며 암사자의 목이 아래로 꺾이기 시작했다. 원숭이 인간의 강철 같은 양팔이 더욱 힘주어 목을 조이자 암사자의 저항도 조금씩 약해져갔다.

클레이튼은 은빛으로 빛나는 달 아래에서 타잔의 어깨와 이두박근 근육이 불끈대는 것을 볼 수 있었다. 타잔의 끈기에 마침내 암사자의 목뼈가 뚝 소리를 내며 부러졌다. 이윽고 타잔은 두 팔을 풀고 일어섰다. 그리고 그날의 두 번째 승리를 기념하는 야성의 포효를 내질렀다. 순간 두려움이 가득한 제인의 목소리가 들려왔다.

"세실… 클레이튼 씨! 어떻게 된 거지요? 어떻게 된 거냐구요?"

클레이튼은 오두막 문을 향해 달려가며 모든 게 괜찮다고 소리쳤다. 그가 문을 열라고 소리치자 그녀는 재빨리 빗장을 열고 클레이튼을 안으로 잡아끌었다. 그리고 몸을 움츠리며 물었다.

"그 무시무시한 소리는 뭐예요?"

"포터 양, 걱정할 것 없어요. 방금 당신의 목숨을 구한 사람이 내지른 승리의 포효랍니다. 기다려요, 당신이 그에게 고맙다는 인사를 할 수 있도록 그를 데려올게요."

그러나 제인은 혼자 있고 싶지 않았는지 클레이튼을 따라 나섰다. 오두막 옆에는 암사자의 시체만 덩그라니 누워 있을 뿐 타잔은 보이지 않았다. 클레이튼이 몇 번이나 그를 불렀지만 아무런 대답이 없었다. 그렇다고 언제 맹수가 달려들지 모르는 바깥에 계속 머물러 있을 수는 없었다. 둘은 일단 안전한 오두막 안으로 들어갔다.

"소름끼치는 소리였어요! 생각만 해도 몸서리가 쳐져요. 사람이 어떻게 그처럼 무시무시한 소리를 낼 수 있을까요? 믿어지지 않아요."

"하지만 포터 양, 사실입니다. 인간의 목소리가 아니라면 숲의 신이 낸 목소리라고 해두죠."

그리고 클레이튼은 조금 전에 겪은 일들을 제인에게 들려주었다. 그 야생의 사나이가 그의 목숨을 두 번이나 구해준 이야기, 그의 놀라운 힘과 민첩함과 용기, 그리고 검게 그을린 갈색 피부와 잘생긴 얼굴까지!

클레이튼은 결론을 내리듯 말했다.

"하지만 아직도 뭐가 뭔지 잘 모르겠어요. 처음엔 그가 타잔인 줄 알았거든요. 하지만 그는 영어를 말하지도 못했고 알아듣지도 못했어요. 그러니 그가 타잔이라고 단정지을 수는 없어요."

"그가 누구이든 간에 우리 생명의 은인이에요. 맹수가 들끓는 밀림에서 그가 안전하도록 하나님이 지켜주시길 바래요!"

"나도 그렇소."

그때 뒤쪽에서 낯익은 목소리가 들려왔다.

"맙소사, 내가 죽은 게 아닌가요?"

그들은 뒤를 돌아다보았다. 에스메랄다가 윗몸을 곧추세우며 두리번거리고 있었다. 자신이 아직 살아 있다는 게 믿기지 않는다는 표정이었다. 그제야 제인도 긴장이 풀린 듯 긴 의자 속에 몸을 던지며 흐느끼기 시작했다.

정말 놀라운 일

16

오두막에서 남쪽으로 몇 킬로미터쯤 떨어진 해변에서 두 노인이 말다툼을 하고 있었다. 그들 앞에는 광대한 대서양이 펼쳐져 있었고 뒤로는 검은 대륙이 있었다. 그리고 칠흑 같은 밀림의 어둠이 그들의 주변을 감싸고 있었다.

사방에서 야수들의 포효가 들려왔다. 생전 처음 듣는, 섬뜩하고 오싹한 야생의 소리들이 두 노인의 귓가를 맴돌았다. 그들은 오두막을 찾아 벌써 몇 킬로미터를 헤매고 다녔지만 오두막은 공중으로 사라져버린 듯 보이지 않았다. 그들은 완전히 다른 세계로 순간이동이라도 한 것처럼 길을 잃고 말았다. 이런 때일수록 냉정한 판단력이 필요했다. 가장 시급한 문제, 즉 오두막으로 돌아가는 길을 찾아내는 문제에 모든 감각과 지성을 집중해야 했지만 현실감각이 떨어지는 두 노인은 그러지 못했다.

사무엘 필랜더가 말했다.

"하지만 교수님, 전 역시 페르디난드 왕과 이사벨라 여왕이 15세기에

스페인의 무어족을 정복하지 않았더라면 오늘날의 세상은 지금보다 1천 년은 앞섰을 거라 생각합니다. 무어족은 참을성 있고, 마음이 넓고, 생각이 트인 민족이었습니다. 농부이기도 했지만 뛰어난 장인이자 상인이기도 했습니다. 오늘날 우리가 미국과 유럽에서 누리는 문명을 가능케 해준 사람들이 바로 그들이었습니다. 하지만 스페인 사람들은……."

포터 교수가 그의 말을 가로막고 나섰다.

"쯧쯧, 필랜더. 문제는 민족성이 아니라 종교였어. 이슬람교는 지금도 그렇지만 앞으로도 과학발전에 장애가 될 뿐……."

그때 밀림 쪽을 바라보던 필랜더가 소리쳤다.

"잠깐만요, 교수님! 저기 누가 오는 것 같아요."

포터 교수는 근시인 필랜더가 가리킨 방향을 보며 꾸지람하듯 말했다.

"쯧쯧, 필랜더. 내가 얼마나 더 얘기를 해야 알겠나……. 정신을 집중해야 지적인 성취를 이룰 수 있다고 말일세! 제발 다른 곳에 정신을 팔지 말라고 신신당부하지 않았나. 그런데도 네 발 달린 짐승에 정신을 빼앗겨 내 설명을 방해하다니, 이런 무례가 어디에 있나! 내 말을 잘 듣게……."

"세상에, 교수님. 사자인가요?"

필랜더는 두 눈을 잔뜩 찡그린 채 계속해서 어둠 속을 가리켰다. 무엇인가 희미한 물체가 어른거리는 것 같았다.

"그래, 좋아, 필랜더. 자네가 '사자' 라고 그들을 표현해도 상관없네. 하지만 내가 말하고 싶은 건……."

"제발, 교수님. 15세기에 정복당한 무어인들이 아직도 최악의 상황에 있다는 정도로 세계의 재난에 대한 토론은 중단하는 것이 어떻겠습니까?

당장은 저기서 다가오는 고양이과 육식동물이 무엇인지 확인해봐야겠습니다."

그랬다. 사자가 위엄 있는 모습으로 그들에게 다가오고 있었다. 열 걸음이나 떨어진 곳이었을까? 사자는 그 자리에 멈춰 서서 두 노인을 물끄러미 바라보았다. 해변은 달빛으로 가득했다. 노랗게 물든 모래밭에 두 노인은 겁도 없이 대담하게 서 있었다.

포터 교수가 짜증 섞인 목소리로 외쳤다.

"괘씸하군, 정말 괘씸해. 필랜더, 지금까지 살면서 그런 짐승들이 우리에서 나와 마음대로 돌아다닌다는 얘길 들어본 적이 없네. 당장 근처 동물원 원장에게 신고를 해야겠구먼."

"옳으신 말씀입니다, 교수님. 빠를수록 좋겠지요. 이제 그만 가시지요."

필랜더는 교수의 팔을 잡아끌었다. 사자가 버티고 있는 곳과는 정반대 방향이었다. 얼마나 걸었을까? 필랜더는 뒤를 돌아보았다. 사자가 여전히 어슬렁대며 그들을 뒤쫓고 있었다. 그는 교수의 팔을 꼭 잡고 발걸음을 빨리 했다. 하지만 포터 교수는 여전히 똑같은 말을 되풀이하고 있을 뿐이었다.

"필랜더, 내가 하려는 말은……."

필랜더는 다시 한 번 흘끗 뒤를 보았다. 사자의 발걸음도 빨라지고 있었다. 일정한 간격을 유지하며 그들을 뒤쫓아오고 있었다.

"사자가 쫓아오고 있어요!"

필랜더는 이렇게 소리치며 달리기 시작했다. 그러나 포터 교수는 사자의 존재를 눈치채지 못한 듯 필랜더를 나무랐다.

"쯧쯧, 필랜더. 우리 같은 지식인이 이렇게 천박하게 뛰어서야 되겠나! 우리 꼴을 친구들이 본다면 어떻게 생각하겠나? 제발, 품위 좀 지키게!"

포터 교수의 나무람을 한 귀로 흘려들으며 필랜더는 슬쩍 뒤를 보았다. 사자는 불과 다섯 걸음 뒤에서 슬렁슬렁 따라오고 있었다. 마침내 필랜더는 교수의 팔을 놓아버리고 미친 듯 뛰기 시작했다. 세계에서 가장 빠른 사내도 따라갈 수 없을 듯했다.

"필랜더, 내가 말하려는 것은……."

포터 교수의 목소리는 거의 비명에 가까웠다. 그 순간 포터 교수도 뒤에서 번뜩이는 노란 눈동자를 보았다. 그리고 반쯤 벌린 그 입을 보았다. 바로 코앞에 커다란 사자가 입을 벌리고 있었던 것이다. 그때서야 포터 교수도 무슨 일이 벌어지고 있는지 실감할 수 있었다. 정신없이 뛰었다. 코트자락과 실크햇을 펄럭이며 죽을힘을 다해 뛰었다.

그들은 좁은 곶이 있는 방향으로 뛰어갔다. 밀림의 한쪽 끝이 바다로 돌출되어 있었다. 하늘을 찌를 듯 거대한 나무들이 늘어서 있었다. 필랜더는 그곳을 목표로 헐떡이며 도망갔다. 포터 교수도 그 뒤를 따랐다. 그때 무성한 나뭇잎에 몸을 감춘 채 그들의 달음박질을 지켜보는 눈이 있었다. 타잔이었다. 타잔은 히죽이 웃으면서 두 노인의 달리기 경주를 지켜보고 있었다.

타잔은 두 노인이 아직은 안전하다는 것을 알고 있었다. 수사자 누마가 이렇듯 쉬운 먹잇감을 지금껏 그냥 놓아두고 있다는 것은 배가 부르다는 뜻이었다. 물론 다시 배가 고파지면 곧바로 두 노인의 뒤를 쫓을 것이다.

하지만 부아만 돋구지 않는다면 곧 싫증을 내고는 밀림의 잠자리로 돌아갈 가능성이 높았다. 그래도 만약의 경우를 대비해야 했다. 한 노인이라도 넘어진다면, 그리고 그 노란 가죽의 악마가 그 노인을 덮친다면……. 그랬다. 야생동물에게 배를 채우는 욕망보다 더 극복하기 어려운 유혹은 바로 살육의 환희였다.

그래서 타잔은 나무를 타고 두 노인보다 앞서갔다. 타잔이 앉아 있던 나무 아래까지 필랜더가 달려왔다. 그러나 필랜더는 나무로 기어오를 수 있을 만큼 힘이 남아 있지 못했다. 타잔은 아래로 손을 뻗어 필랜더의 옷깃을 움켜쥐고는 그를 끌어올렸다. 잠시 후 교수가 다가왔다. 이번에도 타잔은 재빨리 손을 뻗어 교수를 굵은 나뭇가지 위에 올려놓았다. 순식간에 먹잇감이 사라지자 누마는 으르렁대며 사라진 먹잇감을 찾아 어슬렁거렸다.

두 노인은 숨을 헐떡이며 굵은 나뭇가지를 움켜잡고 있었다. 타잔은 나무줄기에 몸을 기댄 채 호기심과 놀라움이 섞인 눈으로 그들을 바라보았다. 침묵을 먼저 깬 사람은 포터 교수였다.

"정말 가슴이 아프군, 필랜더. 하찮은 동물 한 마리가 나타났다고 남자답지 못한 행동을 하다니. 게다가 자네의 어리석은 생각을 고쳐주려고 내가 얼마나 애쓴 줄이나 알고 있나? 자네는 번번이 내 말을 가로막았지. 모두 이해하겠네. 하여튼 내가 하려던 말은 무어인들이……."

필랜더가 차가운 목소리로 포터 교수의 말을 가로막고 나섰다.

"포터 교수님. 인내가 죄악이 되고 폭력이 미덕의 외투를 입고 있는 것처럼 보이는 때가 왔습니다. 교수님은 저를 겁쟁이라고 책망하셨습니다.

그런데 교수님은 어땠습니까? 사자의 아귀에서 벗어나기 위한 것이 아니라 저를 따라오려고 달린 것이라 둘러대시겠습니까? 좋습니다! 저도 이제 모든 것을 포기하겠습니다. 지렁이도 밟히면 꿈틀대는 법입니다."

"쯧쯧, 필랜더. 자네 분수를 잊지 말게."

"걱정하지 마십시오. 제 기억력은 아직 쌩쌩합니다. 하지만 아르키메데스 포터 교수님. 교수님이 정말로 과학계에서 칭송받는 위치에 있는가 의심스러울 지경입니다. 교수님이 정말로 존경받을 만한 분인지 의심스럽다고요."

포터 교수는 잠시 아무 말이 없었다. 그의 주름진 얼굴에 감도는 섬뜩한 미소는 어둠 속에 묻혀 보이지 않았다. 잠시 후 포터 교수가 냉랭한 어조로 말했다.

"홀쭉이 필랜더. 자네가 싸움을 원한다면 코트를 벗고 땅으로 내려가게. 그러면 내가 포키 에반스네 헛간 뒤에서 60년 전에 했던 것처럼 자네 머리를 때려줄 테니까."

필랜더가 깜짝 놀란 듯이 대답했다.

"포터 교수님! 이제야 교수님에게서 인간적인 냄새가 풍깁니다. 그래요, 제가 교수님을 사랑하는 것도 바로 그 때문입니다. 하지만 벌써 20년 동안이나 교수님은 사람답게 사는 것이 무엇인지 잊고 지내셨다고요."

어둠 속에서 포터 교수는 마르고 쭈글쭈글한 손을 오랜 친구 필랜더의 어깨에 얹으며 말했다.

"나를 용서해주게, 홀쭉이. 벌써 20년이란 시간이 흘렀군. 신이 내 아내 제인을 데려간 후, 지금 내 곁에 있는 제인과 자네를 위해 내가 사람답게 살려고 얼마나 애썼는지 신만은 아실 거야."

포터 교수는 필랜더의 어깨 위에 얹고 있던 손에 쭈글거리는 또 하나의 손을 올렸다. 이 순간 그들의 마음과 마음을 오간 교감은 어떤 말로도 표현할 수 없었다. 그들은 말을 잊은 듯 그대로 앉아 있었다. 그들 아래에서는 사자가 여전히 그들을 찾아 어슬렁대고 있었다. 나무 위의 짙은 어둠 속에선 제3의 인물이 숨어 있었다. 그는 조각처럼 꼼짝도 하지 않았고 소리도 내지 않았다.

마침내 교수가 말했다.

"정말 때를 잘 맞춰 나를 이 나무 위로 끌어올렸군. 어떻게 고마워해야 할지 모르겠네. 자네가 나를 구했어."

"제가 교수님을 끌어당긴 것이 아니에요. 제가 아니었어요. 맞아요! 이 나무에 우리 말고 다른 사람이 있는 게 분명합니다."

"그래? 정말인가, 필랜더?"

"그렇습니다, 교수님."

필랜더가 덧붙여 말했다.

"제 생각에는 우리 둘 모두를 그 사람이 구해준 것 같습니다. 지금 우리 옆에 앉아 있을지도 몰라요."

포터 교수는 필랜더에게 조심스레 붙어 앉으며 말했다.

"뭐라고? 무슨 말인가?"

바로 그때 밀림의 왕자 타잔은 누마가 너무 오랫동안 나무 아래를 어슬렁거리고 있다는 생각이 들었다. 그래서 하늘을 향해 얼굴을 젖혀들고는 찢을 듯한 고함을 내질렀다. 밀림의 야수들에게 보내는 원숭이 인간의 경고였다. 두 노인에게는 천둥이라도 친 것 같은 충격이었다.

두 노인은 나뭇가지에 온몸을 의지한 채 서로를 부둥켜안고 부들부들 떨었다. 그러나 피를 말릴 듯한 공포스런 울부짖음을 듣자마자 사자가 밀림 속으로 허겁지겁 도망치는 것을 볼 수 있었다. 사자가 시야에서 사라지는 것을 보며 필랜더가 목소리를 낮춰 말했다.

"사자조차도 두려워하는군요."

"놀랍군, 정말 놀라워."

갑작스런 두려움으로 몸의 균형을 잃었던 포터 교수가 다시금 자세를 잡기 위해 필랜더를 부둥켜안으며 중얼거렸다. 그 때문에 이번엔 필랜더가 균형을 잃고 휘청거렸다. 필랜더는 손을 뻗어 무엇인가를 붙잡으려 했지만 손은 허공을 맴돌 뿐이었다. 그들은 나뭇가지 위에서 중심을 잡지 못하고 흔들거리더니 결국 서로를 부둥켜안은 채 비명을 지르며 나무에서 거꾸로 떨어졌다. 잠시 동안 아무도 움직이지 않았다. 섣불리 움직였다가 어딘가 부러진 것을 확인하게 될까 두려웠던 것이다. 그럴 경우 오두막으로 돌아갈 방법이 없었다. 마침내 포터 교수가 한쪽 다리를 살짝 움직여보았다. 놀랍게도 다리는 마음대로 움직여졌다. 다른 다리도 들어보았다.

"놀랍군, 정말 놀라워."

"하나님, 고맙습니다. 교수님, 설마 돌아가신 건 아니지요?"

필랜더가 작은 목소리로 물었다.

"필랜더, 아직은 정확히 모르겠네."

포터 교수는 퉁명스레 대답했다. 그러나 걱정을 떨쳐내지 못하고 오른팔을 움직여보았다. 괜찮았다. 그리고 숨을 죽인 채 왼팔을 흔들어보았다. 자유자재로 움직였다. 포터 교수는 내심 흡족해하면서 말했다.

"놀랍군, 정말 놀라워."

필랜더가 물었다.

"누구에게 신호를 보내시는 겁니까? 교수님."

포터 교수는 어설프게 웃으며 아무런 대답도 하지 않았다. 다만 조심스레 머리를 들어 고개를 끄덕여보았다.

"다친 곳이 하나도 없어! 이렇게 놀라울 수가……."

하지만 필랜더는 미동도 없이 떨어진 그 자리에 엎드려 있었다. 움직일 생각조차 하지 못했다. 팔다리와 척추가 부러졌다면 어떻게 움직일 수 있겠는가? 부드러운 모래밭에 뺨을 댄 채 포터 교수의 이상한 몸짓을 부러운 눈길로 바라보며 말했다.

"큰일났습니다. 뇌가 충격 받아서 '정신이상'에 걸릴지도 몰라요. 만약 그렇게 된다면, 나처럼 젊은 사람에게는 큰일이라고요!"

포터 교수는 천천히 허리를 곧추 세우며 몸을 일으켰다. 마치 고양이가 등을 세우는 듯한 모습이었다. 그리고 땅바닥에 주저앉아 몸의 이곳 저곳을 살폈다. 포터 교수는 만족한 미소를 지으며 말했다.

"말짱해! 다친 데가 없어. 놀랍군, 정말 놀라워."

포터 교수는 몸을 일으켜 세우며, 여전히 엎드려 있는 사무엘 필랜더를 쏘아보고 말했다.

"쯧쯧, 필랜더. 언제까지 그렇게 누워 있을 건가? 당장 일어나게. 시간이 없어."

필랜더는 여전히 두려움에 질린 표정으로 포터 교수에게로 눈길을 돌렸다. 그리고는 조심스레 일어났다. 놀랍게도 다친 곳은 없었다. 필랜더 자신도 놀랄 지경이었다. 하지만 포터 교수의 매몰찬 말에 분을 참을 수 없었던 까닭에, 비록 비서의 신분이었지만 매섭게 대꾸해주고 싶었다. 하지만 그들에게서 얼마 떨어지지 않은 곳에서 이상한 물체가 어른대는 것이 보였다! 그때 포터 교수는 실크햇에 묻은 먼지를 코트 소맷자락에 쓱쓱 털어낸 다음 다시 쓰고 있던 참이었다. 필랜더가 겁에 질린 표정으로 무엇인가를 가리켰다. 포터 교수는 필랜더가 가리키는 방향으로 눈을 돌렸다. 거인이 서 있었다. 허리춤에 천을 두르고 팔다리에 금속 장신구를 걸친 그 괴물은 그들을 지켜보며 미동조차 하지 않고 서 있었다. 포터 교수는 실크햇을 들어올리며 말했다.

"안녕하시오?"

그 거인은 응답이라도 하듯 그들에게 따라오라는 손짓을 해보이고 해변으로 향했다. 필랜더가 말했다.

"그를 따라가야 할 것 같은데요."

"쯧쯧, 필랜더. 조금 전만 해도 자네는 오두막이 남쪽에 있다고 주장했었지. 논리적 근거까지 제시하면서 말일세. 물론 나는 자네 말을 완전히 믿을 수 없었지만 자네의 논리적 주장이 맞다고 생각하네. 오두막은 남쪽에 있다고 확신하네. 그러니 나는 계속 남쪽으로 가겠네."

"포터 교수님. 저 사람은 우리보다 이곳 지리를 더 잘 아는 것 같습니다. 이 밀림에서 태어난 것 같아요. 잠깐이라도 저 사람을 따라가봅시다."

포터 교수는 고집을 꺾지 않았다.

"쯧쯧, 필랜더. 나는 쉽게 믿는 성격은 아니지만, 일단 결정한 것에 확신이 들면 그 결정을 바꾸지 않는다네. 오두막에 가기 위해서 아프리카 대륙 전체를 헤매고 다니더라도 나는 남쪽으로 계속 가겠네."

하지만 그들의 논쟁은 타잔에 의해 중단되었다. 두 노인이 따라오지 않자 타잔이 그들에게로 되돌아왔기 때문이다. 타잔은 그들에게 따라오라고 다시 손짓을 해보였다. 하지만 두 노인은 여전히 입씨름을 벌이며 움직일 생각을 하지 않았다. 계속된 손짓에도 두 노인이 꼼짝을 않자 타잔은 인내심을 잃고 말았다. 타잔은 필랜더의 어깨를 잡았다. 그리고 필랜더의 마음은 아랑곳하지 않고 밧줄을 꺼내 그의 목에 둘렀다. 필랜더가 아무런 저항도 못하고 겁에 질린 표정을 짓자, 포터 교수는 혀를 끌끌 차며 말했다.

"쯧쯧, 필랜더. 그런 모욕을 감내하다니 자네에게 정말 어울리지 않는구먼."

그러나 타잔이 포터 교수의 목에도 똑같이 밧줄을 두르자, 교수도 필랜더처럼 아무런 저항을 하지 못했다. 타잔은 그렇게 포터 교수와 그의 친구이자 비서인 필랜더를 밧줄에 묶은 채 북쪽으로 향했다.

그들은 숨소리 하나 내지 않고 조용히 걸었다. 피곤에 지치고 절망에 빠진 두 노인은 아주 오랜 시간을 걸은 듯한 기분이었다. 그러나 언덕 위로 올라섰을 때, 두 사람은 뛸 듯이 기뻤다. 100미터도 안 되는 가까운 거리에 오두막이 보였기 때문이다. 타잔은 그곳에서 그들을 풀어주었다. 오두막을 손으로 가리키고 나서 타잔은 밀림 속으로 사라졌다. 포터 교수가 숨을 몰아쉬며 말했다.

"놀랍군, 정말 놀라워. 필랜더, 봤나? 언제나 그랬지만 이번에도 내가 옳았어. 자네의 황소고집이 없었다면 위험한 사고도 없었을 것이고, 조금 전처럼 모욕을 당하는 일도 없었을 거야. 이제부터라도 좀더 성숙하고 진실한 태도로 현명한 충고를 받아들이도록 하게."

사무엘 필랜더는 무엇보다도 오두막에 무사히 도착했다는 사실이 기뻤다. 포터 교수가 모질게 빈정대는 것도 전혀 불쾌하게 생각되지 않았다. 필랜더는 교수의 팔을 잡고 서둘러 오두막으로 내려갔다.

밀림에 버려졌던 사람들이 모두 한자리에 다시 모이자 다들 안도의 한숨을 내쉬었다. 먼동이 틀 때까지 그들은 짧은 시간 동안 겪은 모험담과, 위험하기 짝이 없는 밀림에서 그들을 구해준 이상한 존재에 대해 이야기를 나누었다. 에스메랄다는 그 존재가, 자기들을 지켜주라고 하늘에서 지상으로 내려보낸 천사라고 주장했고, 그 말에 대해 클레이튼은 껄껄대며 대꾸했다.

"에스메랄다, 천사가 사자 생고기를 게걸스럽게 먹어치우는 것을 본 적 있어요? 그런 모습을 보았더라면 아주 세속적인 천사라고 생각했겠죠?"

제인 포터 역시, 타잔이 암사자를 죽인 후 내지른 고함소리가 머릿속에 떠오르자 몸을 부르르 떨며 말했다.

"맞아요, 천사라면 그렇게 소름끼치는 소리를 내지 않았을 거예요."

포터 교수도 거들고 나섰다.

"그를 신사라 말하기는 좀 그렇지만, 하여간 그 신사가, 존경받아 마땅한 두 학자의 목을 밧줄로 묶어서는, 마치 소를 끌 듯 밀림에서 데리고 나온 것을 보면, 내가 평소에 생각하던 천사의 위풍당당한 모습과는 많이 다르긴 달랐어."

보물궤짝

17

날이 밝았다. 밤을 하얗게 지새우느라 그들은 제대로 먹지도 못했다. 이제서야 그들은 먹을 것을 준비하기 시작했다. 애로우 호의 폭도들은 밀림에 버려진 이 다섯 사람을 위해 육포, 깡통에 든 수프와 야채, 크래커, 밀가루, 차, 커피 등 약간의 먹을거리를 남겨주었다. 오랫동안 굶주림에 지쳐 있던 그들은 허기를 달래느라 허겁지겁 음식을 먹었다.

배를 다 채우고 난 다음, 그들은 오두막을 정리하기 시작했다. 아주 오래 전 그곳에서 일어났던 비극이 남긴, 소름끼치는 흔적을 제거하기로 결정한 것이었다. 포터 교수와 필랜더는 유골을 유심히 살폈다. 두 개의 커다란 유골은 키 큰 백인 남자와 여자의 것이었다. 가장 작은 유골도 두 사람의 관심을 끌긴 했지만 이내 관심에서 사라졌다. 작은 유골은 유아용 침대에 놓여 있었으므로, 이 부부가 낳은 아기가 태어난 지 얼마 안 되어 죽었으리라고 단정지어버린 것이다.

오두막에 버려진 다섯 사람은 남자의 유골을 매장할 준비를 하고 있었다. 그때 클레이튼은, 죽은 남자가 손가락에 끼고 있었던 게 분명한 커다란 반지를 발견했다. 반지는 가느다란 손가락뼈에 끼여 있었다. 클레이튼은 반지를 주워들고 유심히 살펴보았다. 그리고 깜짝 놀라지 않을 수 없었다. 바로 그레이스톡 가의 문장이 새겨져 있지 않은가!

제인은 책장에서 책들을 살펴보고 있었다. 책 한 권을 꺼내 펼치자 "존 클레이튼, 런던" 이라 쓰여 있는 것이 아닌가. 제인은 서둘러 다른 책을 열어보았다. 그 책에도 '그레이스톡' 이라는 이름이 적혀 있었다. 제인이 울먹이는 목소리로 물었다.

"클레이튼 씨. 이게 뭐죠? 도대체 이게 무슨 일이에요? 여기 이 책들에 당신 가문 사람의 이름이 적혀 있어요."

클레이튼이 슬픈 목소리로 대답했다.

"나도 오래 전에 잃어버렸던 그레이스톡 가문의 반지를 찾았소. 이 반지는 존 클레이튼이 사라지면서 잃어버렸던 반지랍니다. 그분은 내 큰아버지였습니다. 우리는 그분이 바다에서 실종된 걸로 알고 있었습니다."

"그런데 어떻게 여기에 이런 흔적들이 남아 있을까요? 이런 아프리카 밀림 깊숙한 곳에 말이에요!"

"어쩌면 이렇게 설명할 수 있을 겁니다. 그레이스톡 경은 바다에서 실종된 게 아니라 이 오두막에서 죽은 거예요. 바닥에 있는 이 초라한 물건들 모두가 그가 죽을 수밖에 없었던 상황을 설명해주는 듯합니다."

제인은 침대 위에 있는 유골을 가리키며 말했다.

"그렇다면 이분은 그레이스톡 부인이 틀림없겠군요."

"그렇습니다. 이름은 앨리스였습니다. 내 부모님은 큰어머니가 후덕하고, 무척이나 아름다웠다고 늘 말씀하셨죠."

그들은 그레이스톡 경과 그 부인의 유해를 오두막 가까이에 묻었다. 그 부부가 직접 지은 아프리카식의 아담한 오두막 옆에! 그리고 그들 사이에 아기 유골을 묻어주기로 했다. 필랜더는 돛의 천을 조금 잘라 그 아기의 유골을 감싸면서, 두개골을 자세히 살폈다. 그러고는 포터 박사를 옆으로 불렀다. 둘은 잠시 낮은 목소리로 입씨름을 벌였다. 포터 박사가 말했다.

"놀랍군, 정말 놀라워."

필랜더가 말했다

"이런! 클레이튼에게 저희가 알아낸 것을 즉시 알려줘야 하지 않을까요?"

"쯧쯧, 필랜더. 망자를 편안히 모시도록 하세."

그리고 희끗희끗하게 머리가 센 포터 교수는 장례의식을 계속했다. 다른 네 사람은 모자를 벗고 고개를 숙여 경의를 표했다. 타잔은 무성한 나뭇잎 사이에 몸을 감춘 채 이 엄숙한 예식을 지켜보았다. 그러나 그의 눈에 들어온 것은 무엇보다도 제인 포터의 아름다운 얼굴과 우아한 몸매였다. 문명화된 교육이라고는 전혀 받은 바 없는 미개한 타잔이었지만 이상하게도 야릇한 감정을 느끼지 않을 수 없었다. 타잔은 그 감정을 이해할 수 없었다. 게다가 왜 그들에게 관심이 가는지, 왜 자신의 수고를 아끼지 않으면서 세 남자를 구했는지 알 수 없었다. 하지만 낯선 소녀를 해치려한 세이버와 사투를 벌인 이유는 누구에게라도 설명할 수 있을 것 같았다.

세 남자는 어리석고 비겁했다. 우스꽝스럽기도 했다. 심지어 긴꼬리원숭이 마누조차 그들보다는 똑똑해 보였다. 그들이 그와 같은 종족이라면 그의 피에 흐르는 자긍심을 어디에서 인정받을 수 있을지 의심스러울 지경이었다. 그러나 그녀! 그녀는 다른 문제였다. 그는 논리적으로 따지고 싶지 않았다. 그녀는 보호받기 위해서 태어났고, 그는 그녀를 보호하기 위해서 태어난 듯한 느낌이었다. 아니, 그것은 확신에 가까웠다.

타잔은 왜 그들이 땅에 큰 구덩이를 파고 마른 뼈들을 묻고 있는지 궁금했다. 그런 행동은 좀처럼 이치에 맞지 않았다. 그 누가 마른 뼈를 훔치고 싶어하겠는가! 그들이 고기를 그렇게 묻고 있었다면 타잔은 충분히 이해할 수 있었을 것이다. 그도 때로는 하이에나 단고를 비롯한 밀림의 도둑들에게 고기를 빼앗기지 않으려고 땅에 숨기곤 했기 때문이다.

다섯 사람은 흙으로 구덩이를 완전히 덮고 나서 오두막으로 돌아갔다. 에스메랄다는 그날까지 이름조차 들어본 적도 없는 두 사람, 그러니까 20년이나 죽은 채로 방치되어 있던 두 사람의 명복을 빌며 펑펑 울었다. 그리고 갑자기 울음을 멈추더니 바다를 쳐다보며 말했다.

"저 바다에 있는 쓰레기 같은 사람들을 보세요. 저 사람들이 우리를 이 저주받은 섬에 버린 거라고요!"

애로우 호는 너른 바다를 향해 천천히 나아가고 있었다. 클레이튼이 말했다.

"저 녀석들은 우리에게 권총과 탄약을 남기기로 약속했는데, 그 약속을 어겼어요. 무자비한 악당놈들."

제인이 말했다.

"스나입스라 부르는 선원의 짓이 틀림없어요. 킹은 무뢰한이었지만 인간미는 있었어요. 저들이 킹을 죽이지 않았더라면 이 지경까지 되진 않았을 거예요. 물론 우리를 운명의 손에 맡기고 버려둔 채 떠나긴 했겠지만, 적어도 우리에게 생필품 정도는 주었을 거라고요."

이번에는 포터 교수가 말했다.

"저 녀석들이 떠나기 전에 잠깐이라도 우리를 만나주었다면 좋았을 텐데. 그들에게 내 보물을 넘겨달라고 했는데… 그 보물이 없으면 나는 폐인이나 마찬가지야."

제인은 슬픈 눈으로 아버지를 쳐다보며 말했다.

"신경 쓰지 마세요, 아버지. 그들이 승무원들을 죽이고 우리를 이 끔찍한 해안에 내버린 것도 보물 때문이었어요. 그런데 그 보물을 아버지에게 순순히 넘겨주었겠어요?"

"쯧쯧, 너는 착하기만 하구나. 하지만 세상을 너무 몰라."

포터 교수는 이렇게 말하면서 돌아섰다. 그는 긴 코트자락 안에서 두 손을 꼭 쥔 채 땅만 내려다보며 천천히 밀림을 향해 걸어갔다. 제인은 입가에 슬픈 미소를 띤 채 아버지를 지켜보았다. 그리고 필랜더를 바라보며 작은 소리로 말했다.

"다시는 아버지가 어제처럼 혼자서 돌아다니시지 않도록 해주세요. 부탁드려요. 아저씨만 믿어요. 아버지에게서 눈을 떼지 말아주세요."

필랜더는 머리를 저었다. 그리고 한숨을 쉬면서 대답했다.

"네 아버지는 하루가 다르게 모시기가 어려워지는구나. 내 생각에는 사자 하나가 지난밤에 혼자 돌아다닌 걸 보시고는, 아마 이 커다란 동물원의 관리자들을 찾아 나선 것 같구나. 제인, 너는 내가 무엇과 싸워야 하는지 모를게다."

"알아요. 아저씨. 우리 모두 아버지를 사랑하지만, 아저씨만이 그분을 감당하실 수 있는걸요. 아버지가 아저씨께 뭐라고 말씀하시든 간에 아버지는 아저씨의 학식을 존중하세요. 아저씨의 판단력도 무척 신뢰하세요. 불쌍한 아버지는 학식과 지혜를 구분하지 못하시거든요."

필랜더는 약간 당황한 기색을 띠며 서둘러 포터 교수를 뒤따라갔다. 그리고 제인의 다소 비꼬는 듯한 칭찬을 호의적으로 받아들여야 할지 기분 나쁘게 받아들여야 할지 곰곰이 생각해보았다.

타잔은 그들의 얼굴색이 변하는 것을 분명히 보았다. 애로우 호가 바다로 나가버리는 것을 보면서 그들은 무척이나 당혹해하는 표정을 지었다. 사실 배는 타잔에게 매우 색다른 경험이었다. 그래서 북쪽에 있는 땅 끝으로 가 배를 가까이에서 살펴보고, 가능하면 배가 움직이는 방법까지 배워보기로 결정했다.

타잔은 나무를 타고 번개처럼 날아가기 시작했다. 이윽고, 바다에 떠다니는 이상하게 생긴 집의 움직임을 가장 잘 볼 수 있는 곳에 도착했다. 갑판에는 약 스무 명의 사람들이 이리저리 뛰어다니면서 밧줄을 끌어당기고 있었다. 산들산들 가벼운 바람이 불고 있었다. 돛이 완전히 올려지지 않은 상태에서 배는 서서히 움직이기 시작했다. 항구를 빠져나가자 돛이 완전히 펼쳐지며 배는 미끄러지듯 수평선 너머로 사라졌다.

배가 우아하게 움직이는 것을 지켜본 타잔은 탄성을 내질렀다. 배에 타보고 싶었다. 독수리와 같은 시력을 지닌 그는 북쪽 수평선에서 희미하게 연기가 피어오르는 것을 보았다. 넓은 바다 위에서 어떻게 연기가 날 수 있는지 궁금했다. 애로우 호의 파수꾼도 그 연기를 보았던 것일까? 잠시 후 타잔은 돛이 옮겨져 접히는 것을 보았다. 배가 방향을 바꾸었다. 배가 육지로 돌아오고 있었다.

뱃머리에 있던 선원이 밧줄을 바다에 던졌다. 밧줄 끝에 작은 물건이 매달려 있었다. 대체 무얼 하려는 것일까? 타잔은 궁금했다. 마침내 바람이 불어오는 쪽으로 배가 방향을 잡았다. 닻이 내려졌다. 돛도 내려졌다. 갑판에서는 사람들이 부산스레 움직이고 있었다. 작은 배가 내려졌고, 거기에는 커다란 궤짝이 실려 있었다. 열두 명의 선원들이 힘차게 노를 저으며, 타잔이 있는 곳을 향해 다가왔다. 작은 배에 탄 선원들의 얼굴이 보였다. 생쥐 얼굴을 한 사내가 뒤편에 타고 있었다.

잠시 후 배가 해안에 도착했다. 선원들은 모래사장에 그 커다란 궤짝을 내려놓았다. 그들은 육지로 되돌아온 것을 오두막 사람들에게 알리고 싶지 않은 모양이었다. 그래서 오두막의 북쪽 편에 상륙한 것이다. 그들은 잠시 큰 소리로 다투었다. 그리고 생쥐 얼굴을 한 사내는 동료들을 데리고 나지막한 절벽으로 올라갔다. 생쥐 얼굴의 사내가 한 나무를 가리키며 말했다. 하필이면 타잔이 몸을 감추고 있던 나무였다.

"여기가 좋겠어."

다른 선원들도 고개를 끄덕이며 말했다.

"좋아."

"만약 우리가 붙잡히고 배에 보물이 있는 것을 들키게 되면 전부 빼앗길 거야! 그러니까 여기에 이 궤짝을 묻어두는 편이 나아. 한 명이라도 교수대 신세를 면한다면, 이곳으로 돌아와서 이 보물상자를 꺼내 멋지게 살아보는 거야."

생쥐 얼굴의 사내가 작은 배에 남아 있던 선원들에게 손짓을 보냈다. 그러자 그들은 곡괭이와 삽을 들고 천천히 절벽 위로 올라왔다. 스나입스라는 이름의 생쥐 얼굴이 말했다.

"서둘러."

한 선원이 성을 버럭 내며 반항했다.

"닥쳐! 네가 선장이라도 돼?"

"그래, 내가 선장이다. 똑똑히 알아두라고! 이 느림보 녀석아."

두 사내가 싸움이라도 벌일 듯하자, 그때까지 입을 다물고 있던 사내가 묵직한 목소리로 말했다.

"침착하게, 모두들. 우리끼리 싸워서 좋을 건 없어."

스나입스가 선장처럼 말하는 것에 분개한 선원이 말했다.

"그래도 우리를 다그쳐서 좋을 건 없어."

그러나 스나입스는 여전히 대장처럼 행동하며, 타잔이 몸을 감추고 있는 나무 아래를 가리키며 말했다.

"여기를 파. 너희가 땅을 파고 있는 동안, 피터는 궤짝을 다시 찾을 수 있도록 지도를 만들 거야. 톰과 빌, 너희는 두 사람 데리고 내려가서 궤짝을 가져와."

조금 전에도 스나입스에게 대들었던 사내가 물었다.

"넌 뭘 할 건데? 네가 대장이야?"

스나입스가 퉁명스럽게 말했다.

"일이나 해. 대장이 삽 들고 일하는 것 봤어? 본 적 있냐고?"

폭도들은 모두 화가 나서 스나입스를 쳐다보았다. 그들은 스나입스를 싫어했다. 선상 폭동을 지휘했던 킹을 죽인 후 스나입스가 그들에게 이래라 저래라 명령하는 것에 모두가 불만을 품고 있었다. 그런데 스나입스가 조금 전에 보인 행동은 그들이 그에게 품고 있던 증오의 불씨에 기름을 붓는 격이었다. 묵직한 어조의, 타란트라고 불리는 선원이 나섰다.

"그러니까, 너는 삽을 들 생각도 일할 생각도 없다는 거지? 삽도 못 들 정도로 다쳤나? 어깨가 안 움직여?"

스나입스가 손가락으로 권총의 손잡이를 신경질적으로 만지면서 대답했다.

"까불지 마!"

타란트가 말했다.

"그렇다면 신의 이름으로 말하지. 네가 삽을 안 들겠다면, 곡괭이라도 들게 만들어주지."

이렇게 말하면서 그는 곡괭이를 들어 스나입스의 머리를 가격했다. 갑작스런 공격에 스나입스는 대항 한번 못 하고 쓰러졌다. 스나입스의 난폭한 성격이 초래한 결과를 그들은 말없이 지켜볼 뿐이었다. 잠시 후 한 선원이 무겁게 입을 열었다.

"역겨운 놈에게 걸맞는 최후였어."

한 사내가 곡괭이질을 하기 시작했다. 부드러운 흙이 나오자 그는 곡괭이를 집어던지고 삽을 들었다. 다른 사람들도 그를 거들었다. 방금 벌어진 살인에 대해 떠벌리는 사람은 아무도 없었다. 오히려 그들은 스나입스의 명령을 받던 때보다 더 즐거운 마음으로 일했다. 궤짝을 묻을 수 있을 만큼 큰 구덩이를 파고 나자, 타란트는 구덩이를 더 크게 파서 스나입스의 시체를 궤짝 위에 함께 묻자고 제안했다.

"그럼, 여기를 파던 사람도 무덤인 줄 생각할 거야."

모두가 훌륭한 제안이라며 고개를 끄덕였다. 그래서 스나입스의 시체가 들어갈 정도로 구덩이를 넓혔다. 물론 가운데는 더 깊이 팠다. 구덩이가 완성되자 그들은 우선 돛으로 쓰는 천을 바닥에 깔고 궤짝을 놓았다. 그리고 30센티미터 가량 흙을 덮었다. 특별한 장례 절차는 없었다. 폭도들 중 두 명이 스나입스의 시체를 무덤에 굴려 넣고는, 무덤을 흙으로 덮고 발로 밟아 다졌다. 마침내 구덩이를 판 흔적이 사라졌다. 구덩이를 파기는 했냐는 듯이 무덤을 덮은 흙은 그 주변의 땅과 비슷해 보였다. 일을 끝낸 폭도들은 작은 배로 돌아가서 애로우 호를 향해 빠르게 노를 저어갔다. 바람이 상당히 거세졌다. 수평선의 연기도 점점 짙어지고 있었다. 폭도들은 지체하지 않고 돛을 활짝 펴서 남서쪽으로 배를 움직였다.

모든 과정을 처음부터 끝까지 지켜본 타잔은 인간을 정말 이상한 동물이라 생각지 않을 수 없었다. 왜 궤짝을 땅에 파묻은 것일까? 게다가 사람은 밀림의 어떤 야수보다 잔인하지 않은가! 울창한 숲에서 안전하고 평화롭게 살아가는 타잔이야말로 진정으로 행복한 사람이 아닐까.

타잔은 그들이 묻어놓은 궤짝에 무엇이 들어 있는지 궁금했다. 궤짝 속에 들어 있는 물건을 원치 않았다면 그냥 바다에 던져버리면 그만이었을 텐데……. 아! 타잔은 깨달았다. 그 사람들은 궤짝 속에 든 것을 버린 것이 아니었다. 그들은 다시 돌아올 것을 기약하면서 궤짝을 숨겼던 것이다.

타잔은 바닥으로 뛰어내려서 폭도들이 구덩이를 파고 덮어놓은 땅을 살펴보기 시작했다. 어쩌면 자신이 원하는 것이 거기 있을지도 모른다는 생각 때문이었다. 폭도들이 무덤 위에 덮어둔 덤불 속에서 삽을 찾아냈다. 타잔은 폭도들을 흉내내서 삽질을 해보았다. 쉽지 않았다. 오히려 그의 발에 상처만 남겼다. 하지만 시체가 보일 때까지 끈질기게 삽질을 계속했다. 마침내 시체를 무덤에서 꺼낼 수 있었다. 다시 궤짝이 드러날 때까지 땅을 팠다. 마침내 궤짝을 끌어낼 수 있었다. 궤짝을 묻었던 작은 구멍에 시체를 밀어넣고 흙으로 채웠다. 그리고 폭도들이 그랬듯이 그 위를 덤불로 덮었다. 마침내 궤짝이 타잔의 차지가 된 것이다. 네 명의 장정들이 힘겹게 옮겼던 궤짝이었다. 그러나 원숭이 인간 타잔은 그 궤짝을, 아무것도 들어 있지 않은 것처럼 가볍게 들어올렸다. 그리고 삽을 등에 걸쳐 메고, 궤짝을 밀림으로 운반하기 시작했다.

거추장스런 짐 때문에 나무를 타기가 쉽지 않았다. 그래서 숲길을 택했다. 나무를 타는 것보다 훨씬 편했다. 타잔은 몇 시간 동안 동북쪽을 향해 걸었다. 마침내 나무를 비롯한 온갖 식물이 촘촘히 뒤엉켜 있는 곳에 이르렀다. 거의 나무로 만든 벽이나 마찬가지였다. 타잔은 벽을 이룬 나무들 사이를 헤치며 15분쯤을 더 걸었다. 그리고 원숭이들이 회의를 하거나 덤-덤을 집행하는, 자연적으로 형성된 원형극장에 들어섰다.

타잔은 원형극장의 중앙, 즉 북이 있는 제단에서 멀지 않은 곳에 구덩이를 파기 시작했다. 선원들이 궤짝을 묻었던 땅의 흙과 달리 원형극장의 흙은 딱딱하게 굳어 있어 구덩이를 파는 일이 쉽지 않았다. 그러나 원숭이 왕 타잔은 계속 땅을 팠다. 마침내 궤짝이 들어가고도 남을 만큼 깊은 구덩이를 팔 수 있었다. 타잔은 궤짝을 이 구덩이에 묻었다.

그런데 궤짝 속의 물건이 어떤 값어치가 있는지 알지도 못하면서 타잔은 왜 이런 수고를 아끼지 않았던 것일까? 원숭이 인간 타잔의 두뇌와 몸도 사람의 것이었다. 다만 환경 때문에 원숭이처럼 훈련된 것일 뿐이었다. 그는 이성과 지성을 통해 궤짝에 뭔가 귀중한 것이 들어 있고, 그렇지 않다면 사람들이 그것을 숨겼을 리 없다고 추리할 수 있었다. 그는 새롭고 특이한 것이라면 무엇이든 스스로 배우는 훈련을 해왔다. 그래서 원숭이와 사람, 둘 모두에게 있는 본능적인 호기심으로 궤짝을 열어 그 안에 무엇이 들어 있는지 알아보고 싶었던 것이다. 하지만 궤짝에는 무거운 자물쇠가 채워져 있었다. 뛰어난 두뇌와 강인한 힘으로도 그 자물쇠를 열 수 없었다. 그래서 호기심을 충족시키지 못한 채 궤짝을 묻어놓을 수밖에 없었던 것이다.

타잔이 새로운 친구들에게 먹을 것을 가져다주기 위해, 사냥을 하면서 오두막에 갔을 때는 이미 어둠이 짙게 깔린 후였다. 오두막 안은 환히 밝혀져 있었다. 지난 20년 동안 뚜껑도 열지 않은 채 방치되어 있던 기름통을 클레이튼이 찾아낸 덕분이었다. 그것은 블랙 마이클이 존 클레이튼 부부에게 남겨준 물건들 중 하나였다. 등잔도 사용할 수 있었다. 따라서 등잔불로 대낮처럼 환하게 밝혀진 오두막을 보았을 때 타잔은 놀라지 않을 수 없었다.

그 동안 타잔은 저 등잔의 쓰임새를 궁금해했었다. 책을 읽거나 그림책을 보면서 등잔이 무엇인지 알 수는 있었지만, 어떻게 해야 주변을 비추는 놀라운 빛이 나올 수 있는지 알 수가 없었다. 타잔은 오두막으로 소리 없이 다가갔다. 출입문 가까운 곳에 접근해서 오두막 안을 살짝 들여다보았다. 오두막은 나뭇가지와 돛천에 의해 두 개의 공간으로 나뉘어 있었다. 앞쪽 공간에는 남자 셋이 있었다. 두 노인은 여전히 입씨름을 벌이고 있었고, 젊은 남자는 임시방편으로 마련한 의자를 벽에 기댄 채 책을 읽고 있었다. 타잔은 남자들에게는 관심이 없었다. 그래서 다른 창을 찾아보았다. 그가 마음 속에 담아둔 소녀가 있었다. 너무나 아름다운 여인이었다! 백옥 같은 피부였다!

그녀는 창 아래에 있는 타잔의 책상에서 글을 쓰고 있었다. 반대편 구석에 풀을 깔아 대충 마련한 침상에는 흑인 여자가 잠든 채 누워 있었다. 그녀는 거의 한 시간 동안 책상 앞에서 글을 쓰고 있었다. 타잔은 그녀에게서 눈을 떼지 않았다. 그녀에게 말을 걸고 싶었다. 하지만 그녀 앞에 감히 나설 수가 없었다. 젊은 남자가 그랬듯이 그녀도 자신의 말을 알아듣지 못할 것이 아닌가! 만약 그녀가 놀라서 멀리 달아나기라도 한다면…….

마침내 그녀가 책상에서 일어섰다. 그리고 부드러운 풀들을 겹겹이 쌓아 만든 침상으로 갔다. 침상을 정리한 그녀는, 말아 올렸던 금발의 머리카락을 풀었다. 석양빛에 노랗게 물드는 폭포수처럼 그녀의 머리카락은 아담한 계란형 얼굴 주변으로 흘러내렸고, 파도처럼 구불대며 허리 아래로 떨어졌다.

타잔은 넋을 잃고 그녀를 지켜보았다. 그녀가 등잔불을 껐다. 오두막은 삽시간에 어둠으로 채워졌다. 타잔은 어둠을 뚫고 그녀를 바라보았다. 창 아래에서 허리를 굽힌 채 반시간 가량 그렇게 있었다. 그녀가 뒤척이는 소리를 들으며! 마침내 가느다란 숨소리가 들렸다. 그녀가 잠든 것이었다. 타잔은 창문의 격자 틈새로 조심스레 손을 넣었다. 탁자를 느낄 수 있었다. 제인 포터가 쓴 종이에 손이 닿았다. 이 보물을 쥐고 조심스레 팔과 손을 빼냈다. 타잔은 종이를 몇 번이고 접어서 화살통에 집어넣었다. 그리고 봄볕에 눈 녹듯 순식간에 밀림 속으로 사라졌다.

제인에게 일어난 일

18

다음 날, 타잔은 아침 일찍 잠에서 깼다. 눈을 뜨자마자 뭔가가 퍼뜩 뇌리를 스쳤다. 어젯밤 잠들 때까지 머릿속을 떠나지 않았던 종이, 화살통에 숨겨온 제인 포터의 글이 쓰인 종이였다. 아름다운 백인 소녀가 지난밤 오두막에서 쓴 글을 읽고 싶었다. 서둘러 화살통에서 그 종이를 꺼냈다. 이 순간을 위해 글을 익혔던 것일까? 어느 날 갑자기 그의 삶에 뛰어든 금발 소녀의 글을 읽기 위해 그토록 힘겹게 글을 익혔던 것일까?

그러나 제인의 글을 보았을 때 그는 실망하지 않을 수 없었다. 하기야 그 글이 그에게 쓴 편지도 아닌데 무슨 상관이겠는가? 그 종이엔 그녀의 생각이 담겨 있었다. 타잔에게는 그것으로 충분했다. 하지만 전에는 한번도 보지 못한 글자들, 낯설고 꼬불대는 글자들은 또 뭐란 말인가! 도대체 이 글자들은 왜 인쇄된 책에서 보았던 글자들이나 그가 찾아낸 상자 속 편지의 어려운 서체와 달리 휘어져서 끝나는 것일까? 검은 책의 작은 벌레들도 그 배열을 알 수 없긴 했지만 그나마 그건 그에게 낯익은 편이었다. 제인의 글씨는 이제껏 전혀 본 적이 없는 완전히 새로운 글씨체였다.

타잔은 20분 정도 그 글자들을 뚫어져라 쳐다보았다. 그러자 꼬불거리는 그 글자들도 제법 익숙하게 느껴지기 시작했다. 그랬다! 그 글자들은 타잔이 이미 알고 있던 글자들과 같은 것이었다. 다만 구불거릴 뿐이었다. 마침내 타잔은 여기에서 한 단어, 저기에서 한 단어… 그렇게 조금씩 읽어갈 수 있었다. 가슴이 두근거렸다. 그는 읽어낼 수 있을 것 같았다. 아니 읽어내고야 말 것이었다. 다시 30분이 흘렀다. 아주 예외적인 단어 몇 개를 제외하고는 거의 모든 단어를 읽어낼 수 있었다. 그 글은 누군가에게 보내는 편지였다.

아프리카 서해안, 대략 남위 10도(클레이튼 씨에 따르면).

1909년 2월 3일(?)

친애하는 헤이즐 씨에게.

당신에게 전달되지도 못할 편지를 쓴다는 게 어리석은 것 같습니다. 하지만 우리가 비운의 애로우 호를 타고 유럽에서 항해를 시작하면서 겪은 무서운 일들을 누구에겐가는 털어놓고 싶은 심정입니다. 우리가 원래 있던 그곳, 문명 세계로 가지 못한다면… 사실 현재로선 가지 못할 것 같습니다. 그렇게 된다면 이 편지는 우리에게 이런 운명을 안겨준 사건들에 대한 간략한 기록이 되겠지요. 그 사건들이 무엇이건 말입니다.

우리가 콩고로 학술여행을 떠난 것은 당신도 잘 알 것입니다. 아빠는 고대문명에 대해서 몇 가지 기발한 이론들을 생각해내셨습니다. 그 고대문명의 잔해가 콩고 계곡 어딘가에 묻혀 있다는 주장과 함께…. 하지만 우리가 항해를 떠난 후 모든 진실이 밝혀졌답니다.

볼티모어에 고서적과 골동품을 파는 가게를 가진 늙은 책벌레가 옛날 스페인에서 쓰인 책갈피에서 편지 한 통을 발견했답니다. 그 편지는 1550년에 쓰였고 스페인에서 남아메리카로 가는 갤리온 선(船)에 승선한 폭도들이 겪은 모험을 상세하게 적어놓은 것이었지요. 그 배에는 스페인 금화가 잔뜩 실려 있었습니다.

편지를 쓴 사람은 배를 탔던 선원 중 하나였습니다. 아들에게 보낸 편지였는데, 그 당시 아들은 상선을 한 척 갖고 있었던 걸로 알려집니다. 사건이 발생하고 오랜 세월이 지난 후 노인이 된 선원은 스페인 벽촌에서 선량한 시민으로 살고 있었어요. 하지만 재물에 대한 탐욕은 버리지 못한 듯합니다. 그래서 어떤 위험을 감수해서라도 그 막대한 금을 찾아내 여생을 아들과 편안하게 지내려고 편지를 쓴 거지요.

스페인을 떠난 지 일주일이 지나지 않아 선원들은 폭도로 변했고, 그들은 자기들에게 대항하는 모든 상급 선원들과 승객들을 죽였습니다. 편지는 이 모든 과정과 그로 인해 부닥친 문제들을 적고 있었습니다. 어리석게도 항해술을 아는 사람은 하나도 남아 있지 않았지요.

그들은 두 달 동안 바람을 따라 바다를 떠돌았습니다. 괴혈병, 굶주림과 목마름으로 하나 둘씩 죽어갔습니다. 결국 갤리온 선도 난파되고 말았답니다. 열 명 남짓한 생존자들은 보물궤짝을 찾아내서 어딘가에 묻었습니다. 그리고 3년을 기다렸습니다. 구출되리란 희망을 품고 말이에요. 하지만 계속해서 한 사람씩 죽어갈 뿐이었습니다. 결국 한 명만이 남았지요. 그는 갤리온 선의 잔해로 작은 배 한 척을 만들었지만 방향을 전혀 짐작할 수 없어

감히 배를 띄울 수 없었습니다.

그는 외로움을 견딜 수 없었어요. 처절한 외로움과 싸우며 미쳐가느니 차라리 바다에서 죽겠다는 심정으로 배를 띄웠습니다. 혼자가 된 지 꼭 일 년 만의 일이었습니다. 다행히 그는 북으로, 북으로 항해했습니다. 섬을 떠난 지 일주일쯤 지났을 때, 서인도와 스페인을 오가는 스페인 상인들의 뱃길에 들어섰습니다. 그리고 귀향하던 상선에 발견되어 구출되었답니다.

그는 갤리온 선이 파선되어 거의 모두가 죽었고, 살아남은 사람들도 질병과 기아를 이겨내지 못해 결국 죽었다고 거짓말을 했습니다. 선상 폭동이나 보물궤짝에 대해서는 입도 뻥긋 하지 않았고요. 상선 선장은 그를 구한 장소에서 일주일간 바람만 타고 움직여 다다를 만한 섬은 아프리카 서해안 북위 16~17도 사이에 위치한 케이프 베르데 군도밖에 없다고 말해주었지요.

유일한 생존자였던 선원은 사건이 일어나고 한참 지나서 쓴 그 편지에서 보물의 위치를 포함하여 섬에 대해 상세하게 묘사했고, 편지를 보내면서 당신이 본 낡은 지도까지 동봉했다고 하더군요. 나무와 바위 사이 휘갈겨 쓴 X가 보물이 묻혀 있는 곳이랍니다.

아빠가 이번 여행에 대해 이런 여행이라는 것을 설명해주었을 때, 내 가슴은 무너지는 것 같았습니다. 아빠가 얼마나 몽상가이고, 세상 물정을 모르시는지 너무나 잘 알고 있는 저는, 아빠가 누군가에게 속은 것이라 생각했기 때문입니다. 편지와 지도를 1천 달러나 주고 샀다는 말을 들었을 때는 정말 가슴이 미어졌습니다.

게다가 아빠는 로버트 캔러라는 분에게 1만 달러도 넘는 돈을 빌리시고

차용증까지 써줬답니다. 캔러 씨는 담보를 요구하지 않았다는군요. 무슨 뜻이겠습니까? 아빠가 보물을 찾지 못한다면 제게는 무슨 일이 일어나겠습니까? 아, 저는 그 사람이 정말 싫습니다.

우리 모두는 긍정적으로 생각하려고 애썼습니다. 그렇지만 필랜더 씨와 클레이튼 씨—클레이튼 씨는 단지 이 모험이 좋아서 동참했어요—도 나만큼 회의적이었습니다.

이야기가 너무 길어졌군요. 하여간 그 섬과 보물을 찾았습니다. 보물궤짝은 철테가 둘러진 커다란 궤짝이었습니다. 기름칠한 돛천으로 싸여 있었던 덕분에 200년 전 묻힐 때처럼 단단했습니다. 그 안에는 금화가 가득 들어 있었습니다. 너무 무거워서 장정 넷이 들기도 어려울 정도였습니다.

하지만 그 보물궤짝은 관련된 사람들에게 어김없이 살인과 불행만 안겨주는 것 같습니다. 케이프 베르데 군도를 떠난 지 사흘째 되던 날, 우리 배의 선원들이 폭도로 변해 항해사들을 모두 죽였습니다. 상상조차 할 수 없을 만큼 지독히 끔찍한 경험이었습니다. 그때를 생각하면 아직도 가슴이 떨립니다.

그들은 우리도 죽이려 했습니다. 하지만 킹이라는 이름의 두목이 그것을 허락지 않았습니다. 폭도들은 해안을 따라서 남쪽으로 배를 움직였고 천연의 항구처럼 보이는 외진 곳에 이르러, 우리를 그곳에 남겨두고 떠나버렸습니다. 바로 오늘입니다. 클레이튼 씨는 그들도 옛날 갤리온 선의 폭도들과 비슷한 운명을 맞이하게 될 거라고 말하네요. 항해법을 아는 유일한 폭도가 킹이었는데, 그들이 킹까지 살해했거든요.

당신이 클레이튼 씨를 알면 좋겠어요. 그는 정말 다정한 사람입니다. 내 생각이 옳다면, 그는 나를 진정으로 사랑하고 있습니다. 그는 그레이스톡 경의 외아들이고 언젠가 작위와 재산을 물려받을 거예요. 물론 본인도 부자고요. 하지만 그가 영국의 귀족이란 것이 마음에 걸립니다. 외국의 귀족과 결혼하려는 여자들을 내가 늘 어떻게 생각해왔는지 당신은 잘 알지 않습니까. 그가 평범한 미국 신사라면 좋으련만…….

하지만 그의 잘못이라 탓할 수는 없겠죠. 귀족 가문에서 태어나지 않았더라도 그는 우리 나라에서 모든 명예를 얻을 수 있었을 겁니다. 이런, 내가 남자에게 할 수 있는 최고의 칭찬을 해버렸군요.

뭍에 내린 후에도 엄청난 일을 겪어야 했습니다. 아빠와 필랜더 씨는 밀림에서 길을 잃고, 사자에게 쫓기기도 했답니다. 클레이튼 씨도 밀림에서 길을 잃었는데 야생동물에게 두 번이나 공격당했어요. 에스메랄다와 나도 식인사자 때문에 오두막에서 옴짝달싹 못 했고요. 에스메랄다는 "무서워"라는 말밖에 하지 못했습니다.

하지만 가장 이상한 것은 우리를 구해준 사람입니다. 나는 한번도 그 남자를 본 적이 없지만 클레이튼 씨와 필랜더 씨는 보았대요. 구릿빛으로 그을린 백인 남자인데 코끼리같이 힘이 세고, 원숭이처럼 민첩하며, 사자처럼 용감하다고 하더군요. 영어는 한마디도 못하는데, 우리를 구해준 후에는 귀신처럼 사라져버립니다.

그 사람 말고 이상한 사람이 또 하나 있습니다. 이 사람은 영어를 아는 모양입니다. 영어로 멋진 글을 써서 자기 집 문 앞에 붙여놓았습니다. 지금 우리는 그 사람 집에 살고 있는데, 그는 우리에게 자기 물건을 망가뜨리지 말라고 경고했어요. 자기를 "원숭이들의 왕"이라고 했습니다. 우리는 그를 본 적이 없지만 그가 누굴까 생각은 해보았습니다. 한 선원이 클레이튼 씨에게 총을 쏘려고 했을 때 밀림에서 보이지 않는 손이 나타나 선원의 어깨에 창을 던졌거든요.

선원들은 먹을 것을 약간만 남겨주고 우리를 떠났습니다. 필랜더 씨는 밀림에 야생열매들이 풍부하니까 살아남을 수 있을 거라 말했지만, 탄창이 셋밖에 남지 않은 권총 하나로 고기를 얼마나 얻을 수 있을지 걱정입니다.

피곤합니다. 클레이튼 씨가 나를 위해 풀로 만들어준 침상에서 이제 잠을 청해야겠습니다. 우습게 생겼지만 어쩔 수 없잖습니까. 여기에서 벌어지는 일을 매일 편지로 알리겠습니다.

사랑을 담아,

제인 포터,

볼티모어, 헤이젤 스트롱 씨에게.

타잔은 편지를 끝까지 읽은 후 오랫동안 깊은 생각에 잠겨 있었다. 새롭고 놀라운 사실들이 너무 많아서 머리가 어지러웠다. 오두막의 사람들은 그가 원숭이들의 왕, 타잔인지 몰랐다. 타잔은 그들에게 사실대로 말해주고 싶었다.

타잔은 밀림 깊숙한 곳에 나뭇잎과 나뭇가지로 대충이나마 은신처를 만들어두고, 오두막에서 가지고 나온 몇 가지 보물이 비에 젖지 않도록 그곳에 감춰놓고 있었다. 연필도 그런 보물들 중 하나였다. 타잔은 연필을 꺼내 쥐고 제인 포터의 서명 아래 이렇게 적었다.

내가 원숭이들의 왕, 타잔이다.

타잔은 그것으로 충분하다고 생각했다. 나중에 그 편지를 오두막에 갖다놓으면 충분하리라 생각했다. 타잔은 음식 문제라면 그들이 걱정할 필요가 없다고 생각했다.

'내가 먹을 것을 갖다주면 되잖아!' 실제로 그랬다.

사흘 후 아침, 제인은 이틀 전에 사라진 편지가 다시 책상 위에 놓여 있는 것을 발견했다. 그녀는 어찌 된 영문인지 알 수 없었다. 게다가 그녀의 서명 아래 쓰인 글을 보았을 때 등줄기가 오싹해졌다. 그 편지를, 아니 서명이 있는 끝 부분을 클레이튼에게 보여주며 말했다.

"무서워요. 내가 편지를 쓰고 있던 내내 날 지켜봤다고 생각해봐요. 아, 생각만 해도 떨려요."

"하지만 나쁜 사람은 아닌 것 같소. 이렇게 편지를 돌려준 것이 그 증거요. 게다가 당신을 해치지도 않았잖아요. 내 생각이 맞을 거요. 어젯밤에는 우리에게 커다란 선물까지 했더군요. 오두막 밖에 멧돼지 한 마리가 죽어 있었거든요. 나는 우정의 표시로 받아들이고 싶소."

그날부터 타잔은 매일 사냥한 먹을거리를 오두막 앞에 갖다놓았다. 어린 사슴, 멧돼지도 있었지만, 때로는 이상하게 요리된 음식—음봉가 마을에서 훔친 카사바 케이크—까지 갖다놓기도 했다. 표범과 사자를 가져온 때도 있었다.

타잔은 낯선 사람들에게 고기를 잡아다주면서 말할 수 없는 기쁨을 느꼈다. 아름다운 백인 소녀를 안전하게 지켜주고 편안하게 지낼 수 있게 해준다면 그보다 더 큰 즐거움은 없을 것 같았다. 타잔은 언젠가 대낮에 그들을 찾아가 마음을 나눠보고 싶었다. 그들과 타잔 모두가 알고 있는 꼬불대는 벌레로! 하지만 밀림에서만 살아온 그는 선뜻 낯선 사람들 앞에 나서기가 두려웠다. 수줍음이었을까? 그는 계획을 실천에 옮기지 못하고 며칠을 보냈다.

오두막 사람들도 이 원시적인 환경에 차츰 익숙해졌는지, 나무열매와 과일을 찾아 밀림 깊숙이까지 돌아다니기 시작했다. 포터 교수는 곳곳에 죽음의 덫이 도사리고 있다는 사실도 잊은 채 매일 사방을 헤매고 다녔다. 그런 포터 교수를 보호하느라 사무엘 필랜더는 진땀을 빼야 했다. 그렇게 한 달이 지났다. 마침내 타잔은 대낮에 오두막 사람들을 찾아가기로 결심했다.

그날 정오가 막 지났을까? 클레이튼은 혹시나 지나가는 배가 있는지 보려고 뭍에서 가장 돌출된 곳으로 달려갔다. 그는 나뭇가지를 모아 쌓았다. 그리고 저 멀리 수평선에 증기선이나 돛이 보이면 불을 붙여 신호를 보내려 했다.

한편 포터 교수와 필랜더는 오두막의 남쪽 해안가를 걷고 있었다. 필랜더는 또다시 야생동물의 놀잇감이 되기 전에 돌아가자며 포터 교수의 팔을 끌어당겼다.

남자들이 오두막을 떠난 후 제인과 에스메랄다는 과일을 따러 밀림 속으로 들어갔다. 열심히 찾다 보니 점점 오두막에서 멀어져가는 것도 모르고 있었다.

타잔은 오두막 문 앞에 가만히 앉아 그녀가 돌아오기를 기다렸다. 그의 머릿속은 온통 아름다운 백인 소녀로 가득 차 있었다. 언제나 그랬다. 하지만 그녀가 나를 무서워한다면……. 이런 생각 때문에 오두막 사람들을 만나려는 계획을 얼마나 많이 포기하고 말았던가!

타잔은 조바심이 나서 견딜 수 없었다. 그녀가 돌아오기만을 마냥 기다리고 있을 수만은 없었다. 그녀를 마주 보며 즐거워하고 싶었고, 늘 그녀 옆에 있고 싶었다. 그녀를 만지고도 싶었다. 그는 신(神)을 몰랐지만, 죽어가는 사람이 신을 찾듯이 타잔도 신에게 기도하는 심정이었다. 그는 기다리면서 소녀에게 주고 싶은 글을 적었다. 그녀에게 반드시 줄 것이란 확신은 없었다. 하지만 자신의 생각을 글로 표현한다는 것만으로도 기뻤다. 타잔이 완전히 야만인은 아니라는 증거였다.

나는 원숭이들의 왕, 타잔이다. 나는 너를 원한다. 나는 네 것이다. 너는 내 것이다. 우리는 여기 내 집에서 평생 함께 산다. 나는 너에게 제일 맛있는 과일과 가장 부드러운 사슴살과 밀림에서 가장 좋은 고기를 가져다줄 것이다. 나는 너를 위해 사냥할 것이다. 나는 밀림에서 최고의 사냥꾼이다. 나는 너를 위해 싸울 것이다. 나는 밀림에서 가장 강한 전사다. 너는 제인 포터, 네 이름을 네가 쓴 편지에서 보았다. 이것을 읽거든 원숭이들의 왕, 타잔이 이 편지를 네게 쓴 것이며, 그가 너를 사랑한다는 것을 알 것이다.

타잔은 편지를 다 쓰고 나서, 젊은 인디언 전사처럼 문 옆에 꼿꼿이 서서 그녀를 기다렸다. 그때 귀에 익은 소리가 들렸다. 밀림의 나뭇가지들을 헤치며 지나가는 커다란 원숭이들이 내는 소리였다. 그는 잠시 귀를 기울였다. 여자의 비명소리가 들렸다. 타잔은 소리를 지른 여인을 찾아 숲 속으로 쏜살같이 달려갔다. 그가 쓴 첫번째 연애편지를 내팽개친 채!

클레이튼도 비명소리를 들었다. 포터 교수와 필랜더 씨도 그 소리를 들었다. 잠시 후 그들은 헉헉대며 오두막으로 달려왔다. 얼굴을 보자마자 서로의 이름을 불렀다. 그러나 가장 염려하던 일이 벌어진 것을 뒤늦게 깨달았다. 제인과 에스메랄다가 보이지 않았던 것이다. 클레이튼과 포터 교수, 필랜더는 제인의 이름을 부르며 밀림으로 달려갔다. 30분쯤 헤맸을까? 에스메랄다가 쓰러져 있는 것이 보였다. 클레이튼은 황급히 그녀에게 달려갔다. 다행히 숨을 쉬고 있었다. 죽지는 않은 것이다. 클레이튼은 에스메랄다를 흔들어 깨웠다. 그녀의 귀에 입을 대고 크게 소리를 질렀다.

"에스메랄다!"

에스메랄다가 정신을 차리는 듯했다.

"에스메랄다. 천만다행이에요. 그런데 제인은 어디 있나요? 대체 무슨 일이 있었던 거예요?"

에스메랄다는 천천히 눈을 떴다. 클레이튼이 보였다. 밀림도 보였다.

"악, 무서워!"

하지만 그녀는 이렇게 소리치고는 다시 정신을 잃어버렸다. 그제야 포터 교수와 필랜더가 헐떡대며 다가왔다. 포터 교수가 물었다.

"이제 어떻게 하지, 클레이튼? 대체 어디부터 찾아봐야 할까? 오, 하나님! 이렇게 무심할 수가 있습니까? 내 사랑하는 딸을 데려가다니요!"

"에스메랄다부터 깨워야겠습니다. 그럼 무슨 일이 있었는지 말해줄 겁니다. 에스메랄다!"

클레이튼이 에스메랄다의 어깨를 마구 흔들며 다시 소리를 질렀다. 그러나 가련한 여인은 두 눈을 꼭 감고 흐느끼기만 할 뿐이었다.

"죽고 싶어요! 차라리 죽었으면 좋겠어요. 그 끔찍한 얼굴을 다시는 보고 싶지 않아요!"

"이봐요. 에스메랄다. 정신차려요. 난 클레이튼이에요. 눈을 떠봐요."

"클레이튼 씨? 오, 하나님. 고맙습니다."

클레이튼이 다시 물었다.

"제인 아가씨는 어디 있어요? 대체 무슨 일이 있었던 거예요?"

"제인 아가씨가 여기 없어요? 아, 이제 생각나요. 그게 제인을 데려갔어요."

포터 교수가 물었다.

"뭐가 제인을 데려갔는데?"

"온몸이 털로 덮인 괴물이었어요."

필랜더가 물었다.

"고릴라였나요?"

세 남자는 최악의 경우를 생각했지만 차마 입 밖에 낼 수 없었다. 숨조차 제대로 쉴 수 없었다.

"악마였어요. 코끼리만한 고릴라였을 거예요. 불쌍한 아가씨, 불쌍한 아가씨."

에스메랄다는 복받치는 감정을 추스르지 못하고 다시 흐느끼기 시작했다. 클레이튼은 즉시 흔적을 찾아보기 시작했다. 그러나 근처에 짓이겨진 풀들이 너무 많아서 도무지 방향을 짐작할 수 없었다. 게다가 그는 밀림에 대해 아는 것이 거의 없었다. 수많은 흔적이 있었지만 그것이 어떤 의미인지 알 수 없었다. 그들은 하루 종일 제인을 찾아 밀림을 헤매고 다녔다. 어둠이 가라앉자 그들은 절망했고, 일단 포기할 수밖에 없었다. 괴물이 제인을 끌고 간 방향조차 알 수 없었기 때문이다.

밤이 깊어진 뒤에야 그들은 오두막으로 돌아왔다. 모두들 슬픔에 젖어서, 망연자실 오두막 안에 앉아 있었다. 마침내 포터 교수가 깊은 침묵을 깼다. 추상적이며 난해한 것을 설명하려는 학자의 목소리가 아니었다. 행동하겠다는 결심을 굳힌 사람, 하지만 절망과 슬픔에 젖은 사람의 비장한 목소리였다.

"나 먼저 자겠네. 내일 아침 날이 밝자마자 내게 먹을 것을 챙겨주겠나? 제인을 찾아 오겠네. 내 딸을 찾지 못하면 돌아오지 않겠어."

아무도 대답하지 않았다. 모두가 슬픔에 빠져 있었다. 하지만 그들은 노교수가 마지막에 던진 말의 의미를 알고 있었다. 포터 교수가 밀림의 영원한 미아가 될 것이란 뜻이었다. 마침내 클레이튼이 얼굴을 들었다. 포터 교수의 굽은 어깨에 살짝 손을 얹으며 말했다.

"저도 같이 가겠습니다."

"자네가 그렇게 말할 줄 알았네. 가고 싶다고 말이야. 그렇지만 클레이튼, 내가 허락하지 않을 거야. 우리 중 누가 제인을 도울 수 있겠나? 내 딸아이가 밀림에서 혼자 친구도 없이 죽게 내버려둘 수는 없어. 그래, 같은 덩굴과 잎이 우리를 덮어버리겠지. 같은 비를 맞기도 하겠지. 그 아이 엄마의 영혼이 우리가 살아 있을 때 우리를 찾았듯 우리가 죽은 후에도 우리를 찾아올 거야. 나 혼자 가겠네. 그 아이는 내 딸이야. 그 아이가 아니면 내가 이 땅에서 뭘 사랑할 수 있겠나?"

그러나 클레이튼도 물러서지 않았다.

"저도 가겠습니다."

노교수는 윌리엄 세실 클레이튼의 믿음직한 얼굴을 쳐다보았다. 클레이튼의 가슴 속에 자리한 사랑을 읽은 것이다. 딸을 향한 그의 사랑을! 그는 언제나 학문에 심취해 있었던 까닭에 사소한 일에는 관심을 두지 않았다. 그의 딸과 클레이튼이 서로 연인의 정을 키우고 있다는 사실조차 알지 못했다. 그러나 이제 그는 조금씩 현실을 깨닫고 있었다.

"그래, 자네 뜻이 그렇다면 함께 가세."

필랜더도 나서지 않을 수 없었다.

"나도 도움이 될 겁니다."

"안 되네, 이 친구야. 우리 모두가 제인을 찾아 나선다면 불쌍한 에스메랄다는 누가 돌보겠나? 너무 잔인한 짓이라 생각되지 않나? 셋이 간다고 성공할 가능성이 높은 것도 아니야. 밀림은 위험한 곳이라고! 자, 그만 하세. 내일 아침 일찍 떠나야 하니 잠부터 자도록 하세."

야생의 사랑

19

타잔이 원숭이 무리를 떠난 이후, 그 무리는 지속적인 반목과 불화를 겪다가 결국 뿔뿔이 흩어졌다. 터코즈는 잔인하고 변덕스러운 왕이었다. 늙은 원숭이들은 하나 둘씩 무리를 떠나 조용하고 안전한 곳을 찾아 밀림 깊숙한 곳으로 들어갔다. 터코즈가 난폭한 본성을 드러내며 학대하는 것을 견딜 수 없었기 때문이다.

남아 있던 원숭이들도 터코즈의 잔혹한 행위가 계속되자 절망의 나락으로 떨어졌다. 한 원숭이가 타잔이 떠나면서 남긴 충고를 기억해냈다.

"대장이 잔인하다면 다른 원숭이들처럼 혼자서 대장에게 도전하지 마라. 둘이나 셋, 아니면 넷이 힘을 합해 대장을 공격해라. 이렇게 힘을 합한다면 아무리 힘센 대장이라도 너희를 무시할 수 없을 것이다. 대장으로 마땅히 해야 할 일을 충실히 할 것이다. 내 말대로 한다면 대장이 절대 제멋대로 행동하지 못할 것이다. 너희 넷이 대장을 죽일 수도 있을 테니까!"

이 현명한 충고를 기억해낸 원숭이는 그것을 친구들에게 상기시켰다.

그리고 터코즈가 무리에게 돌아온 날, 그들은 계획대로 터코즈를 맞이하였다. 형식적 절차는 없었다. 터코즈가 그들에게 다가왔을 때, 다섯 마리의 원숭이가 기습적으로 그에게 달려들었다. 터코즈는 순전히 겁쟁이였다. 사람들의 세계와 마찬가지로 원숭이들의 세계에도 허세만 부리는 불량배가 있는 법이다. 터코즈는 그들과 맞서 싸우려 하지 않았다. 대신 젖먹던 힘을 다해 도망쳤다.

터코즈는 무리로 돌아오려고 두 번이나 시도했지만 그때마다 공격당하고 멀리 쫓겨났다. 결국 그는 무리로 돌아가는 것을 포기하고 분노와 증오를 폭발시킬 핑곗거리를 찾으며 밀림을 떠돌아다녔다. 바로 그때 힘없는 두 여인을 보았던 것이다. 인간과 비슷한 이 원숭이는 긴 팔로 나뭇가지를 옮겨 잡으며 두 여인에게 다가갔고, 마침내 그녀들의 머리 위에 있는 나무까지 소리 없이 다가갔다.

온몸이 털로 덮인 커다란 몸뚱이가 나무에서 펄쩍 뛰어내렸다. 그리고 험악한 얼굴과 날카로운 송곳니를 앞세우며 제인을 덮쳐왔다. 그 야수의 손이 제인의 팔을 움켜잡았다. 그녀의 입술에서 날카로운 비명이 흘러나왔다. 괴물은 입을 벌려 자신의 날카로운 송곳니 쪽으로 그녀의 목을 끌어당겼다. 송곳니가 그녀의 연약한 살에 닿으려는 순간, 괴물은 다른 생각을 떠올렸다.

원숭이 세계에도 암컷이 필요했다. 터코즈도 새로운 무리를 만들려면 암컷이 있어야 했다. 터코즈는 이 털 없는 하얀 원숭이를 새 부인으로 맞고 싶었다. 터코즈는 제인을 널찍한 어깨에 들쳐메고는 나무 위로 올라갔다. 그리고 나무를 타고 어딘가로 달려갔다.

제인이 그 괴물을 보고 비명을 질렀듯이 에스메랄다도 공포에 질려 비명을 질렀다. 주인을 지키기 위해서라도 정신을 차려야 했지만 에스메랄다는 극도의 두려움으로 그만 기절하고 말았다. 하지만 제인은 의식을 잃지 않았다. 그녀의 얼굴에 밀착된 괴물이 역겨운 숨을 내쉴 때마다 악취가 코를 찌르고 두려움에 온몸이 마비될 지경이었지만, 그녀는 정신을 잃지 않았다. 오히려 정신이 맑아지는 것 같았다. 그녀는 어떤 일이 벌어지고 있는지 분명히 알고 있었다.

괴물은 놀랄 만큼 빠른 속도로 숲을 가로질렀다. 제인은 울지 않았다. 저항하지도 않았다. 갑작스런 원숭이의 출현에 방향감각을 잃었던 것일까? 제인은 원숭이가 바닷가로 향하는 것이라 생각했다. 그래서 때를 기다렸다. 오두막 근처까지 간다면, 그때 온힘을 다해 구원을 청하려 했다. 그 순간을 위해 힘을 비축하려 했던 것이다. 그녀는 정녕 몰랐던 것이다. 점점 울창한 밀림 속으로 들어가고 있었다는 것을!

클레이튼과 두 노인을 불렀던 비명소리가 타잔에게 들리지 않았을 리 만무했다. 타잔은 그들보다 먼저 에스메랄다가 쓰러져 있는 곳에 도착했다. 에스메랄다가 무사한지 잠시 살펴보았지만 타잔의 관심사는 그녀가 아니었다. 서둘러 흙과 나무들을 살펴본 타잔은 어린 시절부터 익혀온 동물적 감각과 타고난 이성의 힘으로 대강의 사태를 짐작할 수 있었다. 그는 잠시도 지체하지 않았다. 재빨리 나무 위로 올라가 터코즈 추적에 나섰다. 인간의 눈에는 보이지 않는 흔적, 터코즈가 제인을 들쳐업고 달려가며 남긴 발자국을 따라가기 시작했다.

원숭이들이 휘젓고 다니는 나무의 가지 끝에는 손자국이나 발자국이 남게 마련이다. 적어도 지나간 방향을 가리키는 흔적은 남는다. 다시 말해서, 원숭이가 쥔 나뭇가지는 미세한 압력에 의해 언제나 아래 방향으로 휘어 있게 마련이라는 것이다. 설령 굵은 나뭇가지를 타고 이동하더라도 아주 희미하기는 해도 지나간 방향을 충분히 짐작케 할 만한 흔적은 남는다.

터코즈의 큰 발에 짓눌린 쐐기벌레들이 보였다. 타잔은 이 발의 주인공이 다음 발걸음을 어디로 옮겼는지 본능적으로 알았다. 그곳에 짓뭉개진 애벌레의 작은 조각이라도 있는지 살펴보았다. 저기 커다란 손에 의해 나무껍질이 벗겨진 것이 보인다. 벗겨진 방향을 통해 터코즈가 진행한 방향을 알아냈다. 게다가 나뭇가지들을 스치면서 남긴 털들도 보인다. 털은 진행한 방향대로 나무껍질에 남겨지게 마련이므로 작은 털 하나로도 이동 방향을 알아낼 수 있다. 타잔은 도망간 야수의 희미한 흔적을 찾느라 시간을 지체하지는 않았다. 나뭇잎이 무성한 곳에서도 나뭇가지에 생긴 생채기와 벗겨진 나무껍질 자국, 그 밖의 흔적들이 너무나 뚜렷하게 보였다. 그러나 무엇보다 뚜렷한 증거는 냄새였다. 타잔은 그 냄새를 따라갔다. 사냥개처럼 예민한 후각을 지닌 타잔이었다. 사람들은 열등할수록 더 좋은 후각신경을 타고난다고 믿는다. 하지만 결코 그런 것은 아니다. 타잔이 증명해주듯이 모든 기능은 개발하기 나름이다.

인간은 그다지 감각에 의존하지 않는다. 이성의 힘이 너무나 강력한 탓에 감각기능이 퇴화된 것이다. 귀나 두피 운동 근육이 사용하지 않을수록 퇴화되는 것처럼, 감각기능도 퇴화된 것이다. 귀 언저리나 두피 아래에도 근육이 있다. 근육에 주어진 자극은 신경을 통해 뇌에 전달된다. 그러나 그 근육을 사용하지 않으면서 급속히 퇴화되어버렸다.

그러나 원숭이들의 왕 타잔은 달랐다. 태어난 지 일 년 후부터 그는 살아남기 위해 시각, 청각, 후각, 촉각, 미각을 발달시켜야 했다. 이성의 힘을 훗날에야 깨달았던 까닭에 감각기관에 의존할 수밖에 없었던 것이다. 타잔에게서 가장 덜 발달된 감각은 미각이었다. 달콤한 과일도 먹긴 했지만, 오랫동안 땅에 묻어둔 생고기를 씹으면서 거의 똑같은 맛만을 느끼며 살아왔다. 이런 점에서 그는 문명 세계의 미식가들과 달랐다.

타잔은 달리는 속도를 더 빨리 해서 터코즈와 제인이 지나간 흔적을 쫓아갔다. 누군가가 추적해오는 소리가 터코즈에게도 들렸던 것일까? 터코즈도 더 빨리 달려가기 시작했다. 거의 5킬로미터쯤 달렸을까. 터코즈의 뒷모습이 보이기 시작했다. 터코즈는 더 이상 도망치는 것이 무모하다고 생각했다. 나무에서 빈터로 뛰어내렸다. 우선 추적자가 누구인지 알아내야 했다. 상대를 확인하고 노획물을 지키기 위해 싸울 것인지, 아니면 노획물을 던져버리고 달아날 것인지 결정할 생각이었다.

터코즈는 여전히 한 팔에 제인을 끼고 있었다. 타잔은 표범처럼 빈터로 뛰어내렸다. 자연이 만들어낸 원시의 싸움터로! 추적자는 타잔이었다. 그제야 터코즈는 모든 것을 짐작할 수 있었다. 그들은 똑같이 하얗고 털 없는 원숭이였다. 그렇다면 이것이 타잔의 여자? 터코즈는 타잔에게 복수할 기회라 생각하며 내심 쾌재를 불렀다.

하지만 제인에게 타잔은 신(神)과 같은 남자였다. 그녀의 고통을 일거에 해결해줄 존재였다. 제인은 클레이튼과 아버지, 그리고 필랜더가 묘사했던 사내를 떠올렸다. 바로 이 사람이 그들을 구해준 은인이었을 거라고 확신할 수 있었다. 마침내 그녀를 구해줄 천사가 나타난 것이다.

터코즈가 타잔의 심기를 건드릴 생각으로 제인을 거칠게 옆으로 밀어냈다. 원숭이의 거대한 몸뚱이와 울룩불룩한 근육과 날카로운 이빨에 제인은 불안감을 떨칠 수 없었다. 이렇게 강한 적을 어떻게 물리친단 말인가?

둘은 황소처럼 맞붙어 힘겨루기를 시작했다. 늑대처럼 서로의 목을 노렸다. 원숭이의 긴 송곳니와 인간의 예리한 칼이 맞붙어 싸우기 시작했다. 제인은 나무 뒤로 몸을 숨겼다. 두 손을 꼭 쥐고 가슴을 쓸어내렸다. 무섭고 겁났다. 놀랍고 경이로웠다. 제인은 가슴을 두근대며, 한 여자를 차지하기 위해 원숭이와 인간이 싸우는 것을 지켜보았다.

사내의 등과 어깨 근육이 불끈거렸다. 동시에 그의 강인한 팔뚝이 억센 송곳니의 주인을 궁지에 몰아넣고 있었다. 볼티모어에서 온 여자의 눈앞에서 수백 년간 지속되었던 문명과 문화의 베일이 벗겨지는 순간이었다. 터코즈의 가슴에 칼이 꽂히고 피가 솟구쳤다. 생명의 기운이 다한 거대한 몸뚱이가 쓰러져내렸다. 그 순간, 제인은 원시의 여인이 되었다. 두 팔을 활짝 벌리고 원시의 사내에게로 달려갔다.

타잔은?

붉은 피가 흐르는 남자답게 본능적으로 행동했다. 타잔은 제인을 끌어안고 거칠게 숨을 몰아쉬며 그녀의 입술을 찾았다. 제인은 눈을 반쯤 감고 안겨 있었다. 짧은 순간이었지만 그녀의 삶에서 처음으로 사랑을 알게 되었다.

잠시나마 걷혀져 있던 문명과 문화의 베일이 다시 쳐졌다. 모욕당했다고 생각한 제인의 얼굴이 붉어졌다. 굴욕감을 느낀 그녀는 타잔을 밀치고 손으로 얼굴을 감쌌다. 타잔은 놀랐다. 애매하고 추상적인 방식이긴 했지만 그래도 사랑의 감정을 느끼게 해준 소녀가 그의 품에 안겨왔을 때도 놀랐지만, 그녀가 자신을 밀쳐내자 또 한 번 놀랐다.

타잔은 그녀에게 다가가서 그녀의 팔을 잡았다. 발을 감싸쥐었다. 그녀는 암호랑이처럼 달려들어 작은 손으로 타잔의 가슴을 때렸다. 타잔은 이해할 수 없었다. 조금 전까지 타잔은 제인과 함께 오두막의 친구들에게 달려가고 싶었다. 하지만 그 꿈은, 되돌아올 것 같지 않은 희미한 과거로 사라져가고 있었다. 그녀의 친구들과 하나가 되는 일은 불가능할 것 같았다.

그때 타잔은 따뜻하고 부드러운 그림자가 가까이 다가오는 것을 느꼈다. 뜨겁고도 달콤한 숨결이 그의 뺨과 입가를 스치고 지나가며 그의 가슴에 새로운 생명의 불꽃을 지폈다. 그녀의 입술이 그의 입술에 포개졌다. 황홀한 입맞춤이었다. 그의 영혼에 낙인을 찍는 입맞춤이었다. 그로 인해 타잔은 다시 태어났다. 그는 다시 그녀의 팔을 잡았다. 그녀는 살며시 뿌리쳤다. 인류의 조상이 그랬을까? 타잔도 그대로 했다. 타잔은 제인을 번쩍 들어안고 밀림 속으로 사라졌다.

다음 날 아침, 오두막에 있던 네 사람은 대포소리에 잠을 깼다. 클레이튼은 항구로 뛰쳐나갔다. 저 멀리에 범선 두 척이 정박해 있는 것이 보였다. 하나는 애로우 호였고 다른 하나는 프랑스 순찰선이었다. 프랑스 순찰선의 갑판에서 사람들이 해안을 지켜보고 있었다. 클레이튼은 대포소리의 의미를 분명히 알 수 있었다. 그들이 아직도 오두막에 있는지 알아보려고 보낸 신호탄이 분명했다.

두 범선은 육지에서 상당히 멀리 떨어져 있었다. 클레이튼 일행은 모자를 힘차게 흔들어보았지만, 너무 멀리 떨어져 있어서 그들이 망원경으로나마 자신들을 볼 수 있을지 의심스러웠다. 에스메랄다는 빨간 앞치마를 벗어서는 머리 위로 들어올려 미친 듯이 흔들었다. 클레이튼은 순찰선의 사람들이 자신들을 보지 못할지도 모른다는 생각에 불을 피울 준비를 해두었던 북쪽 지점으로 급히 달려갔다. 숨쉴 틈도 없이 달려서 마른 가지와 덤불들을 산더미같이 쌓아둔 곳에 다다랐다. 짧은 시간이었지만 클레이튼에게는 너무나 길게 느껴졌다.

울창한 숲을 헤치고 나와 범선들이 보이는 곳에 도착했을 때 그는 대경실색하지 않을 수 없었다. 벌써 애로우 호가 닻을 올리고 있었고, 프랑스 순찰선이 멀어져가고 있었다. 그는 덤불더미에 불을 붙인 다음 뭍에서 가장 돌출된 부분인 곳을 향해 달려갔다. 셔츠를 벗어 나뭇가지에 매달고는 힘차게 흔들어보았다. 그러나 야속하게도 범선들은 해안에서 천천히 멀어져가고 있었다. 클레이튼은 절망의 나락으로 빠져들었다. 그때 숲에서 커다란 연기 기둥이 홀연히 피어올랐다. 프랑스 순찰선의 망꾼이 그 연기를 보았던 것일까? 수십 개의 망원경이 동시에 해안을 살피기 시작했다.

범선 두 척이 되돌아오고 있었다. 클레이튼의 눈에는 분명히 그렇게 보였다. 애로우 호는 바람에 몸을 맡긴 듯 바다에 떠 있었지만, 프랑스 순찰선은 증기를 내뿜으며 해안가로 천천히 다가오고 있었다. 적당한 거리에서 순찰선은 멈췄고 작은 보트가 바다에 내려졌다. 그리고 보트는 육지로 접근해왔다.

보트가 해안에 멈춰 서자 젊은 장교가 보트에서 내렸다.

"클레이튼 씨인가요?"

클레이튼이 대답했다.

"감사합니다. 정말 감사합니다. 오셨군요. 아주 늦지는 않았을 겁니다."

장교가 물었다.

"무슨 뜻입니까?"

클레이튼은 제인 포터가 실종되었으며, 그녀를 찾는 것을 도와줄 무장한 사람들이 필요하다고 말했다.

"저런! 이미 너무 늦은 게 아닐까요? 하루나 지났는데 어디에서 찾겠습니까! 정말 끔찍한 일입니다."

보트들이 줄지어 순찰선에서 내려졌다. 클레이튼은 장교에게 항구의 입구를 가리킨 후, 장교와 함께 보트에 올라 육지로 둘러싸인 만으로 뱃머리를 돌렸다. 순찰선을 떠난 다른 보트들도 그 뒤를 따랐다. 곧 모두가 해안에 도착해 차례로 보트에서 내렸다. 포터 교수와 필랜더가 그들을 맞아주었다. 에스메랄다는 여전히 훌쩍대고 있었다.

마지막 보트에는 프랑스 순찰선의 선장이 타고 있었다. 선장은 제인의 실종 소식을 듣고 적극적으로 도와주겠다고 나섰다. 포터 교수, 클레이튼과 함께 제인을 찾아 떠날 지원자를 모집했다. 목숨을 잃을지도 모를 모험에 모두가 자원하고 나섰다. 실로 용감하고 동정심 많은 프랑스인들이었다. 결국 선장은 스무 명의 군인과 장교 두 사람을 선발했다. 다르노 대위와 샤르팡티에 대위였다. 군인들은 이미 권총으로 무장하고 있었지만, 식량과 화약과 카빈총을 챙기기 위해 보트 한 척이 순찰선으로 돌아갔다.

그 동안 클레이튼은, 어떻게 이곳까지 찾아와 닻을 내리고 신호포를 쏘게 되었는지 물어보았다. 뒤프란 선장이 자세히 설명해주었다.

약 한 달 전 프랑스 순찰선은 애로우 호가 돛을 올리고 남서쪽으로 향하는 것을 발견했다. 그들에게 방향을 바꾸라는 신호를 보냈지만 애로우 호는 돛을 더 올리고 서둘러 도망갔다. 그래서 해가 질 때까지 대포를 쏘아대며 추적했지만 붙잡을 수 없었다. 다음 날 아침이 되자 애로우 호는 흔적도 없이 사라졌다. 그 후 프랑스 순찰선은 해안선을 따라 순찰을 계속했지만 애로우 호에 대해서는 까마득히 잊고 있었다. 그런데 며칠 전 아침 일찍, 순찰선의 망꾼이 해구에 갇혀 통제력을 완전히 상실한 것처럼 보이는 범선 하나를 발견했다. 그들은 그 범선을 향해 다가갔다. 한 달 전 줄행랑을 쳤던 바로 그 배가 아닌가! 앞돛대 앞당김줄과 뒤돛대 스팽커는 바람 부는 방향으로 나아가도록 제대로 고정되어 있었지만, 돛이 바람을 견디지 못해 갈기갈기 찢겨 있었다. 높은 파도 때문에 그 배에 사람을 승선시키는 것은 어렵고도 위험한 일이었다. 애로우 호의 갑판에는 사람이 살아 있는 듯한 흔적이 보이지 않았다. 그래서 그들은 바람과 파도가 잦아들 때까지 대기하기로 결정했다. 그런데 난간에서 그들에게 손을 흔들어대며 구조신호를 보내는 사람이 있었다. 그들은 파도와 싸워가며 애로우 호에 배를 접근시키는 데 성공했다. 그리고는 차례로 애로우 호의 갑판으로 뛰어올라갔다. 그들은 끔찍한 장면을 목격해야 했다. 죽은 사람들과 죽어가는 사람들이 뒤엉켜 있었다. 심지어 시체 두 구는 늑대가 먹어치운 것처럼 살점이 떨어져나가 있었다.

살아 있는 사람들은 그물침대로 옮겨졌다. 그리고 죽은 사람들은 방수천에 감싸여 갑판 위에 정돈되었다. 프랑스 순찰선의 승무원들은 그들의 동료들에게 죽은 자들의 신원을 확인받은 후 깊은 바다로 던졌다.

프랑스 승무원들이 애로우 호의 갑판에 올랐을 때에는 이미 살아 있는 사람들도 제정신이 아니었다. 구조신호를 보낸 사람조차 프랑스 승무원들이 애로우 호에 승선하기 전에 혼절상태에 빠졌다. 무엇 때문에 이런 참상이 벌어졌는지 알아내는 데에는 그리 오랜 시간이 걸리지 않았다. 사람들의 정신을 차리게 하려고 물과 브랜디를 찾아보았지만, 애로우 호에는 먹을 것이라곤 없었다.

장교들은 즉시 순찰선에 물과 약과 식료품을 보내라고 신호했다. 그래서 위험을 무릅쓰고 보트가 내려지고 애로우 호에 비상식량과 비상약이 공급되었다. 얼마 후 그들은 의식을 회복하기 시작했다. 그들은 자기들에게 일어난 모든 일들을 털어놓았다.

애로우 호의 선원들은 스나입스를 죽여 보물궤짝 위에 묻은 후 애로우 호가 어떻게 항해를 계속했는지 말했다. 순찰선이 애로우 호를 뒤따르자 애로우 호의 폭도들은 공포에 질렸다. 그래서 며칠 동안 대서양을 가로질러가려고 했지만 물과 음식이 부족해 다시 동쪽으로 돌아왔다. 그들 중에는 항해술을 알고 있는 사람이 한 명도 없었기 때문에 자신들이 어디쯤에 있는지도 알지 못했다. 사흘간 동쪽으로 항해했지만 육지가 보이지 않았다. 그래서 거세지는 북풍이 두려웠음에도 북쪽으로 방향을 바꾸지 않을 수 없었다. 그러나 북풍에 배가 떠밀려내려가 아프리카 남단까지 가게 되었다. 다시 이틀간 북쪽, 하다못해 북동쪽으로라도 가려고 시도했지만 무풍(無風)에 걸려 거의 일주일 동안 꼼짝도 못 했다. 마실 것이 떨어지고 며칠 후에는 먹을 것도 떨어졌다. 엎친 데 덮친 격이었다. 한 친구는 미쳐서 물로 뛰어들었다. 자기 정맥을 가르고 피를 마시는 사람도 있었다. 그는 죽고 말았다. 일부가 반대했지만 결국 그의 시신을 바다에 던져버렸다. 굶주림으로 인해 그들은 점점 야수로 변해갔다.

프랑스 순찰선이 그들을 발견하기 이틀 전 그들은 움직일 기운조차 남아 있지 않았다. 게다가 그날 세 사람이 죽었다. 다음 날 살점이 떨어진 시체 한 구가 발견되었다. 그날 그들은 야수가 먹이를 쳐다보듯 서로를 감시하며 누워서 시간을 보냈다. 다음 날 아침에는 시체 두 구의 살이 거의 완전히 발라져 있었다. 끔찍한 식사를 했지만 기운을 되찾는 데는 큰 도움이 되지 않았다. 갈증이 더 큰 고통이었기 때문이다. 바로 그때 프랑스 순찰선에 의해 구조되었다.

애로우 호의 사람들은 프랑스 선장에게 이 모든 이야기를 털어놓았다. 그러나 폭도들은 항해에 대해 너무 무지했기 때문에, 교수 일행을 어디쯤에 내려놓았는지 선장에게 정확히 말해줄 수 없었다. 그래서 순찰선은 육지가 보이는 거리에서 간헐적으로 신호탄을 쏘아올리고 망원경으로 해안을 샅샅이 살피면서 이동하는 방법을 택할 수밖에 없었다. 밤에는 이동을 멈추면서까지 오두막을 찾으려고 해안선을 샅샅이 뒤졌다. 폭도들을 구조한 다음 날에도 그들은 오두막 근처의 해안을 지나면서 신호탄을 쏘았지만 해안에서 어떤 움직임도 포착할 수 없었다. 모두가 제인 포터를 찾기 위해 밀림 안에 들어가 있었기 때문이다. 저 멀리 수평선에서 쏘아올린 포성이 울창한 숲에 묻혀버리고 말았던 것이다.

오두막 사람들과 프랑스 순찰선의 승무원들이 이런 이야기를 나누는 동안, 제인 포터 수색대에 필요한 식량과 무기를 실은 보트가 돌아왔다. 잠시 후 스무 명의 군인과 두 명의 프랑스 장교, 그리고 포터 교수와 클레이튼은 아무런 단서도 없이 밀림 속으로 제인 포터를 찾아 나섰다.

귀족적 본능

20

원숭이로부터 그녀를 구출해준 사람에게 다시 잡혀가는 것일까? 불안감에 사로잡힌 제인은 그의 품에서 도망치려 발버둥쳤다. 하지만 갓 태어난 아기를 다루듯이 그는 그녀를 강한 팔로 끌어안았다. 그녀는 포기할 수밖에 없었다. 그의 손에서 벗어날 가능성은 조금도 없어 보였다. 그의 품에 조용히 안긴 제인은 눈을 살짝 뜨고, 무성한 수풀을 헤치며 성큼성큼 걸어가는 사내의 얼굴을 훔쳐보았다.

색다른 아름다움이 있었다. 방탕과 야만, 타락한 열정에 물들지 않은 강한 남성미가 엿보였다. 원숭이들의 왕 타잔은 숱한 동물과 사람을 죽였지만, 감정에 의한 살해가 아니라 사냥꾼으로서 죽인 것이다. 때문에 그의 얼굴에서는 악한 기운이 전혀 보이지 않았다. 물론 증오심에 불타서 죽인 적이 간혹 있긴 했지만 무시해도 될 정도에 불과했다. 게다가 타잔은 다른 동물을 죽이고 나서도 얼굴을 찡그리기보다는 미소를 지었다. 그래서 미소를 아름다움의 근본이라 하는 것일까?

타잔이 터코즈에게 달려들 때 제인의 눈을 특히 사로잡았던 것은 그의 왼쪽 눈에서 이마 위를 가로질러 머리에까지 닿아 있는 선명한 진홍색 띠였다. 그런데 지금 그의 얼굴에서는 그 띠가 사라지고, 대신 가늘고 하얀 선이 눈에 띌 뿐이다. 그녀가 편안히 안기자 타잔은 그녀를 붙잡고 있던 손아귀의 힘을 조금 풀었다. 타잔이 제인의 눈을 내려다보며 미소를 지었다. 제인은 그 잘생기고 의기양양한 얼굴 앞에서 눈을 감아야 했다.

타잔은 계속 숲 속으로 들어갔다. 이상하게도 제인은 두렵지 않았다. 오히려 그녀가 태어난 후 지금까지, 이 강하고 야성적인 존재의 팔에 안겨 있는 지금처럼 안전하다고 느꼈던 적은 없는 것 같았다. 오로지 신만이 그들이 어디로 가는지, 그들에게 어떤 운명이 기다리고 있는지 알고 있었다. 그들은 사람의 발길이 닿은 적이 없는 숲으로, 야생의 도피처를 향해 더욱 깊이깊이 들어갔다.

제인은 눈을 감고 미래에 대해 생각하기 시작했다. 너무도 생생했다. 무서웠다. 온몸에 전율을 느꼈다. 그러나 눈을 뜨고 눈앞에 있는 기품 있는 얼굴을 볼 때마다 모든 걱정과 불안이 송두리째 날아가버렸다. 그랬다! 타잔이 제인을 해칠 이유는 조금도 없었다. 그녀는 확신할 수 있었다. 반듯한 외모, 꾸밈없고 대담무쌍한 눈동자는 진정한 기사만이 보여줄 수 있는 바로 그것이었다.

그들은 줄곧 초목이 무성한 곳을 지났다. 마법처럼, 그들이 지나온 길은 닫히고 앞으로 가야 할 길은 새로 열리는 것 같았다. 위와 아래, 왼쪽과 오른쪽, 사방이 숲이었다. 어디에 눈을 두어도 나뭇가지와 덩굴뿐이었다. 타잔은 묵묵히 숲을 가로질렀다. 온갖 생각이 그를 사로잡았다. 지금껏 한

번도 해보지 않은 새로운 생각들이었다. 그가 한번도 겪어보지 못한 새로운 문제가 앞에 펼쳐져 있었다. 원숭이가 아니라 사람으로서 이 문제를 해결해야 한다는 사실을 깨달았다. 아니, 가슴으로 느꼈다.

타잔은 거의 평생 동안 지나다닌 울창한 숲 사이를 자유롭게 이동했다. 새롭게 알게 된 뜨거운 사랑의 열정을 차츰 가라앉힐 수 있었다. 만약 그가 터코즈의 손에서 그녀를 구해주지 않았더라면 그녀는 어떻게 되었을까? 그랬다, 터코즈가 제인을 죽이지 않은 이유를 알 것 같았다. 터코즈도 그와 똑같은 생각을 했을 것이다.

수컷이 힘으로 짝을 취하는 것은 밀림의 법칙이었다. 그렇다고 타잔까지 야수들의 법칙을 따라야 하는가? 타잔은 사람이 아니던가? 그렇다면 다른 남자들은 어떻게 했을까? 타잔은 그 해답을 찾을 수 없었다. 머리만 지끈거릴 뿐이었다. 그는 제인에게 물어보고 싶었다. 하지만 그녀는 그에게서 도망치려 하며 그를 뿌리치지 않았던가. 그의 품에 안겼을 때 발버둥치지 않았던가.

마침내 타잔은 목적지에 도착했다. 굵은 팔로 제인을 끌어안고 나무에서 훌쩍 뛰어내렸다. 원숭이 무리가 회의를 하거나 야만적인 덤-덤 의식을 벌이는 그 원형극장이었다. 상당한 거리를 달려왔지만 태양은 여전히 하늘 한가운데에 떠 있었다. 하지만 무성한 잎새가 햇살을 가로막은 까닭에 원형극장에는 은은한 어둠이 깔려 있었다. 하늘거리는 초록 잎들이 시원하고 유혹적으로 보였다. 저 멀리에서부터 밀림의 온갖 소리들이 희미한 메아리처럼 밀려들었다. 수평선에서 해변으로 밀려드는 파도처럼!

타잔이 내려놓은 곳에서 제인은 움직이지 않고 있었다. 꿈결 같은 평온함이 밀려오며 그녀는 풀과 하나가 되는 기분이었다. 그녀 곁에 석상(石像)처럼 우뚝 서 있는 타잔을 보았을 때, 그의 품보다 안전한 곳은 없다는 야릇한 감정이 가슴을 채웠다.

제인은 살며시 눈을 뜨고 타잔을 찾았다. 그는 원형극장을 가로질러 마치 벽처럼 드리워진 맞은편 숲을 향해 걸어가고 있었다. 위풍당당한 모습, 균형 잡힌 단단한 몸, 넓은 어깨와 반듯한 얼굴! 완벽했다. 신이 바로 저렇게 생겼을까? 잔혹함이나 천박함은 눈곱만큼도 없었다. 그랬다. 신은 자기 형상대로 인간을 만들었다고 했다. 바로 저 남자에게서 신의 모습을 찾을 수 있을 것만 같았다.

타잔이 나무 위로 훌쩍 뛰어오르는 바람에 그 모습이 가려졌다. 대체 어디로 간 것일까? 나를 여기에 홀로 남겨두고 떠난 것일까? 제인은 초조했다. 사방을 둘러보았다. 모든 넝쿨과 덤불마다 무서운 괴물이 그녀의 보드라운 살에 이빨을 들이밀 때를 기다리며 숨어 있는 것 같았다. 제인은 작은 소리에도 소스라치게 놀랐다. 나쁜 동물이 살그머니 다가오고 있는 건 아닐까 불안했다.

그가 떠난 뒤 모든 것이 달라졌다!

몇 분이나 지났을까? 겁에 질린 그녀에게는 몇 시간이 흐른 듯했다. 그녀는 초조함을 견딜 수 없었다. 차라리 무엇인가가 그녀에게 달려들어 이 모든 불안감을 끝내주길 바랐다. 날카로운 이빨이 그녀의 의식을 빼앗아 가서 이 고통스런 두려움을 끝내주길 기도했다. 그때 뒤에서 바스락대는 소리가 들렸다. '그래, 이제 끝났어.' 제인은 뒤로 돌아서서 마지막 순간을 맞아들였다.

타잔이었다. 맛있어 보이는 과일을 한아름 안고 있었다. 제인은 충격을 견디지 못하고 비틀거렸다. 타잔은 재빨리 과일을 내던지고 그녀를 끌어안았다. 그녀는 의식을 잃지는 않았지만 겁에 질린 사슴처럼 떨며 그에게 꼭 매달려왔다. 타잔은 제인의 머리카락을 부드럽게 쓰다듬었다. 타잔이 아기였을 때, 암사자 세이버나 뱀 히스타에게 놀라 흠칫 몸을 떨 때마다 어머니 원숭이 칼라가 따뜻하게 자신을 쓰다듬어주었듯이…….

타잔이 그녀의 이마에 가볍게 입을 맞추었다. 제인은 그 입맞춤을 그대로 받아들였다. 눈을 감고 긴 한숨을 쉬었다. 그녀는 자신의 감정을 알 수 없었다. 알고 싶지도 않았다. 그의 품에 안겨 두려움을 떨쳐내는 것으로 충분했다. 그녀는 자신의 미래를 운명에 맡겼다. 지난 몇 시간의 경험을 통해 그녀는 이 숲의 지배자를 신뢰할 수 있었다. 그녀가 믿었던 몇 안 되는 사람들처럼!

그녀는 뭔가 이상하다고 생각했다. 전에는 몰랐던, 뭔가 다른 것을 알게 되었다는 느낌이었다. 바로 사랑이었다. 머릿속은 혼란스러웠지만 입가에서는 미소가 떠나지 않았다. 제인은 미소 띤 얼굴로 타잔을 살짝 밀어냈다. 수줍은 미소가 배어 있는 얼굴, 약간은 미심쩍어하는 표정! 그런 제인이 타잔에게는 더욱 매력적으로 보였다. 그녀는 바닥에 있는 과일을 가리키며 흙으로 만든 원숭이들의 북 옆에 앉았다. 갑자기 허기가 몰려온 것이다.

타잔은 과일을 주워 모아 제인의 발 아래 내려놓았다. 그리고 제인 옆에 앉아서 칼로 과일을 깎았다. 그녀를 위한 식사 준비였다. 그들은 나란히 앉아 조용히 과일을 먹기 시작했다. 간혹 눈길을 주고받기도 했다. 제인이 밝게 웃으면 타잔도 살짝 따라 웃었다.

제인이 말했다.

"당신이 영어를 말할 수 있다면 좋을 텐데요."

타잔은 고개를 저었다. 눈가에서 웃음이 사라지며 무엇인가를 간절히 바라는 듯한 애처로운 소망이 읽혀졌다. 제인은 그에게 프랑스어로 말해보았다. 그리고 독일어로도. 하지만 그녀는 자신의 서툰 독일어에 피식 웃고 말았다. 제인이 다시 영어로 말했다.

"그래도 이게 베를린에서도 통했던 독일어랍니다. 당신이 독일어를 안다면 충분히 알아들었을 거라고요."

타잔은 이미 오래 전에 자신의 장래를 결정해두었다. 오두막의 책을 통해 남자와 여자가 살아가는 모습을 보며 나름대로 자신의 미래를 계획해두었던 것이다. 책 속의 남자들이 타잔이었다면 어떻게 했을까? 타잔은 이런 상상을 해보며 나름대로 내린 결론대로 행동했다.

타잔은 다시 일어나 숲으로 들어갔다. 이번에는 빨리 돌아오겠다는 손짓을 해보였다. 제인은 그 손짓의 의미를 이해할 수 있었다. 따라서 타잔이 숲으로 모습을 감추었을 때도 조금 전처럼 불안해하지 않았다. 하지만 극심한 외로움이 몰려왔다. 타잔이 돌아오기를 기다리면서 간절한 마음으로 그가 사라진 곳을 바라보았다. 이윽고 등 뒤에서 바스락대는 소리가 들렸다. 타잔이었다. 그는 나뭇가지를 한아름 안고 숲에서 나왔다. 그러나 그는 다시 숲으로 들어갔다. 잠시 후 부드러운 풀과 양치류 식물을 잔뜩 안고 돌아왔다. 그 후에도 그는 숲을 두세 번쯤 더 들락거리며 풀을 가져왔다. 그는 풀을 펴서 부드럽고 편편한 침상을 만들었다. 큼직한 가지들을 비스듬히 세워 침상 중앙에서 1미터 높이로 가로질러 고정시켰다. 그 위로 코끼리 귀 모양의 커다란 잎을 덮었다. 그렇게 지은 작은 쉼터의 한쪽 끝을 잔가지와 나뭇잎으로 막았다.

그 후 그들은 흙으로 만든 북 옆에 나란히 앉아 손짓으로 이야기를 나누었다. 타잔의 목에 걸린 다이아몬드 로켓이 유난히 눈에 띄었다. 제인이 그 목걸이를 가리키자, 타잔은 목걸이를 벗어 장난감처럼 그녀의 손에 쥐어주었다.

제인은 목걸이를 꼼꼼히 살펴보았다. 솜씨 좋은 장인의 작품이었다. 작은 다이아몬드들이 예술적으로 배열되어 있었지만, 세공 방법은 아주 옛날에 유행하던 것이었다. 아주 유서 깊은 목걸이라는 뜻이었다. 그녀는 감춰진 걸쇠를 눌러 로켓을 열었다. 로켓 양쪽에는 상아로 세밀하게 조각한 초상(肖像)이 있었다.

하나는 아름다운 여인의 얼굴이었고, 다른 하나는 남자의 얼굴이었다. 말로 설명할 수 없는 미묘한 차이를 제외하면 로켓 속의 남자는 타잔과 너무도 빼닮은 얼굴이었다. 제인은 놀라지 않을 수 없었다. 제인은 타잔에게로 얼굴을 돌렸다. 타잔도 로켓에 눈길을 두고 있었다. 그는 그녀에게서 로켓을 가져갔다. 자신이 로켓 속의 남자와 너무도 닮은 것에 놀라워하면서 한편으로는 신기하게 생각하는 것 같았다. 결국 타잔은 그 부부를 한번도 본 적이 없고, 목걸이의 로켓이 열린다는 사실도 몰랐다는 뜻이다.

제인은 여러 가능성을 생각해보았다. 상상력을 동원해서 이 아름다운 장신구가 어떻게 아프리카 원시림에서 평생을 산 듯한 사내의 목에 걸리게 되었는지 생각해보았다. 로켓 속의 인물이 로켓이 열린다는 사실조차 몰랐던 이 사내의 형, 아니 아버지였던 것은 아닐까? 그런데 어떻게 그의 형, 아니 아버지의 초상이 로켓으로 만들어진 것일까?

타잔은 로켓 속의 두 얼굴에서 눈을 떼지 않았다. 어깨에서 화살통을 벗어 화살을 모두 땅에 쏟아놓았다. 그리고 화살통에 손을 넣어 무엇인가를 꺼냈다. 부드러운 잎으로 겹겹이 싸서 긴 풀을 엮어 묶은 것이었다. 타잔은 잎을 하나씩 떼어내며 조심스레 풀었다. 한 장의 사진이 있었다. 제인에게 그 사진을 건네주며 로켓 속의 사내를 가리켰다. 제인은 영문을 알 수 없었다. 마치 어려운 수수께끼를 만난 기분이었다. 사진 속의 인물은 분명히 로켓에서 젊은 여인의 옆에 있는 남자가 틀림없었다.

제인은 타잔에게로 눈길을 돌렸다. 타잔도 그녀에게 눈길을 주었다. 궁금증이 가득한 눈빛이었다. 무엇인가를 묻고 싶은 듯 입술이 실룩거렸다. 제인은 사진과 초상과 타잔을 연이어 가리켰다. 그들이 닮았다는 것을 그런 식으로라도 타잔에게 알려주고 싶었다. 하지만 타잔은 고개를 저을 뿐이었다. 그리고 크고 우람한 어깨를 으쓱해 보였다. 그는 사진을 제인의 손에서 가져가 다시 조심스레 쌌다. 그리고 화살통 안에 넣었다.

잠시 동안 타잔은 땅 위에 시선을 고정시킨 채 조용히 앉아 있었다. 제인은 목걸이의 진짜 주인이 누구인지 알아내려고 손에 있는 목걸이를 앞뒤로 살펴보았다.

마침내 그녀는 간단히 수수께끼의 답을 풀었다. 그 목걸이는 그레이스톡 경의 것이었다. 그리고 사진은 바로 그레이스톡 경과 그의 부인 앨리스였다. 이 야생 인간은 해변 옆 오두막에서 그것을 발견했을 뿐인 것이다.

"이렇게 간단한 걸 좀 전에는 왜 생각지 못했을까, 참 바보 같군."

그녀는 중얼거렸다. 그러나 그녀는 그레이스톡 경과 이 숲 속 사나이가 이상하게 꼭 닮았다는 점에 대해서는 설명할 수 없었다. 그녀로서는 타잔이 영국 귀족이라는 것을 상상조차 할 수 없었기 때문이다. 당연하지 않은가.

마침내 타잔은 고개를 들어, 목걸이를 살펴보고 있는 제인을 바라보았다. 그녀의 찌푸린 얼굴이 무슨 의미인지는 알 수 없었다. 하지만 그의 곁에 있는 생기 있는 어린 소녀의 얼굴에서 목걸이에 관심과 매력을 느끼고 있다는 것을 알 수 있었다.

제인은 그의 시선을 눈치챘다. 타잔이 장신구를 돌려받기 원한다고 여긴 제인은 목걸이를 그에게 돌려줬다. 그것을 받아든 그는 그녀의 목에 목걸이를 걸어주었다. 갑작스런 선물에 놀란 그녀를 보며 그는 웃었다. 제인은 머리를 크게 가로저으며, 목걸이를 빼려고 했다. 그러나 타잔은 그녀가 목걸이를 빼도록 내버려두지 않았다. 그녀가 고집을 피우자 타잔은 그녀의 손을 움직이지 못하도록 꽉 잡았다. 마침내 그녀는 단념했고, 웃음을 지으며 목걸이에 살며시 입술을 댔다.

타잔은 그녀의 행동이 무슨 의미인지 정확히 알지는 못했지만 그 선물을 받아들이겠다는 것으로 추측했다. 타잔은 일어서서 목걸이를 쥐고는 궁정의 늙은 신하처럼 근엄하게 몸을 구부렸다. 그리고 그녀의 입술이 머물렀던 곳에 자신의 입술을 가져다댔다. 그것은 자신도 모르게 나온 행동이었다. 정중하고 위엄 있게 경의를 표하는 모습은 그의 귀족적 태생을 나타내는 증거였으며, 수세대에 걸쳐 내려온 좋은 혈통이 자연스럽게 드러나는 순간이었다. 이 타고난 우아함은 미개한 삶과 혹독한 훈련, 거친 환경조차도 없애지 못한 본능이었다.

날이 저물자 그들은 양식이자 음료인 과일을 다시 먹었다. 그런 후에 타잔은 일어섰다. 그는 제인에게 자신이 만들어놓은 작은 침실로 들어가라는 시늉을 했다. 몇 시간 만에 처음으로 제인은 두려움에 휩싸였다. 타잔은 그녀가 자신을 피하려는 듯 몸을 빼는 것을 느꼈다.

제인과 함께 한 이 반나절은, 오늘 아침 해가 떠오를 때와는 전혀 딴판인 모습으로 타잔을 바꿔놓았다. 이제, 타잔의 온몸에서는 귀족적 본능이 되살아나 지금까지 밀림에서 체득했던 그 어떤 습관들보다도 더 크게 소리를 내고 있었다.

타잔이 한순간에 야생 유인원에서 깔끔한 신사로 변했다는 뜻은 아니다. 그러나 결국 이 순간, 선대로부터 물려받은 본능이 두드러지게 나타났다. 무엇보다도 그가 사랑하는 여자를 즐겁게 하려는 욕망이 끓어올랐다. 또한 그녀에게 잘 보이고 싶기도 했다.

타잔은 그녀가 안전을 확신할 수 있도록 칼을 칼집에 넣었다. 그리고 칼집을 그녀에게 건네주었다. 이것은 상대가 안전하다는 것을 알리기 위한 것으로, 그가 알고 있는 유일한 방법이기도 했다. 그런 다음 타잔은 다시 그녀에게 침실로 들어가라는 몸짓을 해보였다. 제인은 그것을 이해하고 긴 칼을 받아들었다. 그리고 침실로 들어가 푹신한 풀 위에 누웠다. 그러는 동안 타잔은 원형극장의 입구를 막은 채 땅 위에 길게 드러누웠다.

그렇게 아침이 밝았다. 잠에서 깨어나는 순간, 제인은 전날 있었던 이상한 일들을 기억하지 못했다. 그녀는 주위를 보고 깜짝 놀랐다. 작은 은신처, 그녀의 침대로 사용된 푹신한 풀 더미, 그녀의 발치에 열린 틈으로 엿보이는 낯선 풍경들.

천천히 자신이 처한 상황이 하나씩 떠오르기 시작했다. 그러면서 그녀는 굉장한 경이로움에 사로잡혔다. 그녀의 가슴 속에선, 자신이 끔찍한 위험에 처했었지만 아직까지 무사하다는 데 대한 감사가 파도처럼 일렁였다.

그녀는 타잔을 찾기 위해 은신처 입구를 두리번거렸다. 그는 가고 없었다. 그러나 이번에는 어떤 두려움도 없었다. 그가 다시 돌아올 것을 알기 때문이었다. 은신처 입구에 난 풀에는 타잔이 누웠던 자국이 남아 있었다. 그녀를 지키며 밤새 거기에 누워 있었던 모양이었다. 그녀는 타잔이 거기서 지키고 있었기 때문에 자신이 그렇듯 편안하게 잠들 수 있었다는 것을 깨달았다.

그와 함께라면 누군들 두려움을 갖겠는가? 이렇듯 거친 아프리카 밀림의 한가운데에서, 그보다 더 안전하게 느껴지는 사람은 없을 거라고 생각했다. 그와 함께라면 사자나 표범도 두렵지 않았다.

그녀는 가까운 나무에서 타잔의 유연한 몸이 가볍게 내려오는 것을 보았다. 그녀와 눈이 마주치자, 타잔의 얼굴은 순진하고 밝은 웃음으로 환해졌다. 전날 그녀에게 신뢰를 주었던 바로 그 미소였다.

타잔이 다가오자, 그녀의 심장은 빠르게 뛰었고, 두 눈은 반짝였다. 예전에 어떤 남자에게도 준 적이 없는 그런 눈빛이었다. 그는 과일을 모아 은신처의 입구 앞에 놓았다. 다시 한 번, 그들은 과일을 먹기 위해 나란히 앉았다.

제인은 그의 계획이 무엇인지 궁금해지기 시작했다. 그가 그녀를 다시 해변으로 데려다줄 것인가 아니면 이곳에 붙잡아둘 것인가? 불현듯, 그녀는 그런 것들이 별 걱정거리가 되지 않는다는 사실을 깨달았다. 그녀가 그런 걱정을 하지 않을 수 있다니!

그녀는 이 오지의 아프리카 밀림 속에서 맛있는 과일을 먹으며 해맑게 웃는 이 사내와 함께 앉아 있다는 사실이 만족스럽게 느껴졌다. 만족스러울 뿐 아니라 행복하기까지 했다. 그녀는 스스로를 이해할 수 없었다. 지금쯤 불길한 예감에 휩싸여, 거센 불안과 무시무시한 공포로 만신창이가 되어 있어야 옳지 않은가. 그러나 오히려 그녀의 가슴은 설레고 있었고, 옆에 앉은 남자의 웃는 얼굴에 함께 미소짓고 있었다.

아침을 먹고 난 후, 타잔은 그녀가 누웠던 침상으로 가서 그의 칼을 되찾았다. 제인은 칼의 존재를 완전히 잊고 있었다. 그녀 자신이 그 칼을 받을 당시의 두려움을 완전히 잊었기 때문이다.

타잔은 그녀에게 따라오라는 손짓을 하고 주위에 있는 나무로 걸어갔다. 그리고는 굵고 강한 팔로 그녀를 안고 나뭇가지 위를 날기 시작했다. 그녀는 타잔이 자신을 다시 일행에게 데려다주는 길이라는 것을 알았다. 그 순간 갑자기 외로움과 슬픔이 밀려왔다. 그녀는 이런 감정 역시 이해할 수 없었다.

몇 시간 동안 그들은 나무 사이를 천천히 그네 타듯 날아다녔다. 타잔은 서두르지 않았다. 사랑스런 그녀의 팔이 자신의 목을 감싸안을 때의 그 달콤한 기분을 가능한 한 오래 느끼고 싶어서, 해변으로 이어진 길 중에서도 가장 멀리 돌아가야 하는 남쪽 길을 택했다. 또한 타잔은 자신에게는 필요 없는 휴식을 몇 번이나 취했다. 정오쯤 그들은 목을 축이고 허기를 채우기 위해 냇가에서 한 시간 동안 휴식했다.

해질녘이 되어서야 그들은 해안가 오두막 입구에 도착했다. 타잔은 커다란 나무 옆에 내려, 손가락으로 풀숲을 헤치며 작은 오두막을 가리켰다. 그녀는 타잔을 그곳으로 데려가기 위해 그의 손을 잡았다. 그녀의 아버지에게 데려가서 말하려 했다. '이 남자가 나를 죽음으로부터 아니 죽음보다 더한 것으로부터 구해냈어요. 그리고 엄마처럼 정성껏 보살펴주었어요.'

그러나 타잔은 사람들이 보이기 시작하자 주춤했다. 뒤로 물러서며 고개를 저었다. 그녀는 그에게 애절한 눈빛을 보냈다. 어쨌든 그녀는 그가 다시 무시무시한 밀림으로 혼자 돌아간다는 것을 참을 수가 없었다.

그는 여전히 고개를 저었다. 마침내 그는 그녀를 부드럽게 끌어당겼고, 키스하기 위해 몸을 굽혔다. 그러나 우선은, 그녀가 좋아하는지 꺼려하는지 알아보기 위해 그녀의 눈을 바라보았다. 그녀는 잠시 주저했으나, 곧 진실을 깨달았다. 그녀는 아무 부끄럼 없이 그의 목을 감싸안고 그의 얼굴을 끌어당겨 입을 맞추며 속삭였다.

"당신을 사랑해요. 사랑해요."

멀리서 수많은 총이 불을 뿜는 소리가 희미하게 들려왔다. 타잔과 제인은 놀라며 고개를 들었다. 그때 오두막에서는 에스메랄다와 필랜더가 나오고 있었다. 타잔과 제인이 서 있던 곳에서는 항구에 닻을 내리고 있는 두 척의 배를 볼 수 없었다. 타잔은 소리나는 곳을 가리키다가 그의 가슴에 손을 댔고 다시 그곳을 가리켰다. 그녀는 이해할 수 있었다. 총성이 들린 그곳으로 가겠다는 뜻이었다. 그녀는 그가 가려는 이유를 알 수 있었다. 그녀의 사람들이 위험에 처했다고 생각한 것이다.

"다시 돌아와요." 그녀는 속삭였다. "언제나 당신을 기다릴게요."

그는 떠났다. 그리고 제인은 오두막으로 돌아왔다.

그녀를 처음 발견한 사람은 필랜더였다. 그러나 날이 어둑어둑한데다 심한 근시인 탓에, 그는 자신이 발견한 대상이 누구인지 얼른 알아보지 못했다.

"에스메랄다, 서둘러!" 그는 황급히 소리쳤다. "빨리 안으로 들어가자! 사자가 왔어. 세상에! 살려줘."

에스메랄다는 필랜더가 본 것을 확인도 하지 않았다. 그의 억양만으로 충분했다. 그녀는 자신의 이름이 다 불리기도 전에 오두막 안에서 문을 닫고 빗장을 걸어 잠갔다.

"맙소사!"

필랜더는 깜짝 놀라 소리쳤다. 에스메랄다가 너무 서두르는 바람에 그가 들어가기도 전에 문을 걸어 잠근 것이었다. 다가오는 사자와 함께 필랜더는 졸지에 문 밖에 남겨지고 만 것이다.

그는 격렬히 문을 두드렸다.

"에스메랄다! 에스메랄다!"

그는 비명에 가까운 목소리로 외쳤다.

"들여보내줘. 사자에게 잡아먹힐 것 같아."

에스메랄다는 문에서 나는 소리를 듣고 사자가 자기를 덮치려 한다고 지레짐작했다. 그리고 늘 그랬듯이, 그대로 기절해버렸다.

필랜더는 겁먹은 눈으로 뒤를 힐끗 쳐다보았다. 맙소사! 그 물체가 벌써 가까이 다가와 있었다. 그는 오두막 위로 올라가 초가지붕을 잇고 있는 밧줄을 잡았다. 잠깐 동안 그는 빨래줄 위의 고양이처럼 매달려 있었다. 이때 갑자기 지푸라기가 한 움큼 떨어지면서 그도 거꾸로 곤두박질쳤다. 그 순간, 불현듯 기발한 생각이 떠올랐다. 어렴풋한 기억에 의하면 사자는 죽은 척하고 있는 동물은 무시하고 지나간다는 것이었다. 지붕에서 떨어진 필랜더는 죽은 척하며 그대로 누워 있었다. 등 쪽으로 떨어졌기 때문에, 팔과 다리는 뻣뻣하게 위로 들려 있었다. 그 모습이 정말 볼 만했다.

제인은 그 별난 모습을, 놀란 눈으로 바라보았다. 그러고는 키득키득 웃기 시작했다. 필랜더는 무슨 일인가 싶어 몸을 돌려 주위를 살펴보았다. 그리고 마침내 제인을 발견했다.

"제인!" 그가 소리쳤다. "제인 포터. 하나님 맙소사!"

그는 서둘러 일어나 그녀에게 달려갔다. 제인이 살아 돌아온 것이 믿기지 않았다.

"세상에! 어디서 온 거야? 그 동안 어디 있었어? 어떻게……."

"필랜더 씨."

그녀는 그의 말을 가로막았다. "하나씩 질문하세요."

"오, 그래 그래. 네가 이렇게 무사히 돌아와서 너무 기쁘다. 너무 놀라서 내가 지금 무슨 말을 하고 있는지도 모르겠구나. 어쨌든 이리 와서 그간 무슨 일이 있었는지 이야기해주렴."

식인종의 마을

21

군인들이 제인의 자취를 찾기 위해서 무성한 밀림을 헤쳐나갈수록, 그들의 탐색이 무위로 돌아가고 있다는 것이 명백해졌다. 그러나 따뜻한 마음을 지닌 다르노는 노교수의 슬픔과 젊은 영국인의 희망 잃은 눈동자를 생각해, 차마 돌아가자는 말을 못 하고 있었다.

다르노는 그녀의 시신이나 잔해를 발견할 가능성은 거의 없다고 생각했다. 그녀는 짐승들의 먹이가 되었을 것이다. 그는 부하들을, 에스메랄다가 발견된 지점으로부터 방사형으로 배치했다. 그들은 가쁜 숨을 몰아쉬며 포도넝쿨과 곤충들을 헤쳐나갔다. 수색작업은 매우 더뎠다. 정오가 되었는데도 그들은 단지 몇 킬로밖에 나아가지 못했다. 그들은 잠시 휴식을 취한 후 조금 더 내려갔다. 갑자기 군인들 중 하나가 뚜렷하게 남아 있는 발자국을 발견했다. 그것은 오래 전 코끼리가 지나간 흔적이었다. 포터 교수와 클레이튼의 의견을 들은 다르노는 그 발자국을 따라가기로 결정했다. 그 길은 동북 방향을 향해 밀림을 휘감고 있었다. 부대는 길을 따라 일렬로 행진했다.

선두에 선 다르노 대위는 빠른 걸음으로 움직였다. 발자국이 나 있는 그 길은 비교적 한적했다. 바로 뒤에 포터 교수가 오고 있었다. 포터 교수는 그를 따라잡으려 했지만 저만치 앞서가는 젊은 군인을 좇아가는 것은 무리였다.

그때 갑자기 대여섯 명의 검은 전사들이 다르노에게 다가왔다. 다르노는 흑인들이 다가오자 그의 병사들을 향해 경고음을 외쳤다. 그러나 미처 총을 꺼내기도 전에 그는 손발이 묶여 밀림으로 끌려들어갔다. 그의 외침에 놀란 군인들 십여 명이 포터 교수를 앞질러 상관을 구하기 위해 달려갔다. 그들은 그 비명의 의미를 알지 못했다. 단지 앞쪽에 위험한 일이 있다는 것만 느낄 뿐이었다. 그들이 다르노가 잡혀간 장소로 몰려갔을 때, 밀림에서 창이 날아와 대원 중 한 명을 맞추었다. 그러고 나서 수많은 화살들이 그들을 향해 날아왔다. 그들은 화살이 날아오는 방향으로 총을 발사했다. 이즈음 나머지 부대원들이 도착했고 그들은 숨어 있는 적들을 향해 연발사격을 날렸다. 타잔과 제인이 들었던 것은 바로 이 총소리였다.

대열의 끝에서 따라오던 샤르팡티에 대위는 서둘러 현장으로 달려왔다. 병사들에게서 자세한 상황을 보고받은 그는 부하들에게 자신을 따르라 명령하고는 엉켜 있는 풀숲들을 앞서서 헤쳐나갔다. 순식간에 그들과 50여 명 가량의 음봉가 마을 전사들 사이에 백병전이 펼쳐졌다. 화살과 총알이 정신없이 날아다녔다.

잠깐 동안 기이하게 생긴 아프리카 창과 프랑스 총들이 뒤섞여 부딪치며, 잔인하고 피비린내 나는 전투가 있었다. 그러다가 원주민들은 곧 밀림으로 도망갔고, 남은 프랑스 군인들은 희생자 수를 파악했다.

스무 명 가운데 네 명이 죽고 십여 명이 부상을 당했다. 그리고 다르노는 실종됐다. 곧 저녁이 되어 그들이 쫓아왔던 코끼리 발자국마저 찾을 수 없게 되자 그들은 매우 난처한 지경에 빠졌다.

그들이 할 수 있는 일은 그곳에 캠프를 차리고 날이 밝기를 기다리는 것뿐이었다. 샤르팡티에는 자리를 잡고 캠프 주위로 둥그렇게 나무 울타리를 치도록 지시했다. 이 작업은 어둠이 깊어질 때까지 계속되었다. 그들은 일을 계속할 수 있도록 중앙에 커다란 불을 지펴 주위를 밝혔다.

야생 짐승들과 야만인들의 공격으로부터 안전해졌을 때 샤르팡티에는 작은 캠프 주위에 보초를 세웠다. 그리고 나머지, 지치고 배고픈 군인들은 땅바닥에 쓰러져 잠을 청했다. 불빛에 이끌려 온 커다란 짐승들이 내는 소리가 부상 군인들의 신음소리와 뒤엉켜 들렸지만, 피곤에 지친 그들은 소리가 극도로 심해졌을 때만 잠시 깼을 뿐 깊은 잠에 빠져 있었다.

다르노를 붙잡은 흑인들은 싸움에 참여하는 대신 포로를 밀림 속으로 질질 끌고 갔다. 그들은 동료들이 싸우고 있는 전장을 넘어 서둘러 가면서, 다르노에게도 발걸음을 재촉했다. 그를 멀리 끌고 갈수록 싸움소리는 점점 희미해졌다. 갑자기 다르노의 눈앞에 커다란 개척지가 나타났다. 개척지의 한쪽 끝에는 지붕을 얹고 울타리를 친 마을이 자리하고 있었다.

날이 어두워졌다. 문에 서 있던 보초들은 그들이 마을 입구에 다다르기 전, 세 명이 다가오는 것을 보았다. 그들은 곧 그 중 한 명이 포로인 것을 알아차렸다. 울타리 안에서 고함소리가 들려왔다. 수많은 여자들과 아이들의 무리가 일행을 맞이하러 몰려왔다.

그 프랑스 장교는 지구상에서 가장 끔찍한 경험을 하기 시작했다. 그것은 아프리카 식인종 마을에서 백인 포로에게 행해진 무자비한 행위였다. 흑인들은 위선으로 가득 찬 벨기에 군주, 레오폴드 2세의 백인 장교들이 자신들의 종족에게 행했던, 더욱 잔혹했던 행위들을 기억하고 있었다. 백인 군사들을 피해 그들은 콩고를 도망쳐나왔다. 그들은 한때 강력한 종족이었으나 이제는 생존자가 얼마 남아 있지 않았다.

그들은 다르노의 이빨과 손톱을 뽑았다. 갈고리 같은 손으로 그를 갈기갈기 찢었고 막대기와 돌로 마구 때렸다. 갈가리 찢겨진 옷도 흔적만 남았다. 그의 벌거벗은 살은 떨고 있었고, 그 위로 무자비한 구타가 계속되었다. 이 프랑스인은 그러한 고통 속에서도 비명 한 번 지르지 않았다. 그는 신께 이 고통으로부터 자신을 빨리 데려가달라고 조용히 기도했다.

그러나 그가 간청했던 죽음은 그렇게 쉽게 오지 않았다. 곧 전사들이 다르노에게서 여자들의 무리를 쫓아냈다. 지금보다 좀더 우아한 놀림감을 만들기 위해서였다. 최초의 분노가 가라앉자, 그들은 다르노에게 침을 뱉으며, 심한 모욕과 욕설을 해대는 것으로 만족했다.

잠시 후 그들은 마을 중앙에 도착했다. 다르노는 커다란 기둥에 단단하게 묶였다. 지금까지 그 기둥에서 살아 돌아간 사람은 아무도 없었다.

한 무리의 여자들은 각자 집으로 흩어져 주전자에 물을 담아왔고, 그동안 다른 이들은 축제 음식을 끓일 불을 피웠다. 다른 전사들이 더 많은 포로를 데려오리라 기대하고 있었으므로, 나머지 음식은 나중을 위해 조각내어 서서히 말려놓을 생각이었다. 그러나 축제는 지체되고 있었다. 백인들과 접전을 벌이느라 숲에 남아 있던 전사들이 돌아오지 않고 있었기 때문이다.

모두가 마을에 모였을 때는 꽤 늦은 시각이었다. 그리고 마침내 불운한 장교를 둥글게 둘러싼 채 죽음의 축제가 시작됐다. 고통과 피로로 거의 실신상태가 된 다르노는 반쯤 감긴 눈꺼풀 밑으로 이 장면을 보았다. 정신착란으로 인해 헛것을 보는 것 같았다. 그도 아니면, 빨리 깨고 싶은 무서운 꿈을 꾸고 있는 것으로밖에는 생각되지 않았다.

여러 가지 색칠을 한 야만스런 얼굴들, 큰 입과 흐느적거리는 늘어진 입술, 날카롭게 다듬은 누런 이빨, 두리번거리는 악마 같은 눈동자, 번들거리는 나체, 잔인한 창들. 정말 지구상에 이런 피조물들이 또 있을까. 그는 꿈을 꾸고 있는 것이 분명했다. 야만인들이 빙글빙글 원을 그리며 다가왔다. 창 하나가 튀어나와 그의 팔을 건드렸다. 섬뜩한 고통, 뜨거운 열기, 흘러내리는 핏물 들은 그의 절망스러운 상황을 확인시켜주고 있었다. 다른 창이 그리고 또 다른 창이 그를 찔러댔다. 그는 눈을 감고 이를 악물었다. 그는 울지 않으려 애썼다. 그는 프랑스 군인이었다. 장교가, 그리고 신사가 얼마나 장렬히 죽어가는지를 이 야만인들에게 보여주고 싶었다.

타잔은 먼 거리의 총성이 무엇을 의미하는지 잘 알고 있었다. 입술 위에 아직도 따뜻한 제인의 키스를 간직한 채, 그는 믿기지 않을 만큼 빠른 속도로 나무 사이를 통과하여 음봉가 마을을 향했다. 그는 자신이 들은 총성에는 관심이 없었다. 그것은 금방 끝나리라고 판단했기 때문이다. 그들이 죽든 도망을 가든 그는 그들을 도울 수도 없고 또 그의 도움을 필요로 하지도 않을 테니까. 타잔이 서둘렀던 것은 죽이지 않고 데려갔을 포로들 때문이었다. 그리고 그는 음봉가 마을 중앙에 있는 큰 기둥에서 그들을 발견하리라는 것을 알고 있었다.

타잔은 음봉가의 흑인 전사들이 포로들을 데리고 북쪽에서 돌아오는 것을 여러 번 본 적이 있다. 이글거리는 수많은 횃불들 사이에서 이루어지던 끔찍한 화형식! 항상 같은 장면들이 반복되었다. 타잔은 또한, 그들이 포로에게 행하는 극악무도한 행위가 머잖아 끝날 것임을 알고 있었다. 그는 제 시간에 도착할 수 있을지 걱정스러웠다. 타잔은 속력을 냈다. 밤이 되었고, 타잔은 높은 언덕을 따라 계속 움직였다. 눈부신 열대지방의 달빛이 부드럽게 흔들리는 나무 꼭대기 가지들 사이로 어지러운 오솔길을 비추고 있었다.

잠시 후 그는 먼 곳에서 반짝이는 불빛을 발견했다. 타잔이 가고 있는 길의 오른편이었다. 두 남자가 공격을 받기 전에 피워놓은 야영지 불빛임에 틀림없다고 생각했다. 타잔은 프랑스 순찰선 군인들의 존재에 대해서는 모르고 있었기 때문이다. 타잔은 진행 방향을 바꾸지 않고 약 4킬로미터 거리 내에 있는 불빛을 지나쳐 갔다.

타잔은 채 몇 분도 안 되어 음봉가 마을 위에 있는 나무까지 날아왔다. 아, 혹시 너무 늦은 건 아닌지… 그는 알 수 없었다. 기둥에 묶여 있는 사람은 너무나 조용했다. 그런데도 흑인 무사들은 여전히 그를 찌르고 있었다.

타잔은 그들의 관습을 알고 있었다. 치명적인 타격은 아직 없었다. 그는 이 죽음의 무도회가 얼마나 진행되었는지 짐작할 수 있었다. 곧 음봉가의 칼이 포로의 귀 하나를 자를 것이다. 이것이 악마의 축제의 끝을 알리는 신호이다. 그리고 포로의 몸은 금세 팔다리가 잘린 채 버둥거리는 덩어리로 남겨질 것이다. 그 덩어리에는 아직 생명이 있을 것이다. 그때는 단지 죽음만이 그 생명체를 위한 유일한 자비가 된다.

다르노가 묶인 말뚝은 가장 가까이에 있는 나무에서 약 1킬로미터 정도 떨어져 있었다. 타잔은 줄을 감았다. 춤추는 악마들의 잔인한 함성 위로 타잔의 무시무시한 도전이 시작됐다. 춤을 추던 이들은 마치 돌로 변한 듯 모든 움직임을 멈추었다. 줄은 흑인들의 머리 위를 휙휙 날아다녔다. 너무나 빠른 속도였기 때문에 타오르는 불빛 속에서도 거의 보이지 않았다.

다르노는 눈을 떴다. 그의 바로 앞에 서 있던 커다란 흑인이 보이지 않는 손에 의해 쓰러지는 것처럼 뒤로 나자빠졌다. 비명을 지르고 몸부림치며, 그의 몸은 옆으로 데굴데굴 굴러 나무그늘로 빠르게 이동했다. 공포에 질린 흑인들은 무엇엔가 홀린 듯 보였다. 나무 밑에 있던 덩치 큰 흑인의 몸이 곧장 하늘로 솟구쳤다. 그리고 그가 밀림의 나뭇잎 속으로 사라지자 공포에 싸인 원주민들은 비명을 지르며 미친 듯 마을 안으로 도망치기 시작했다.

다르노는 혼자 남겨졌다. 그는 용감한 사람이었다. 그러나 공중에서 무시무시한 소리가 들리자 목덜미와 짧은 머리칼이 곤두서는 것이 느껴졌다. 버둥거리는 흑인의 몸이 숲 속의 빽빽한 나뭇잎 사이로 솟구쳐 올라갔다. 그것은 마치 초인적인 힘에 의한 것 같았다. 죽은 사람이 무덤에서 일어난 듯했다. 싸늘한 전율이 다르노의 등줄기를 타고 내려왔다. 마치 죽음의 신이 어두운 무덤에서 일어나 그 차갑고 끈적이는 손가락을 가져다대는 듯했다.

다르노가 흑인이 사라진 쪽을 보았을 때, 거기서 움직이는 소리가 들렸다. 나뭇가지들이 사람 몸무게에 의해 눌리는 것처럼 흔들렸다. 쾅 소리와 함께 흑인이 다시 땅 위에 떨어져서는, 그 자리에 죽 뻗은 채 조용히 누워 있었다.

그 뒤에 나타난 사람은 백인이었다. 그는 똑바로 서 있었다. 다르노는 날렵한 팔다리를 지닌 거구의 젊은이가 어두운 나무그늘에서 나와 불빛을 향해 오는 것을 보았다. 젊은이는 그를 향해 빠르게 다가왔다.

'이것은 어떤 의미일까. 그는 누구일까. 틀림없이 새로운 고통과 파괴가 있을 거야.'

다르노는 기다렸다. 그의 두 눈은 다가오는 남자를 뚫어지게 보고 있었다. 그 남자의 솔직하고 맑은 눈은 다르노의 고정된 시선에도 흔들림이 없었다.

'저런 얼굴에도 잔인한 마음이 감추어져 있을까.'

다르노는 다소 안심했지만, 여전히 큰 희망을 갖지는 않았다.

타잔은 한마디도 없이 프랑스인을 묶고 있던 줄을 잘라주었다. 출혈과 고문으로 약해질 대로 약해진 다르노는 누군가 잡아주지 않으면 곧 쓰러질 것 같았다. 그는 남자가 자신을 번쩍 드는 것을 느꼈다. 마치 하늘을 나는 것 같은 기분이었다. 곧이어 그는 또다시 의식을 잃었다.

원정대

22

밀림 한가운데에 있는 프랑스인들의 작은 캠프에 새벽이 밝아오자 슬픔과 낙심에 잠긴 부대가 모습을 드러냈다. 주위를 분간할 수 있을 만큼 환해지자마자 샤르팡티에는 어제 그들이 지나온 발자국을 찾기 위해 여러 방향으로 세 명씩 짝을 지어 보냈다. 십분 만에 발자국을 발견한 수색대는 서둘러 해변으로 돌아왔다.

여섯 구의 시체를 옮겨야 했기 때문에 그들은 매우 천천히 이동했다. 밤새 희생자가 두 명이나 늘었다. 상처 입은 이들 중 몇몇은 상처가 심해 혼자 힘으로는 움직이기가 매우 힘들었다. 샤르팡티에는 전력 보강을 위해 일단 막사로 돌아간 후, 나중에 다시 원주민들을 추적해서 다르노를 구해내기로 했다.

지친 부대원들이 해변에 다다른 것은 늦은 오후였다. 그리고 그들 중 두 사람에게 귀환은 너무나 큰 행복을 가져다주었다. 모든 고통과 가슴이 터질 듯한 슬픔이 한순간에 잊혀졌다.

수색대가 밀림에서 나왔을 때, 포터 교수와 클레이튼이 처음 본 사람은 오두막 문가에 서 있던 제인이었다. 기쁨과 안도로 낮은 탄성을 지르며, 그녀는 앞으로 달려나와 그들을 반겼다. 그녀는 아버지의 목을 팔로 껴안으며, 이 끔찍하고도 위험스런 해변에 던져진 이후 처음으로 크게 울음을 터뜨렸다.

포터 교수는 남자답게 자신의 감정을 억누르려 애썼다. 그러나 그 동안 그의 신경은 몹시 긴장해 있었고, 원기를 잃어 많이 쇠약해져 있었다. 결국 그는 그녀의 어깨에 얼굴을 묻고 지친 아이처럼 조용히 흐느꼈다.

제인은 아버지를 오두막으로 안내했다. 그리고 클레이튼은 수색대를 맞이하러 나온 군인들이 있는 해변으로 갔다. 클레이튼은 아버지와 딸이 둘만의 시간을 갖길 바라는 마음에서 일부러 자리를 비켜주었다. 그는 그들이 탄 보트가 범선을 향해 떠날 때까지 장교들과 대화를 했다. 그곳에서 샤르팡티에는 수색대의 불행한 성과를 전해야 했다.

클레이튼은 천천히 오두막으로 돌아왔다. 사랑하는 이가 무사히 돌아왔으므로, 그의 마음은 행복감으로 가득했다.

'도대체 어떤 기적이 그녀를 구할 수 있었을까.'

그는 궁금했다. 그녀의 살아 있는 모습을 다시 보게 되다니, 정말로 믿을 수 없는 일이었다. 오두막에 도착했을 때 제인이 막 나오고 있었다. 그를 본 그녀가 급히 다가왔다.

"제인!" 클레이튼이 소리쳤다. "정말이지 우리에게, 신의 가호가 있었나 봐요. 어떻게 빠져나올 수 있었는지 말해봐요. 어떤 신이 우리를 위해 당신을 구했는지 말이오."

그는 지금껏 그녀의 이름을 불러본 적이 없었다. 48시간 전에 그가 그렇게 그녀의 이름을 불렀다면 그녀는 기쁨으로 충만했을 텐데, 지금은 그것이 그녀를 그저 놀라게 할 뿐이다.

"클레이튼 씨."

그녀는 손을 내밀며 조용히 말했다.

"먼저 당신이 아버지에게 보여준 충정에 대단히 감사해요. 아버지는 당신이 얼마나 고결하고 이타적이었는지 말씀해주셨어요. 어떻게 이 은혜를 갚을 수 있을까요."

클레이튼은 그녀가 자신의 친밀한 인사에 대답하지 않고 있다는 것을 알아차렸다. 그러나 그는 불안해하지 않았다. 그녀는 너무 많은 일을 겪었다. 지금은 그녀에게 자신의 사랑을 강요할 시점이 아니었다.

"나는 이미 보답 받았어요. 당신과 포터 교수님이 모두 무사히 다시 만난 것만으로도 충분합니다. 당신 아버님이 불평도 하지 않은 채 조용하고도 애절하게 슬픔을 오랫동안 참아내는 걸, 저 또한 견뎌낼 자신이 없었답니다."

클레이튼은 계속해서 말했다.

"그것은 내 생애에 가장 슬픈 경험이었습니다. 포터 양, 그렇지만 이렇듯 커다란 나의 슬픔도 당신 아버지에 비하면 아무것도 아니었어요. 당신 아버님의 슬픔은 너무나도 절망적이고 딱해 보여서, 그것은 나에게 사랑에 대해 가르쳐주었답니다. 부인에 대한 남편의 사랑조차도 딸에 대한 아버지의 사랑처럼 그토록 깊고 처절하며 이타적일 수는 없을 거예요."

제인은 머리를 숙였다. 그녀는 묻고 싶은 것이 있었다. 그러나 그녀가 숲의 신 같은 인물과 서로 사랑의 눈길을 주고받으며 맛있는 과일을 먹고, 함께 웃고 행복해하는 동안, 이 두 남자는 사랑하는 이를 잃은 끔찍한 고통의 시간을 보냈다. 이런 그에게 그녀가 하려는 질문은 신성모독에 가까웠다. 그러나 사랑의 마음은 이상한 것이었다. 인간의 본성 또한 그러했다. 결국 그녀는 질문을 하고 말았다.

"당신을 구하러 간 그 숲의 남자는 어디 있나요? 왜 그는 돌아오지 않았죠?"

"무슨 얘길 하는지 모르겠군요. 누굴 이야기하는 거죠?"

클레이튼이 대답했다.

"당신과 나를 구해준 사람 말이에요. 그 사람이 나를 고릴라로부터 구했잖아요."

"아!"

클레이튼은 놀라서 소리쳤다.

"당신을 구한 사람이라고요? 당신도 알다시피 당신은 그간의 모험에 대해 아무 얘기도 하지 않았어요."

"그러면 숲 속의 남자는?"

그녀는 재촉해 물었다.

"그를 보지 못했나요? 우리가 오두막 가까이에 도착했을 때쯤 멀리 밀림에서 희미한 총소리가 들렸어요. 그때 그 사람은 나를 이곳에 남겨두고 싸움이 일어난 쪽으로 서둘러 갔어요. 그는 당신들을 도우러 간 거예요."

그녀의 목소리는 거의 간청에 가까웠고, 그녀의 태도는 애써 감정을 억누르느라 긴장되어 있었다. 클레이튼은 그것을 감지했다. 그는 그녀가 왜 그토록 동요하고 있는지, 왜 그 낯선 남자의 행방에 대해 그렇게 알고 싶어하는지 의아해했다. 왠지 슬픈 일이 생길 것만 같은 불안한 예감이 그를 휘감았다. 그의 마음 속에는 자신도 모르게 질투와 의심의 감정이 싹트기 시작했다. 자신의 생명을 구해준 그 원숭이 인간에 대해.

"우리는 그를 보지 못했어요."

클레이튼은 조용히 대답했다.

"그는 우리와 함께 있지 않았습니다."

잠시 생각에 잠긴 뒤 그는 말을 이었다.

"아마도 우리를 공격했던 자신의 종족에 합류했을 거예요."

클레이튼은 자신이 왜 그렇게 말하고 있는지 알 수 없었다. 그 자신도 그것이 사실이라고는 생각지 않았다. 그녀는 눈을 크게 뜨고 한동안 그를 바라보았다.

"아니에요!"

그녀는 격렬하게 소리쳤다. 그 목소리는 너무나도 단호했다.

"그럴 리 없어요. 그들은 야만인들이에요."

클레이튼은 당황했다.

"그 역시 밀림 속에 사는, 반은 야만인인 사람이에요. 포터 양, 우리는 그에 대해 아무것도 몰라요. 그는 유럽 언어를 말하지도 이해하지도 못하잖아요. 그리고 그의 장신구와 무기들은 서해안 야만족들의 것과 같단 말입니다."

그는 재빨리 말했다.

"밀림 안 수백 킬로미터 안에 있는 인간이라고는 죄다 야만인들뿐이에요. 그는 우리를 공격했던 그 종족과 한패일 겁니다. 아니면 다른 야만족이거나. 어쩌면 식인종일지도 몰라요."

제인의 얼굴이 창백해졌다.

"나는 그렇게 생각하지 않아요."

그녀는 작은 목소리로 말했다.

"그건 사실이 아니에요. 그는 반드시 돌아와서 당신의 생각이 틀렸다는 것을 증명할 거예요. 당신은 나만큼 그에 대해 알지 못해요. 그는 신사예요."

그녀는 항의하듯 말했다.

클레이튼은 관대하고 예의바른 사람이었다. 그러나 숲 속 남자에 대한 그녀의 쉼 없는 변호에 그는 까닭 모를 질투심을 느꼈다. 클레이튼은 자신들이 이 야생의 반신반인에게 신세를 졌다는 사실을 순간적으로 잊고, 입가에 비웃음을 머금은 채 그녀에게 대답했다.

"어쩌면 당신이 옳을지도 모르죠, 포터 양."

클레이튼이 단호하게 말했다.

"그러나 우리 중 누구도 짐승의 날고기를 먹는 그 남자에 대해 걱정할 필요는 없을 거라고 생각해요. 반쯤 미친 채 이곳에 버려진 그에게 우리의 존재는 금세 잊혀질 겁니다. 아마 우리가 그를 잊는 것보다 훨씬 빠르겠지요. 그는 단지 밀림의 야수일 뿐이에요, 포터 양."

그녀는 대답하지 않았다. 그러나 그녀의 마음은 움츠러들었다. 그녀는 클레이튼이 단지 자신의 생각을 말했을 뿐이라는 것을 알고 있었다. 이때 제인은 처음으로 자신의 새로운 사랑을 지탱해주는 구조를 분석하기 시작했다. 그리고 한편으로는 자신이 사랑하는 대상에 대해 곰곰이 생각해 보았다.

제인은 천천히 돌아서서 오두막으로 걸어갔다. 그녀는 대양을 항해하는 쾌속선의 식당에서 자신의 옆에 앉아 있는 타잔의 모습을 상상해보았다. 동물이 먹이를 먹듯 손으로 게걸스럽게 먹어대며 기름기 잔뜩 묻은 손가락을 허벅다리에 닦아대는 그의 모습이 떠올랐다. 그녀는 몸서리쳤다. 이번에는 친구들에게 그를 소개하는 장면을 상상해보았다. 투박하고, 무식한 촌뜨기의 모습이었다. 그녀는 순간 주춤했다.

그녀는 이제 방에 도착했다. 그리고 풀로 만든 침대의 모서리에 앉아, 한 손을 두근거리는 가슴 위에 올려놓았다. 그가 준 목걸이의 단단한 줄이 만져졌다. 제인은 목걸이를 풀어, 잠깐 동안 손바닥에 올려놓고 눈물로 흐릿해진 눈으로 그것을 바라보았다. 그러고 나서는 목걸이를 입술에 대고 지그시 눌렀다. 그녀는 침대에 얼굴을 묻고 흐느껴 울었다.

"야수? 그렇다면 신은 나 역시도 야수로 만들었어. 당신이 사람이든 짐승이든 나는 당신의 것이니까." 그녀는 중얼거렸다.

그날 그녀는 다시 클레이튼을 만나지 못했다. 에스메랄다는 저녁식사를 그녀에게 가져다주었다. 그녀는 제인이 이상한 모험 뒤에 오는 부작용으로 고통받고 있다고 포터 교수에게 전했다.

다음 날 아침 일찍, 클레이튼은 다르노를 찾아 구조대와 함께 떠났다. 이번에는 이백 명의 무장한 군인들이 함께 했다. 열 명의 장교들과 두 명의 의사, 일주일분의 식량도 있었다. 그들은 또한 깔 것과, 병자와 부상자를 운반하기 위한 해먹도 가지고 갔다. 그들은 굳은 결의와 분노로 가득

차 있었다. 이것은 다르노를 구하기 위한 원정인 동시에 복수를 위한 원정이기도 했다. 정오가 막 지났을 무렵, 이들은 지난번 수색에서 접전이 있었던 장소에 도착했다. 이미 알고 있는 길을 가고 있었기 때문에 탐색에 시간을 허비할 필요가 없었다.

거기서부터 생겨난 코끼리 발자국이 그들을 음봉가 마을로 곧장 안내했다. 원정대의 지휘자가 개척지 끝에 도달했을 때는 고작 두시였다. 지휘를 맡은 샤르팡티에는 즉시 병력의 일부를 밀림을 통해 마을 반대편으로 보냈다. 다른 파견대는 마을 입구로 급파됐다. 그리고 그는 개척지 남쪽에 나머지 군사들과 함께 남아 있었다. 북쪽에 자리를 잡기로 한 마지막 파견대가 공격을 시작하기로 되어 있었다. 그들의 신호탄은 전방위 집중 공격을 알리는 신호가 될 것이다. 그 첫번째 공격을 시작으로 마을을 초토화하려는 계획이었다. 샤르팡티에와 군사들은 30분 동안 어두운 밀림 속에서 신호를 기다리며 웅크리고 있었다. 마치 기나긴 몇 시간처럼 느껴지는 30분이었다. 그들은 들판에 나와 있는 원주민들과 마을 입구를 들락거리는 원주민들의 모습을 볼 수 있었다.

마침내 신호가 떨어졌다. 날카로운 총성이 울리자, 밀림으로부터 화답하는 총소리가 서쪽과 남쪽으로 일제히 울려퍼졌다. 들판에 나와 있던 원주민들은 들고 있던 농기구들을 떨어뜨리고 마을 울타리를 향해 뿔뿔이 흩어졌다. 프랑스에서 온 총들이 그들을 소탕했고 프랑스 군인들은 항복한 원주민들을 마을 입구로 곧장 몰아갔다.

원주민들은 갑작스럽게 밀려들어온 군인들과 예기치 못한 육탄전을 벌였다. 순식간에 마을은 무장 군인들로 가득 찼고, 원주민들은 꼼짝없이 갇히는 신세가 됐다. 아주 잠깐, 흑인들이 마을 입구에서 저항하며 버티긴 했다. 그러나 프랑스인의 연발총과 소총, 단검들은 원주민 창병들을 압도했고, 흑인 궁사들의 화살이 날아오기 전에 그들을 무찔렀다.

전투는 곧 원주민들의 대패로 끝났고 이어 잔혹한 학살이 일어났다. 저항하던 몇몇 흑인 전사들이 다르노의 군복을 입고 있는 것을 프랑스 군인들이 발견했기 때문이었다. 그들은 공격 능력이 없는 어린이와 여자들은 살려두었다. 마침내 그들에게 대항하는 음봉가 전사들이 한 명도 남지 않게 되자 피와 땀으로 범벅이 된 군사들의 살육 행위가 비로소 멈추었다.

군인들은 모든 오두막과 마을 구석구석을 샅샅이 수색했지만 다르노의 흔적을 찾지는 못했다. 그들은 몸짓을 동원해 포로들을 심문했다. 그러다가 전에 콩고에서 복무했던 한 병사를 통해 백인들과 해안 종족들 사이에서 통하는 유사어를 원주민들이 이해한다는 사실을 알게 되었다. 그러나 여전히 다르노의 생존 여부에 관해서는 정확한 사실을 알 수 없었다.

동료의 소식을 알아내기 위한 심문에서 그들이 얻은 것은 포로들의 흥분된 몸짓과 두려운 표정뿐이었다. 그런 모습을 통해 그들은 이 악마 같은 원주민들이 이틀 전 자신들의 전우를 죽이고 먹어버렸을 것이라 확신하게 됐다.

마침내 모든 희망은 사라졌다. 그들은 마을 안에서 하룻밤을 지내기 위해 야영을 준비했다. 포로들은 세 개의 오두막에 집결됐고 이들에 대한 엄중한 감시가 있었다. 보초병들은 빗장으로 잠근 문 앞에 배치되었다. 가족을 잃은 원주민 여자들의 울부짖는 소리만이 간헐적으로 들려올 뿐 마을은 깊은 고요 속에 빠져들었다.

다음 날 아침 군인들은 철수를 준비했다. 애초 마을을 불태워버릴 생각이었으나, 그 계획을 포기하고 포로들을 남겨두기로 했다. 포로들은 울며 탄식했지만, 그들을 덮어줄 지붕과 밀림의 야수로부터 보호해줄 울타리는 남아 있었다.

원정대는 전날의 진로를 따라 천천히 퇴각했다. 부상자를 운반하는 열 개의 해먹이 행진을 더디게 했다. 여덟 개의 해먹에는 가장 심하게 부상당한 병사들이 누워 있었고 나머지 두 개에는 사망한 병사들이 있었다.

클레이튼과 샤르팡티에 대위는 군대의 뒤를 따라 걷고 있었다. 클레이튼은 샤르팡티에의 슬픔에 경의를 표하며 침묵했다. 다르노는 어린 시절부터 둘도 없는 친구였기에 샤르팡티에의 슬픔은 더욱 컸다.

클레이튼은 다르노가 의미없는 희생을 당했기 때문에 샤르팡티에가 느끼는 슬픔이 더욱 통렬하리라 짐작했다. 다르노가 그 야만인들의 손에 넘어가기 전에 제인은 구출되었다. 다르노는 그의 임무를 수행하던 중 사망한 것이 아니라 낯선 이방인들을 위해 목숨을 잃은 것이다. 클레이튼이 샤르팡티에에게 이런 얘기를 하자, 그는 고개를 저었다.

"아니오." 그는 대답했다.

"다르노는 아마 그래도 죽음을 택했을 겁니다. 내가 슬퍼하는 것은 단지 그를 대신해 죽지 못했기 때문입니다. 아니, 적어도 그와 함께 죽었어야 했습니다. 당신이 그를 좀더 잘 알았더라면 좋았을 것을… 그는 진정한 장교이자 신사였습니다. 이러한 칭호는 많은 이들에게 부여되지만 실제로 그렇게 불릴 만한 자격이 있는 사람은 많지 않지요. 그의 죽음은 헛되지 않았습니다. 낯선 미국인 소녀로 인한 그의 죽음은 그의 전우인 우리들로 하여금 죽음에 좀더 용감하게 맞설 수 있도록 했기 때문입니다. 죽음이 어떻게 오더라도 말이지요."

클레이튼은 대답하지 않았다. 그러나 그의 마음 속에는 프랑스인들에 대한 새로운 존경심이 일었다. 그리고 그것은 그 후에도 사라지지 않고 늘 가슴에 남아 있었다.

그들이 해안가 오두막에 이르렀을 때는 꽤 늦은 시각이었다. 그들은 밀림에서 나오기 전 배 위와 캠프에 있는 사람들에게 원정대가 늦어짐을 알리기 위해 총을 한 발 쏘았다. 그것은 일종의 신호였다. 그들이 캠프 가까이 왔을 때, 단발의 총성은 실패를 의미하고 세 발은 성공을, 두 발은 다르노와 그를 포획한 자들에 대한 어떤 표시도 찾지 못했다는 것을 나타내기로 미리 정해져 있었다.

따라서 일행은 엄숙하게 그들의 귀환을 기다렸다. 전사자와 부상자들이 조심스럽게 배에 안치되어 순찰선을 향해 조용히 노 저어가는 동안, 아무도 입을 열지 않았다. 클레이튼은 밀림에서 보낸 5일간의 고생스런 행군과, 흑인들과의 두 차례 접전으로 완전히 지쳐 있었다. 그는 약간의 음식과 그나마 편안한 잠자리가 있는 오두막으로 향했다.

오두막 곁에 제인이 서 있었다.

"가엾은 대위님의 흔적을 찾지 못했나요?" 그녀가 물었다.

"우리가 너무 늦었어요. 포터 양." 그가 슬픈 목소리로 대답했다.

"무슨 일이 있었나요? 말해주세요." 그녀가 물었다.

"그럴 순 없습니다. 너무 끔찍한 일이라서요."

"그들이 그를 고문했다는 건 아니겠지요?" 그녀가 속삭였다.

"우린 그들이 그를 죽이기 전에 무슨 짓을 했는지 모릅니다."

그의 얼굴에는 피곤함과 슬픔이 역력했다. 그는 '죽이기 전' 이라는 단어를 강조했다.

"그들이 죽이기 전이라고요! 그게 무슨 말인가요? 그들이 그럼…?"

그녀는 클레이튼이 전에 했던 말에 대해 생각하고 있었다. 그는 숲 속 남자가 이 종족과 관계가 있을 거라고 했었고, 그녀는 그 끔찍한 이야기를 상상조차 할 수 없었다.

"그래요, 포터 양. 그들은 식인종이었어요."

그가 비통하게 말했다. 숲 속 남자에 대한 생각이 불현듯 떠오르면서, 이틀 전 그를 엄습했던 이상야릇한 질투심이 다시 한 번 타올랐기 때문이다. 그러자 전혀 클레이튼답지 않은 잔인성이 갑자기 모습을 드러냈다. 마치 타잔의 정중한 배려가 원숭이답지 않은 것과도 같았다. 클레이튼은 퉁명스럽게 말했다.

"당신의 숲 속 신이 당신을 혼자 두고 떠났을 때, 그는 분명히 잔치에 가려고 서둘렀던 겁니다."

그는 자신의 말이 끝나기도 전에, 미안한 생각이 들었다. 그 말이 그녀에게 얼마나 잔인한 것인지는 미처 몰랐지만, 자신의 동료들 모두의 생명을 구해주고, 누구에게도 해를 끼치지 않은 사람을 근거 없이 모함한 것이 후회스러웠다.

제인은 고개를 높이 들었다.

"그게 당신의 주장에 가장 적합한 답이 될 수 있겠군요. 클레이튼 씨."

그녀는 차갑게 말했다.

"내가 남자가 아니라서 유감이군요. 그랬다면 거기에 대해 적절한 답을 말해줄 수 있었을 텐데요."

그녀는 휙 돌아서서 오두막으로 들어갔다.

클레이튼은 영국인이었다. 그녀의 모습이 채 사라지기 전에, 그는 진정한 남자라면 어떤 답변을 했을까 짐작해보았다.

'내 말을 듣고 그녀가 나를 거짓말쟁이라고 불렀군.'

그는 침울하게 중얼거렸다. '정말이지 난 그런 말을 들어 마땅해.'

"이봐, 클레이튼. 네가 피곤해서 침착성을 잃은 건 알지만 그렇다고 그런 바보짓을 할 필요는 없잖아. 그냥 잠이나 자는 게 좋겠어." 그는 생각에 잠겨 이렇게 중얼거렸다.

그러나 잠자리에 들기 전 그는 제인에게 사과하고 싶었다. 돛대의 천으로 막은 반대편에 있는 제인을 불렀지만, 차라리 스핑크스에게 말을 거는 편이 나을 듯했다.

클레이튼은 편지를 써서 칸막이 아래로 밀어넣었다. 제인은 매우 화가 나고 상심해 있었으므로 이 작은 쪽지를 보고도 모른 척 무시했다.

하지만 그녀도 여자였다. 결국, 그녀는 그 편지를 집어들어 읽었다.

친애하는 포터 양에게.

내가 한 일에 대해 돌려서 이야기하지 않겠습니다. 그저 내가 할 수 있는 유일한 변명은 마음이 너무 심란했기 때문이라는 것입니다. 사실 그 자체는 전혀 변명이 되지 않지만요.

부디 내가 그런 말이 한 적이 없다고 생각해주기 바랍니다. 매우 미안하게 생각합니다. 이 세상 누구보다 당신을 상심하게 하고 싶지 않아요. 용서 한다고 말해줘요.

—*클레이튼.*

'클레이튼이 그렇게 생각하고 있지 않다면, 그런 말을 할 리가 없지.'

그녀는 생각했다.

'하지만 그게 사실일 리 없어. 난 알아. 분명 사실이 아니라는 걸.'

그런데 편지의 한 구절이 그녀를 놀라게 했다.

"이 세상 누구보다 당신을 상심하게 하고 싶지 않아요."

일주일 전만 하더라도 그녀를 기쁘게 했을 그 말이 이제는 그녀를 우울하게 했다. 그녀는 차라리 클레이튼을 만나지 않았더라면 좋았을 것이라 생각했다. 그녀는 숲 속의 남자를 만난 것을 후회했다. 아니, 그녀는 기뻤다. 밀림에서 돌아온 다음 날 제인은 오두막 앞 풀숲에서 또 다른 편지를 발견했다. 타잔이라는 사람이 쓴 사랑의 편지였다. 이 새로운 구혼자는 도대체 어떤 사람일까? 그가 이 험악한 숲 속에 사는 야생동물에 불과하다면, 왜 그녀를 죽이지 않았을까?

"에스메랄다, 일어나." 그녀는 소리쳤다.

"세상이 슬픔으로 가득하다는 걸 알면서 어쩌면 그렇게 태평하게 잠만 잘 수 있지? 정말이지 못 말리겠다."

"엄마야!"

에스메랄다는 벌떡 일어나며 소리쳤다. "무슨 일이에요? 하마가 어딨어요, 제인 양?"

"말도 안 되는 소리 하지 마, 에스메랄다. 아무 일도 없어. 다시 잠이나 자. 이런 상황에서 잠만 자다니 너도 참 나빠. 그렇지만 깨어 있으니 훨씬 더하구나."

"알았어요. 근데 무슨 문제가 있나요? 오늘 저녁엔 기분이 별로인 것 같은데."

"아냐, 에스메랄다. 그냥 좀 언짢아서 그래. 난 괜찮으니까 신경 쓰지 마." 제인은 말했다.

"그래요, 아가씨도 그만 자도록 해요. 신경이 날카로워진 것 같네요. 하긴 필랜더 씨가 계속해서 사람을 먹는 악령 따위에 대해 얘기해대는데 신경이 곤두서는 게 당연하지."

제인은 에스메랄다에게 인사하고 웃으면서 작은 방을 가로질러갔다.

동족애

23

의식을 되찾은 다르노는, 자신이 풀로 만든 푹신한 침대 위에 누워 있는 것을 발견했다. 위로는 나뭇가지로 만들어진 A자 형태의 지붕이 보였고, 발치로는 푸른 풀밭을 향해 창문이 나 있었다. 그 너머로 조금 떨어진 곳에 밀림과 밀림이 빽빽이 들어차 있었다.

의식이 완전히 돌아왔을 때 무자비한 상처가 남긴 날카로운 고통이 마치 고문하듯 그를 괴롭혔다. 무시무시한 매질로 인해 몸의 모든 뼈와 근육에 무거운 통증이 느껴졌다. 고개를 돌리는 것조차 너무 고통스러워 그는 오랫동안 눈을 감은 채 누워 있었다.

다르노는 정신을 잃기 전에 일어난 사건의 단편들을 이어 붙이려 노력했다. 자신이 지금 어디에 있는지 추측해보려는 것이었다. 그는 지금 자신이 적지에 있는지 그렇지 않은지조차 알지 못했다.

잠시 후 그는 기둥에 묶여 있던 끔찍한 장면들을 전부 기억해냈다. 그리고 마침내 자신을 들어올린 이상한 백인의 형상이 떠올랐다. 다르노는 자신이 그의 팔 안에서 기억을 잃었다는 것을 생각해냈다. 이제 어떤 운명이 그의 앞을 기다리고 있는 것인가. 지금 주변에는 어떤 생명체도 보이지 않았고, 아무런 기척도 들리지 않았다.

밀림에서는 수많은 나뭇잎들이 스치며 내는 끊임없는 윙윙거림과 벌레 울음소리, 새소리와 원숭이들이 내는 소리가 뒤섞여 이상하게도 그에게 위안을 주었다. 그는 마치 무수한 삶에서 멀리 떨어져, 홀로 누워 있는 듯했다. 이 모든 소리가 어렴풋한 메아리처럼 느껴졌다.

잠시 후 그는 다시금 조용히 잠에 빠져들었다. 오후가 되어서야 깨어난 그는 이전에 잠시 깼을 때와 마찬가지로 다시 한 번 이상하고 당황스러운 감정을 경험했다. 그러나 곧 최근의 일들을 기억해냈다. 그리고 발치에 있는 창문을 통해 한 남자가 웅크리고 앉아 있는 것을 보았다.

넓은 근육질의 등이 보였다. 검게 타기는 했지만, 그것이 백인 남자의 등이라는 것을 알고는 신께 감사했다. 다르노는 가냘픈 목소리로 그를 불렀다. 그 남자는 뒤를 돌아보더니 일어나 그에게로 다가왔다. 남자의 얼굴은 아주 매력적이었다. 지금까지 본 어떤 사람보다도 잘생긴 얼굴이라고 다르노는 생각했다.

그는 몸을 구부리고 은신처로 기어들어와 상처투성이 장교의 옆으로 왔다. 그러고는 다르노의 이마에 차가운 손을 올려놓았다. 다르노는 그에게 불어로 이야기했으나, 그는 애처롭게 고개만 저을 뿐이었다. 다르노는 다시 영어로 말했으나, 그는 여전히 고개를 저었다. 이탈리아어, 스페인어, 독일어로도 시도해보았지만 결과는 마찬가지로 실망스러웠다. 다르노는 노르웨이어, 러시아어, 그리스어를 몇 마디 알고 있었고, 서해안 흑인 부족들의 언어 중 한 가지를 약간 알고 있었다. 그러나 그 남자는 이 모든 언어를 몰랐다.

다르노의 상처를 살펴본 그는 은신처를 떠나 어디론가 사라졌다. 30분쯤 후 그는 과일과, 조롱박같이 생긴 식물에 물을 담아 가지고 왔다. 다르노는 그것들을 조금 먹었다. 자신의 열이 가라앉은 것이 놀라왔다. 그는 다시 한 번 그 남자와의 대화를 시도했으나 소용없었다.

갑자기 남자는 서둘러 은신처를 나가더니, 몇 분 후에 나무껍질 몇 개와 놀랍게도 연필을 가지고 돌아왔다. 다르노 옆에 웅크리고 앉은 그는 나무껍질 안쪽의 부드러운 부분에 무엇인가를 써서 건네왔다. 다르노는 인쇄체로 또박또박 쓰인 영어를 보고 놀랐다.

〈나는 타잔이다. 당신은 누구지? 이것을 읽을 수 있나?〉

다르노는 연필을 잡고 잠시 동안 멈추었다. 이 이상한 남자는 영어를 썼다. 영국인임이 분명했다.

"그래요. 나는 영어를 읽을 줄도 알고 또한 말할 수도 있어요. 이제 우리는 영어로 얘기를 하면 되겠군요. 먼저 당신이 나에게 베풀어준 모든 것에 대해 감사하다고 말하고 싶소."

다르노는 말했다. 그러나 남자는 고개를 내젓고는 나무껍질과 연필을 가리켰다.

"이런!" 다르노는 외쳤다. "만약 당신이 영국인이라면 왜 영어로 말하지 못하지요?"

그때 다르노의 머리에 순간적으로 스치는 생각이 있었다. 그 남자는 벙어리이거나 귀머거리일지도 모른다. 다르노는 나무껍질에 영어로 이렇게 썼다.

〈나는 프랑스 해군인 폴 다르노요. 나는 당신이 나에게 베풀어준 은혜에 감사하고 있소. 당신은 나의 생명을 구했으므로 이제 내가 가지고 있는 모든 것은 당신 것이오. 당신이 영어를 쓸 수는 있는데 말하지 못하는 이유를 물어봐도 되겠소?〉

타잔의 답변은 한층 놀라운 것이었다.

〈나는 내 종족의 언어만을 말할 수 있다. 커착의 무리인 원숭이들의 언어다. 그 밖에 코끼리 탄토르의 언어와 사자 누마, 그리고 밀림에 사는 다른 무리들의 언어를 약간 알고 있다. 제인과 몸짓으로 이야기를 한 것 외에는 인간과 이야기해본 적이 없다. 인간과 글로 이야기하는 것은 지금이 처음이다.〉

다르노는 어리둥절했다. 이 지구상에 인간이면서, 인간과 이야기를 나눠본 적이 없는 성인남자가 살고 있다는 것이 믿기지 않았다. 그런 남자가 읽고 쓸 줄 안다는 것은 더더욱 있을 수 없는 일이었다.

그는 타잔의 글을 다시 보았다. "제인과 이야기를 한 것 외에는"이라고? 제인은 고릴라에게 잡혀 밀림에 끌려갔다는 미국인 소녀였다. 다르노는 순간 해결의 실마리를 찾았다. 이 남자가 그때의 그 '고릴라' 였던 것이다. 그는 다시 연필을 쥐고 썼다.

〈제인은 어디에 있소?〉

타잔은 대답했다.

〈타잔의 오두막으로 돌아갔다. 그녀의 일행과 함께 있다.〉

〈그녀는 그때 죽지 않았나? 그녀는 어디에 있었지? 그녀에게 무슨 일

이 있었지?〉

〈그녀는 죽지 않았다. 그녀는 터코즈에게 끌려가 그의 부인이 될 뻔했지만 터코즈가 그녀를 해치기 전에, 내가 터코즈를 죽이고 그녀를 데려왔다. 밀림에서는 누구도 나와 싸워서 살아남지 못한다. 나는 용맹한 전사, 타잔이다.〉

다르노는 다시 글을 썼다.

〈그녀가 무사하다니 기쁘군. 글을 쓰는 것조차 힘이 들어. 좀 쉬어야겠소.〉

〈그래, 쉬어. 당신이 좀 나아지면 당신의 동료들에게 데려다주겠다.〉

다르노는 그 후 며칠 동안 부드러운 풀침대에 누워 있었다. 둘째 날 열이 다시 오르자 다르노는 자신이 전염병에 걸린 것 같다는 예감이 들었다. 이제 곧 죽게 될 것이었다. 그때 그에게 한 가지 생각이 떠올랐다. 왜 진작에 이 생각을 못 했을까. 그는 타잔을 불러, 쓰는 시늉을 했다. 그러자 타잔은 나무껍질과 연필을 가져왔다. 다르노는 썼다.

〈나의 동료들을 여기로 데려올 수 있나? 내가 쓴 편지를 가지고 가면 당신을 따라올 거요.〉

타잔은 고개를 저으며 나뭇잎을 받아 글을 썼다.

〈나도 첫날 그 생각을 했지만 그럴 수가 없었다. 이곳에는 커다란 원숭이들이 자주 나타나기 때문에, 만약 당신이 상처 입은 채 혼자 여기 남겨진 것을 알면, 당신을 죽일 거다.〉

다르노는 옆으로 돌아누워 눈을 감았다. 그는 죽고 싶지 않았다. 그러나 자신이 죽어가고 있다고 느꼈다. 열이 점점 더 높아지면서 그날 밤, 의식을 잃었다. 다르노는 사흘간 정신을 차리지 못했다. 타잔은 그의 옆에 앉아 머리와 손을 씻어주고 상처를 닦아주었다.

나흘째 되던 날 갑자기 열이 뚝 떨어졌다. 그러나 다르노는 얼굴을 알아볼 수 없을 만큼 수척해지고 매우 쇠약해졌다. 물을 먹을 때에도 타잔이 부축해야 했다. 열병은 다르노가 생각했던 것처럼 전염병은 아니었다. 그것은 아프리카 밀림에 온 백인들이 자주 걸리는 병으로 그들을 죽이기도 하고, 갑자기 열이 내리면서 살려두기도 한다. 다르노가 갑자기 살아난 것처럼.

이틀 후 다르노는 타잔의 힘센 팔에 의지하여 비틀거리며 원형극장 주위를 걷고 있었다. 그들은 큰 나무 그늘 아래 앉았다. 거기서 타잔은 그들이 필담을 나눌 수 있는 부드러운 나무껍질을 발견했다. 다르노가 먼저 썼다.

〈내가 당신의 은혜에 어떻게 보답할 수 있을까?〉

그러자 타잔이 대답했다.

〈사람들의 말을 가르쳐달라.〉

다르노는 익숙한 물건들을 가리키며, 그것을 불어로 반복하면서 공부를 시작했다. 다르노는 자신이 가장 잘 아는 언어인 불어를 가르치는 것이 더 쉬울 거라 생각했다. 물론 이것은 타잔에게 아무 의미가 없었다. 타잔은 언어들간의 차이를 몰랐기 때문에, 그는 나무껍질 위에 '남자' 라고 쓰고, 다르노에게 배운 대로 '옴므' 라고 발음했다. 마찬가지로 그는 원숭이를 '생즈' , 나무는 '알브레' 라고 발음했다.

그는 아주 열성적인 학생이었다. 불과 이틀 만에 그는 "이것은 사과입니다" "이 사람은 폴입니다" "나는 배가 고파요" 같은 간단한 문장을 말할 수 있었다. 그러나 다르노는 타잔이 알고 있는 것은 영어인데 그 기초에 맞춰 불어의 구조를 가르치기가 매우 어렵다는 것을 알게 되었다. 다르노는 타잔이 이해할 수 있도록 우선 영어로 썼고, 타잔에게 그것을 불어로 반복해서 발음하게 했다. 그러나 직역을 해야 하는 불어의 특성상, 타잔은 자주 헷갈려했다. 다르노는 자신이 실수했다는 것을 깨달았다. 그렇다고 처음으로 되돌아가서 그 모든 것을 다시 시작하기에는 너무 늦었다. 타잔에게 그 동안 배운 것을 모두 잊어버리라고 강요할 수도 없었고, 더군다나 그들은 이제 서로 대화가 가능한 수준으로 빠르게 다가가고 있었다.

열이 내린 지 사흘째 되던 날, 타잔은 다르노에게 오두막으로 돌아갈 수 있을 만큼 충분히 회복이 되었는지 물어보았다. 타잔은 제인을 다시 만나고 싶었기 때문에 다르노 자신만큼이나 다르노가 빨리 낫기를 바라고 있었다. 그런 이유로 요 며칠간 프랑스인과 함께 지내는 것이 타잔으로서는 견디기 힘든 일이었다. 그럼에도 타잔은 그의 곁을 지켜주었다. 그것은 악마 같은 음봉가의 마을에서 이 프랑스인 장교를 구한 것보다 더, 타잔의 고귀한 성품을 확실히 보여주는 이야기이다.

다르노 또한 오두막으로 가고 싶었다. 그러나, 그는 다음과 같이 썼다.

〈하지만 네가 나를 안고 이 울창한 밀림을 지나 그 먼 길을 갈 수는 없을 거야.〉

타잔은 웃었다.

"별 말씀을."

다르노는 자신이 자주 쓰는 그 말이 타잔의 입에서 흘러나오자 크게 소리내어 웃었다.

그들은 출발했다. 다르노는 제인과 클레이튼이 그랬듯이 타잔의 엄청난 힘과 민첩함에 놀랐다. 오후가 되어서야 그들은 타잔의 오두막에 도착했다. 타잔이 마지막 나뭇가지로부터 땅으로 내려왔을 때, 그의 가슴은 곧 제인을 다시 만나게 될 거라는 기대감으로 두근거렸다.

오두막 바깥쪽에는 아무도 없었다. 다르노는 재빨리 바다 쪽을 보았다. 프랑스 순찰선과 애로우 호 모두 만에 정박하고 있지 않다는 것을 알고 그는 당황했다. 적막한 분위기만이 감돌고 있었다. 그리고 그러한 분위기는 두 사람이 오두막을 향해 걸어갈 때, 두 사람 모두를 엄습해왔다. 두 사람 모두 말이 없었다. 그러나 그들은 닫혀 있는 문을 열기도 전에 이미 무슨 일이 벌어질지 예감하고 있었다.

타잔은 빗장을 들어올리고 나무로 만든 경첩에 달려 있는 문을 밀었다. 그들이 두려워하던 대로였다. 오두막은 텅 비어 있었다. 둘은 고개를 돌려 서로를 바라보았다. 다르노는 그의 동료들이 자신을 죽은 것으로 생각했다는 것을 짐작했다. 그러나 타잔은 자신에게 사랑의 키스를 해준 여인만을 생각했다. 그리고 지금 그녀는, 그가 그녀의 동료 중 한 명을 돌보는 사이 그로부터 달아나버린 것이다.

타잔의 가슴 속으로 커다란 고통이 밀려왔다. 이제 그는 멀리 밀림 속으로 사라져 그의 종족 속에 합류할 것이다. 다시는 인간을 만나지도 않을 것이며, 오두막에 돌아올 생각조차 하지 않을 것이다. 그곳에서 자신의 종족인 인간을 만나, 그들과 함께 살아가려던 커다란 희망을 영영 저

버리고 떠날 것이다.

그럼 다르노는? 그는 어떻게 될까? 그는 타잔이 그랬듯이 잘 지낼 수 있을 것이다. 타잔은 더 이상 그를 보고 싶지 않았다. 그는 제인을 떠올리게 하는 모든 것으로부터 떠나고 싶었다.

타잔이 시무룩하게 입구에 서 있을 때 다르노는 오두막 안으로 들어갔다. 많은 생필품들이 남겨져 있었다. 그는 배에서 가져온 수많은 물건들을 알아보았다. 캠프용품, 주방용품들과 소총 한 자루, 많은 탄약대들, 통조림, 담요, 의자 두 개와 간이침대, 그 밖에 책 몇 권과 미국에서 발행된 잡지들이 있었다.

'그들은 되돌아올 생각을 하고 있는 게 틀림없어.'

다르노는 책상으로 다가갔다. 그것은 오래 전 존 클레이튼이 만들어놓은 것이었다. 그 위에 타잔 앞으로 된 두 통의 편지가 있었다. 강하고 남성적인 필체로 쓰인 편지는 봉인되어 있지 않았다. 반면, 여성의 필체로 쓰인 편지는 봉인되어 있었다.

"타잔, 여기 당신 앞으로 된 편지가 두 통 있어."

다르노는 문을 향해 소리쳤다. 그러나 타잔은 그곳에 없었다. 다르노는 문 밖을 나와 주변을 두리번거리며 살폈다. 타잔은 보이지 않았다. 크게 소리쳐 불러보았지만 대답이 없었다.

"저런, 그가 나를 떠났다는 게 느껴지는군. 나를 여기 혼자 남겨두고 밀림으로 돌아가버린 게 분명해." 다르노는 탄식했다.

그 순간 다르노는 오두막이 비어 있는 것을 본 타잔의 얼굴에 떠오른 표정을 기억했다. 그것은 사냥꾼이 자신이 쏘아 쓰러뜨린 상처 입은 사슴의 눈동자에서 볼 수 있는 표정과도 같았다. 타잔은 큰 충격을 받은 것이었다. 다르노는 이제야 그것을 깨달았다. 도대체 왜? 그는 이해할 수 없었다.

다르노는 주위를 살펴보았다. 그곳의 외로움과 공포가 그의 신경을 건드리기 시작했다. 이미 겪은 고통과 아픈 기억만으로도 그의 신경은 약해질 대로 약해져 있었다. 이 무시무시한 밀림에 혼자 남겨졌다는 것. 다시는 인간의 목소리를 들을 수 없고, 얼굴도 볼 수 없다는 것. 사나운 짐승들과 끔찍한 야만인들로 인해 계속되는 공포 속에서 살아야 한다는 것. 고독과 절망감에 사로잡힌 채 살아야 하는 것. 정말이지 끔찍한 일이었다.

한편 타잔은 그의 종족에게로 되돌아가기 위해 언덕 중앙을 통과해 멀리 동쪽으로 질주하고 있었다. 그는 그렇게 무모하게 달려본 적이 없었다. 타잔은 자기 자신으로부터 도망치고 있는 것임을 알고 있었다. 놀란 다람쥐처럼 숲을 빠르게 통과함으로써, 그는 자신의 생각으로부터 벗어나려 하고 있었다. 그러나 아무리 빨리 달려도 생각은 머리를 떠나지 않았다.

타잔은 반대쪽에서 오고 있는 암사자 세이버의 머리 위를 지나쳤다. 오두막을 향해 가고 있는 거라고 타잔은 생각했다. 다르노가 암사자의 공격에 대항할 수 있을까? 어쩌면 볼가니가 그를 덮칠 수도 있었다. 사자 누마라면, 아니 잔인한 쉬타라면 어쩌지?

타잔은 잠시 비행을 멈추었다.

"타잔, 넌 누구냐?"

그는 자신에게 소리쳐 물었다. "원숭이냐? 사람이냐?"

'원숭이라면 원숭이들이 하는 대로, 내키는 대로 아무 데나 돌아다니

면서 너의 동족을 밀림에서 죽게 내버려둘 것이다.'

'만약 사람이라면 너는 그를 보호하기 위해 돌아갈 것이다. 네 동료들 중 하나가 너를 떠났다고 해서 너 또한 동료를 저버리고 떠나지는 않을 것이다.'

다르노는 오두막 문을 닫았다. 그는 매우 겁이 났다. 아무리 용감한 사람이라도 고독 앞에서는 때때로 두려워한다. 그 역시 그랬다. 그는 라이플 하나를 장전하여 가까운 곳에 두었다. 그러고는 책상 앞으로 다가가 타잔 앞으로 남겨진, 봉해지지 않은 편지를 집었다. 아마도 편지는 그의 동료들이 잠시 해안을 떠났다는 내용을 담고 있을 것이다. 그는 그 편지를 읽는 데 아무런 거리낌이 없었다. 그래서 편지를 꺼내 읽기 시작했다.

타잔에게.

당신의 오두막을 쓸 수 있게 해주어 감사합니다. 당신을 직접 만나 감사하다는 인사를 하지 못해 유감이군요. 우리는 아무것도 훼손하지 않았습니다. 그렇지만 당신을 위해서 많은 물건들을 놓고 갑니다. 이곳에서 당신이 편리하고 안전하게 살아가는 데 도움이 될 거라 생각합니다.

만일 당신이 우리의 목숨을 몇 번이나 구해주고 음식을 가져다준 낯선 백인을 알고 있다면, 그리고 그와 대화할 수 있는 기회가 있다면 그의 친절에도 또한 감사한다고 전해주세요. 우리는 지금 항해를 떠나려고 합니다. 다시는 돌아오지 않겠지요. 그러나 당신과 당신의 또 다른 밀림 친구가 당신들의 해변에 있던 이방인들을 위해 베풀어준 모든 은혜에 대해 우리가 항상 감사하고 있다는 것을 알았으면 합니다. 기회가 있었다면 우리도 당신들에게 훨씬 더 많은 보답을 했을 겁니다.

—친애하는 클레이튼.

"다시는 돌아오지 않는다."

다르노는 이 말을 중얼거리며 침대 위로 얼굴을 묻었다.

한 시간 후, 그는 이상한 소리에 깜짝 놀랐다. 무엇인가가 오두막 안으로 들어오려 하고 있었다. 다르노는 장전된 라이플을 어깨 쪽으로 들어올렸다. 어둠이 내려앉아 오두막 내부는 매우 어두웠다. 그러나 그는 빗장이 움직이는 것을 분명히 볼 수 있었다.

머리카락이 쭈뼛 서는 게 느껴졌다. 살며시 문이 열렸고, 건너편에 무언가가 서 있는 것이 가느다란 틈 사이로 보였다. 다르노는 문 틈으로 그 푸른 몸통을 보았다.

그는 방아쇠를 당겼다.

잃어버린 보물

24

다르노를 구하려는 원정대의 노력이 아무런 성과 없이 끝나자, 뒤프란은 가능한 빨리 배를 띄워 떠나고 싶어했다. 제인을 제외한 모든 사람들이 이 의견에 동의했다.

"안 돼요." 그녀는 단호히 말했다. "나는 가지 않을 거예요. 여러 분도 가면 안 돼요. 이곳 밀림에는 아직 우리의 두 친구가 남아 있어요. 그들은 우리가 자신들을 기다리고 있을 거라 기대하면서 언젠가 그곳을 빠져나올 거예요."

"뒤프란, 당신의 장교가 그들 중 하나예요. 그리고 아버지 일행 전체의 생명을 구해준 그 숲 속 남자가 다른 한 사람이구요. 그는 이틀 전에 저를 이곳 오두막 입구에 데려다주었어요. 그리고 곧바로 아버지와 클레이튼을 구하러 서둘러 떠났어요. 그는 분명 다르노를 구조해서 그와 함께 어딘가에 머무르고 있을 거예요. 그것은 당신도 확신하죠? 그가 다르노를 구조하지 못했다면 아마 지금보다 훨씬 전에 돌아왔을 테니까 말예요. 그가 돌아오지 않고 있다는 사실만으로도 나에게는 다르노가 살아 있다는 충분한 증거가 돼요. 다르노가 상처를 입었기 때문에 그는 지체하고 있는 거예요. 아니면 당신 군인들이 공격한 마을보다 훨씬 더 멀리에서 다르노를 포획한 자들을 추적하고 있거나……."

"하지만 제인, 불쌍한 다르노의 군복과 모든 소지품들이 그 마을에서 발견됐어요." 선장은 계속 주장했다. "게다가 원주민들에게 백인의 목숨에 대해 묻자, 그들은 굉장히 흥분했어요."

"네, 그래요. 선장님. 그렇지만 그들이 그를 죽였다고 인정했던 건 아니잖아요. 그리고 다르노의 군복과 원주민들이 가져간 장신구들로 말하자면, 이런 미개한 흑인들보다 더 문명화된 사람들도 그들의 죄수로부터 가치 있는 물품들을 빼앗잖아요. 그들이 죄수들을 죽였건 아니건 말이에요."

"하긴 내 소중한 남쪽의 군인들조차도 죽이든 살리든 전리품을 빼앗곤 하죠. 그것은 매우 정황적인 증거라는 걸 인정합니다. 확실한 증거는 아니지요." 선장이 말했다. "하지만 그 숲 속 남자가 야만인들에게 잡혀 죽음을 당했을 수도 있잖소."

제인은 웃었다.

"당신은 그를 몰라요." 그녀는 자신이 그를 잘 안다는 생각에 일종의 자부심을 느끼며 대답했다.

"나도 당신의 그 슈퍼맨을 기다리는 것이 가치 있는 일이라 인정하오." 그렇게 말하며 선장은 웃었다. "나 역시 너무도 그를 보고 싶소."

"그렇다면 그를 기다려요. 선장님." 제인은 간청했다. "나도 그를 기다릴 거예요."

그 프랑스인이 제인이 한 말의 참뜻을 알았다면, 아마 매우 놀라워했을 것이다.

그들은 이런 이야기를 나누며 해변에서 오두막을 향해 걸었다. 그리고 오두막 옆 큰 나무 그늘 아래에서 야전의자를 놓고 앉아 있는 몇몇의 무리를 만났다. 포터 교수는 거기 있었다. 필랜더, 샤르팡티에 대위와 클레이튼도 함께 있었다. 에스메랄다는 주위를 어슬렁거리며, 때때로 자신의 의견을 이야기하기도 했다. 그것은 오랫동안 이 집안 문제에 관여해온 하녀로서 누리는 일종의 특권이었다.

그들의 상관이 다가오자 장교들은 일어나서 반갑게 맞이했다. 클레이튼은 제인에게 자신의 야전의자를 넘겨주었다.

"우리는 지금 막 불쌍한 다르노에 대해 이야기하고 있었소." 뒤프란은 말했다. "포터 양은 그의 죽음에 대한 확실한 증거가 없다고 주장하고 있어요. 사실 확실한 증거는 없지요. 그리고 한편으로 당신들의 전지전능한 밀림 친구가 돌아오지 않는 것이 다르노가 여전히 그의 도움을 받고 있다는 것을 의미한다고 하네요. 상처를 입었거나, 더 멀리에 있는 원주민 마을에 잡혀 있거나 둘 중 하나겠죠."

"이런 의견도 있었습니다. 그 숲 속 남자는 우리를 공격했던 흑인 부락의 구성원일지도 모른다구요. 그 부락민들을 돕기 위해 서둘러 갔을 수도 있죠." 샤르팡티에는 과감히 말했다. 제인은 클레이튼을 노려보았다.

"그 설명이 좀더 그럴듯하군." 포터 교수가 말했다.

"저는 그렇게 생각하지 않습니다." 필랜더 씨가 반박했다. "그는 혼자서라도 우리를 해칠 기회가 많았어요. 아니면 우리를 치기 위해 그의 부족들을 데리고 올 수도 있었겠죠. 하지만 우리가 여기 머무르는 동안 그는 우리의 부양자이자 보호자로서의 역할을 일관되게 수행했잖아요."

"사실이에요." 클레이튼이 불쑥 말했다. "그러나 그를 제외하고는, 이곳 수백 킬로미터 내에 있는 모든 인간들이 식인종이라는 사실을 간과해서는 안 돼요. 그도 식인종들과 똑같이 무장했어요. 그건 그 남자가 그들과 모종의 관계를 유지하고 있다는 걸 의미하죠. 적어도 그는 내적으로 그들의 본성과 어떤 비슷한 점을 유지한 채 살아왔을 거예요."

"그렇다면 그가 식인종들과 관계가 없을 것 같진 않군요." 선장이 동조했다. "틀림없이 식인종이었을 거야."

"그렇지 않다면 어떻게 이 밀림에 적응해 야만인들 사이에서 그 오랜 시간을 살 수 있었겠소. 짐승이자 인간으로서 숲 속 생활에 적응하고 아프리카인의 무기를 사용하면서 말이오." 다른 장교가 덧붙였다.

"당신 자신의 기준에 맞추어 그를 평가하고 있군요." 제인은 말했다. "당신과 같은 일반적인 백인들은, 제가 무례했다면 용서하세요, 지적으로든 육체적으로든 보통 이상의 백인들도 이러한 밀림 속에서 벌거벗은 채 1년도 혼자 살 수 없어요. 그렇지만 이 남자의 힘과 민첩함은 보통 백인들을 훨씬 능가해요 아니, 훈련된 운동선수나 '강한 남자' 들과도 비교가 안 될 정도로 훨씬 뛰어났어요. 그리고 싸움할 때 그의 용기와 용맹스러움은 야생동물들과 비견할 만했어요."

"그는 확실히 충성스런 투사예요, 포터 양." 뒤프란은 웃으며 말했다. "그리고 우리 중 누구라도 그처럼 고귀하고 아름다운 찬사를 얻기 위해서라면 다양한 형태로 위협해오는 죽음을 수백 번이라도 기꺼이 맞서려

할 것이라 확신하오."

"만약 당신이 나 대신 커다란 털북숭이 짐승과 싸우고 있는 그를 보았다면 내가 그를 옹호하고 있는 거라 생각지 않을 거예요." 제인이 말했다. "마치 회색곰을 공격하는 황소처럼, 어떤 두려움이나 망설임 없이 그 괴물을 공격하는 그의 모습을 보았다면, 당신은 그가 인간 이상의 존재라고 생각했을 거라구요." 제인은 계속해서 말했다. "또한, 그의 갈색 피부 아래 단단하게 결합된 근육들을 보았다면, 그리고 그 근육들이 무시무시한 괴물의 이빨에도 잘 견뎌내는 것을 보았다면, 당신 역시 그를 이길 것은 아무것도 없다고 생각했을 텐데……. 뿐만 아니라 다른 종족의 낯선 여자에게까지 예의바르게 대하는 그의 정중한 태도를 보았다면 당신들도 나처럼 그에 대해 절대적인 믿음을 느낄 거예요."

"당신은 이 소송에서 이겼습니다. 공정한 변호사님." 선장은 소리쳤다. "이 법정은 피고측이 유죄가 아님을 밝힙니다. 그리고 배는 며칠 동안 여기 더 머무를 것입니다. 그가 되돌아와서 그녀에게 감사할 기회를 줍시다."

"하느님, 맙소사, 선장님." 에스메랄다는 소리쳤다. "지금 우리 모두가 저 보트를 타고 도망갈 기회가 있는데도 식인종이 들끓는 이 땅에 더 머무를 거란 얘기는 아니죠? 그건 아니죠, 그렇죠?"

"왜 아냐, 에스메랄다! 창피한 줄 알아." 제인이 말했다. "지금 그 태도가 우리의 목숨을 두 번이나 살려준 사람에게 보이는 감사의 표현이야?"

"글쎄 제인 양, 당신이 조롱해도 좋아요. 그러나 그 숲 속 남자가 우리를 구해준 건 결코 여기 머무르라는 뜻은 아니었을 거예요. 아마 그는 우리가 이곳에서 빠져나가라는 뜻에서 우리를 구했겠죠. 만약 그가 우리에게 도망갈 기회를 주었는데도 여기에 그대로 머물러 있을 생각만 한다면 그 사람이 굉장히 언짢아할 거라 생각해요. 나는 자연이 만들어낸 이 정원에서 또 다른 밤을 지내지 않기를, 그리고 어둠이 내린 저 덤불 속에서 들려오는 적막한 소음들을 듣지 않기를 바래요."

"에스메랄다, 나는 당신을 조금도 비난하지 않아요." 클레이튼이 말했다. "당신이 말한 '적막한 소음', 그것은 적절한 표현이었어요. 나는 그만큼 적당한 단어를 찾을 수가 없어요. 그것은 정말로 '적막한 소음'이에요. 맞아요."

"당신과 에스메랄다는 배 안에서 사는 편이 낫겠군요." 제인은 비웃으며 말했다. "만약 당신이 타잔처럼 이 밀림에서 전생애를 살아야 한다면 어떻겠어요?"

"야만인처럼 천박해진다는 것은 두려운 일이죠." 클레이튼은 웃었다. "밤중에 애처롭게 들려오는 소음들은 머리칼을 곤두서게 만들어요. 인정하기 부끄럽지만, 사실이에요."

"나는 그것에 대해서는 모르오." 샤르팡티에는 말했다. "나는 공포에 대해 많이 생각해보지는 않았소. 내가 용감한지 비겁한지 결정하려는 노력도 한 적이 없었죠. 그런데 며칠 전, 가엾은 다르노가 잡혀간 후 저기 밀림에 누워 있을 때, 주위의 밀림에서 들려오는 소리를 들으며 생각했지요. 나는 정말이지 겁쟁이구나 하고요. 내가 정말 두려웠던 건 큰 동물들의 울음소리나 으르렁거림이 아니었어요. 은밀하게 들리는 소리들, 갑자기 가까워졌다가 멈춰지는 그 소리들이었어요. 마치 커다란 동물의 몸이 소리 없이 다가오는 것 같은 이상한 소리들… 그것이 얼마나 가까이 있는

지, 혹은 그 소리가 멈춘 후 얼마나 더 가까이 다가왔는지 알 수가 없죠. 정말로 두려웠던 건 그 소리들, 그 눈들이었어요. 나는 앞으로 그 동물들의 눈을 어둠 속에서 영원히 보게 될 거요. 당신이 보거나, 보지 못하더라도 느낄 수 있는 그 눈들을 말이오. 오, 그것은 정말 무섭구려."

잠시 동안 모두들 말이 없었다. 그때 제인이 말했다.

"그는 바로 밀림 속에 있어요." 그녀는 달래는 듯한 목소리로 말했다. "그러한 동물들의 눈은 오늘밤에도 그와 다르노 대위를 노려보고 있을 거예요. 그런데도 여러 분은 그들을 위해 며칠 더 여기 머물러주는 최소한의 노력도 하지 않은 채 떠날 건가요?"

"쯧쯧, 얘야." 포터 교수가 말했다. "뒤프란 선장님이 남을 거라고 했잖니. 나 역시도 확실히 기다릴 거라구. 암, 그렇구 말구. 나야 항상 네 어린애 같은 변덕에 맞춰왔지 않니?"

"교수님, 그럼 내일 보물이나 찾으러 가시죠." 필랜더가 제안했다.

"그렇지, 그렇지. 필랜더, 나는 보물에 대해 까마득히 잊어버리고 있었어." 포터 교수가 소리쳤다. "아마 뒤프란에게서 우리를 도울 사람들을 지원받을 수 있을 게야. 또 포로들 중 누군가가 보물의 위치를 알려줄지도 모르고."

"맞는 말씀입니다, 교수님. 그렇게 하시지요." 선장은 말했다.

그래서 다음날 샤르팡티에가 열 명의 선발대를 데리고 출발하기로 했고, 애로우 호의 폭도들 중 한 명을 보물의 위치를 알려줄 안내자로 삼았다. 배는 한 주 동안 작은 항구에 남아 다르노와 숲 속 남자를 기다리기로 했다. 한 주가 다 지나도 다르노가 오지 않으면 죽은 것으로 생각하기로 했다. 그 숲 속 남자도 그때까지 오지 않는다면, 그때 범선 두 척은 모든 무리를 태우고 떠날 예정이었다.

포터 교수는 다음 날 보물 탐색대와 동행하지 않았다. 그러나 정오 무렵 그들이 빈손으로 돌아오는 것을 보자 서둘러 그들에게로 다가갔다. 평소의 무관심했던 태도는 온데간데없이 사라지고 심지어 약간 긴장하고 흥분한 듯한 모습이었다.

"보물은 어디 있나?"

그는 아직도 30미터는 떨어진 곳에서 다가오고 있는 클레이튼에게 소리쳐 물었다. 클레이튼은 머리를 저었다.

"없어요." 그는 교수에게 다가가 말했다.

"없어? 있을 수 없는 일이군. 누가 그것을 가져갔단 말인가?" 포터 교수는 소리쳤다.

"신만이 아시겠죠. 우리도 처음에는 데리고 간 놈이 거짓말을 하는 거라 생각했습니다. 그런데 살해된 스나입스 시체 아래에 보물궤짝이 없는 것을 보고 그 스스로도 깜짝 놀라는 표정을 보니, 거짓말인 것 같지는 않더군요. 그 시체 있던 곳을 더 파보니, 확실히 시체 아래에 무엇인가가 묻혀 있던 것 같았습니다. 구멍이 있었고, 그것이 흐트러진 흙으로 채워져 있었거든요." 클레이튼이 대답했다.

"그럼 누가 그것을 가져갔을까?" 포터 교수는 다시 물었다.

"혐의는 당연히 선원들에게 있겠죠." 샤르팡티에가 말했다. "그리고 장비에르 중위는 어느 누구도 장교의 명령 없이는 이 해변을 떠나지 않았다는 것을 확인해주었어요. 이것은 사실입니다. 교수님이 우리 병사들을 의심하실는지는 모르겠습니다만, 지금으로선 그들을 의심할 만한 이유가 없을 것 같습니다." 샤르팡티에는 말했다.

"우리를 그렇게 많이 도와주었던 사람들을 어떻게 의심할 수가 있겠나." 포터 교수는 부드럽게 대답했다. "차라리 여기 클레이튼이나 필랜더를 의심하겠네."

프랑스인 장교들과 선원들은 모두 웃었다. 부담감이 덜어진 것이 확실했다.

"보물은 최근에 사라졌어요." 클레이튼은 계속했다. "실제로 우리가 시체를 들어올렸을 때 그 순간 시체가 산산조각 났어요. 누군가가 시체가 아직 썩기 전에 보물을 옮겼다는 뜻이죠. 우리가 처음 시체를 발견했을 때는 전혀 손상되지 않은 상태였거든요."

"분명 여러 명이 보물을 옮겼음에 틀림없어요." 제인이 그들의 대화에 끼어들었다. "보물을 옮기려면 적어도 네 명은 있어야 한다는 것을 기억해보세요."

"세상에!" 클레이튼은 소리쳤다. "맞아, 흑인들이 옮긴 게 확실해. 아마도 그들 중 하나가 보물궤짝을 묻는 것을 보았을 거야. 그리고 동료들과 함께 되돌아와서 그것을 가지고 갔을 거야."

"추측은 금물이네." 포터 교수는 슬프게 말했다. "보물궤짝은 사라졌어. 우리는 보물궤짝도, 그 안에 든 보물도 다시는 볼 수 없을걸세."

제인만이 잃어버린 보물궤짝이 아버지에게 무엇을 의미하는지 알았다. 그러나 그것이 그녀 자신에게 어떤 의미인지는 아무도 알지 못했다.

엿새 후 뒤프란은 다음 날 아침 일찍 항해를 시작할 것이라고 알렸다.

숲의 연인이 반드시 돌아올 거라 믿었다면 제인은 아마도 일정을 좀더 연기해달라고 간청했을 것이다. 그러나 그녀 자신도 점차 의심과 두려움을 갖기 시작했다. 이 논쟁에서 제3자의 입장이었던 프랑스 장교들은 그녀가 믿고 싶어하지 않는 사실들을 그녀에게 확신시켜주기 시작했다.

그가 식인종이란 것을 그녀는 믿지 않았다. 그러나 그가 결국에는 야만인 부족의 일원으로 받아들여졌으리라는 추측은 적어도 가능해 보였다. 그녀는 그가 죽었다는 것을 인정하지 않으려 했다. 승리의 생명력으로 가득 찬 그 완벽한 몸이 찬란한 생명력을 다했다는 것은 믿을 수 없었다. 차라리 불멸의 영혼이 사라졌다는 것을 믿는 편이 더 쉬울 것이었다.

이런 생각을 갖고 있는 제인에게 다른 사람들이 자신들의 생각을 주입시키려는 것이 싫었다. 이를테면 그가 어떤 야만족에 속해 있다면 그는 야만인 부인을 가졌을 거고 아마도 거친 혼혈 아이들을 열두 명쯤은 가졌을 것이었다. 그녀는 상상만 해도 끔찍해서 몸서리를 쳤다. 그래서 그들이 내일 출항한다는 얘기를 들었을 때, 그녀는 한편으론 기쁘기조차 했다.

그럼에도, 그녀는 무기와 물품, 탄약, 양식과 필수품들을 은신처에 남겨둘 것을 제안했다. 표면상으로는 타잔이라 불리는 실체 없는 존재와 아직도 살아 있을 다르노를 위해서였다. 그러나 실제로는 그녀의 숲의 신을 위해서였다. 그에게 인간적인 결점이 있을지라도, 그녀는 그를 위해 무언가 남기고 싶었다.

그리고 마지막 순간에 그녀는 그에게 메시지를 남겼다. 타잔을 통해 그 메시지가 그에게 전달되기를 바라면서. 다른 사람이 보트로 향하고 있을 때 그녀는 적당히 둘러대고는 잠시 오두막에 들렀다. 그리고 맨 마지막으로 그 해변가를 떠났다.

그녀는 침대 옆에서 무릎을 꿇었다. 그 침대에서 그녀는 많은 밤을 보냈다. 그녀는 숲의 남자의 안전을 위해 간절히 기도했다. 그리고 그가 준 로켓에 입을 맞추며 중얼거렸다.

"당신을 사랑합니다. 그리고 당신을 사랑하므로 당신을 믿습니다. 그러나 내가 비록 믿지 않더라도 여전히 당신을 사랑할 수밖에 없습니다. 당신이 나에게로 돌아왔다면, 그리고 달리 방법이 없었다면 나는 당신을 따라 영원히 밀림으로 갔을 겁니다."

출생의 비밀

25

다르노의 총이 불을 뿜었다. 총성과 동시에 문이 활짝 열리면서 한 남자가 거꾸로 처박히듯 오두막 안으로 쓰러졌다. 다르노는 무서웠지만, 용기를 내서 다시 그 사내에게 총을 겨누었다. 그러나 열린 문 틈으로 새들어온 빛 덕분에 다르노는 쓰러진 사내가 백인인 것을 알 수 있었다. 그제야 자신의 친구이자 보호자인 타잔을 쏘았다는 사실을 깨달았다.

다르노는 당황하지 않을 수 없었다. 황급히 그에게 달려갔다. 그의 옆에 무릎을 꿇고 앉아 그 얼굴을 팔로 감싸고 타잔의 이름을 크게 불러보았다. 대답이 없었다. 이번에는 타잔의 가슴에 귀를 대보았다. 다행히 숨은 쉬고 있었다. 그는 조심스레 타잔을 간이침대로 옮겼다. 우선 오두막 문을 닫고 빗장을 건 후, 램프를 밝혀 타잔의 상처를 살펴보기 시작했다. 총알은 머리를 스치고 지나갔다. 상처 자국이 뚜렷했지만 뇌까지 다친 것 같지는 않았다. 다르노는 안도의 한숨을 내쉬며 타잔의 얼굴에 묻은 피를 닦아주었다.

타잔의 입술에 찬물을 흘려주었다. 타잔이 정신을 차리기 시작하더니, 잠시 후 눈을 떴다. 그리고 다르노에게 왜 놀란 표정을 짓고 있냐고 묻는 듯했다. 다르노는 천조각을 이어 타잔의 상처를 싸매주었다. 타잔이 의식을 차리자 그는 무엇인가를 써서 타잔에게 건네주었다. 그가 저지른 끔찍한 실수와, 상처가 심각하지 않아서 얼마나 다행인지 모른다는 내용이 써 있었다. 타잔은 그 글을 읽은 후 침상에 기대앉았다. 그리고 웃음을 지으며 프랑스어로 말했다.

"걱정 마. 이 정도는 아무것도 아니니까."

그리고는, 프랑스어로는 어휘력이 부족해서 말하기 어려운 듯, 이렇게 썼다.

〈내가 볼가니, 커착, 터코즈를 죽이기 전에 그들이 내게 했던 짓들을 당신이 보았다면, 이까짓 스친 자국에는 그냥 웃고 말았을 거다.〉

다르노는 타잔에게 남겨진 두개의 메시지를 주었다. 타잔은 첫번째 편지를 읽었다. 슬픈 표정이 역력했다. 두 번째 편지는 봉해져 있었다. 봉해진 편지를 본 적이 없었는지 타잔은 봉투를 앞뒤로 만지작거릴 뿐이었다. 결국 다르노가 편지 봉투를 뜯어 타잔에게 주었다. 타잔은 간이의자에 앉아서 그 편지를 펼쳐 읽었다.

타잔에게.

우리에게 당신의 오두막을 사용하게 해주신 것에 대해 클레이튼을 비롯해 모두가 고맙게 생각하고 있습니다. 물론 나도 당신의 친절에 감사드립니다.

당신과 친구가 되지 못한 것을 우리 모두가 아쉽게 생각합니다. 당신에게 직접 감사의 뜻을 전했으면 좋았을 텐데요. 하지만 나는 당신에게 감사할 것이 또 있습니다. 나는 그가 죽었다고 믿지 않지만, 그는 여태 돌아오지 않고 있습니다. 나는 그의 이름을 모릅니다. 가슴에 다이아몬드 목걸이를 하고 있는 당당한 백인이라는 것만 압니다. 당신이 그를 안다면 그리고 그와 말이 통한다면, 나를 대신해서 그에게 감사의 뜻을 전해주십시오. 그가 돌아오기를 일주일이나 기다렸습니다……. 내가 미국의 볼티모어라는 도시에 산다는 말도 꼭 전해주세요.

당신이 오두막 옆 나무 아래에 남겨놓은 편지를 읽었습니다. 당신이 어떻게 나를 사랑하게 되었는지는 모르겠습니다. 우리는 서로 얘기조차 나눈 적이 없으니까요. 그리고 그것이 사실이라면 유감스럽게 생각합니다. 내 마음은 이미 다른 사람에게 주었으니까요. 하지만 나는 언제나 당신 친구라는 것만은 알아주세요.

—제인 포터.

제인의 편지를 읽고 난 후 타잔은 고개를 숙인 채 꼼짝도 하지 않았다. 거의 한 시간이 흘렀다. 제인의 편지에서 그는 분명히 느낄 수 있었다. 그와 타잔이 동일인이라는 사실을 그들은 전혀 모르고 있었다!

"내 마음은 이미 다른 사람에게 주었습니다."

제인의 그 말이 타잔의 뇌리에서 떠나지 않았다. 그럼 그녀는 나를 사랑하지 않았단 말인가! 나를 사랑하는 척만 했다는 말인가! 그는 절망의 나락으로 떨어지는 기분이었다. 그랬다. 그녀의 입맞춤은 우정의 입맞춤일 수도 있었다. 인간의 관습을 몰랐던 그가 그것을 어떻게 알았겠는가?

갑자기 그가 벌떡 일어섰다. 배운 대로 다르노에게 저녁인사를 하고 제인이 사용하던 침상에 드러누웠다. 다르노도 램프를 끄고 소파에 누웠다.

그 후 일주일 동안 그들은 휴식을 취했다. 그 동안 다르노는 타잔에게 프랑스어를 가르쳤다. 일주일이 지나자, 그들은 훨씬 편하게 대화를 나눌 수 있었다.

어느 날 밤, 잠자리에 들기 전이었다. 타잔은 다르노를 쳐다보며 불쑥 물었다.

"미국이 어디야?"

다르노는 북서쪽을 가리키며 대답했다.

"바다 건너 수천 킬로미터는 떨어져 있어. 왜?"

"미국에 갈 거야."

다르노는 고개를 저으며 말했다.

"그건 불가능해."

타잔은 책장에서 읽고 있던 지리책 한 권을 빼 와 그 가운데에서 세계 지도를 펼치며 말했다.

"왜 안 된다는 거야? 무슨 뜻인지 모르겠어. 이걸 보고 설명해줘."

다르노는 타잔의 요구를 들어주었다. 파란색은 지구 위의 물을 의미하며 다른 색들은 대륙과 섬을 나타낸다고 설명해주었다. 타잔은 그들이 있는 곳이 지도에서 어디냐고 물었다. 다르노가 그곳을 가리키자 타잔이 다시 물었다.

"그럼 미국은 어디야?"

다르노가 북아메리카를 손가락으로 가리키자, 타잔은 미소를 띠며 손을 지도로 가져갔다. 그러더니 두 대륙 사이에 있는 대양의 거리를 손바닥으로 쟀다.

"이것 봐, 그다지 멀지 않은걸, 내 손 한 뼘보다 더 짧은 거리야."

다르노는 웃지 않을 수 없었다. 타잔을 어떻게 이해시켜야 할까? 그는 지도의 아프리카 해안에 연필로 작은 점을 그렸다.

"지도에 금방 그린 이 작은 점이 우리가 있는 오두막보다 수천 배는 더 넓어. 그럼 여기서 북아메리카가 얼마나 먼지 알겠지?"

타잔은 생각에 잠겼다. 한참 후에야 입을 떼고 물었다.

"아프리카에도 백인이 살아?"

"살지."

"여기서 가장 가까운 백인 거주지는 어디지?"

다르노는 자신들이 위치한 섬의 북쪽 해안을 가리켰다. 타잔이 놀라면서 말했다.

"그렇게 가까워?"

"그래. 하지만 결코 가까운 게 아니라고."

"백인들에게는 바다를 건널 만한 큰 배가 있겠지?"

"물론 있을 거야."

"그럼 내일 떠나자."

다르노는 웃으면서 고개를 저었다.

"거긴 너무 멀어, 그곳에 도착하기 전에 송장이 되고 말걸."

"그럼 넌 여기서 영원히 살고 싶다는 거야?"

"아니."

"그럼 내일 떠나자, 난 이제 더 이상 여기 머물고 싶지 않아. 여기 남아 있느니, 차라리 죽는 게 나아."

다르노가 어깨를 으쓱해 보인 후 말했다.

"글쎄, 난 잘 모르겠다. 하긴 나도 여기 남아 있는 것보단 죽는 게 낫다고 생각해. 네가 간다면, 나도 가겠어."

"그럼 좋아. 내일 미국을 향해 떠나는 거다."

다르노가 물었다.

"헌데, 돈도 없이 어떻게 미국으로 간다는 거야?"

타잔이 궁금하다는 듯 물었다.

"돈이 뭔데?"

타잔에게 돈이 무엇인지 가르쳐주기란 쉽지 않았다. 상당한 시간이 걸려서야 타잔은 돈이 무엇인지 대충 이해했다. 타잔이 다시 물었다.

"사람들은 어떻게 돈을 벌지?"

"일을 해서 벌지."

"좋아, 그럼 나도 일을 할 거야."

"아니, 그러지 않아도 돼. 돈 걱정은 하지 마. 돈을 벌려고 일할 필요도 없어. 나한테 우리 둘, 아니 스무 사람이 쓰기에도 충분한 돈이 있으니까. 한 사람이 가지기에는 너무 많은 돈이야. 우리가 문명 세계에 도착하면 네가 원하는 건 무엇이든 가질 수 있을 거야."

다음 날, 그들은 해안을 따라 북쪽으로 향했다. 타잔과 다르노는 각각 총과 탄알, 침구, 음식, 조리용 식기를 짊어지고 떠났다. 하지만 여행 도중 조리용 식기가 거추장스러워진 타잔은 식기를 버리려 했다. 다르노는 타잔을 타일렀다.

"타잔, 이젠 익힌 음식을 먹는 법도 배워야 해. 문명인은 날고기를 그냥 먹지 않는단 말이야."

"문명 세계에 도착하고 나서 배우면 되지 뭐. 난 이런 게 싫다. 좋은 고기 맛을 망쳐버린단 말이야."

그들은 거의 한 달 동안 북쪽을 향해 걸었다. 때로는 배불리 먹기도 했지만, 며칠씩 굶기도 했다. 원주민을 만나지도 않았고 야생동물에게 공격받지도 않았기 때문에 그들의 여행은 기적처럼 순조로웠다. 타잔은 문명세계에 대해 많은 것을 물었고 많은 것을 배웠다. 다르노는 타잔에게 포크와 나이프를 사용하는 식사 예법을 비롯해 문명 세계의 생활 습관을 가르쳤다. 하지만 타잔은 자꾸 포크와 나이프를 던져버리고 검게 그을린 큼직한 손으로 음식을 집어들고는 야수처럼 고기를 뜯어먹었다. 그때마다 다르노는 타이르며 말했다.

"나는 너를 신사로 만들려고 애쓰고 있는데, 그렇게 야만스럽게 먹으면 되겠니? 신사는 그렇게 하는 게 아니야!"

타잔은 씁쓸한 미소를 흘리며 슬그머니 포크와 나이프를 다시 집어들고 음식을 먹었지만, 내심으로는 포크와 나이프를 쓰는 것이 귀찮을 뿐이었다. 여행중 타잔은 애로우 호의 폭도들이 파묻은 커다란 궤짝에 대한 이야기를 다르노에게 들려주었다. 그들이 나무 아래 파묻은 보물궤짝을 꺼내서 원숭이들의 원형극장에 몰래 묻어두었다는 이야기였다.

다르노가 말했다.

"틀림없이 포터 교수의 보물궤짝이었을 거야. 하지만 어쩌겠어, 너도 그 당시엔 그 궤짝이 무엇인지 몰랐을 테니까."

다르노의 이야기를 듣고 타잔은 제인이 친구에게 썼던 편지를 기억에 떠올렸다. 제인이 타잔의 오두막에서 첫날밤을 보내던 날, 헤이즐이란 사람에게 쓴 편지였다. 타잔은 그 편지 내용을 분명하게 기억할 수 있었다. 그 궤짝 안에 무엇이 들어 있고, 그 궤짝 안의 물건들이 제인에게 어떤 의미가 있는지도!

타잔이 다르노에게 말했다.

"내일, 보물궤짝을 찾으러 가자."

다르노가 놀라 소리쳤다.

"다시 돌아가자고? 여행을 시작한 지 벌써 3주가 지났어. 보물궤짝이 있는 곳까지 되돌아가는 데 3주는 걸릴 것이고, 네 명의 선원들이 겨우 들 수 있다는 그 무거운 궤짝을 여기까지 가져오려면 몇 달은 더 허비해야 할 거야."

"하지만 꼭 궤짝을 찾아와야겠어. 너는 계속해서 북쪽 항구로 가. 나 혼자 보물 궤짝이 있는 곳에 다녀올 거야. 나 혼자 움직이면 지금보다 훨씬 더 빠르게 움직일 수 있어."

"아니, 이러면 어떨까? 함께 여기서 가장 가까운 거주지로 가서, 배를 빌려 해안선을 따라 보물 있는 곳까지 되돌아가는 거야. 배를 이용하면 훨씬 수월할 거야. 배를 빌리는 게 더 안전하고 시간 절약도 되고 서로 헤어질 필요도 없잖아. 네 생각은 어때?"

"좋아, 보물궤짝은 안전하게 묻혀 있으니 걱정할 필요 없어. 지금 당장 나 혼자라도 가서 가져올 수 있고, 한 달이나 두 달 정도면 너를 충분히 따라잡을 수 있지만, 네가 혼자서 여행하는 게 불안하기도 하니까 네 말대로 하자. 다르노 너 같은 약골을 보면 인간이 어떻게 수많은 멸종 위기를 이겨냈는지 믿어지지가 않아. 세이버는 한 팔로도 너 같은 사람 천 명은 쉽게 죽일 수 있었을 텐데."

다르노가 껄껄대고 웃으며 말했다.

"네가 육군이나 해군, 거대한 도시와 커다란 건물들을 보았다면, 인간을 그렇게 얕잡아보지 못할걸. 네가 사는 밀림의 힘센 야수보다 인간이 더 위대한 건, 힘이 강해서가 아니라 생각하는 능력이 있기 때문이야. 물론 사람이 맨손으로 커다란 야수를 상대할 수는 없겠지. 하지만 열 명의 사람만 있으면, 머리를 쓰고 힘을 합쳐서 그들을 해치려는 야수를 무찌를 수 있어. 이성이 없는 동물은 인간을 무찌르기 위해 지혜를 모을 수가 없거든. 타잔, 너도 인간이 아니었더라면 무서운 이 밀림에서 지금까지 버티지 못했을걸?"

"하긴 그래, 다르노. 그날 밤 덤-덤에서 커착이 투블랏을 도와주었더라면 나도 살아남지 못했을 거야. 하지만 커착은 그런 기회를 놓치고 말았어. 아마 투블랏을 도와야 한다는 생각조차 못 했을 거야. 하기야 날 길러준 엄마인 칼라도 미리 계획하는 법이 없었지. 칼라는 필요할 때 필요한 것을 먹었을 뿐이야. 먹이가 부족한 때도, 운 좋게 며칠분의 먹이를 발견한다 해도 나중을 위해 모아두는 법이 없었어. 칼라는 만약을 대비해 먹을 것을 모아 가지고 다니는 것은 바보 같은 짓이라고 생각했어. 물론 먹을 것을 구하지 못할 때, 내가 모아둔 비상식량을 주면 좋아하기는 했지만."

다르노가 놀라서 물었다.

"타잔, 네 진짜 어머니가 누군지 알아?"

"그럼! 내 어머니는 몸집이 크고 상냥한 원숭이지. 나보다 더 크고 몸무게도 내 두 배나 된다고."

"아버지는?"

"아버지는 잘 몰라. 칼라는 아버지가 그저 흰 원숭이라고 했어. 나처럼 털도 없고. 지금 생각해보니 내 아버지는 백인일 거라는 생각이 들어."

다르노가 타잔을 물끄러미 바라보며 말했다.

"타잔, 원숭이인 칼라가 네 엄마가 될 수는 없어. 믿어지지 않지만 만약 칼라가 네 어머니라면 네게 원숭이를 닮은 구석이 하나라도 있어야지! 네겐 원숭이 같은 특성이 전혀 없잖아. 난 네 부모님이 교양 있고 똑똑한 인간이라고 생각해. 타잔, 과거에 대해서 기억나는 게 하나도 없니?"

"전혀 기억이 나지 않아."

"그 오두막에 살았던 사람들이 남겨놓은 기록 같은 것도 없었어?"

"오두막에 있는 글이란 글은 다 읽어보았어. 하지만 영어가 아닌 글씨로 쓰인 책이 한 권 있었는데 그건 읽지 못했지. 혹시 네가 읽어줄 수 있을지도 모르겠다."

타잔은 화살통 밑바닥에서 검은색으로 장정된 작은 일기장을 꺼내어 다르노에게 건네주었다. 다르노는 일기장의 겉표지를 슬쩍 읽어보았다.

"이 책은 그레이스톡 경, 존 클레이튼의 일기야. 영국 귀족인데 프랑스어로 썼군."

다르노는 20년 전에 쓰인 일기를 읽기 시작했다. 일기장에는 우리가 이미 알고 있는 내용들, 즉 존 클레이튼과 그의 아내 앨리스의 모험 이야기와 그들이 겪은 어려움과 슬픔들, 그들이 영국을 떠나 커착에게 습격당하기 직전까지의 이야기들이 상세히 기록되어 있었다.

다르노는 소리내어 일기를 읽어주었다. 간혹 그의 목소리가 감정에 복받쳐 갈라지기도 했고, 행간에서 느껴지는 절망감 때문에 읽기를 멈춰야 할 때도 있었다. 그는 일기를 읽는 동안 언뜻언뜻 타잔에게 시선을 주었지만, 타잔은 조각상처럼 가만히 웅크리고 앉은 채 땅만 내려다보고 있었다.

일기는 그들이 해안에 도착한 첫 두 달 동안 그들에게 엄습해온 절망감을 주로 적고 있었다. 하지만, 그들 사이에 작은 아기가 태어나면서 글의 분위기도 바뀌고 있었다. 그들이 처한 상황 때문에 마음껏 표현하지 못한 행복한 모습도 간혹 엿보였다. 그 부분은 일기의 다른 부분보다 오히려 더 슬프게 느껴졌다. 하지만 희망에 찬 모습을 떠올려주는 구절도 있었다.

오늘은 우리 아기가 태어난 지 여섯 달째 되는 날이다. 내가 이 글을 쓰고 있는 책상 옆에서 앨리스가 우리 아들을 무릎 위에 안고 있다. 마냥 행복하고, 건강하고, 눈에 넣어도 안 아플 내 아들이다. 터무니없는 생각이지만, 오늘따라 내 아들이 다 자란 어른처럼 보인다. 언젠가 나를 대신해서 존 클레이튼 2세가 되어 그레이스톡 가문의 명예를 한층 드높일 것이다. 마치 내 예언을 인정이라도 하듯이 토실토실 앙증맞은 손으로 내 펜을 잡고, 잉크 묻은 손가락으로 내 일기장에 손도장을 찍어놓았다.

그랬다. 그날 일기가 쓰인 페이지의 한쪽 여백에는 희미하기는 했지만 네 개의 작은 손가락과 엄지손가락 절반이 찍힌 자국이 있었다. 다르노가 일기를 다 읽고 난 후에도 두 사람은 잠시 말없이 앉아 있었다.

"그래 타잔, 넌 어떻게 생각하니? 이 작은 일기장이 네 탄생의 비밀을 밝혀주고 있는 것 같지 않니? 그래, 타잔! 넌 그레이스톡 경의 아들이야!"

타잔이 대답했다.

"하지만, 일기에 나오는 아기는 하나잖아. 내가 처음 그 오두막에 갔을 때, 엄마 젖을 애타게 찾다가 죽은 아기의 해골이 아기 침대에 있는 것을 보았다고! 게다가 포터 교수와 그 친구들이 나중에 아기 해골을 오두막 옆에 있는 부모 곁에 묻어주었단 말이야."

타잔은 슬픈 표정을 지으며 덧붙였다.

"바로 그 아이가 일기장에 나온 아이일 거야. 내 출생의 비밀은 밝혀진 게 아니야. 아니 오히려 더 복잡해진 것 같아. 얼마 전까지만 해도 나는 내가 그 오두막에서 태어났을지도 모른다고 생각했어. 그러나 칼라의 말이 사실인것 같아."

다르노는 머리를 흔들었다. 그는 타잔의 말을 그대로 받아들일 수가 없었다. 어떻게 해서든 타잔의 생각이 틀렸다는 것을 가르쳐주고 싶은 오기가 발동했다. 다르노는 자신이 타잔의 출생 비밀을 밝혀낼 수 있으며, 이번 기회야말로 그 비밀을 밝히거나, 영원히 캐지 못할 비밀의 미궁으로 들어가는 기로라고 생각했다.

일주일 후 두 사람은 밀림 한가운데 있는 평지에 도착했다. 멀리 건물 몇 채가 서 있었고, 그 주변으로는 울타리가 쳐 있었다. 그 사이 새로 개간된 경작지에서 흑인들이 일을 하고 있었다. 두 사람은 밀림과 평지의 경계에서 멈추었다. 타잔은 독화살이 메겨진 활시위를 당겨 흑인들을 겨누었다. 그러나 다르노가 타잔의 팔을 붙잡으며 말했다.

"어떻게 하려고 그래, 타잔?"

"만일 저들이 먼저 우리를 발견하면 죽이려고 들걸, 난 그렇게 당하고 싶지는 않아."

"꼭 그렇지는 않아. 우리를 해치지 않을 수도 있어."

"그들은 흑인이야."

타잔이 짧게 대답하고는 다시 활시위를 겨누었다.

다르노가 소리쳤다.

"안 돼. 타잔!"

"백인은 아무 이유 없이 사람을 죽이지 않아. 넌 아직 한참 더 배워야 할 것 같다. 우리가 파리에 도착하면 어떻게 될까? 생각만 해도 끔찍하다. 네게 시비 거는 깡패는 재수가 없는 거지. 네게 죽도록 얻어맞을 테니까. 게다가 나는 네가 단두대에서 목이 잘리는 걸 막으려 안간힘을 써야 할 테고."

그러자 타잔은 활을 내려놓고 웃으며 말했다.

"밀림에서 흑인을 죽이는 것과 여기서 저 흑인을 죽이는 것이 뭐가 다른지 모르겠어. 그렇다면 여기서는 사자 누마가 달려들어도, 안녕하세요, 누마님, 부인은 잘 계신가요? 하고 물어봐야 한다는 얘기야? 그런 거야?"

다르노가 대답했다.

"저 흑인들이 너를 공격하기 전까지는 참으라는 이야기야. 그때 가서 죽여도 충분하니까. 적이라는 확신이 들기 전에 무조건 사람들을 적으로 생각해서는 안 돼."

"그래? 그럼 저들에게 우리를 죽여주십시오 하며 먼저 다가가볼까?"

이렇게 말한 후 타잔은 허리를 쭉 펴고 성큼성큼 걸어나갔다. 열대의 햇빛이 타잔의 부드럽고 잘 그을린 피부 위로 쏟아져내렸다. 다르노는 타잔을 뒤따랐다. 타잔은 클레이튼이 오두막에 두고 간 옷을 입고 있었다. 프랑스 순찰선의 장교들이 그에게 맞도록 수선해준 덕분에 썩 어울리는 편이었다.

흑인 하나가 고개를 들었다. 타잔을 본 그는 소리를 지르면서 울타리 쪽으로 달려갔다. 순식간에 다른 흑인들도 겁에 질린 듯 소리를 질러대며 도망치기 시작했다. 흑인들이 울타리에 도착하기도 전에, 백인 하나가 소동의 원인을 살피기 위해, 장총을 거머쥐고 울타리 쪽으로 걸어나왔다. 흑인들이 겁에 질린 이유는 금세 밝혀졌다. 타잔과 다르노 때문이었다. 백인이 그들에게 총을 겨누었다. 원숭이 인간 타잔은 싸늘한 전의를 느껴 백인에게 달려들려고 했다. 그 순간, 다르노가 총을 겨누고 있는 남자에게 큰 소리로 외쳤다.

"쏘지 말아요. 우리는 당신들을 해치려고 온 게 아니오."

백인 남자가 대답했다.

"그렇다면 그 자리에서 멈춰라."

다르노가 타잔에게 말했다.

"타잔, 진정해야 돼. 우리가 자기들을 해치러 온 거라 생각하고 있어."

타잔과 다르노는 천천히 걸어서 울타리 문 앞에 서 있는 백인을 향해 걸었다. 백인은 아주 의아하다는 눈초리로 그들을 쳐다보며 프랑스어로 물었다.

"당신들은 누구요?"

"우린 백인들이요. 밀림에서 오랫동안 길을 잃었습니다."

그제야 그는 총을 내리고 그들에게 다가오며 악수를 청했다.

"나는 프랑스 선교사 콘스탄틴 신부요. 반갑습니다."

다르노가 타잔을 가리키며 말했다.

"콘스탄틴 신부님, 이 사람은 타잔입니다."

신부가 타잔에게 손을 내밀었다. 다르노도 자신을 소개했다.

"저는 프랑스 해군의 폴 다르노입니다."

타잔은 신부를 따라서 손을 내밀었다. 신부는 타잔의 손을 잡고 악수하면서, 타잔의 뛰어난 몸매와 잘생긴 얼굴을 슬쩍 보았다.

이렇게 해서 원숭이 인간 타잔은 문명 세계에 첫발을 내딛었다. 그들은 그곳에서 일주일을 머물렀다. 그 동안 원숭이 인간 타잔은 문명 세계를 몸으로 체험하며 사람들이 살아가는 방식을 하나씩 배웠다. 타잔과 다르노는 그곳에서 흑인 여성이 황마로 지어준 옷으로 제대로 갖추어 입고, 북쪽으로 여행을 계속했다.

문명 세계로

26

한 달이 지났다. 타잔과 다르노는 넓은 강 하구에 있는, 제법 건물이 들어찬 항구에 도착했다. 타잔은 오고가는 수많은 배와 사람 들에 놀라 겁먹은 것처럼 보였다. 하지만 곧 문명 세계의 낯선 소음과 풍경에 조금씩 익숙해져 갔다. 항구에 사는 어느 누구도 새하얀 옷을 입은 채 즐겁게 웃고 떠드는 이 잘생긴 프랑스 청년이, 불과 두 달 전만 해도 원시 밀림에서 벌거벗고 수영하며 방심한 동물을 덮쳐 날고기로 배를 채우던 사람이라고는 생각지 못했다.

전에는 그렇게 싫어하던 나이프와 포크도 이제는 다르노처럼 아주 능숙하게 다룰 수 있게 됐다. 다르노는 원숭이 인간 타잔에게 세련된 신사로서 갖추어야 할 예의범절과 말하는 법을 열심히 가르쳤고, 타잔은 무엇이든 열심히 배웠다.

항구에 도착하자마자 다르노는 본국에 전보를 쳤다. 그는 자신이 살아 있다는 것을 알렸고, 동시에 3개월간의 휴가를 얻었다. 또한 은행에 전보를 쳐서 여행에 필요한 경비를 마련했다. 하지만 보물을 찾기 위해 타잔이 살던 밀림으로 돌아갈 배를 빌리는 일은 쉽지 않아서 초조하게 한 달을 더 기다려야 했다.

이 해안 마을에 머무는 동안, "무슈 타잔"은 백인들에게나 흑인들에게 선망의 대상이 되었는데, 사실 그것은 타잔에게는 아무것도 아닌 몇몇 사건들 때문이었다.

한번은 거대한 몸집의 흑인이 술에 취해 주정을 하며 난동을 부리는 바람에 마을 전체가 공포의 도가니로 변했다. 그런데 악운이었을까? 하필이면 검은 머리의 프랑스인이 시간을 보내고 있던 호텔 베란다까지 달려들어가 난동을 부렸던 것이다. 그때 그 흑인은 베란다에서 압생트(쑥으로 맛들인 술 - 역주)를 마시고 있던 네 남자에게 칼을 휘두르며 달려들었다. 깜짝 놀란 네 남자는 비명을 질러대며 도망쳤지만, 그들 곁에 있던 타잔은 꼼짝도 하지 않았다. 흑인은 먹잇감을 찾은 맹수처럼 타잔에게 달려들었다. 가련한 프랑스인이 난폭한 흑인에게 처참히 살해될 것이라 생각하며, 수백 명의 마을 사람들이 그 장면을 지켜보고 있었다. 하지만 타잔은, 싸움할 때 늘 그렇듯이 야릇한 미소를 머금은 채 흑인을 맞아들였다. 흑인이 가까이 접근해오자, 타잔은 강철 같은 손으로 흑인의 손목을 잡아 비틀었다. 조금 전까지 칼을 휘두르던 흑인의 손목이 나뭇가지처럼 부러지고 말았다. 흑인은 얼마나 놀랐는지 비명조차 내지르지 못했다. 타잔이 다시 자리에 돌아가 앉자, 흑인은 팔목이 부러진 고통을 참느라 눈물을 뚝뚝 흘리며 도망쳤다.

또 한번은 타잔과 다르노가 다른 백인들과 식사를 할 때였다. 사자와 사자 사냥에 관한 이야기가 화제로 올랐다. 야수의 왕 사자가 용맹하다는 의견과 형편없는 겁쟁이라는 의견이 분분하기는 했지만, 밀림의 제왕인 사자가 캄캄한 밤에 야영지를 덮칠 때에는 속사 장총을 가지고 있는 편이 훨씬 더 안전하다는 데에는 모두가 동의했다. 타잔과 다르노는 타잔의 과거에 대해 비밀을 지키기로 약속했기 때문에, 다르노 외에는 그 누구도 타잔이 밀림에 사는 야수들에 대해서 얼마나 잘 알고 있는지 몰랐다.

일행 중 한 사람이 말했다.

"타잔 선생은 어떻게 생각하세요. 당신처럼 용감한 분이 아프리카에서 얼마간 지냈다면, 틀림없이 사자를 만난 적이 있었을 텐데요?"

타잔이 아무렇지도 않게 대답했다.

"예, 몇 번 만나기는 했지요. 내가 경험한 바에 따르면 사자의 성격에 대한 여러분의 이야기가 모두 옳다고 할 수 있습니다. 하지만 지난주에 난동을 부린 흑인을 보고 흑인들 모두가 그렇게 난동을 부린다고 생각할 수 있을까요? 또, 겁쟁이 백인을 만났다고 해서 모든 백인이 다 겁쟁이라고 말할 수 있을까요? 하등동물도 우리처럼 저마다 개성과 차이가 있는 법입니다. 예를 들어, 오늘 우리가 우연히 겁쟁이 사자를 만났다고 칩시다. 그렇다면 아마 사자가 부랴부랴 도망칠 겁니다. 그리고 내일 또 사냥을 나가면, 그 사자의 삼촌이나 쌍둥이 형제를 만나게 될 거예요. 그땐, 마을에 남아 있던 친구들이 왜 우리가 사냥을 나갔다가 돌아오지 못하고 있는지 걱정할 일이 벌어질 수도 있지요. 결론적으로, 나는 사자를 사나운 동물이라 생각합니다. 그래서 늘 경계를 풀지 않지요."

타잔에게 질문했던 사람이 말했다.

"그게 바로 사냥이 주는 작은 기쁨이지요. 사냥감에 대한 두려움이 전혀 없다면, 사냥의 재미도 없어지는 것 아니겠어요?"

다르노가 미소를 지었다. 타잔이 사자를 두려워한다고?

타잔이 대답했다.

"하지만, 선생이 두렵다는 게 무슨 뜻인지 모르겠어요. 사자들이 각각 다른 것처럼, 두려움도 사람마다 다르겠지요. 내가 사냥감을 해칠 수 있는 것처럼 그 사냥감 역시 나를 해칠 수 있는 능력이 있기 때문에 사냥이 진짜 재밌는 것 아닐까요? 총으로 무장한 사람들과 스무 명에서 서른 명이나 되는 몰이꾼을 데리고 사자 사냥에 나선다면, 사자는 어쩔 수 없이 사냥꾼에게 당하지요. 물론 안전한 사냥법일 수는 있겠지만 그만큼 사냥의 즐거움은 없어지는 셈이죠."

"그렇다면 타잔 선생은 맨손으로 밀림에 들어가서, 달랑 단도 하나만 가지고, 사자를 잡아오시겠다는 말인가요?"

한 사람이 약간 비아냥 섞인 말투로 물었다. 사람들은 모두 낄낄거리며 웃었다. 타잔이 그들의 웃음을 무시하고 대답했다.

"밧줄도 필요하지요."

때마침 멀리 밀림에서 사자 울음소리가 들렸다. 마치 누구든지 덤빌테면 덤벼라 하는 듯한 포효였다. 한 프랑스인이 농담하듯이 말했다.

"어디 한 번 저 사자를 잡아보시죠. 타잔 선생."

타잔이 짤막하게 대답했다.

"난 배고프지 않아요."

다르노를 제외한 모든 사람이 웃었다. 원숭이 인간 타잔과 상당한 시간을 함께 지낸 덕분에 다르노는 밀림에 사는 동물들이 배가 고프지 않는 한 함부로 사냥하지 않는다는 것을 알고 있었다.

"타잔 선생, 당신도 우리들처럼 두려운 거지요? 단도와 밧줄만으로 사자를 잡을 수는 없어요."

"아니, 두려워서가 아니라, 바보만이 아무 이유 없이 사냥을 하기 때문입니다."

그들 중 한 사람이 다시 말했다.

"5천 프랑을 준다면 맨손으로 사자를 잡아오겠소? 하지만 단도와 밧줄만을 사용해서 사자를 잡아오지 못할 땐, 당신이 내게 5천 프랑을 주시오."

타잔이 다르노를 바라보았다. 다르노가 고개를 끄덕이며 말했다.

"차라리 1만 프랑으로 내기를 올리면 어때요?"

내기를 건 사람이 말했다.

"좋아요."

타잔이 자리에서 일어서며 말했다.

"내 옷을 마을 어귀에 벗어놓고 가야겠어요. 만일 날이 밝은 후에 돌아오게 되면, 마을을 지날 때 입을 옷이 필요할지 모르니까요."

내기를 건 사람이 놀라서 물었다.

"지금 이 밤에 사냥을 나간다는 말이오?"

"네, 누마는 밤에 잘 다녀요. 사자는 밤에 찾기가 쉬운 법이죠."

"안 돼요. 나 때문에 당신이 죽었다는 소리를 듣고 싶지는 않아요. 낮에 사자 사냥을 나가는 것도 위험한데, 밤에 사냥을 나가겠다니……."

다른 사람들도 타잔을 말리고 나섰다.

"지금 가야겠어요."

타잔은 단도와 밧줄을 챙기려고 방으로 갔다.

타잔은 사람들과 함께 마을 어귀까지 가서, 그곳에 있는 작은 창고에 옷을 벗어두었다. 타잔이 어두컴컴한 숲 속으로 들어가려 하자, 사람들은 다시금 그를 말렸다. 내기를 건 사람은 무모한 내기를 했다고 생각했는지 앞장서서 타잔을 말렸다.

"당신이 이긴 걸로 하겠소. 죽으러 가는 게 뻔한 이 사냥을 그만두었으면 좋겠소. 당신이 이긴 걸로 합시다. 원한다면 내가 1만 프랑을 그냥 주겠소."

하지만 타잔은 웃으며 밀림 속으로 사라졌다. 사람들은 잠시 동안 묵묵히 서 있다가 천천히 발걸음을 옮겨 호텔 베란다로 돌아왔다.

밀림으로 들어간 타잔은 곧바로 나무에 올라타고 바람처럼 움직이기 시작했다. 나무 사이를 헤집고 다니면서 자유를 만끽했다. 이렇게 사는 것이야말로 진정 삶다운 삶이 아닐까? 이것이 바로 그가 사랑했던 삶이었다. 비좁게 갇힌 공간 안에서 여러 가지 인습과 규칙에 얽매이며 살아야 하는 문명 세계에서는 맛볼 수 없는 그런 삶이었다. 입는 옷조차도 거추장스럽고 성가셨다. 마침내 그는 자유를 마음껏 느꼈다. 그리고 그 동안 자신이 얼마나 억눌린 삶을 살았는지 온몸으로 느낄 수 있었다.

해안 쪽으로 돌아가서 남쪽으로 계속 내려가 예전에 살던 그곳, 오두막이 있는 밀림으로 돌아가고 싶었다. 그 순간, 타잔은 바람을 타고 풍겨오는 누마의 냄새를 맡았다. 이어서 누마의 발자국 소리, 털이 수북한 커다란 몸뚱이가 풀숲을 헤치며 다가오는 소리가 들렸다. 타잔은 나무를 타고 사자에게로 다가갔다. 사자는 아무것도 눈치채지 못한 듯했다. 타잔은 사자를 뒤따르기 시작했다. 마침내 사자는 숲 사이로 달빛이 비치는 환한 곳에 도착했다.

타잔은 능숙한 솜씨로 재빨리 올가미를 던져 사자의 황갈색 목을 단단히 조였다. 사자는 빠져나가려고 발버둥치며 안간힘을 썼다. 타잔은 밧줄 끝을 튼튼한 나뭇가지에 매어놓고, 사자의 뒤편으로 뛰어내렸다. 그리고는 그 커다란 등 위에 올라타서, 길고 가는 칼로 사자의 심장을 찔렀다. 수십 번! 마침내 타잔은 사자의 시체를 발로 밟고, 그와 함께 살았던 원숭이들이 내지르던 승리의 환호성을 목청껏 외쳤다.

타잔은 다르노에 대한 의리를 지킬 것인지, 밀림에서 자유로운 삶을 살고 싶은 욕망을 따를 것인지 잠시 망설였다. 하지만 곧 아름다운 얼굴과 따뜻한 입술이 떠올랐다. 그리고 그가 늘 그려왔던 아름다운 노후를 떠올렸다. 원숭이 인간 타잔은 아직 식지 않은 누마의 시체를 어깨에 둘러메고 다시 나무 위로 올라갔다.

호텔 베란다에 남아 있던 사람들은 한 시간 동안 거의 아무 말도 없이 앉아 있었다. 이런저런 이야기로 분위기를 바꿔보려 했지만, 타잔의 일이 마음에 걸려 대화를 계속할 수가 없었다. 마침내 내기를 걸었던 사람이 말문을 열었다.

"더 이상 못 기다리겠어요. 내가 속사 장총을 갖고 밀림에 가서 정신나간 그 사람을 데려와야겠어요."

일행 중의 한 사람이 거들고 나섰다.

"나도 함께 가지요."

그러자 모두가 합창하며 따라나섰다.

"나도 가겠소."

"나도 가죠."

"나도 갈게요."

밀림으로 가서 타잔을 구해 오자는 제안이 나오자, 악몽 같은 마법에서 풀려나기라도 한 듯 그들은 서둘러 각자의 숙소로 돌아가서 중무장을 하고 나왔다. 그리고 일제히 밀림으로 향했다. 바로 그때, 타잔이 지른 승리의 환호성이 희미하게 울려퍼졌다. 일행 중의 한 사람인 영국인이 말했다.

"어, 이게 무슨 소리지?"

벨기에 사람이 말했다. "전에도 이런 소리를 들은 적이 있어요. 고릴라가 사는 지역에 간 적이 있었는데, 짐꾼이 이야기해주더군요. 싸움에서 상대를 죽인 황소만한 원숭이가 내지르는 소리라고요."

다르노는 클레이튼의 말이 기억에 떠올랐다. 타잔이 맹수를 죽였을 때 이상한 환호성을 질렀다고 하지 않았던가. 다르노조차도 저 괴상한 소리가 사람의 목소리, 아니 친구의 목소리라는 생각에 잠시 섬뜩함을 느꼈다. 하지만, 그는 그저 옅은 미소를 지을 뿐이었다.

그들이 타잔을 어떻게 구해낼지 서로 의견을 나누며 밀림 입구에 다다랐을 때, 그들은 나지막이 들리는 웃음소리에 화들짝 놀랐다. 웃음소리가 나는 쪽을 보았다. 사자의 시체를 넓은 어깨에 멘 커다란 사람이 다가오고 있었다. 다르노도 믿을 수 없을 정도였다. 변변치 않은 무기로 이렇게 빨리 사자를 잡았다는 것, 게다가 혼자서 저렇게 큰 사자를 어깨에 짊어지고 험난한 밀림을 뚫고 왔다는 것이 너무나 믿기지 않았다.

그들은 부산스럽게 타잔에게 여러 가지 질문을 퍼부었다. 하지만 타잔은 겸손한 태도로 그저 웃기만 했다. 타잔에게는 이 모든 것이, 마치 소 잡은 백정을 영웅이나 되는 듯 치사하는 것으로 여겨졌기 때문이다. 식량을 구하기 위해서, 자신을 지키기 위해서 맹수를 죽였던 옛날과는 사냥의 이유가 달랐지만, 이렇게 법석 떨 일은 아니었다.

그러나 사냥을 좋아하던 그 사람들의 눈에 타잔은 영웅으로 보였다. 타잔은 내기에 이겨 1만 프랑을 받았다. 다르노는 타잔의 몫이라며 돈을 챙겨주었고, 그것은 타잔에게 아주 중요한 재산이 되었다. 그도 바야흐로 자그마한 동전과 지폐가 가진 위력을 깨달아가고 있었다. 원숭이 인간 타잔은 이곳에서 많은 것을 배우게 되었는데, 그 중의 하나가 돈이었다. 인간이 무엇을 먹거나 교통수단을 이용할 때, 잠을 자거나 옷을 입을 때, 마시거나 일하거나 놀 때, 비와 추위와 더위를 피할 때, 언제나 돈을 지불해야 한다는 사실을 조금씩 깨달아가고 있었다. 타잔은 문명 세계에서는 돈이 없으면 죽을 수밖에 없겠다고 생각했다. 다르노는 두 사람이 쓰고도 남을 충분한 돈이 있으니 걱정하지 말라고 했다. 문명인들은 똑같은 가치를 지닌 무엇인가를 교환할 때 반드시 돈을 주고받으며, 그렇게 하지 않는 사람들을 경멸한다는 것을 타잔은 알게 됐다.

사자 사냥을 한 지 얼마 지나지 않아, 다르노는 타잔이 살던 오두막 해안가로 갈 수 있는 배를 빌렸다. 닻을 올리고 넓은 바다를 향해 떠나는 날 아침, 타잔과 다르노는 그렇게 행복할 수 없었다. 항해가 순조로웠던 덕분에, 다음 날 아침에 타잔의 오두막이 있는 해안가에 닻을 내릴 수 있었다. 타잔은 옛날처럼 밀림 복장으로 갈아입고 창을 들었다. 그리고 보물 궤짝이 묻혀 있는 원숭이들의 원형극장으로 혼자 떠났다. 다음 날 저녁 무렵, 타잔은 커다란 상자를 어깨에 둘러메고 돌아왔다. 그들은 해뜰 무렵 배에 올라, 북쪽 해안을 따라 다시 항해했다.

삼주일 후 타잔과 다르노는 리옹으로 가는 증기선에 승선했다. 리옹에서 며칠을 보낸 후, 다르노는 타잔을 데리고 파리로 갔다. 타잔은 하루라도 빨리 미국으로 가고 싶었지만, 다르노는 먼저 파리부터 들르자고 제안했다. 하지만 왜 파리에 가야 하는지에 대해서는 아무 말도 해주지 않았다.

파리에 도착하자마자 다르노는 오랜 친구인 경찰 간부를 찾아갔다. 물론 타잔도 다르노와 동행했다. 다르노는 아주 능숙하게 대화를 이끌어갔고, 경찰 간부는 범죄자를 체포하고 신원을 조회하는 여러 가지 방법에 대해 타잔에게 설명을 해주었다. 타잔은 특히 '지문검사' 라는 과학적인 방법에 대해 호기심이 생겼다.

"이런 지문검사가 무슨 소용이 있겠어요? 몇 년만 지나면 손가락 껍질이 닳아서 새 살이 나면 손가락에 있던 지문도 완전히 바뀔 텐데요."

타잔의 질문에 경찰 간부가 대답했다.

"지문은 절대 변하지 않아요. 노인이 될 때까지도 없어지지 않습니다. 물론 변하기는 하지만 지문의 크기가 변할 뿐이지요. 상처가 나서 지문의 고리 모양 부분이나 나선 모양 부분이 변할 수 있기도 해요. 하지만 양손의 엄지손가락과 나머지 네 손가락 지문이 다 찍힌 경우, 지문검사를 통한 신원조회를 피해가려면 손가락 전부를 없애버려야만 가능하지요."

다르노가 거들고 나섰다.

"굉장하군. 내 지문이 어떻게 생겼는지 보고 싶은걸."

"그래? 그럼 한번 볼까?"

경찰 간부는 벨을 눌러 부하직원을 불렀고, 그에게 몇 가지를 지시했다. 방을 나간 부하직원은 잠시 후 경찰 간부의 책상 위에 나무상자를 내려놓았다.

경찰 간부가 말했다.

"이제 곧 지문이 어떻게 생겼는지 볼 수 있을 거야."

경찰 간부는 나무상자에서 네모난 모양의 유리판과 짙은 잉크가 든 튜브와 고무로 만든 롤러, 그리고 하얀 종이 몇 장을 꺼내 들었다. 그는 네모난 유리판에 잉크를 짜고는 고무 롤러를 앞뒤로 문질러서, 유리판에 잉크가 골고루 얇게 퍼지게 만들었다. 경찰 간부가 다르노에게 말했다.

"자, 그럼, 우선 오른손 손가락 네 개를 유리판 위에 올려서 손가락에 잉크를 묻히게."

다르노가 경찰 간부의 지시대로 했다.

"잘 했어. 이번에는 엄지를 올려놓고. 이제는 유리판에 손가락을 올려놓았던 것처럼 그 손가락을 이 종이 카드 위에 올려서 지문을 찍어보게. …아니 좀 오른쪽으로, 왼손 지문도 찍어야 하니까. …그래 바로 그렇게 해야지. 그럼 이제 왼손을 해볼까?"

다르노가 타잔에게 말했다.

"타잔, 재미있는걸, 네 손 지문이 어떤지 한번 해보자."

타잔은 경찰 간부의 지시를 아주 잘 따랐고, 지문을 찍는 동안 그에게 이런저런 질문을 하기도 했다.

"지문으로 인종도 가릴 수 있나요? 말하자면, 카드에 찍힌 지문을 보고 그 사람이 흑인인지 백인인지도 알 수 있나요?"

"아니오. 인종을 알 수는 없어요."

"그럼 원숭이의 지문과 인간의 지문을 구별할 수는 있나요?"

"아마 구별할 수 있을 겁니다. 원숭이 지문은 인간의 지문보다 훨씬 단순하니까요."

"그러면 원숭이와 인간 사이에서 나온 경우에는 두 가지 특성이 다 있겠네요?"

"예, 그럴 가능성이 있지요. 하지만 아직 그런 것들을 정확하게 구분할 수 있을 만큼 과학이 발달하지는 않았죠. 그래서 나도 사람들 사이의 개인적인 차이를 구분하는 데만 이 방법을 사용할 뿐, 다른 경우에는 사용하지 않습니다. 이 세상에 열 손가락의 지문이 모두 똑같은 사람은 없기 때문에, 개인간의 차이를 구분하는 데는 아주 효과적입니다. 쉽게 말해서 지문은 모든 사람이 달라요."

다르노가 경찰 간부에게 물었다. "그럼, 개인적인 차이를 구별하는 게 어려운 작업인가? 시간은 얼마나 걸려?"

"보통은 몇 분이면 돼. 지문이 선명하게 남아 있기만 하다면 말이야."

다르노는 주머니에서 검은 책을 꺼내 들춰보기 시작했다. 오두막에서 가져온 일기장이었다. 타잔은 놀라지 않을 수 없었다. 다르노가 어떻게 자기 책을 챙겨 왔는지 의아할 뿐이었다.

다르노는 다섯 개의 손가락 지문이 찍힌 쪽을 펼쳐 경찰 간부에게 보여주며 물었다.

"여기 있는 이 지문들은 내 지문하고 비슷한가? 아니면 여기 있는 타잔 선생과 비슷한가? 둘 중 누구의 지문인지 알아낼 수 있겠나?"

경찰 간부는 책상에서 돋보기를 꺼내 들고 세 개의 지문을 조심스럽게 살폈다. 그리고 종이에 무언가를 적기 시작했다. 타잔은 비로소 다르노가 파리에 들르자고 한 이유를 알아챘다. 출생의 비밀을 밝혀줄 답이 저 검은 책 속의 작은 손가락 자국에 숨어 있었던 것이다. 타잔은 긴장감이 들어 의자를 바싹 당겨 앉았다. 그러다가 금세 긴장을 풀고는 웃으며 다시 의자에 편안히 기대앉았다. 다르노가 놀란 표정으로 바라보자 타잔은 씁쓸한 미소를 지으며 말했다.

"다르노, 지문의 주인공인 어린아이의 시체가 20년 동안 그의 아버지 오두막 안에 있었다는 사실을 잊어버린 것 같군. 내가 그 오두막에 처음 들어갔을 때부터 그 어린아이의 뼈가 있었어."

타잔의 말을 들은 경찰 간부가 놀라서 쳐다보았다. 다르노가 경찰 간부에게 말했다.

"검사를 계속해주게, 반장. 자세한 이야기는 나중에 해줄 테니. 물론 타잔이 허락해야겠지만."

타잔이 고개를 끄덕이며 말했다. "하지만 다르노, 네가 잘못 짚은 것 같아. 그 작은 손가락의 주인은 이미 아프리카 서해안에 묻혀 있다고."

"글쎄, 거기까지는 잘 모르겠어, 타잔. 물론 그럴 수도 있겠지. 하지만 네가 클레이튼 경의 아들이 아니라면 어떻게 네가 그 밀림에서 살게 되었을까? 거기에 발을 디딘 사람은 존 클레이튼 경밖에 없잖아."

"칼라가 있잖아."

"나는 네가 칼라의 아들이라고는 생각하지 않아."

세 사람은 큰 대로가 내려다보이는 창가로 가서 이야기를 계속했고, 간혹 바삐 걸어가는 행인들을 묵묵히 내려다보기도 했다. 마침내 다르노가 경찰 간부 쪽으로 눈을 돌리면서 물었다.

"아무래도 지문을 밝혀내려면 시간이 좀 걸리겠지?"

하지만 놀랍게도 경찰 간부는 이미 책상으로 돌아가 검은색으로 장정된 일기장을 훑어보고 있었다. 다르노가 기침을 했다. 경찰 간부가 얼굴을 들었다. 다르노와 눈길이 마주치자 손가락을 입에 대며 조용히 해달라는 신호를 보냈다. 다르노는 다시 창 쪽으로 시선을 돌렸다. 잠시 후, 경찰 간부가 그들을 불렀다.

"다르노, 이리 와보게."

타잔과 다르노는 그가 있는 쪽으로 돌아섰다.

"타잔 씨, 이 지문의 주인공을 밝혀내는 일은 아주 중요한 일인 것 같군요. 그래서 신중을 기하고 싶습니다. 지문을 밝혀내는 일을 나한테 맡겨주시면, 지문 전문가인 데케르크 선생에게 특별히 부탁하고 싶습니다. 아마 며칠 걸릴 겁니다."

다르노가 말했다. "지금 알아낼 수는 없겠나? 타잔 선생은 내일 미국으로 떠날 예정이야."

"보름 내에 타잔 선생에게 검사 결과를 전보로 알려드릴 수 있도록 하겠네. 하지만 결과가 어떻게 나올지는 장담할 수 없어. 내가 보기엔 타잔 선생의 지문과 비슷하기는 한데, 그래도 전문가인 데케르크 선생에게 확인을 받아보는 것이 좋겠네."

밀림에서 온 거인

27

볼티모어 외곽, 어느 오래된 주택 앞에 택시 한 대가 멈추어 섰다. 마흔 살 안팎의 건장한 체격을 지닌 사내가 택시기사에게 택시비를 지불했다. 그리고 잠시 후, 그는 그 저택의 서재로 들어섰다. 한 노인이 그를 반기며 일어섰다.

"아, 캔러 군."

그는 교수에게 다가서며 정중히 악수를 청했다.

"안녕하십니까? 교수님."

"누가 문을 열어주었지?"

"에스메랄다가 열어주었습니다."

"그렇다면 에스메랄다가 제인에게 자네가 왔다고 이야기했겠군."

"아니오, 제가 여기 온 진짜 이유는 교수님을 뵙고 싶어서입니다."

"이거 영광인걸."

로버트 캔러는 아주 신중하게 단어를 하나하나 선택해가면서 말문을 열었다.

"교수님, 제가 오늘 저녁 교수님 댁을 찾아온 것은 제인 문제로 교수님과 상의할 게 있어서입니다."

"내가 바라는 것이 무엇인지 잘 알고 있잖나. 그리고 난 청혼을 받아들여준 자네에게 정말 고맙게 생각하네."

아르키메데스 포터 교수는 안락의자에 앉아서 안절부절못했다. 캔러가 제인의 짝으로 손색이 없다고 생각하면서도 청혼 이야기가 나올 때마다 왜 그런지 모르게 늘 마음 한쪽이 거북했다.

"하지만 전 제인을 이해할 수가 없습니다. 계속해서 저를 멀리하려고 하는 것 같습니다. 작별인사를 하고 헤어질 때마다 제인은 마치 혹이라도 떼어낸 것처럼 한숨을 내쉬니까요."

"쯧쯧, 캔러 군. 제인은 내 말을 아주 잘 들어. 그 애는 내가 하자는 대로 할걸세."

캔러가 안심한 듯한 목소리로 물었다.

"그렇다면 교수님만 믿으면 되겠습니까?"

"그럼. 믿어도 되고말고."

"그런데, 클레이튼이라는 젊은이 말입니다. 그 사람이 몇 달째 제인 곁을 어슬렁거리고 있더군요. 제인이 그에 대해 어떻게 생각하는지는 잘 모르겠습니다. 하지만 소문에 의하면 그가 아버지에게 상당한 유산을 물려받은 영국 귀족이라고 하더군요. 그가 제인을 차지해버릴지도 모른다는 생각에 불안합니다. 만약 그렇게 되지 않으려면……."

"쯧쯧, 캔러 군. '그렇게 되지 않으려면'이라니… 뭘 어쩌자는 거지?"

캘러가 천천히, 그러나 또렷하게 말했다.

"선생님께서 제인에게 저와 '즉시 결혼하라' 고 이야기해주셨으면 좋겠습니다."

"나는 이미 제인에게 자네와 결혼하는 게 좋겠다고 이야기했어. 더 이상은 이 집에서 살 만큼 풍족하지도 못하고, 제인에게 필요한 것을 마련해줄 여유도 없으니까."

"제인이 뭐라고 대답하던가요?"

"아직 누구하고도 결혼할 준비가 돼 있지 않다는군. 그리고 그 애 엄마가 유산으로 물려준 위스콘신 주의 농장에 가서 한동안 지내고 오자고 하더군. 거기 가면, 좀 빠듯하기는 해도 먹고살 걱정은 없으니까. 적은 돈이긴 하지만, 소작농들이 소작료를 매년 제인에게 보내주고 있기도 하고. 제인은 다음 주 초에 내게 농장으로 가자고 했어. 필랜더와 클레이튼은 우리가 그곳에서 지낼 수 있도록 준비해놓겠다며 먼저 떠났고……."

캘러가 화가 나서 소리쳤다.

"클레이튼이 위스콘신에 갔다고요! 왜 저한테는 아무 말씀 안 하신 거지요? 제게 알려주셨다면 저도 거기 가서 선생님 가족이 편히 지낼 수 있도록 모든 것을 준비해드렸을 텐데요."

"제인은 더 이상 캘러 군에게 신세지고 싶지 않다고 생각하고 있어."

캘러가 뭔가 대답하려는 순간, 복도 쪽에서 발소리가 들렸다. 제인이었다. 제인은 서재 앞에 멈춰 서며 조심스레 말했다.

"아, 죄송해요. 전 아빠 혼자 계신 줄 알았어요."

"전데요, 뭘."

캔러가 일어서서 제인을 의자로 안내하면서 말했다.

"자, 어서 와요. 우린 가족이잖아요. 그렇지 않아도 제인, 당신에 대해서 이야기하고 있었어요."

제인이 서재로 들어와 캔러가 밀어준 의자에 앉으며 말했다.

"고마워요. 토비가 내일 서재의 책들을 포장할 거라는 말씀을 드리려고 와 있어요, 아빠. 가을까지 꼭 필요한 책이 무엇인지 말씀해주세요. 지난번 아프리카에 갈 때처럼 이 서재 전체를 옮겨 갈 생각은 마시고요. 그때도 제가 말리지 않았다면, 아마 이 서재 전체를 다 옮기셨을 거예요."

포터 교수가 물었다. "그래 토비는 갔니?"

"아니오. 방금 토비를 보고 왔는데, 에스메랄다와 뒷마당에서 종교 체험에 대해 이야기하고 있어요."

"쯧쯧, 토비를 당장 만나봐야겠다. 나는 잠깐 실례하겠네."

포터 교수는 서둘러 서재에서 나갔다. 포터 교수가 나가자 캔러는 제인을 쳐다보며 퉁명스레 말했다.

"이봐 제인, 우리 언제까지 이렇게 살아야 해? 넌 내 청혼을 거절하지도 않고, 그렇다고 허락하지도 않고 있어. 난 내일 당장이라도 결혼허가서를 얻어서 당신이 위스콘신으로 떠나기 전에 조용히 식을 올리고 싶어. 떠들썩한 것도, 뽐내는 것도 싫어. 당신도 마찬가지겠지만."

제인의 태도는 싸늘하게 변했다. 하지만 제인은 꼿꼿하게 머리를 들고 있었다.

"네 아버지께서도 원하시는 결혼이잖아."

제인은 거의 속삭이는 듯한 목소리로 말했다.

"나도 알고 있어요. 하지만 캔러 씨. 당신은 나를 돈으로 사려 한다고 생각하지 않으세요?"

제인이 냉랭한 목소리로 묻고는, 캔러의 대답을 기다리지도 않고 곧바로 다시 말을 이었다.

"얼마 되지 않는 돈으로 나를 사겠다구요? 물론 당신은 나를 살 수 있어요. 로버트 캔러 씨, 그 엉뚱하고 사기 같은 보물찾기에 필요한 돈을 아빠한테 빌려줄 때부터 당신은 이런 일이 일어날 거라는 계산을 하고 있었겠지요? 정말 이상한 상황이 벌어져서 하마터면 그 보물찾기가 거의 성공할 뻔하기는 했지만요. 하지만 캔러 씨, 만약 그 보물찾기가 성공했다면 가장 놀랄 사람은 당신이었을 거예요. 당신은 애초부터 보물찾기가 성공하리라고는 생각하지 않았을 테니까요. 당신같이 훌륭한 사업가가 그처럼 허무맹랑한 곳에 돈을 투자할 리가 없잖아요. 숨겨진 보물을 찾는데 돈을 투자하고, 아무런 조건 없이 돈을 빌려주었다는 건, 분명히 당신에게 또 다른 목적이 있었다는 뜻이겠죠. 당신은 담보 없이 돈을 빌려준 것 같지만, 실은 그게 아니었어요. 포터 가문의 명예를 담보로 잡았던 거예요. 당신은 내게 아무것도 강요하지 않는 척하고 있지만, 내가 당신과 결혼하게 만드는 최선의 방법이 그것이라는 걸 알고 있었던 거예요. 물론 당신은 내게 한번도 빌려준 돈에 대해 이야기한 적은 없어요. 만약 당신이 다른 사람이었다면 나는 정말 관대하고 고상한 분이라고 생각했을 거예요. 하지만 로버트 캔러 씨, 당신은 계산이 빠른 사람이지요. 당신이 생각하는 것보다 전 당신에 대해서 훨씬 많은 것을 알고 있어요. 정말 다른 길이 없다면 당신과 결혼할 수밖에 없겠죠. 하지만 결혼하려면 적어도 서로가 서로를 알아야 하지 않겠어요?"

제인이 이야기하는 동안 로버트 캔러의 얼굴은 점점 울그락불그락 달아올랐다. 제인이 말을 멈추자 그는 의자에서 일어났다. 그리고 굳은 얼굴에 싸늘한 미소를 짓고 말했다.

"놀랍군, 제인. 난 당신이 자제력이 있고, 자존심이 있는 여자라 생각했어. 물론 당신 말이 맞아. 난 당신을 사는 거겠지. 당신이나 나나 다 아는 사실이야. 하지만 난 당신이 그렇게까지 말하리라곤 생각지 않았어. 난 적어도 당신의 자존심과 포터 가문의 명예 때문에 당신이 팔려서 시집 간 여자라는 사실을 인정하기 싫어할 거라고 생각했지. 하지만 이제 당신이 어찌 생각하건 상관하지 않겠어. 난 당신을 가질 거야. 그게 나의 가장 큰 관심사니까!"

제인은 아무 말 없이 몸을 돌려 방을 나가버렸다.

위스콘신으로 떠나기 전, 캔러와 제인의 결혼식은 이뤄지지 않았다. 기차가 떠날 무렵, 그녀가 캔러에게 냉랭한 작별인사를 건네자, 캔러는 일주일, 늦어도 보름 안에 위스콘신으로 가겠다고 말했다.

그들이 위스콘신에 도착하자, 클레이튼이 커다란 승합차를 몰고 역으로 마중 나왔다. 그들은 차를 타고 빽빽하게 나무가 우거진 북쪽 숲을 지나 작은 농장에 도착했다. 제인이 어릴 때 방문해보고 그 이후로는 처음이었다.

농장의 본채는 소작농의 집에서 수백 미터 떨어진 작은 구릉에 있었다. 클레이튼과 필랜더가 지난 3주 동안 본채를 깨끗하게 고쳐놓은 덕분에 퍽 아늑한 기분이 들었다. 클레이튼은 목수와 미장이, 배관공과 페인트공을 큰 도시에서 데려왔다. 그들은 거의 쓰러져가던 본채를 편안한 이층집으로 바꾸어놓았다. 또한 짧은 시간에 구할 수 있는 모든 편의시설까지 갖추어놓았다. 제인이 집안을 둘러보며 말했다.

"이렇게까지 하지 않으셔도 되는데, 뭐 하러 이러셨어요?"

집을 고치기 위해 클레이튼이 들였을 비용을 생각하니, 제인은 마음이 무거웠다. 클레이튼이 말했다.

"아무 말 말아요. 아버님께는 더군다나 아무 말 하지 말아요. 당신이 말하지 않는다면, 교수님도 눈치채지 못하실 거예요. 이 집을 처음 보았을 때, 그토록 지저분하고 칙칙한 집에서 교수님이 지내셔야 한다는 게 안타까웠어요. 정말 할 수만 있다면 더 잘 고쳐드리고 싶었다구요. 제인, 교수님을 위해서 제발 아무 말 하지 말아줘요."

"하지만 우리가 갚을 능력이 없다는 걸 알잖아요. 너무나 과분해서 마음이 정말 무겁네요."

클레이튼이 슬픈 표정을 지으며 대꾸했다.

"그럴 필요 없어요. 당신 때문이라면, 내가 이런 일을 하지는 않았을걸요. 믿어줘요. 당신 때문에 내가 이렇게 했다면 나만 비참해진다는 걸 알고 있으니까요. 하지만 연로하신 교수님이 우리가 봤던 허름한 곳에서 생활하시도록 내버려둘 수는 없다고 생각했어요. 난 오직 교수님을 위해서 집을 고친 거예요. 적어도 이런 기쁨을 누릴 권리 정도는 내게 있지 않겠어요?"

"당신을 믿어요. 클레이튼 씨, 당신은 내 아버지만을 위해서 이런 일을 할 수 있는 너그럽고 자애로운 사람이란 걸 알아요. 세실, 당신이 받을 권리가 있는 것, 당신이 원하는 것으로 당신에게 갚아드릴 수만 있다면 얼마나 좋겠어요."

"제인, 왜 안 되는 거지요?"

"다른 사람을 사랑하고 있기 때문이지요."

"캔러를 말하는 건가요?"

"아니에요."

"하지만 당신은 곧 캔러와 결혼할 게 아닌가요? 볼티모어를 떠나오기 전에 캔러가 그러더군요."

제인이 몸을 움츠렸다. 그러나 단호하게 말했다.

"나는 그를 사랑하지 않아요."

"그가 돈으로 당신을 사려 하기 때문인가요, 제인?"

그녀는 고개를 끄덕였다. 클레이튼이 씁쓸하게 말했다.

"그럼 당신에게 저는 캔러보다도 더 못한 신랑감이 될지도 모르겠군요. 필요한 것은 무엇이든지 살 수 있을 만큼 돈이 아주 많으니까요."

제인이 말했다.

"클레이튼 씨. 난 당신을 사랑하지는 않지만 존경해요. 만약 내가 돈에 팔려 결혼해야 하는 수치를 무릅써야 한다면, 어차피 경멸하고 있는 남자 쪽을 택하겠어요. 사랑 없이 팔려서 결혼한다면 그 남자가 누구든 미워하게 될 거 같아요. 당신도 나와 결혼해서 모욕을 받는 것보다 오히려 결혼하지 않고 존경과 우정을 나누는 게 더 행복하지 않겠어요?"

클레이튼은 더 이상 결혼 문제에 대해 말을 꺼내지 않았다. 하지만 일주일 후 로버트 캔러가 육기통 자동차를 타고 와서 농장 본채 앞에 서는 것을 보았을 때, 윌리엄 세실 클레이튼, 즉 그레이스톡 경은 그를 죽이고 싶은 심정이었다.

다시 일주일이 지났다. 아무런 일도 일어나지 않았지만 농장에는 이상한 긴장감이 감돌았고, 이곳에 사는 사람들 모두 마음이 편치 않은 한 주간이었다.

캔러는 제인과 즉시 결혼해야겠다며 여전히 고집을 피웠다. 제인은 캔러의 끈질기고 가증스러운 괴롭힘을 경멸했지만, 마침내 포기하고 말았다. 다음 날 아침 캔러가 마을에 가서 결혼허가서와 주례 목사를 데려오기로 했다. 클레이튼은 이 소식을 전해듣자마자 그곳을 떠나고 싶었지만, 제인의 지치고 절망한 모습을 보고 그냥 떠날 수가 없었다. 그런 그녀를 버려두고 갈 수는 없었다. 어쩌면 뭔가 다른 방법이 있으리라는 생각으로 스스로 위안을 삼으려 애썼다. 마음 속으로는 캔러에 대한 미움을 살인자의 피에 대한 굶주림으로 바꾸는 작은 결심만 있으면 된다는 생각이었다.

다음 날 이른 아침, 캔러는 마을로 떠났다. 그때 농장 동쪽 숲 속에서는 연기가 자욱하게 깔리고 있었다. 농장에서 그리 멀지 않은 곳에 산불이 나서 일주일 내내 꺼지지 않고 있는 탓이었다. 하지만 다행히 서풍이 불고 있어서 농장은 산불의 위협을 느끼지 않았다. 정오쯤, 제인은 산책을 나갔다. 클레이튼이 동행하려 했지만, 제인은 정중히 거절했다. 제인이 혼자 있고 싶다고 말하자 클레이튼은 순순히 그녀의 뜻을 따랐다.

집에는 포터 교수와 필랜더가 어려운 과학 문제를 놓고 정신없이 설전을 벌이고 있었다. 에스메랄다는 부엌에서 졸고 있었고, 밤새 잠 한 숨 자지 못한 클레이튼은 거실에 있는 침상에 누워 선잠을 자고 있었다. 갑자기 동쪽에서 검은 연기가 하늘로 치솟아 올랐다. 연기는 소용돌이를 일으키더니 서쪽으로 빠르게 흘러들기 시작했다. 계속해서 검은 구름은 서쪽으로 번져갔다. 장날이어서 소작농들도 모두 집을 비우고 없었다. 아무도 마귀같이 엄청난 불길이 빠르게 다가오는 것을 눈치채지 못하고 있었다.

불길은 남쪽으로 가는 길까지 번져나가서 캔러가 돌아올 수 있는 길을 막아버렸다. 갈팡질팡 불어대는 바람을 따라 불길은 다시 북쪽으로 번져갔지만, 다시 맞바람을 받고는 마치 고삐에 붙들린 것처럼 거의 제자리를 맴돌고 있었다.

이때 북동쪽에서 크고 검은 자동차 한 대가 질주해 내려왔다. 자동차는 타이어 끌리는 소리와 함께 급히 농장 본채 앞에 멈추어 섰고, 검은 머리를 한 거인이 차에서 급히 뛰어내렸다. 그는 곧바로 현관을 지나 집안으로 들어갔다. 클레이튼이 거실 침상에 누워 있을 때였다. 잠시 놀란 표정을 지어 보인 그 거인은 잠들어 있는 클레이튼에게로 훌쩍 뛰어갔다. 그리고는 클레이튼의 어깨를 흔들며 큰 소리로 말했다.

"아, 이런, 도대체 모두들 정신이 있는 거요? 클레이튼! 지금 사방이 거의 산불에 휩싸여 있는 걸 알고 있소? 포터 양은 어디에 있소?"

클레이튼은 벌떡 일어났다. 그 남자가 누군지 알아볼 수는 없었지만 무얼 말하고 있는지는 분명히 알았다. 곧바로 베란다 쪽으로 뛰어가며 소리쳤다.

"스콧!"

다시 거실로 돌아오며 소리쳤다.

"제인, 제인! 지금 어디 있어요?"

에스메랄다, 포터 교수와 필랜더가 거실로 달려왔다. 클레이튼이 에스메랄다의 어깨를 거칠게 잡아 흔들면서 큰 목소리로 물었다.

"제인 아가씨는 지금 어디 있지?"

"아가씨는 산책을 나가셨어요."

"산책에서 아직 돌아오지 않았나?"

대답을 듣지도 않고 클레이튼이 마당으로 뛰어나갔다. 다른 사람들도 그를 뒤쫓았다. 에스메랄다에게 검은 머리의 거인이 물었다.

"제인이 어느 쪽으로 갔지요?"

겁에 질린 에스메랄다는 불길에 가려져 잘 보이지도 않는 남쪽을 손가락으로 가리켰다.

"저 길을 따라서요."

그 낯선 사람이 클레이튼에게 소리쳤다.

"자. 어서! 이 사람들을 다른 차에 태우시오. 오다 보니 저기 차 한 대가 서 있더군요. 그 차를 타고 북쪽 길을 통해 빨리 이곳을 벗어나시오. 내 차는 여기 두어야겠소. 만약 내가 포터 양을 찾게 되면 이 차가 필요하겠지요. 만약 찾지 못한다면, 아무 소용없겠지만요. 어서 내 말대로 하시오."

클레이튼은 망설였다. 그 동안에도 불길은 북서쪽으로 맹렬히 퍼져나가고 있었다. 하지만 그들은 무거운 짐을 덜어낸 듯 알 수 없는 안도감을 느꼈다. 이 낯선 사람이 보여준 힘, 거기서 나오는 일종의 내적 자신감에 믿음이 갔다. 그것은, 제인을 구할 상황이 되면 반드시 제인을 구해 올 수 있을 거라는 안도감을 주었다.

포터 교수가 물었다.

"저 사람은 누군가?"

클레이튼이 대답했다.

"모르겠습니다. 제 이름을 부르더군요. 제인도 알고 있었습니다. 제인이 어디 있냐고 물었습니다. 게다가 에스메랄다의 이름도 알고 있었고요."

필랜더가 말했다.

"어디서 본 듯한 느낌이야. 하지만 분명 처음 보는 사람인데."

"하여간 굉장하군! 그가 누군지 모르겠지만, 난 제인이 안전할 거라는 생각이 들어. 그래 그 사람이 제인을 찾아 나선 건가?"

포터 교수의 물음에 클레이튼이 대답했다.

"잘 모르겠습니다, 교수님. 하지만 저도 교수님과 같은 생각입니다. 이제 가시죠. 불길이 더 커지기 전에 우리도 피해야겠습니다."

그리고 그들은 모두 클레이튼의 차가 있는 곳으로 뛰어갔다.

제인이 집으로 돌아오기 위해 발걸음을 돌렸을 때, 산불로 일어난 연기가 점점 가까워지고 있었다. 그녀는 걱정스러운 마음에 발걸음을 빨리하며 집으로 향했다. 하지만 집으로 가는 길을 막고 달려드는 화염을 보았을 때, 걱정은 이미 공포로 변해 있었다. 어떻게든 화염을 피해서 집에 돌아갈 생각에 불이 붙지 않은 곳으로 들어가 서쪽으로 가려 했다. 하지만 곧 그녀는 그 방법도 불가능하다는 것을 알게 되었다. 불길에서 탈출할 수 있는 길은 큰길로 나가서 목숨을 걸고 남쪽 마을로 가는 방법뿐이었다.

거의 20분을 걸어서 큰길로 나갔지만, 서쪽으로 가려는 시도가 실패했던 것처럼 큰길로 나가서도 불길을 탈출할 수가 없었다. 큰길을 따라 얼마 안 가서, 화염에 휩싸인 길을 보고는 그녀는 겁에 질려 멈춰 설 수밖에 없었다. 커다란 화염이 바람을 타고 남쪽 지역으로 거의 800미터까지 번져 불길이 아무도 그 길을 빠져나가지 못하게 가둬놓고 있었다. 그렇다고 다시 숲으로 돌아갈 수도 없는 노릇이었다. 그 방법은 이미 실패한 터였다. 그녀는 삽시간에 북쪽과 남쪽이 맹렬한 화염에 휩싸일 거라는 것을 짐작했다.

그녀는 길가에서 조용히 무릎을 꿇고 기도했다. 자신에게 닥친 이 운명을 용감하게 받아들일 수 있게 해달라고, 아버지와 식구들이 무사히 이 불길을 벗어나게 해달라고……. 그때 숲 속에서 그녀의 이름을 부르는 소리가 들렸다.

"제인, 제인 포터!"

큰 목소리로 똑똑히 들렸지만, 그다지 낯익은 목소리는 아니었다.

제인이 소리쳤다.

"여기예요. 여기 길에 있어요."

그러자 숲 속 나뭇가지에서 무언가가 줄을 타고 다람쥐처럼 빠르게 움직이는 것이 보였다. 갑작스런 바람에 떠밀려온 연기가 그녀의 눈앞을 가려서, 제인은 자신을 향해 빠른 속도로 다가오는 그 사람을 알아볼 수가 없었다. 순간, 갑자기 남자의 튼튼한 팔뚝이 그녀를 품에 안는 것을 느낄 수 있었다. 그녀는 자신의 몸이 공중에 뜨는 것을 느꼈고, 동시에 얼굴에 스치는 바람을 느꼈다. 남자와 함께 날아가면서 그녀는 나뭇가지들이 스쳐지나가는 것을 느꼈다. 그녀는 감았던 눈을 떴다. 눈 아래로 덤불과 단단한 땅이 보였다. 그녀 주변에는 숲 속 나뭇잎들이 팔랑거리고 있었다. 그녀를 안고 있는 거인은 이 나무에서 저 나무로 건너갔다. 그녀는 아프리카 밀림에서의 체험을 다시 꿈 속에서 느끼는 듯한 착각에 빠져들었다. 바로 이 사람이 지난날 그녀를 안고 민첩하게 무성한 초록빛 사이를 날아다니던 그 사람이라면! 하지만 그럴 리 없다고 생각했다. 하지만 그 사람 말고 누가 이렇듯 강인하고 민첩하게 움직일 수 있단 말인가? 제인은 남자의 얼굴을 흘끗 쳐다보고는 놀라움에 숨이 막혔다. 바로 그 사람이었다. 그녀가 작은 소리로 말했다.

"당신은 밀림에서 만난 바로 그 사람이군요. 아니면 내가 지금 헛것을 보고 있는 건가요?"

"제인 포터, 맞아요. 바로 나요. 당신이 밀림에서 만난 그 야만인, 그 미개인이 자기 짝을 찾기 위해 밀림에서 나왔어요. 내게서 도망친 여인을 찾아 나왔지요."

그는 자신의 감정을 조금도 감추지 않았다. 그들은 불길을 피해 안전한 숲 속 평지에 도착했다. 바람이 다시 다른 방향으로 불기 시작했고, 불길은 더 이상 번지지 않았다. 한 시간 정도면 사그라들 듯했다.

제인이 남자에게 물었다.

"그때 왜 당신은 제게 돌아오지 않았죠?"

"난 다르노를 돌보고 있었소. 그가 아주 심한 부상을 당했거든요."

"아, 그랬군요. 하지만 사람들은 내게 당신이 흑인들에게 돌아갔다고 말했어요. 당신이 흑인들의 동족이라면서요."

남자는 웃음을 터뜨리며 물었다.

"그래 그 말을 믿었나요, 제인?"

"아니오. 그런데 당신 이름은 뭐죠? 내가 뭐라고 불러야 할까요?"

"당신을 처음 만났을 때부터, 내 이름은 타잔이었소."

"타잔이요? 그렇다면 내게 편지를 보낸 사람이 바로 당신이었군요."

"그렇소. 그럼 누구라고 생각했나요?"

"난 몰랐어요. 타잔은 영어로 편지를 보냈지요. 난 당신이 영어로 글을 쓰리라고는 생각지 못했어요."

그는 다시 한 번 큰 소리로 웃었다.

"그 이야기를 다 하자면 너무 길어요. 그때 나는, 영어로 말을 할 수는 없었지만 쓸 수는 있었어요. 그래서 영어로 편지를 썼던 거지요. 이젠 인간의 언어를 말할 수 있게 되었어요. 다르노가 영어 대신 프랑스어를 가르쳐주는 바람에 좀 엉망이 되기는 했지만요. 자, 빨리 내 차에 탑시다. 당신 아버지를 쫓아가야지요, 그리 멀리 가진 못했을 거요."

차에 올라타 농가를 벗어나면서 타잔이 물었다.

"그럼 당신이, 타잔에게 보낸 편지에서 다른 사람을 사랑한다고 했는데, 그 다른 사람이 나인가요?"

제인은 솔직하게 대답했다.

"네, 그런 거 같아요."

"하지만 내가 볼티모어에서 당신을 찾아 헤맬 때, 이상한 소문을 들었어요. 당신이 이미 결혼했을지도 모른다고, 캔러라는 사람이 당신과 결혼하려고 여기 위스콘신까지 따라갔다고 그러더군요. 그게 사실인가요?"

"네. 사실이에요."

"그를 사랑하나요?"

"아니오."

"그럼 당신은 아직도 나를 사랑하나요?"

그녀는 두 손으로 얼굴을 감쌌다. 그리고 울먹이며 말했다.

"난 이미 다른 남자에게 약속한걸요. 그 질문에 대답할 수 없어요, 타잔."

"알겠소. 하지만 왜 사랑하지 않는 남자와 결혼하는 거지요?"

"아버지께서 그 남자에게 빚진 게 있어요."

그때 타잔은 예전에 읽은 편지 생각이 났다. 로버트 캔러라는 이름과, 그 당시에는 잘 이해되지 않던 어떤 문제가 있었다는 것이 기억 속에서 되살아났다. 그는 미소를 띠며 말했다.

"만일 당신 아버지가 보물을 잃어버리지만 않았다면, 당신이 캔러에게 한 약속을 꼭 지켜야 할 필요는 없겠군요?"

"그에게 나를 놓아달라고 말했겠지요."

"만일 그가 거절하면?"

"할 수 없지요. 난 이미 그에게 약속했으니까요."

타잔은 잠시 대화를 멈추어야 했다. 그들의 오른쪽에서 불길이 위험하게 타오르고 있어서, 바람의 방향만 바뀐다면 마지막 남은 탈출로마저 집어삼킬 수 있었기 때문이다. 울퉁불퉁한 도로였지만 타잔은 좀더 속력을 내어 달렸다. 위험한 지역을 벗어나자 타잔은 다시 속도를 줄이며 물었다.

"내가 캔러에게 이야기해볼까요?"

"캔러 씨는 낯선 사람의 말을 들으려고 하지 않을 거예요. 더구나 타잔 당신이 나를 원하고 있다는 것을 알면 더욱 그럴 거예요."

타잔이 굳은 표정으로 말했다.

"터코즈도 그래서 죽었소!"

제인은 온몸에 전율을 느끼며, 자기 옆에 앉아 있는 거인을 두려운 마음으로 쳐다보았다. 타잔은 지금 그녀를 지키기 위해서 죽인 커다란 원숭이 이야기를 하고 있는 것이다.

"여긴 아프리카 밀림이•아니에요. 그리고 당신은 잔혹한 야수도 아니고요. 당신은 신사예요. 신사는 사람을 죽이지 않아요."

타잔은 마치 자기 스스로에게 말하듯 낮은 목소리로 중얼거렸다.

"하지만 나는 아직 야수요."

잠시 그들 사이에 침묵이 흘렀다. 한참 후 타잔이 제인에게 물었다.

"제인, 만일 당신이 자유로워진다면, 나와 결혼해주겠소?"

그녀는 대답하지 않았다. 타잔은 끈기 있게 그녀의 대답을 기다렸다. 제인은 자신의 생각을 추스르려고 애썼다. 내 옆에 있는 이 사람에 대해 내가 알고 있는 게 뭐지? 또 이 사람은 나에 대해 무엇을 얼마나 알고 있을까? 이 사람이 누구이고, 이 사람의 부모가 누구인지도 모르잖아! 그런데 왜 이 사람의 이름만 들어도, 알 수 없는 출생의 비밀과 밀림에서 야수로 살던 생활이 연상되는 걸까? 이름도 없는 이 사람, 밀림을 떠돌아다니던 이 사람과 함께 행복할 수 있을까? 아프리카 밀림의 나무 위에서 살던 남편, 그와 함께 할 수 있는 게 있기나 한 걸까? 그는 사나운 유인원들과 뛰어놀고 때론 싸우기도 하던 사람이었다. 갓 잡은 먹이의 헐떡이는 옆구리살로 배를 채우고, 그 강한 이빨로 날고기를 뜯어먹고, 다른 원숭이들이 자기 몫을 찾으려고 으르렁거리며 서로 싸울 때 자기 몫을 챙겨야만 했던 사람인데, 과연 그와 내가 공통점이 있기는 한 걸까? 그가 나의 사교

생활을 견뎌낼 수 있을까? 아니, 내가 이 사람이 사는 방식에 맞출 수 있을까? 이렇게 어울리지 않는 결혼을 해서 행복할 수 있을까?

타잔이 물었다.

"대답을 안 하는군요. 내가 상처를 받을까 봐 그런가요?"

제인이 슬픈 목소리로 대답했다.

"뭐라 대답해야 할지 모르겠어요. 정말 내 마음을 나도 모르겠어요."

"그렇다면, 당신은 나를 사랑하지 않는 거군요?"

"내게 더 이상 묻지 마세요. 내가 없는 편이 당신에게 오히려 행복을 줄 거예요. 이 사회의 격식이나 관습이 당신에게는 맞지 않을 거예요. 문명 세계에서 사는 것에 금방 싫증이 날 거라고요. 금세 예전의 삶을 그리워하게 될 거예요. 내가 사는 세계가 당신에게 맞지 않듯이, 나 역시 당신의 세계에서 사는 게 맞지 않아요."

"무슨 이야기를 하는지 알 것 같군요. 당신에게 강요하지는 않겠어요. 내가 행복한 것보다는 당신이 행복한 걸 보기 원하니까. 알겠어요. 원숭이와 함께 살면서 행복할 수는 없겠지요."

그의 목소리에서 씁쓸함이 묻어났다.

"그런… 그런 말씀은 마세요. 그런 뜻이 아니에요."

그녀가 다른 말을 계속하려 했지만, 자동차는 급회전을 하면서 작은 마을로 들어섰다. 그곳에서는 클레이튼의 차를 타고 먼저 가 있던 사람들이 그들을 초조하게 기다리고 있었다.

결말

28

제인을 보자, 모두들 안도의 한숨을 내쉬며 반가워했다. 타잔이 자동차를 클레이튼의 차 옆에 주차하자, 포터 교수가 뛰어나와 가슴 가득 딸을 껴안았다. 잠시 동안 누구도 운전석의 타잔에게 눈길을 주지 않았다. 클레이튼이 처음으로 타잔을 의식하고 자동차로 다가와 악수를 청하며 말했다.

"뭐라 감사를 드려야 할지 모르겠습니다. 당신이 우리 모두를 구했습니다. 농장 집에서 당신은 내 이름을 불렀는데, 그리고 저도 당신을 어디서 본 듯한데, 이름은 기억이 나질 않는군요. 지금과는 아주 다른 상황에서 아주 옛날에 당신을 본 것 같습니다만……."

타잔이 미소를 띠고 클레이튼과 악수하며 프랑스어로 말했다.

"맞습니다. 무슈 클레이튼. 영어로 이야기하지 못해서 미안합니다. 영어를 배운 지가 얼마 안 됐어요. 그런 대로 알아듣기는 하지만, 말은 아직 엉망입니다."

클레이튼이 프랑스어로 타잔에게 물었다.

"그런데 당신은 누구시죠?"

"원숭이들의 왕, 타잔입니다."

클레이튼은 깜짝 놀랐다.

"아하. 당신이 있다는 게 사실이었군요."

포터 교수와 필랜더도 클레이튼처럼 감사의 뜻을 전하려고 그들에게 다가왔다. 밀림에서 만난 친구를 이렇게 멀리 떨어진 곳에서 다시 만난 놀라움과 기쁨에 그들 역시 탄성을 질렀다.

그들은 근처의 허름한 여관에 모여 클레이튼이 마련한 여흥을 즐겼다. 그들은 작고 남루한 여관의 특별 휴게실에 모여 있었다. 그때 멀리서 자동차의 엔진소리가 들려왔다. 창가에 앉아 있던 필랜더가 그 자동차가 멈춰 서는 것을 지켜보며 말했다.

"이런!"

필랜더의 목소리에서 곤혹스러움이 느껴졌다.

"캔러군요. 그가, 어… 그가, 불길에 휩싸이지 않고 살아서 돌아왔군요. 그래도… 다행이라고 말해야 되겠지요?"

"쯧쯧, 필랜더. 쯧쯧, 말하기 전에 늘 열까지 세고 말하라고 그랬지? 내가 자네라면 아무 말도 하지 않았을 거야. 속으로 천까지 세면서 말일세."

필랜더가 고개를 숙이며 대답했다.

"교수님 말씀이 옳습니다. 그런데 저 성직자 옷을 입은 사람은 누구죠?"

제인의 얼굴이 하얗게 질렸다. 클레이튼은 불편한 듯 자세를 고쳐 앉았다. 포터 교수는 신경질적으로 안경을 벗어서 입김을 불고는 안경을 닦지도 않은 채 다시 썼다. 에스메랄다도 불평 섞인 신음소리를 뱉어냈다. 잠시 후 로버트 캔러가 휴게실로 들어왔다.

"오, 감사합니다. 클레이튼 씨, 당신 차를 보기 전까지는 상황이 아주 안 좋을 것 같아 걱정했습니다. 남쪽 길이 막혀서 다시 마을에 갔다가 동쪽 길을 통해서 이곳으로 왔습니다. 내가 얼마나 걱정했는지 모를 겁니다."

아무도 그의 말에 귀를 기울이지 않았다. 게다가 타잔은 먹이를 노리는 세이버처럼 로버트 캔러를 노려보고 있었다. 타잔의 냉랭한 시선을 감지한 제인이 헛기침을 하며 캔러에게 말했다.

"캔러 씨. 이 분은 타잔 씨예요. 오래 된 친구죠."

캔러는 타잔에게 다가가 악수를 청했다. 자리에서 일어난 타잔은 살짝 고개를 숙이며 인사를 건넸다. 다르노만이 가르칠 수 있는, 기품을 갖춘 신사도에서 나온 행동이었다. 하지만 그는 캔러의 악수를 무시했다. 캔러는 자신의 악수가 거절당한 것에 그다지 신경 쓰지 않는 눈치였다. 그는 제인에게 자기 뒤에 서 있던 성직자 복장의 사람을 가리키며 서둘러 말했다.

"이 분은 트루줄리 목사님입니다."

그리고는 목사에게 제인을 소개했다.

"목사님, 이 아가씨가 포터 양입니다."

트루줄리 목사는 환한 미소를 띠며 제인에게 인사했다. 캔러는 다른 사람들에게도 트루줄리 목사를 소개했다.

"여기서 예식을 치르면 되겠네요. 제인, 예식을 치른 후 곧장 마을로 내려가서 야간열차를 탑시다."

타잔은 즉시 캔러의 계획을 알아차렸다. 그는 눈을 지그시 뜬 채 제인을 바라보았지만 별다른 행동을 보이지는 않았다. 제인은 머뭇거렸다. 방안에는 신경줄을 당기는 듯 팽팽한 긴장이 흘렀다. 모두가 제인을 바라보며 그녀의 대답을 기다렸다.

"단 며칠이라도, 결혼식을 연기하면 안 될까요? 머리가 너무 복잡하군요. 오늘은 너무 많은 일이 일어났어요."

캔러는 방에 있는 사람들 모두가 그를 적대시하고 있다는 것을 분명히 눈치챌 수 있었다. 더 이상 그런 적대감을 견딜 수 없었는지, 화를 버럭 내며 제인에게 대답했나.

"기다릴 만큼 기다렸소. 당신은 이미 나와 결혼하겠다고 약속했잖소! 이제 더 이상은 당신의 장난에 놀아나지 않을 거요. 결혼허가서도 받아왔고, 여기, 목사님도 모시고 왔어요. 트루줄리 목사님, 이리 오시죠. 제인도 이리 오고. 증인도 이 정도면 충분하고도 남아요."

그는 이렇게 말하며 제인의 팔짱을 껴서 목사 앞으로 끌고 가려 했다. 그러나 캔러가 한 발을 채 내밀기도 전에, 강철 같은 힘을 가진 두터운 손아귀가 캔러의 팔을 잡았다. 그리고 그의 다른 한 손이 캔러의 목을 조여왔다. 곧이어 캔러는 고양이에게 잡혀 발버둥치는 쥐처럼 공중에서 허우적거렸다. 제인은 놀라움과 두려움으로 타잔을 바라보았다. 저 멀리 아프리카에서, 원숭이 터코즈와 목숨을 건 싸움을 치르기 전에 보여주었던 그 진홍색 띠가 타잔의 이마에 선명하게 드러나고 있었다. 타잔이 이 사람을 죽이려 한다는 것을 직감적으로 알 수 있었다. 제인은 두려웠다. 타잔을 말려야 했다. 캔러가 죽는 것은 두렵지 않았다. 타잔이 살인자가 된다는 사실이 두려웠다. 그녀는 살인자에게 내려지는 법정의 형벌이 어떤 것인지 잘 알고 있었다.

제인이 타잔에게 다가가기 전에, 이미 클레이튼이 타잔에게 달려들어 캔러를 타잔의 손아귀에서 빼내려 하고 있었다. 타잔이 팔을 휘둘러 클레이튼을 밀쳐냈다. 엄청난 힘에 떠밀려 클레이튼은 휴게실 구석까지 내동댕이쳐졌다. 제인이 나섰다. 제인은 타잔에게 다가가 하얀 손으로 타잔의 손목을 잡았다. 그리고 타잔의 눈을 바라보며 말했다.

"제발, 저를 위해서 이러지 마세요."

타잔은 캔러의 목을 쥐고 있던 손의 힘을 조금 풀었다. 타잔은 자기 앞에 있는 아름다운 여인의 얼굴을 내려다보았다. 그리고 제인에게 물었다.

"이 사람을 살려주기를 바라오?"

제인이 대답했다.

"당신이 이 사람을 죽이지 않았으면 좋겠어요. 당신이 살인자가 되는 걸 원치 않아요."

타잔이 여전히 캔러의 목을 움켜쥔 채 물었다.

"내가 너를 살려주면, 제인이 한 약속도 없는 것으로 할 수 있겠나?"

캔러가 숨을 헐떡거리며 고개를 끄덕였다.

"여기서 사라져 다시는 그녀를 괴롭히지 않겠나?"

캔러가 다시 고개를 끄덕였다. 죽음 직전까지 갔던 두려움 탓인지 얼굴이 일그러져 있었다. 마침내 타잔이 놓아주자, 캔러는 곧바로 문을 향해 달려갔다. 순식간에 그는 사라졌고, 목사도 두려움에 떨며 조용히 휴게실을 빠져나갔다.

타잔이 제인을 바라보며 말했다.

"잠깐 당신과 둘이서만 이야기할 시간을 주겠소?"

제인은 고개를 끄덕이며 여관의 베란다를 향해 걸어나갔다. 그리고 베란다에서 타잔을 기다렸다. 타잔이 제인에게 가려 하자 포터 교수가 타잔을 불러 세웠다.

"잠깐만."

포터 교수는 갑자기 일어난 일들에 놀라 거의 말을 못 하고 있었다.

"더 이상 무슨 일이 진행되기 전에, 방금 일어난 일에 대한 해명을 듣고 싶네. 무슨 권리로 자네는 내 딸과 캔러 씨 사이에 끼여드는 건가? 물론 나도 캔러가 썩 마음에 드는 것은 아니네만, 이미 내 딸을 그에게 주기로 약속했네. 그 약속은 반드시 지켜져야 하네."

"예, 제가 두 사람 사이에 끼여들었습니다. 선생님 딸이 캔러를 사랑하지 않아서 그랬습니다. 제인은 그 남자와 결혼하기를 원치 않습니다. 그 이유면 제겐 충분합니다."

"하지만 자네가 어떤 짓을 했는지 제대로 모르고 있는 것 같구먼. 이제는 캔러가 제인과 결혼하려 하지 않을 거야."

"확실히 그럴 겁니다. 교수님도 명예가 더럽혀졌다고 괴로워하실 필요가 없습니다. 집에 돌아가시면 아시겠지만, 그 캔러라는 녀석에게 빌렸던 돈도 다 갚을 수 있을 테니까요."

"쯧쯧, 그게 무슨 말인가?"

타잔이 대답했다.

"교수님의 보물을 찾았습니다."

"뭐? 뭐라고! 지금 뭐라고 했나? 제정신이 아닌가 보군. 어떻게 보물을 찾았단 말인가."

"하지만, 사실입니다. 제가 바로 보물궤짝을 훔친 장본인이니까요. 그게 어떤 가치가 있는지, 누구 것인지도 모른 채 말입니다. 저는 선원들이 그 궤짝을 파묻는 것을 봤습니다. 그리고 원숭이처럼 그것을 도로 파내서, 다른 곳에 묻어두었습니다. 다르노가 저에게 그것이 무슨 궤짝인지, 교수님에게 어떤 의미가 있는 물건인지 설명을 해준 다음에야 다시 밀림으로 돌아가서 찾아왔습니다. 하지만 보물궤짝이 너무나도 큰 범죄와 아픔과 슬픔을 초래한 원흉이기 때문에, 다르노는 보물궤짝을 볼티모어로 가져가지 말라고 했습니다. 그래서 그 보물을 팔아서 수표로 가져왔습니다."

타잔은 주머니에서 봉투 하나를 꺼냈다. 그리고 그것을, 여전히 놀라움을 감추지 못하고 있는 교수에게 건네주며 덧붙여 말했다.

"여기 있습니다. 24만 1천 달러입니다. 아주 신중하게 감정하여 가격을 매겼습니다. 혹시 교수님께서 의심할 수 있다고 생각해서, 보물은 다르노에게 팔았습니다. 그가 보물을 보관하고 있습니다. 교수님께서 돈보다 보물을 원하실지 몰라 그렇게 했습니다."

포터 교수가 떨리는 목소리로 말했다.

"자네에게 정말 큰 신세를 졌구먼. 자네가 내 명예를 지킬 수 있게 해주었어."

그의 목소리에서는 진정으로 감사하는 마음이 묻어났다. 그때 캔러를 뒤따라갔던 클레이튼이 허겁지겁 뛰어들어오며 말했다.

"잠깐만요! 어두워지기 전에 마을로 가서 첫 기차를 타고 이 숲을 빠져나가는 것이 좋겠습니다. 한 인디언이 북쪽에서부터 말을 타고 지나오며 보았는데, 불길이 지금 이쪽으로 번져오고 있다고 합니다."

모두들 서둘러 자동차로 향했다. 클레이튼의 차에는 제인과 교수와 에스메랄다가 타고, 타잔은 필랜더와 동승했다. 타잔이 클레이튼의 차를 따라 출발하자 필랜더가 말했다.

"놀랍네. 누가 이런 일이 일어나리라고 상상이나 했겠나! 자네를 마지막으로 보았을 때, 자네는 아프리카 열대 밀림에서 줄을 타고 나무와 나무 사이를 건너다니던 야만인이었는데, 지금 프랑스제 자동차를 몰고 와서는 우리와 함께 위스콘신의 길을 달리고 있다니! 정말 놀라워."

타잔이 고개를 끄덕이며 대답했다.

"저도 그렇습니다."

잠시 후 타잔이 굵은 목소리로 필랜더에게 물었다.

"필랜더 아저씨, 아프리카 밀림에 있는 오두막에서 세 구의 뼈를 발견하고 그것을 묻어주었던 일을 기억하고 계십니까?"

"그럼! 아주 똑똑히, 분명하게 기억하지."

"그 세 구의 뼈 중에 좀 특별했던 것은 없었습니까?"

필랜더는 눈을 가늘게 뜨고 타잔을 쳐다보았다.

"왜 그런 걸 묻지?"

"제게는 아주 중요한 문제입니다. 아저씨의 대답이 오리무중이던 일을 명확히 밝혀줄 수도 있으니까요. 제 숙제를 풀고 싶습니다. 그래서 아저씨가 대답을 해주셔야 합니다. 벌써 두 달째 그 문제만 생각하고 있습니다. 아저씨가 알고 있는 대로 내 질문에 답해주실 수 있나요? 아저씨가 묻었던 그 뼈들이 다 사람의 뼈였나요?"

"아닐세. 아기침대에서 발견한 작은 뼈들은 사람의 뼈가 아니라 원숭이 뼈였네."

"대답해주셔서 고맙습니다."

클레이튼의 차 안에서, 제인은 많은 생각을 했다. 타잔이 그녀와 잠시 따로 이야기하자고 한 목적이 무엇인지 어렴풋이 눈치챌 수 있었다. 머지않은 장래에 타잔이 자신에게 질문할 때 분명한 답을 주어야만 한다고 생각했다. 그녀는 타잔을 쉽게 잊을 수 있을 것 같지 않았다. 바로 그 점 때문에 자신이 타잔을 두려워하는 것이 아닐까 생각했다. 게다가 그 밀림을 좋아할 수 있을까 하는 걱정도 떨쳐낼 수 없었다. 하지만 그녀는 저 멀리 떨어진 밀림 깊은 곳의 매력을 잊을 수 없었다. 지금 살고 있는 단조로운 위스콘신에서의 생활에는 그런 황홀한 끌림이 없었다. 숲의 신이 그랬던 것처럼, 거의 완벽해 보이는 프랑스 청년도 제인의 감추어진 원시적 여성성에 호소하고 있는 것은 아닐까? 내가 정말 그를 사랑하는 것일까? 현재로선 대답할 수 없었다.

제인은 운전중인 클레이튼을 훔쳐보았다. 비슷한 환경에서 자라나고, 사회적인 지위도 있고, 같은 문화에서 교육받은 이 사람이야말로 결혼 서약을 맺기에 중요한 조건들을 모두 갖추고 있지 않은가? 냉정하게 판단해보면, 이 젊은 영국 귀족이야말로 그녀와 같은 문명 세계의 여인들이 원하는, 논리적으로 따져보았을 때 완벽한 신랑감이 아닌가? 그런데 클레이튼을 사랑할 수 있을까? 제인은 그를 사랑하지 않을 만한 아무런 이유도 발견하지 못했다. 제인은 이것저것 따지고 계산하는 여인은 아니었다. 하지만 그녀가 받은 교육, 환경, 유전적인 요소들이 감정적인 문제까지 이성으로 해결하도록 가르쳤다.

젊은 거인의 크고 강한 팔에 안겨 아프리카의 나무숲과, 위스콘신의 숲속을 날아다니며 느낀 감정을 그녀는 단지 일시적인 정신적 변화 때문일 거라고 생각했다. 자신의 본성 안에 숨겨진 원시적인 여성성이 원시적인 남성성에 잠시 심리적으로 이끌린 것이라고 생각했다. 타잔이 그녀의 몸에 손을 대지 않는다면 그에게 끌리는 마음도 없어지리라고 제인은 생각했다. 그녀는 아프리카에 있을 때도 그를 사랑하지 않았다. 그에게 끌려들어가는 이 마음은 단순히 지나가고 말 환상이거나, 흥분감에서 오는 일시적인 현상이거나, 친밀한 접촉으로 인한 결과에 지나지 않는 것이라 생각했다. 흥분감 때문에, 강한 매력에 이끌린다고 해서 반드시 미래의 관계로 맺어지는 것은 아니다. 만일 그녀가 타잔과 결혼한다 해도, 개인적인 접촉이 주는 힘은 서로에게 익숙해지는 순간 곧바로 무뎌져갈 것이었다.

다시 제인은 클레이튼을 슬쩍 보았다. 그는 미남이었고, 모든 면에서 신사다웠다. 클레이튼 같은 남자를 남편으로 맞이하면 아주 자랑스러울 것이라고 생각했다. 바로 그때 클레이튼이 말문을 열었다. 바로 세 사람의 인생에 중대한 변화를 가져올 수 있는 짧은 순간이었다. 기회는 클레이튼에게 찾아왔고 그는 바로 이 순간을 놓치지 않았다.

"이제 당신도 자유로운 몸이 되었으니. 내 청혼을 받아주지 않겠소? 당신을 행복하게 하는 일이라면 무엇이든지 하겠소."

제인이 속삭이듯 말했다. "네, 그렇게 하겠어요."

그날 저녁, 기차역의 작은 대합실에서 타잔과 제인은 단 둘이 이야기할 기회를 가졌다.

"이제 당신도 자유로운 몸이 되었군요. 난 당신을 내 사람으로 만들려고 밀림 속 원시인의 은신처를 뛰쳐나와 어둡고 먼 과거와 시대를 뛰어넘어 당신을 찾아왔소. 당신을 위해서 난 문명인이 되었고, 당신을 위해서 바다와 대륙을 건넜고, 당신을 위해서 앞으로도 당신이 바라는 대로 할 생각이오. 제인, 난 당신을 행복하게 해줄 수 있소. 당신이 원한다면 당신이 잘 알고 정말 사랑하는 곳에서 기꺼이 살겠소. 나와 결혼해주겠소?"

이제서야 제인은 타잔이 그녀를 얼마나 깊이 사랑하는지 알게 되었다. 그가 그 짧은 시간 동안 오로지 제인의 사랑을 얻기 위해 모든 것을 이뤄낸 것임을 분명히 깨닫게 되었다. 제인은 고개를 돌린 채 손으로 얼굴을 감쌌다.

내가 무슨 짓을 한 거지? 그녀는 이 거인의 간청을 허락하게 될 것만 같아 두려워서 성급하게 클레이튼의 구혼을 받아들여주었던 것이다. 그녀가 큰 실수를 하게 될지도 모른다는 근거 없는 두려움 때문에 더 끔찍한 실수를 저지르고 말았던 것이다.

그녀는 타잔에게 모든 것을 이야기했다. 마음을 열고, 그녀의 잘못된 판단에 대해 전혀 변명하지 않고 한마디 한마디 마음에 담긴 말을 털어놓았다.

"그럼 어떻게 하면 좋겠소? 당신은 나를 사랑한다고 했고, 나도 당신을 사랑하오. 하지만 당신이 사는 사회의 윤리에 대해 나는 문외한이오. 당신이 결정하는 것이 좋겠소. 당신이 행복해지는 길이 무엇인지 누구보다도 당신이 가장 잘 알 거라 생각하오."

"하지만 클레이튼 씨에게 이 사실을 이야기할 수는 없어요, 타잔. 그 역시 나를 사랑하는, 참 좋은 사람이에요. 만일 내가 클레이튼 씨에게 한 약속을 지키지 않는다면, 당신을 볼 수도 없을 거예요. 아니, 그 누구도 만날 면목이 없을 거예요. 당신의 사랑을 고이 간직하겠어요. 당신도 내가 이런 사랑을 간직할 수 있도록 도와주세요. 오늘밤 이후로 우리가 다시 만나지 못한다 해도 말이에요."

그때 다른 사람들이 대합실로 들어왔다. 타잔은 몸을 돌려 작은 창가 쪽으로 시선을 던졌다. 창 밖에는 아무것도 없었다. 하지만 그는 커다란 열대식물과 꽃들이 둘러싸인 잔디밭을 보았고, 그 위에서 흔들리는 커다란 나뭇잎들과 적도 지역의 푸른 하늘을 보았다. 잔디밭 한가운데에 젊은 여인이 있었다. 그녀는 나지막이 둥근 모양으로 솟아오른 둔덕 위에 앉아 있었고, 그녀 옆에는 젊은 거인이 있었다. 그들은 함께 과일을 먹으면서 서로의 눈길을 주고받으며 웃었다. 그들은 너무나 행복했고, 그들을 방해할 자는 아무도 없었다.

순간, 누군가가 타잔의 꿈같은 상념을 깨뜨렸다. "타잔이라는 신사 분을 찾습니다"라고 말하는 역무원의 목소리가 들려왔다.

"내가 타잔이오."

"볼티모어에서 재전송되어온 전보입니다. 파리에서 보내셨군요."

타잔은 봉투를 뜯어 다르노에게서 온 전보 내용을 읽었다.

"지문검사 결과 자네가 클레이튼 경이라는 사실이 확인되었네. 축하하네." ― *다르노.*

타잔이 전보를 읽고 났을 때, 클레이튼이 대합실로 들어왔고, 타잔에게 다가와 악수를 청했다. 바로 이 사람이 그의 작위와 유산을 차지한 사람이었다. 게다가 그가 사랑했던 여인, 그를 사랑했던 여인과 곧 결혼할 사람이었다. 타잔이 지금 진실을 밝히는 말 한마디만 하면 이 사람의 일생은 완전히 뒤집힐 수 있었다. 작위도, 땅도, 성도 모두 빼앗기게 될 터였다. 그러나 그렇게 되면 이 모든 것들을 제인에게서 빼앗는 셈이 된다.

"선생이 우리에게 베풀어준 일들에 대해 감사드릴 기회가 없었네요. 당신은 아프리카에서나 여기에서나 마치 우리를 구하기 위해 오신 분 같습니다. 당신이 여기에 오셔서 정말 다행입니다. 좀더 친하게 지냈으면 합니다. 난 가끔 당신 생각을 해요. 당신이 처한 그 기막힌 상황에 대해서도요. 물론 내가 상관할 바는 아닙니다만, 어떻게 해서 그 밀림 깊숙한 곳에 살게 되었나요?"

타잔이 조용한 목소리로 대답했다.

"나는 거기서 태어났습니다. 내 어머니는 원숭이랍니다. 물론 내가 어떻게 밀림에서 살게 되었는지는 어머니도 알지 못해요. 내 아버지가 누구인지도 난 알지 못합니다."

[끝]

《돌아온 타잔》을 기대하십시오.

타잔, 그레이스톡 경의 계속되는 모험이 펼쳐집니다.

【옮긴이의 말】

새로운 '타잔'과의 만남

"타잔? 글쎄, 누구나 다 아는 이야기 아닌가?"

다우에서 《타잔》을 완역 출간한다는 이야기를 들었을 때, 제일 먼저 떠오른 생각이다. 머릿속에는 언뜻 어릴 적 TV에서 본 타잔의 모습이 떠올랐다. 반라의 몸으로 나뭇가지를 타고 숲을 날아다니는 밀림의 왕자! 나무 사이를 날아다닐 때면 늘 특유의 소리를 질렀던 것이 인상 깊었다. 그리고 치타와 함께 제인을 구출하는 장면……. 그것이 우리가 어릴 적부터 친숙하게 알고 있던 타잔의 모습이며, 역자가 알고 있는 타잔의 전부였다.

그렇다. 타잔은 누구나 알고 있는 이야기이다. 아니, 정확히 말하자면 누구나 타잔의 이야기를 알고 있다고 생각한다. 어린시절 숱하게 보았던 TV 시리즈에서, 영화에서, 그리고 몇 년 전 개봉한 디즈니 애니메이션까지, 타잔은 그렇게 우리에게 익숙한 존재로 늘 우리 곁에 있었다.

그러나 정작, 번역을 시작하자 기존에 알고 있던 타잔의 모습은 '진정한 타잔' 이 아니었음을 곧 알게 되었다. 힘과 근육을 내세워 밀림의 맹수들과 싸우는 '거친' 타잔의 모습은 아주 단편적인 것일 뿐, 타잔은 누구보다 인간적이고 매력적인 남성이었다. 그리고 그가 밀림에서 성장하며 겪어야 했던 수많은 위험과 모험들을 생각할 때, 타잔의 거칠고 투박한 모습은 오히려 너무나도 자연스러운 타잔의 일부였다.

아무것도 모른 채 밀림의 생존법칙에 따라 살아가던 한 소년이 처음으로 책을 발견하고 스스로 글자를 깨치는 부분, 처음 본 여성 제인에게 사랑을 느끼고 그녀에게 헌신하는 장면은 인간 본성에 내재한 호기심과 순수함을 그대로 보여주는 부분이라고 할 수 있다. 마침내 사랑하는 여인 제인을 찾아 문명 세계로 나서는 용감한 타잔의 모습에서, 어린시절 순정만화 주인공에게서 느꼈던 설렘을 다시 한 번 느꼈다면 지나친 표현일까?

《타잔》은 그 동안 우리에게 한번도 완역본으로 소개된 적이 없다. 타잔이 탄생한 지 거의 90년이 지난 지금에서야 비로소 최초의 한글 완역본이 출판된다는 사실이 오히려 놀랍다. 타잔이 그동안 56개 언어로 번역되어, 전세계적으로 매우 사랑을 받은 작품이라는 점, 타잔을 통해 작가 버로스가 20세기 전반 미국에서 가장 많이 읽히는 작가가 되었다는 점은 차치하더라도, 타잔은 그야말로 '재미있는' 이야기이기 때문이다.

부족한 번역이지만 많은 독자들이 새로운 타잔의 모습을 만나게 되었으면 하는 바람으로 작업을 했다. 국내에서는 처음 완역되는 작품이니만큼, 많은 책임감과 부담이 따랐던 것이 사실이다. 그러나 번역을 하는 동안, 이렇게 흥미진진한 이야기를 독자들에게 선보이게 된다는 기대감에 마음이 부풀기도 했다. 역자가 이 책을 번역하면서 맛보았던 즐거움을 독자 여러분 또한 맛보게 된다면 역자로서는 더 이상 바랄 것이 없겠다.

그리고, 많은 분들의 도움이 있었기에 타잔이 한글판으로 탄생할 수 있었다는 사실을 밝혀두고 싶다. 먼저 번역의 초기 작업을 함께해준 박희순, 이안나, 이현아, 정선영, 최성기 님에게 감사의 말을 전하고 싶다. 책의 시작과 끝을 함께하며 여러 면에서 부족한 역자의 능력을 메워주신 강주헌 선생님과 다우출판사 식구들에게도 깊은 감사를 표한다. 그리고 마지막으로 항상 격려와 지지를 아끼지 않은 사랑하는 가족들에게 고마움을 전하고 싶다.

2002년 11월
안재진